KB115775

날씨가 좋으면

찾아가겠어요

날씨가 좋으면

찾아가겠어요

이도우
장편소설

수박설탕

차례

겨울이 와서 좋은 이유는 그저 한 가지.
내 창을 가리던 나뭇잎들이 떨어져
건너편 당신의 창이 보인다는 것.
크리스마스가 오고, 설날이 다가와서
당신이 이 마을로 며칠 돌아온다는 것.

호두하우스

＊

버스는 서리가 내린 혜천읍 들판을 지나고 있었다. 산이 많은 마을. 햇볕은 미약하고 차창 밖 풍경은 색이 날아간 필름 사진처럼 무채색에 가까웠다.

해원은 버스 창틀에 기댄 채 들여다보던 스마트폰을 꺼버렸다. 사하라사막에 눈이 내렸다고 한다. 뉴스 화면에 뜬 흰 모래언덕, 아니 눈 언덕이 신기했지만 유난히 한파가 심한 올겨울이니 사막에 눈이 왔다 해도 이상하지 않은 날씨였다.

버스는 얼어붙은 논밭을 지나 낯익은 북현리로 접어들었다. 들판에 커다랗고 하얀 마시멜로들이 뒹굴고 있었다. 추수하고 남은 짚을 발효시키는 통이었는데 진짜 이름이 뭐였더라. 언젠가 들었던 것도 같지만 기억나지 않았다. 해원은 잠시 짚어보다 저 멀리 보이는 논두렁 스케이트장으로 시선을 옮겼다. 다음 정거장이다.

며칠 전 새벽, 잠이 깼을 때 해원은 하마터면 왈칵 울음을 터뜨릴 뻔했다. 이유 없이 슬퍼지거나 울음이 터진다는 건 좋은 일도 아니고, 한밤의 감상이라기엔 스스로 나약함을 증명하는 것 같아서 싫었다. 아니, 이유 없이 슬퍼진다는 표현 자체가 틀렸다. 가슴에 손을 얹고 내 마음을 들여다보면 사실은 이유를 알지. 하지만 인정하고 싶지 않으니까, 외면하고 싶으니까 모르는 척할 뿐이다.

해원은 미술대학을 나와 미대입시학원에서 강사로 일했다. 그림을 그릴 때면 잡념이 사라지고 마음이 편안했다. 물감 냄새도, 종이마다 다른 질감도 좋았다. 하지만 언제부턴가 그림으로도 전쟁을 치를 수 있다는 걸 깨달았다.

"너 여기서 뭐 하니? 네 그림 봐주고 있었잖아."

지난가을 레슨 중에 화장실에 다녀오겠다던 입시생 아이가 한참을 기다려도 오지 않았다. 찾으러 나가보니 옥상에서 다른 아이들과 키득대며 담배를 피우다가 해원을 보자 귀찮다는 듯 내뱉었다.

"아, 그냥 혼자 수정 좀 하세요!"

누구 그림인데 성의 없는 학생의 그림을 강사가 잘 고쳐주면 뭐 하나 싶어 그 뒤로는 어지간하면 상관하지 않았다. 그러다 어느 날 사생대회에 나갔던 녀석이 친구들한테 하는 말을 듣고 말았다.

"그림이 잘 안 되니까 너무 짜증 나서 뒷면에 검정 파스텔을 막 칠했어. 내 근처 애가 완전 잘했더라구. 바로 뒤에 제출하면서 그 애 그림에 내려놓고 슬슬 문질러줬지."

"으아, 검댕 묻었겠네?"

"당연하지."

키득키득 웃는 아이들 틈으로 해원이 자기도 모르게 다가섰다.

"지금 뭐라고 그랬니? 제출할 때 어떻게 했다고?"

녀석은 뭐야, 하는 눈초리로 돌아보더니 당당하게 웃음 띤 얼굴로 다시 말했다.

"화지 뒷면에 검정 파스텔 칠해서 밑에 그림 문질러줬다구요."

버스는 북현리 삼거리 정류장에 해원을 내려주고 떠났다. 들판에 뺨을 에는 찬 바람이 불어왔다. 그녀는 코트 깃과 머플러를 여미고 가방을 끌고 걷기 시작했다.

논두렁 스케이트장에서 들려오는 떠들썩한 소리가 겨울의 적막함을 깨뜨렸다. 해마다 추수가 끝난 논에 채워놓은 물을 이맘때쯤 날씨가 얼음으로 꽝꽝 얼려준다. 북현리 아이들의 놀이터가 되는 스케이트장과 들판의 마시멜로를 볼 때면 비로소 돌아왔구나 싶었다.

삼거리에서 언덕으로 접어드는데 처음 보는 가게가 걸음을 멈추게 했다.

굿나잇책방

　그 낡은 기와집은 오래전부터 이 마을에 있었지만 새로 걸린 낯선 간판이 눈길을 끌었다. 노부부가 살던 집이었는데 그새 주인이 바뀐 것일까.

　"이 시골에 서점…?"

　미닫이문에 맹꽁이자물쇠가 걸려 있었다. 해원은 책방의 격자무늬 유리창으로 어둑한 내부를 들여다보았다. 창으로 스며드는 여린 햇빛에 서가와 긴 탁자가 윤곽을 드러냈다. 누군지는 몰라도 시도는 좋았어, 같은 마음이었다. 서울도 동네 책방들이 배겨나지를 못하는데. 가끔 작은 독립서점들이 틈새시장처럼 생기긴 해도 소규모 가게를 운영하는 이들의 고단함이 쉬울 리가 없다.

　오래 못 가겠지 생각하면서도 지레 그렇게 짐작해버리는 자신이 어쩐지 싫어져서 해원은 바람에 헝클어지는 머리카락을 아무렇게나 넘기며 언덕을 올랐다.

　커다란 트렁크를 끌고 어깨엔 에코백을 멘 그녀가, 길을 걸어왔다.

　목해원?

　은섭은 순간 중심을 잃고 휘청하다 아슬아슬 스케이트장 가장자리로 비켜섰다. 눈을 감았다 떠도 그녀였다. 올해도 오지 않으려나 보다 생각했는데.

"삼촌, 그만 탈 거예요?"

얼음판을 미끄러지듯 승호가 따라와 곁에 멈춰 섰다.

"아니, 누가 지나가서."

"누가요?"

은섭은 비로소 아이를 내려다보았다. 며칠 손 붙잡고 가르쳤더니 운동신경이 둔한 편인 아이도 이제 제법 얼음을 지친다.

"내 옛날… 친구."

"친구?"

"자, 다시 가자!"

은섭은 털모자 위에 눌러쓴 승호의 헬멧을 툭 치고 작은 몸을 얼음판으로 밀었다. 키도 몸집도 작은 승호는 아홉 살 또래들과 잘 어울리지 못했다. 얼음판을 빙빙 도는 사람들과 부딪치지 않게 조심하며 아이는 앞서 미끄러져 갔다.

친구.

그렇게 말했지만 그녀도 같은 생각을 할까. 중고교 동창을 넓게 친구라는 이름으로 포괄할 수 있다면 몰라도. 지금 해원은 책방 앞에 멈춰 서서 창문을 들여다보고 있었다. 약간 허리를 숙인 채, 새로 나타난 서점의 정체가 궁금하다는 듯이.

은섭은 그만 짧은 신음을 흘렸다. 하필이면 책방 문을 닫은 시간에 올 게 뭐란 말인가. 이게 다 겨울만 되면 논에 물을 채워 꽝꽝 얼리고, 비닐하우스에서 어묵탕과 떡볶이를 팔면서 일손이 부족하다고 호출해대는 큰아버지 탓이다. 그야말로 이모작에 열심인 논 주인!

지금이라도 공간이동이 가능하다면 저 미닫이문을 열고 '어서 와. 오랜만이네?'라고 말하고 싶었다. 하지만 그럴 수 있을 리 없고, 그녀는 어느새 가방을 끌고 언덕으로 멀어져 갔다.

호두하우스 펜션으로 올라가는 길가에 미처 녹지 않은 눈이 남아 있었다. 마을 오솔길이 뒷산으로 이어지는 곳이었다. 오래전 외할머니가 운영할 때는 북현민박집이었지만, 명여 이모가 물려받으면서 펜션으로 탈바꿈했다. 해원이 이모를 따라 내려왔던 열다섯 살 때 일이었다.

이모는 조카가 시골에 정을 붙이기를 바랐는지 이웃에서 갈색 개를 데려왔는데 이름이 호두였다. 키우다 온 녀석이라 나이가 꽤 있었고, 그래도 오래 살다가 몇 해 전에 죽었다. 호두는 이제 없지만 호두하우스 이름은 여전했다.

"이모, 나 왔어요."

얼어 있던 테라스 목재 데크가 삐걱— 앓는 소리를 냈다. 반투명 간유리가 끼워진 철제 현관문에서도 끼익 소리가 났다. 가방을 들고 이 층 계단을 올라갈 때까지 이모의 모습은 보이지 않았다.

해원이 어릴 때 쓰던 방은 변한 게 없었다. 침대와 책상, 서랍장과 두 칸짜리 옷장. 고등학교 입학 선물로 받았던 빨간색 소파. 그녀가 쓰던 물건들도 고스란히 보관돼 있었다. 먼지 털기 힘든데 박스에 담아 창고에 갖다놓겠다고 몇 번 말했지만, 이모는 언제든 조카딸이 오면 자기 방이 그대로 있게끔 해두고 싶다고 했다.

창문 커튼을 젖히고 해원은 밖을 내다보았다. 숙박객을 받는 단층 벽돌 별채도, 잎이 떨어지고 넝쿨만 남은 담쟁이도, 뒷산으로 향하는 오솔길도 그대로였다. 저만치 나무 열매를 던지면 그 집 마당에 떨어질 듯한 거리의 옆집도 변함이 없었다. 다만 모든 풍경이 마지막으로 왔던 때보다 낡아 보였을 뿐.

그때 언덕 저편에 솟아오른 새 건물 두 채가 눈에 들어왔다. 좌우대칭 한 쌍으로 지은 화려한 이층집인데 아무리 봐도… 게스트하우스였다. 그녀의 입에서 야트막한 한숨이 새어 나왔다. 어쩐지 호두하우스에 인기척이 없더라니. 숙박 손님이 없으니 이모도 외출한 거지.

주방에서 포트를 찾아 블랙커피를 탔다. 호두를 껴안고 찍은 해원의 사진이 싱크대 선반에 놓여 있었다. 열여덟 살 때였나. 마당 꽃나무에 물을 주던 할머니가 귀퉁이에 뒷모습만 찍혀 있다.

할머니가 돌아가시기 전까지 여인 3대가 살던 호두하우스는 왠지 삼각형 같은 느낌이었다. 평화롭다… 싶으면서도 어딘가 좁고 기운 듯하고. 동시에 안정적이기도 하고. 서로 챙겨주면서도 어느 하나가 예민할 때는 부딪치지 않게 조심하기도 했다. 넓지도 않은 집 안에서 저마다 자기만의 공간을 확보하려고 애썼던 것 같았다.

나이 들어 손힘이 없어지자 할머니는 많은 것에 가위를 쓰기 시작했다. 꽁꽁 묶인 비닐봉지도 풀기 힘드니 가위로 싹둑. 시금치 묶은 노끈도 싹둑. 죄다 싹둑싹둑이었다. 그렇게 손힘이 없다 했으면서 장독대를 부쉈을 때는 어디서 그런 힘이 났을까. 오래된 무쇠 가위가 아직도 선반에 걸려 있다.

노년에 할머니는 딸들 때문에 속앓이를 했다. 첫딸인 해원의 엄마 이야기는 의식적으로 입에 올리지 않았지만, 둘째 딸 명여에겐 가끔 실망과 섭섭함을 내비치곤 했다. 그건 슬픔에 가까운 노여움이었다. 똑똑하고 공부 잘했던 이모. 젊은 날 세계를 여행하더니, 글을 쓰고 소설가가 되어 책을 출간했던 이모. 그랬는데 어느 날 다 소용없어졌다. 이모는 일을 그만두고 고향으로 돌아와 민박집을 이어받아 살겠다고 했다. 할머니는 그게 싫었던 것이다.

왈왈!

현관문이 열리고 개 짖는 소리가 들려와 해원은 깜짝 놀랐다. 호두? 마루를 달려오는 갈색 개가 호두로 착각할 만큼 비슷했지만 그럴 리 없다. 녀석은 의심스럽게 코를 실룩대며 낯선 이의 냄새를 맡았다.

"해원이 왔니?"

명여가 뜨개모자를 옷걸이에 걸고 주방으로 오더니 보자기로 싼 냄비를 식탁에 내려놓으며 환하게 웃었다.

"좀 전에 왔어요. 얘는 누구야?"

"호두 아들이다."

"호두가 자식이 있었어?"

"우리 집 오기 전에 낳은 새끼들이 있었지. 그 집 주인이 돌아가셔서 내가 데려왔어."

탐색을 그치고 테라스로 건너가는 갈색 털 뭉치가 호두 아들이라니 기분이 이상했다.

"이름이 뭔데요."

"군밤이."

해원이 훗 하고 웃었다.

"견과류 패밀리네."

녀석은 이미 나이 들어 보였고 한쪽 다리가 불편한지 약간 저는 것 같았다.

"적적했으면 어린 개를 데려오지."

"호두 닮은 게 반갑더라."

명여는 짧게 대꾸하고 냄비를 싼 보자기를 풀었다. 호두를 보내고 한동안 힘들어해놓고선 그새 잊어버렸나 싶었지만, 해원은 굳이 말하지 않았다. 대신 선반에 놓인 사진을 가리켰다.

"이모, 설거지할 때마다 내 얼굴 보는구나. 감동했어."

"그 사진이 거기 있었니? 있는 줄도 몰랐다. 한자리에 붙박이로 놔두면 나중엔 보이지도 않아."

해원은 칫 혀를 찼지만 괜히 하는 소린 줄 안다. 이모는 파마기 없는 빛바랜 머리카락을 말아 올리고, 솜을 넣은 항아리바지와 누비 조끼 차림이었다.

"왜 그렇게 봐. 늙어 보이니?"

"음… 약간."

"이 년 만에 만나니까 그렇지. 너도 서른 되더니 달라 보인다."

"나는 원숙해진 거."

명여는 콧방귀를 뀌더니 죽 냄비를 가스레인지로 옮기고, 쿠킹포일로 싼 파이도 포장을 벗겨 접시에 담았다.

"너 온다니까 수정이가 호박죽이랑 파이 구워서 갖다준다는 걸 내가 가지러 갔지. 할 일도 많은 양반이니. 그랬더니 다시 집 앞까지 차로 데려다주더라. 그게 뭐야, 가지러 간 의미가 없잖아."

"그냥 고맙게 생각하면 되지, 뭘. 수정 이모 정 많은 건 여전하시네요."

　해원은 얇게 썬 사과 조각이 박힌 파이를 한 귀퉁이 뜯어 입으로 가져갔다. 아직 따뜻한 파이에서 사과 향이 났다.

　"올해는 얼마나 머물다 갈 건데. 닷새는 있지 그래?"

　"안 갈 건데?"

　"뭐?"

　"한동안은 그냥 있으려고. 직장도 그만뒀어. 나 먹여 살려야 돼, 이모가."

　파이를 자르던 명여의 손길이 멈췄다. 해원은 싱긋 웃어 보였지만 그녀는 가만히 사랑하는 조카딸을 바라보기만 했다.

포팅게일의 늙은 로빈

밤이 되자 기온이 떨어져 보일러 조절기의 숫자가 좀처럼 올라가지 않았다. 저녁 설거지를 마친 해원은 수도꼭지에 달린 호스에 임시방편으로 박스 테이프를 감았다. 호스 중간에서 졸졸 물이 샜는데 이모가 몰랐던가 싶었다.

명여는 전기난로를 켜두고 돋보기안경을 쓴 채 소파에서 책을 읽었고, 그 아래 군밤이 방석에 엎드려 졸기 시작했다. 평생 책벌레로 살아온 그녀 뒤로, 마루 벽에 걸린 나무 패널에는 호두하우스에 사는 동안 수없이 지나다녀 외워버린 글귀가 새겨져 있었다.

첫잠에서 깨어나 뜨거운 차를 만들면,
다음 잠에서 깨어날 때 슬픔이 누그러지리라.

명여 이모는 한때 스코틀랜드를 여행한 추억을 자주 말하곤 했다. 해원이 가본 적 없는 먼 나라. 에든버러, 글래스고, 애버딘… 이름을 들어보았지만 선명히 그려지진 않는 도시의 풍경들을 이모는 잊지 못하는 것 같았다. 그 어느 뒷골목, 가정집을 개조한 민박집에서 알파벳을 수놓은 자수를 보았다고 했다.

지금은 쓰지 않는 옛 낱말이 섞인 자수는 귀퉁이가 닳은 테이블보였다. 영문과 학생이던 이모는 집주인에게 테이블보에 대해 물었고, 자수가 '포팅게일의 늙은 로빈'이라는 스코틀랜드 노래의 한 구절임을 알게 되었다.

"누그러지리라… 그게 좋아서. 한밤에 자다가 깼을 때 왠지 서글플 때가 있잖아? 그때 따뜻한 차를 만들어놓으면, 다시 잠에서 깰 때도 덜 슬프다는 게."

명여 이모는 글귀를 우리말로 옮겨 적은 쪽지를 오랫동안 수첩에 넣어 다녔다고 했다. 그녀만의 어떤 주문처럼, 혼자 타지에서 외롭게 지내던 날들에 위안이 되었다고.

해원은 그 얘기를 할 때 행복한 회상에 잠기던 이모의 모습을 좋아했다. 사춘기 무렵엔 그녀가 좋아하는 것들을 같이 좋아하고 싶었다. 엄마와 이모는 동쪽과 서쪽처럼 달랐고 엄마가 현실적이며 건조한 사람이었던 만큼, 방랑벽 있고 느슨한 이모는 자유로워 보였다. 하지만 조카딸을 데리고 돌아온 순간 모든 게 달라졌다.

"내가 생각보다 재능이 없어. 해원이 어른 될 때까지 내가 돌볼래요."

그날 할머니는 방망이로 장독대를 부쉈다. 이모는 팔짱을
낀 채 바라보기만 했고 해원은 심장이 세차게 두근거렸다.
환영받지 못할 거라고 생각했지만, 이튿날 할머니는 깨진 장
독을 말끔히 치웠고 적어도 해원에게만은 한 번도 서운한
말을 남긴 적이 없었다.

주전자에 차를 끓여 두 잔을 따르면서 해원이 입을 열었다.

"게스트하우스 생겼더라? 두 개나."

"응."

명여가 책장을 넘기며 대꾸했다.

"우리도 나무에 꼬마전구 달까? 반짝반짝하게."

"필요 없다. 나무한테도 안 좋아."

"겨울 한철 다는데, 뭐."

대답이 없다. 펜션 운영 상태에 관해 말하고 싶지 않은 마
음을 눈치채고 해원은 잠자코 차를 마셨다. 12월 탁상달력
동그라미를 친 날짜에 '해원이 오는 날'이라 적힌 걸 보자 쑥
쓸해졌다. 좀 더 멋있게 왔더라면 좋았을 텐데. 어떤 게 멋있
게 오는 건지는 모르겠지만. 같은 날짜 아래 기념일이 작게
인쇄돼 있었다.

"…이모. 오늘이 남아프리카 화해의 날이라는 거 알아?"

"몰라. 그런 날도 있니?"

해원은 찻잔을 내려놓고 달력의 지나간 앞장을 넘겨보았

다. 매달 많은 기념일이 박혀 있었다. 세계 커피의 날, 웃음의 날, 텔레비전의 날…. 우유의 날과 왼손잡이의 날까지 있어 피식 웃음이 나왔다. 이런 소소한 기념일을 찾아내 인쇄하다니 꽤나 진지하거나 장난스럽거나 둘 중 하나일 듯한데 어느 쪽이든 심심한 사람이기는 할 것 같았다.

"이 달력은 누가 준 거야? 북현리 풍경 사진이네."

"옆집 은섭이가. 책방 하잖니."

임은섭?

낮에 본 책방이 그 친구가 운영하는 거였나. 해원은 새삼 그의 얼굴을 떠올렸다. 같은 혜천읍 중고등학교를 다녔고 별로 말이 없던, 옆집에 살아도 마주치면 그저 인사하는 정도였던 동창. 그나마 그는 중간에 고교도 그만두었던 것 같다. 졸업앨범에 그 애가 있었던가. 기억이 없다.

"잘 되나? 서울도 동네 책방들 없어지는데."

"글쎄. 문 연 지 일 년 넘었을걸."

"그렇군. 마을에 서점 하나 있으면 좋긴 하겠네."

명여는 돋보기를 벗고 책을 덮어버렸다.

"남의 가게 걱정 말고 네 얘기나 해봐라. 그래서, 이제 어떻게 살 건데."

"잘 살 생각이에요."

"그러니까 어떻게 잘 살 건데."

"이모처럼 살면 되겠지, 뭐."

농담처럼 말했지만 명여는 살짝 미간을 찌푸렸다.

"나 놀리면 재밌니. 그럼 가르치는 건 어때. 근처에 배우고 싶어 하는 여자들이나 아이들도 있을 텐데."

"음… 여기 아이들은 말을 잘 듣는 편인가?"

"애들이 꼭 네 말을 잘 들어야 하는 거니?"

해원은 그만 한숨을 쉬고 솔직해졌다.

"내가 그동안 깨달은 건… 그림이나 글 같은 건 가르치는 게 아닌 거 같아. 재능이 있는 사람은 굳이 가르쳐줄 필요가 없고, 그렇지 않다면 가르쳐봐야 소용이 없고."

의도보다 차가운 말투가 되었나보다. 명여가 나무라듯 바라봐 해원은 난처하게 어깨를 으쓱했다.

"못되게 말해버렸나? 그렇다고 그 뜨거운 차 나한테 뿌리진 마세요."

"그게 못되게 말한 거니?"

비꼬면서도 명여는 표정을 풀었다.

"네가 독설을 제대로 못 들어봤구나. 원한다면 얘기해, 시원하게 들려줄게."

독설…. 듣지 않아도 안다. 엄마와 이모가 가깝게 살던 시절, 자매가 말다툼하는 순간을 몇 번 목격한 적 있었지. 두 사람이 다시는 안 볼 것처럼, 듣는 이가 기가 질리도록 말의 화살이 날아다녔다. 엄마는 날카로운 바늘로 찌르는 것 같고, 이모는 굵은 돌멩이를 머리에 패대기치는 것 같았다. 그렇게 심하게 다투고서도 며칠 지나면 자매가 웃으며 함께 밥을 먹고 옷을 바꿔 입고 수다를 떨어대서 어린 해원은 어리둥절했었다. 다 지난 이야기지만.

"네 엄마는?"

마음을 읽기라도 한 것처럼 이모가 물었다.

"…잘 지내겠죠."

"안 보고 살아?"

"봐요. 몇 달에 한 번쯤. 밥도 먹고 커피도 마시고."

하지만 모녀가 함께 백화점과 시장에 가거나 나란히 앉아 영화를 보지는 않지. 계절이 바뀌었다 싶으면 주로 엄마가 먼저 연락해와 여름이면 냉면을, 겨울엔 따뜻한 음식을 먹고, 카페에서 한 시간 남짓 서로의 근황을 묻고 대답하고 나면 할 말이 없었다.

"…그거 알아? 나는 한참 전부터 인물을 안 그려요. 사람 그리는 거 싫어서."

명여는 소파에 기대 그런 조카를 지켜보았다.

"나는 누구를 가르칠 자격은 없는 사람인 것 같아."

"저런. 네 자존감이 그렇게 낮은지 몰랐네."

"아니, 그게 아니라. 내가 모자라거나 못나서 그렇다고 생각하는 건 아니에요. 그냥, 남을 가르칠 수 있는 타입의 사람이 따로 있더라는 거. 근데 나는 그렇지 못하다는 거. 그걸 깨달았다는 뜻이야."

"너무 마음을 써서 그런 게 아닐까? 네가 사람한테 기대하는 게 많았든지."

그럴까. 해원은 멍하니 생각해보았다. 아니다. 열다섯 살 이후로 사람한테 기대한 적 없다. 다만 자기 능력에 실망하는 것과 한계를 아는 것이 빨랐을 뿐. 이모가 글을 그만뒀듯이 나 또한…. 해원은 고개를 저어 생각을 털어버렸다.

마을 어디선가 개 짖는 소리가 들리자 방석에서 군밤이 고개를 들었다가 다시 잠을 청했다. 명여 이모는 아래층 방에서 깊이 잠들었다.

해원은 잠이 오지 않아 카디건을 걸치고 어두운 테라스 데크로 나갔다. 얼음장처럼 차가운 슬리퍼에 맨발을 넣으니 오싹 몸이 떨렸지만 어둠에 잠긴 마을 풍경이 고요해서 좋았다. 언덕 게스트하우스 나무에 감아놓은 전구 불빛들이 반짝거렸다. 낡아가는 호두하우스에 비해 그쪽은 밤에도 따뜻한 온기가 있다고, 여기로 오라고 손짓하는 것 같았다.

해원은 데크에 놓인 무거운 석유난로의 스위치를 올렸다. 켰다 껐다를 반복하니 겨울잠에서 깨어난 듯 부르르 떨며 불이 붙었다. 희미하게 석유 냄새가 났다.

"그런 마음으로 너는 그림을 그리니? 남의 그림을 망쳐도 된다고 생각하는 사람이 자기 그림은 그려서 뭐 하게!"

이제 와 생각해보니 그날은 왜 그랬는지 모르겠다고, 해원은 돌이켰다. 뭘 새삼스럽게. 일하다 보면 그보다 더한 일들도 많았는데.

학원 규모가 커지거나 사양길을 걸을 때, 강사들이 빠져나가고 새로 들어올 때, 입시 실적과 수강생 숫자에 신경을 곤두세울 때면 자주 긴장해야 했다. 처음 일했던 곳의 원장은 해원에게 이웃 경쟁학원이 어떻게 가르치고 분위기는 어떤지, 수강생인 척 한 달 등록해서 겪고 오라고도 했었다. 염탐하는 것 같아서 싫었지만 원장은 리서치 활동이라고 했다.

일주일을 나갔는데 도저히 더는 가고 싶지가 않았다. 몇 달 뒤 해원이 가르치는 아이들을 데리고 김밥을 사 먹으러 거리를 걷다가 이웃 학원 원장과 딱 마주쳤던 기억. 해원을 스파이 보듯 흘겨보고 가던 그녀의 얼굴도 꽤 오래 잊히지 않았다.

많은 일들을 융통성이라 여기고 그런대로 잘 넘어왔건만, 그날은 자기도 모르게 녀석의 어깨를 움켜쥐었다. 아이가 몸을 젖히자 얇은 점퍼자락이 해원의 손에 남았는데 실랑이하다 옷이 찢어졌다.

옷값은 물어주었다. 다음 날 아이 어머니가 찾아와 교무실을 한바탕 뒤집으며 수강료 환불과 사과를 요구했다. 원장이 대신 사과하고 환불도 해주었지만 바닥에 놓고 쓰던 물통, 붓을 씻어 더러워진 물을 해원에게 보란 듯이 뿌리고 갔다.

별거 아니라고, 이런 데 연연하면 일 못 한다고 다들 말했지만 더는 잘 되지 않았다. 없었던 일인 셈 치라고 해도 언제나 있었던 일은 있었던 일이니까. 생각해보면 꼭 그 아이 탓만도 아니었다. 그간 차곡차곡 누적돼온 것들이 넘쳐버렸기 때문이고, 타이밍이 마침 그때였을 뿐.

부르릉— 밤의 정적을 깨고 누군가 스쿠터를 타고 오솔길을 올라왔다. 호두하우스와 옆집 사이 전봇대 가로등 아래 스쿠터가 멈춰 섰다. 팔짱을 끼고 데크를 서성이던 해원과 스쿠터에서 내리던 은섭의 시선이 마주쳤다. 대문 없는 옆집과 호두하우스 사이는 고작 몇 미터 거리였다.

파카를 입은 은섭이 헬멧과 장갑을 벗자 불빛 아래 헝클어진 머리카락이 드러났다. 짧은 순간 서로가 인사를 할까 말까 망설인다는 것을 두 사람은 동시에 느꼈다.

해원이 먼저 어색한 밤공기를 깼다.

"안녕? 오랜만이네."

"어, 안녕. 오늘 온 거지?"

"어떻게 알았어?"

"오는 거 봤거든, 스케이트장에서."

그들의 입김이 허공에 흩어졌다. 은섭의 눈에 비친 해원은 핑크색 수면바지에 스웨터와 카디건을 걸치고, 마지막으로 보았던 이 년 전보다 머리카락이 많이 길어 있었다. 슬리퍼 속 그녀의 맨발이 하얗게 눈에 들어왔다.

"추운데 왜 나와 있어?"

"잠이 안 와서 바람 쐬려고. 금방 들어갈 거야."

데크의 석유난로가 가까스로 온기를 내뿜고 있지만 역부족 같았다. 해원이 두 팔을 감싸 안은 채 물었다.

"책방 한다며?"

"응."

두 사람은 잠시 머뭇거렸다. 은섭은 무슨 말을 할 듯하다가, 그만두고 인사말을 건넸다.

"그럼, 잘 쉬었다 올라가라."

스쿠터를 세워놓고 돌아서는데 해원의 목소리가 들려왔다.

"참, 궁금한 게 있는데."

은섭이 걸음을 멈추었다.

"들판에 저 마시멜로들 말야. 짚 발효시키는 통. 그거 진짜 이름 알아?"

순간 은섭은 묘한 표정이 되었다. 그녀를 바라보다 그는 천천히 입을 열었다.

"너 삼 년 전에도 똑같은 질문했는데."

해원은 약간 당황했다.

"그랬나? 누구한테 들었던 기억은 나. 그게 너였구나. 근데 잊어버렸네."

"곤포. 사일리지라고도 부르고."

곤포…. 해원은 혼잣말로 중얼거려보았다.

"그게 안 외워졌구나."

"내년 겨울에 또 물어봐. 다시 말해줄게. 잘 자라."

은섭은 피식 웃고는 짧게 손을 흔들고 집으로 들어가버렸다. 혼자 남은 해원은 석유난로의 스위치를 끄고 불씨가 사라지는 걸 지켜보았다.

마시멜로의 진짜 이름은 곤포. 하지만 아마도 여전히 마시멜로라 부르게 될 것 같다고 해원은 생각했다. 밤바람은 차갑고 달이 밝았다.

슬픈 마시멜로의 전설

12월 8일 책방 일지

오늘의 입고 서적:《사물의 꽃말 사전》이말리 저

1인 출판물《사물의 꽃말 사전》을 입고했다. 작가가 오랫동안 구상해서 글 쓰고 사진 찍는 작업을 해왔다고 함.

처음 위탁 판매 문의를 받았을 때는 사물의 꽃말이 무슨 뜻인지부터 물었는데, 꽃마다 꽃말이 있는 것처럼 일상에서 만나는 사물들에게 어울리는 말이 있다면 무엇일까? 라는 상상에서 출발했다고 한다.

클로버의 꽃말이 행복, 행운이라면 카메라의 꽃말은 무엇일까 같은 질문. 이말리 씨는 '찰나'라고 써놓았다. 사물에게 '꽃말'이란 표현보다 더 적확한 다른 표현이 있지 않을까 싶긴 하지만, 쉽게 다가가기엔 꽃말도 무리수는 아닐 듯. 발상이 신선한 것 같아 일단 두 권을 받아놓았다. 책방 홈피에 올려놓았는데 누군가 구매할 사람이 있기를 바란다.

…그러고 보니 마시멜로의 꽃말은 '무관심' 또는 '기억 못함' 정도가 되겠군!

논두렁 스케이트장 문제

책방을 연 지 1년 6개월, 요즘 방해꾼은 큰아버지다. 애증의 논두렁 스케이트장이여! 일주일에 엿새는 책방 문을 열었는데 겨울 한철 대목이라 수시로 호출당하다 보니 문을 못 여는 날이 늘어남.

도시로 나간 사촌 형들은 내 고생을 알아야 하는데. 아르바이트를 쓰시라고 하고 싶지만, 큰아버지 내외가 워낙 걱정도 많고 낯선 일손을 믿지 못하니 문제다. 내가 안 나가면 얼음판 안전요원을 큰아버지가 해야 하는데 얼음판을 달리기엔 음, 연세가.

또 그렇게 되면 비닐하우스에서 헬멧과 스케이트화 대여 관리할 일손이 달린다. 큰어머니는 스낵바 운영에 논두렁 이모작의 사활을 거신 듯한데, 누가 이 부부를 좀 말릴 사람이 없나!

아무튼 조만간 나라도 아르바이트를 구해서 파견 보낼 수

밖에 없다. 그러나 두 분 마음 상하지 않게 잘 말씀드려야 함. 올겨울 스케이트장에서 번 돈을 책방에 투자하시게 하려면. 조카의 흑심은 이렇습니다, 큰아버지.

책방 굿즈 문제

작년 이맘때 탁상달력을 만들었다. (마시멜로의 날은 왜 없지?) 올해도 만들 계획이었으나 어쩌다 보니 늦어졌다. 지난 달력이 사진이었으니 내년도 달력은 따스한 삽화를 넣고 싶었는데, 삽화가 섭외를 못 했다. 달력에 쓰인 그림을 따로 인쇄해서 엽서도 제작하고 싶은데 지금이라도 할 수 있을까?

너무 바빴다. 이게 다 논두렁 스케이트장…까지만 쓰자. 동어반복 금지.

새벽 3시인데 건너편 호두하우스 H의 방에 불이 켜져 있다. 그러고 보니 아까도 잠이 안 와서 나와 있다고 했었지. 내 불면증이야 워낙 익숙한 거지만. 혹시 H도? 세상에서 가장 긴 역사를 가진 야행성 점조직, 굿나잇클럽에 들어오라고 말해볼까?

하지만 나는 아마 말하지 못하겠지. 네, 못 합니다. (웃는

다.) 그래도 잘 자요, 아가씨.

세상에 흩어져 잠자리에 드는 굿나잇클럽 여러분도 잘 자요. 겨울 들판의 마시멜로를 보면 강원도 어딘가에서 바보 같은 대답을 한 인간이 있다는 걸 기억해주세요. 내년 겨울에 또 물어봐, 자꾸자꾸 대답할게 같은 멍청한 소리를 하는 남자가 있다는 것을. 여러분은 더 잘할 수 있을 겁니다, 저보다는.

그럼 굿나잇.
이 마을은 서리가 내려 환합니다, 로저.

굿나잇책방 블로그 비공개글
posted by 葉

언젠가의 소문

　며칠 지나 밤새 함박눈이 왔다. 데크에 내린 눈을 빗자루로 쓸어내고 해원은 호두하우스 오솔길로 나섰다. 빙판이 되기 전에 치워야 했다.

　옆집은 이미 은섭이 삽을 들고 나와 쌓인 눈을 걷어 내는 중이었다. 서로 까딱 고개 인사만 나누고 묵묵히 두 사람은 삽질과 비질을 계속했다. 푹푹 삽이 눈을 퍼내는 소리와 눈밭을 슥슥 긁는 싸리 빗자루 소리만 오솔길에 퍼졌다.

　"…호박을 안 땄네?"

　눈에 파묻힌 텃밭에서 해원은 얼어버린 누런 호박을 발견하고 그 앞에 쭈그리고 앉았다. 두 집 사이에 텃밭이 있었다. 털장갑 낀 손으로 호박을 덮은 눈을 털어내니 천연 냉동고에 갇힌 늙은 열매가 제 모습을 드러냈다. 옆집 어른들은 살뜰하게 작물을 가꾸던 분들인데 어째서 따지 않았을까 싶었다. 어깨 너머로 은섭이 말했다.

"돌보지를 않았더니 저 혼자 자랐나보다."

"올해는 텃밭 농사 안 하셨어?"

"부모님들 집에 안 계셔. 재작년에 혜천시 아파트로 나가셨어. 시골집 너무 춥고 힘들다고."

"그럼 이 집에선 너 혼자 지내는 거야?"

"응."

해원은 시들어버린 작물의 흔적을 찾아 텃밭의 눈을 쓸어내 보았다. 동면 중인 아스파라거스와 마른 수세미 덩굴이 패잔병처럼 고개를 내밀었다. 장갑이 젖어 그녀는 웅크린 무릎 사이에 잠깐 손을 넣었다가 다시 빗자루를 잡았다.

응달진 곳 얼어붙은 눈덩이를 툭툭 쳐보았지만 꿈쩍도 하지 않자 은섭이 다가와 삽을 세워 깨뜨리고는 긁어내주었다. 나뭇가지에 쌓였던 눈이 후드득 떨어져 해원의 머리카락과 얼굴에 부스러기로 흩어졌다. 그녀가 머리를 흔들어 털어내는 모습에 은섭의 팔뚝엔 잔소름이 돋았다. 깃털 같다고… 부드럽고 묘하게 간지러운, 새의 촉감 같은 게 따라와 은섭은 고개를 돌렸다.

문득 해원은 이른 아침 제대로 세수도 안 한 것이 신경 쓰였다. 손가락으로 대강 빗어 넘긴 머리카락도. 곁눈으로 보니 그도 딱히 다르지 않았다. 까치집까진 아니어도 머리는 부스스하고, 집에서 입는 추리닝에 파카를 껴입었을 뿐이다.

하지만… 그에겐 어딘지 달라진 것이 있었다. 오랜만에

만나서일까. 지난 십 년 동안 짧게나마 대화를 나눈 건 우연히 마주쳤을 때뿐이었고, 그 정도 세월이면 안다고 생각하던 사람도 실은 더 이상 그 사람이 아닐 때가 많았다.

"이번엔 오래 머문다?"

은섭은 해원을 보지 않고 말했다.

"그러게. 봄까지는 이대로 있을까 해서."

"이 마을에?"

"아마도. 지금 생각은 그래."

그의 눈 치우는 동작에 힘이 들어갔다. 갑자기 어디선가 치지직 소리가 새어 나오더니 쩌렁한 목소리가 울렸다.

"아, 아! 눈 치우냐? 여기도 좀 치워라, 오바!"

은섭은 허리를 펴고는 파카 주머니에서 무전기를 꺼냈다. 소리가 허공에서 스테레오로 들려와 해원은 뒤를 돌아보았다. 아랫집 담장 너머 북현리 이장 어른의 희끗희끗한 머리가 솟아 있었다. 은섭이 큰아버지를 향해 말했다.

"그냥 소리치셔도 들리는데 무전기는 왜 하세요."

"뭐라고?"

"그냥 소리치셔도….."

"내가 안 들려서 그렇지!"

보청기를 낀 주름진 얼굴이 활짝 웃었다.

"오! 호두집 학생 왔소?"

"안녕하셨어요."

해원이 인사했지만 은섭은 미간을 찌푸렸다.

"학생이라니, 언젯적 얘길 하시는 거예요."

"참, 그렇지. 이젠 어른이지, 어른."

하면서도 이장은 예전처럼 마을 꼬맹이들 보듯 허허 웃었다. 해원도 그냥 웃고 말았다. 노인들에겐 세월이 뭉텅이로 흐르니 오 년 십 년이 그다지 차이도 없는 것이다. 치직거리는 소리가 다시 스테레오로 건너왔다.

"이따 스케이트장으로 내려와라, 고무래 들고! 하우스 눈도 긁어야 돼. 오바!"

담장에서 백발이 사라지자 은섭은 고개를 저으며 무전기를 파카 주머니에 도로 넣었다. 이마에 맺힌 땀을 닦고 숨 한번 돌리고는, 아랫집 오솔길을 치우기 시작했다.

"도와줄게."

"아냐, 네가 왜. 먼저 들어가라."

"괜찮아, 시간도 많은데."

빗자루로 함께 눈을 치우는 해원을 보다 은섭은 입을 열었다.

"여기 지내는 동안, 필요한 거 있으면 언제든 말해."

"필요한 거?"

해원은 기분이 이상해졌다. 필요한 것. 과연 내게 뭐가 필요할까. 요즘은 딱히 원하는 게 없었다. 다 가진 것도 아니면서, 실은 가진 게 거의 없다시피 한데. 정말 자신에게 뭐가

필요한지 모르겠는 마음이었다. 그녀가 스스로에게 묻듯이
말했다.

"예를 들면?"

"뭐, 차라든가. 호두하우스 이모님은 차가 없으니까."

명여 이모는 운전을 못 한다. 길눈이 어두워 언젠가 도로
를 역주행하다 밭에 쌓아둔 낟가리를 들이받은 뒤로는 차를
없애버렸다. 가끔 펜션 손님들이 기차역이나 터미널로 마중
나와주기를 바랐지만 이모는 꿈쩍 안 했다. 자기 발로 찾아
오지 않을 손님이면 숙박을 못 받아도 어쩔 수 없다는 취지
였는데 실은 운전이 싫다는 뜻이었다.

둘 다 한동안 눈만 치웠다. 등에 땀이 맺히고 더는 힘들다
싶을 때쯤 오솔길이 대강 치워졌다. 제설 도구를 챙겨 각자
집으로 향하다 해원이 불쑥 말했다.

"필요한 게 생각났어."

은섭의 시선이 그녀를 향했다.

"뭔데."

"차가 필요해. 빌려줘."

은섭은 잠시 멍하다 풋 웃음을 터뜨렸다. 해원도 그만 웃
어버렸다.

"오늘 쓸 거야?"

"응."

은섭은 텃밭 옆에 세워둔 은회색 SUV를 가리키고는 추

리닝 주머니에서 열쇠를 꺼내 그녀에게 던졌다. 해원이 허공에서 두 손으로 탁 받았을 때, 은빛 열쇠는 그의 체온이 묻어 따뜻했다.

해원은 샤워를 마치고 수건으로 머리를 말리며 욕실을 나섰다.

"이모, 은섭이 말야. 나 없을 때 실종됐다가 돌아온 적 있어?"

주방에서 밥을 푸던 명여가 어이없게 콧방귀를 뀌었다.

"뜬금없이 무슨 소리냐."

"사람이 좀 달라 보여서."

"왜, 차 빌려줘서?"

수건을 터번처럼 두르고 해원은 식탁에 앉았다.

"그것도 그렇고. 그냥… 딱 꼬집어 말하기는 어렵지만, 분명 같은 사람인데 다른 사람이 된 느낌? 외계인한테 납치됐다 돌아오는 영화들 있잖아. 사람이 바뀌어서 왔다든가."

"얘가 멀쩡한 청년한테 실례되는 말을 하네."

하면서도 이모는 돌이켜보는 눈치였다.

"그러고 보니 은섭이 어딘가 갔었지, 아마? 몇 년 안 보이다가 나타났는데, 난 별생각은 안 해봤네."

그랬던가. 학창 시절 은섭은 한결같이 똑같을 사람처럼 보였다. 막연히, 언제까지나 변하지 않을 것 같은 인상이었다 할까. 성적이 톱을 달리는 학생도 아니었고 인기 그룹에 속하지도, 동급생과 잘 섞이지도 않았다. 그는 컬러사진 속에 혼자 세피아로 현상되는 느낌의 아이였다. 존재감이 없다고 느꼈으면서도 어쩌면 그게 존재감이었는지 모르겠다고 해원은 생각했다.

외출 준비를 하고 그의 차에 오르자 뒤쪽에 실린 책 박스가 눈에 띄었다. 시동은 부드럽게 걸렸고 사륜구동이라 눈길을 내려갈 때도 덜 미끄러워 마음에 들었다.

오랜만에 운전하니 그녀는 약간 즐거워졌다. 한때 중고차를 샀지만 주차난에다 복잡한 출퇴근길도 힘들어 헐값에 되돌려준 게 아쉬웠었다. 특히 한적한 도로를 혼자 달리고 싶을 때는.

저만치 논두렁 스케이트장에서 은섭이 비닐하우스에 매달려 눈을 긁어내리고 있었다. 그냥 지나치려다 도로변에 차를 세웠다. 은섭이 돌아보자 해원은 차창을 내리고 점퍼 주머니에서 핫팩을 꺼내 던졌다.

"이거 받아!"

고무래를 떨어뜨리고 은섭이 두 팔을 들어 핫팩을 한방에 받았다. 차창이 올라가고 차가 멀어지는 모습을 지켜보며 은섭은 싱긋 웃었다.

"왜요, 삼촌?"

장갑 낀 손에 먼지떨이를 든 승호가 물었다.

"이익이 남는 장사를 했거든."

"책 많이 팔았어요?"

"비슷해. 저기도 털어라."

승호는 비닐하우스 옆구리에 묻은 눈을 먼지떨이로 탈탈 털고, 은섭은 핫팩을 손에 쥔 채 고무래로 하우스 지붕의 눈을 후드득 걷어 내렸다.

혜천시청 마당 한가운데 설치된 커다란 크리스마스트리가 꽤나 화려했다. 무료 주차장에 차를 대고 해원은 거리로 나가 철물점을 찾았다. 며칠 호두하우스를 맴돌며 체크한 품목들을 메모지에 꼼꼼히 적어온 참이었다.

철물점에서 수도 자바라 호스와 도어 손잡이, 전동드릴과 몇 종류의 나사못을 샀다. 잠깐 생각하다 실리콘 기기와 플라스틱 눈삽도 추가했다. 페인트 가게에 들러 민트색과 밀크색 페인트를 두 통씩, 솔과 롤러도 샀다. 한 번에 옮길 수가 없어 주차장까지 두세 번 오가야 했다.

시내는 그새 많이 변한 것 같았다. 못 보던 높은 건물들이 생겼고 시즌 장식품을 건 카페와 드러그스토어가 부쩍 늘었다. 인테리어 소품샵 앞에서 구경하던 해원은 충동적으로 문을 열고 들어갔다. 그래도 연말이 다가오는데 이모와 무엇인가를 축하하고 싶었다. 축하할 일이 없다면, 아무 일이 없다는 걸 축하하면 되니까.

2미터가 조금 못 되는 트리 세트와 구슬, 꼬마전구를 사고 해원은 마트에 들러 와인도 두 병 골랐다. 차가 있을 때 한꺼번에 해결하려는 것처럼. 금세 카드 영수증이 쌓여 지갑은 오히려 두꺼워졌다.

트리 상자를 품에 껴안고 빙판길을 걸어오니 시간이 제법 지나 있었다. 차 뒤쪽 트렁크를 열고 짐들이 부딪치지 않게 정리하고는 트리 상자를 밀어 넣는데, 누군가 그녀의 이름을 불렀다.

"이게 누구야, 목해원?"

고개를 들자 양복 차림에 넥타이를 맨 젊은 남자가 놀랐다는 듯이 그녀를 보고 서 있었다. 익히 아는 얼굴. 동창인 이장우였다.

"안녕, 잘 지냈어? 여긴 웬일이야."

"내가 할 소리! 난 시청 근무하잖아. 너야말로 웬일이냐?"

해원이 마지막으로 동창회에 참석한 게 벌써 칠팔 년 전이었다. 장우는 서글서글하고 사교적이어서 인기가 많았는데 좀 더 화려한 직업을 가질 줄 알았기 때문에 의외였다.

"내려온 지 며칠 됐어. 여기서 일하는구나."

"그러게 말이야. 내가 공무원이 되다니 혜천시 미래가 밝은 거지. 들어가서 커피 한잔하자."

해원이 망설이니 장우는 쾌활하게 웃으며 엄지손가락을 젖혀 청사 건물을 가리켰다. 커피 한잔, 응? 그녀도 고개를 끄덕이고 차 문을 닫았다.

신축 청사는 입구에서부터 깨끗하고 훈훈했다. 아직 새 건물 냄새가 나고, 천장이 높은 로비에는 초록 실내 화분과 벤치형 의자들이 놓여 있었다. 해원이 자판기에서 아메리카노를 뽑으려 하자 그가 만류했다. 잠시 기다리게 하고 뛰어가더니 사무실에서 커피 두 잔을 내려 왔다.

"맘에 드는 캡슐 커피야. 이걸로 대접해야지."

"고맙다."

커피는 시고 은은한 과일 향 뒷맛을 남겼다.

"마침 잘 내려왔어. 크리스마스이브에 동창회 있거든. 너도 꼭 와라. 애인하고 같이 와도 돼. 몇몇은 커플로 올 모양이니까."

장우가 사뭇 반갑게 말하고는 궁금한 얼굴로 대답을 기다렸다. 그러니까, 있느냐 없느냐는 질문이겠군. 해원은 훗 하고 웃었다.

"내 한 몸 챙기는 것도 힘들어서."

"아하."

씨익 웃는 미소가 그의 보기 좋은 입가에 번졌다.

"그렇다면 다른 계획 없겠네. 너 보면 반가워할 친구들 많을 거다. 혜천 사는 애들끼리는 종종 보니까. 아, 사진 볼래?"

장우는 스마트폰을 꺼내 그녀 앞에서 갤러리 사진들을 차례로 넘겼다. 잊고 지내던 얼굴들이 한꺼번에 쏟아져 나와 해원은 눈을 깜빡이며 낯설게 화면을 내려다보았다. 길에서 만나면 서로 몰라볼 타인들인데, 동창이라 생각하니 다들 이전 얼굴이 남아 누군지 설명을 듣지 않고도 알아봐졌다.

그러다 어느 식당에서 찍은 모임 장면에서, 그녀를 발견하고 말았다. 맨 구석자리, 술잔으로 건배하는 친구들 뒤로 조그맣게 고개를 내민 보영의 모습을. 장우의 손가락이 화면을 스치자 그 모습은 순식간에 사라졌다.

"혹시 페이스북 해? 나하고 연결되면 얘네들은 자동으로 너한테 뜰 거야."

"그렇겠지."

해원이 절반이나 남은 커피를 돌려주고 자리에서 일어나자, 장우는 아쉬운 표정으로 따라 일어섰다. 시계를 흘끔 보더니 그가 말했다.

"이대로 보내는 건 섭섭한데? 친구들 불러내서 저녁 같이 먹는 건 어때."

해원은 거절의 뜻으로 미소 지었다.

"오늘은 좀. 이모랑 약속이 있어."

"그래? 알았다, 그럼 다음에."

선선히 고개를 끄덕이며 장우는 현관까지 바래다주었다. 작별 인사로 가볍게 허그할 때 취향 좋은 남자 향수 냄새가 건너왔다. 그는 손을 흔들며 청사 계단을 올라가고 해원은 주차장으로 향했다. 중고등 내내 반장을 도맡아 하며 구심점이 되던 성격, 하나도 변하지 않았구나 싶었다. 오랜만에 만나는 이들은 어쩔 수 없이 해묵은 기억을 건드린다. 잊고 지내던, 하지만 실은 늘 수면 아래 간직된 기억들.

'목해원이 왜 여기 이모 집에서 사는지 알아?'

오래된 수근거림이 싸늘한 저녁 바람에 묻어와 귓가에 맴돌았다. 단 한 사람, 단짝 친구에게만 고백했던 이야기였는데. 세상 끝날 때까지 지켜줄 거라 믿어 의심치 않았는데. 그게 보영이었다. 다정하고 마음 약한 보영이.

둘이 당번이었던 비 오던 날, 뒷정리를 마치고 보니 교실 양동이에 우산이 하나밖에 없었다. 누군지 우산 없는 아이가 남의 것을 집어 가버렸는데 하필 해원의 것이었다.

"내가 집이 가까우니까 뛰어가면 돼."

학교 앞 버스정류장까지 보영의 우산을 같이 받쳐 쓰고, 그 아이는 그걸 떠안기듯 손에 쥐어주고는 빗속을 뛰어갔다. 잘 웃고 잘 울던 예쁜 아이.

운전석에 앉아 해원은 시동을 켜고 히터를 틀었다. 차가 깨어나는 동안 시청 하늘에 어스름이 내렸다.

언젠가부터 학교는 마치 이분법처럼, 해원의 비밀을 아는 아이들과 아직은 모르는 아이들로 나뉜 것 같았다. 어른이 된 지금이라면 달랐겠지만, 그때는 열일곱 살이었고 친구들을 순수하게 받아들이기가 힘들었다. 누가 다가오면 저 아이는 소문을 들었을까 그 생각만 들었다. 당장은 모른다 해도 언젠가 듣게 될 테니 결국 마찬가지라고. 그러지 않으려 해도 마음대로 되지 않았다.

룸미러에 비친 얼굴이 차가워서 해원은 숨을 내쉬며 표정을 풀었다. 호두하우스로 돌아가 명여 이모와 마주 저녁을 먹어야 한다. 그때….

은섭이 걸어놓은 사슬이 룸미러에서 반짝였다. 팔찌 같은 체인에 끼운 동전만 한 메달에 뭔가 새겨져 있었다.

Goodnight, Irene

굿나잇, 아이린…?

아이린이 누굴까. 해원은 궁금해졌다. 메일이나 블로그에 쓰는 닉네임이거나 어쩌면 그의 여자 친구 아이디일지도 모르겠다 싶었다.

그녀는 최근엔 SNS를 거의 하지 않았다. 전에는 그림을 올리기도 했지만, 언제부턴가 솜씨 좋은 일러스트레이터들이 넘쳐나는 인터넷 세상은 이미 충만해 보였다. 꽃들과 나뭇잎이 숲에 가득한데 꽃 하나 나뭇잎 하나 더 보탠들 무슨 차이가 있나 싶기도 했다.

물론, 다 핑계일지도 몰랐다. 그럼에도 열정적이고 부지런한 아직 꿈을 잃지 않은 사람들이 있는 것이다. 하지만 지금 그녀는 아무것도 생각하고 싶지 않았다.

핸들을 돌려 주차장을 천천히 빠져나왔다. 어느새 짧은 겨울 해가 지고 도로의 차들이 하나둘 헤드라이트를 밝히고 있었다.

버드나무에 부는 바람

며칠 동안 해원은 손에서 목장갑을 벗을 틈도 없이 집중해서 일했다. 물이 새는 싱크대 호스를 교체하고, 오래된 선반 가장자리를 따라 실리콘을 쏘았다. 망가져 덜그럭거리는 방문 손잡이를 새것으로 바꾸고, 계단을 오르내리며 마음에 안 드는 못 자국을 메꾼 뒤 적절한 곳에 새 못을 전동드릴로 튼튼하게 박았다.

샤워기 헤드는 수압을 높여주는 종류로 교체했다. 구석구석 손대다 보니 할 일은 자꾸 눈에 들어왔고, 낡고 유행 지난 욕실 타일까지 새로 붙이고 싶었지만 비용이 너무 많이 들어 외면해야 했다.

두꺼운 점퍼와 마스크로 중무장하고 마당에서 페인트를 섞고 있는데, 명여가 데크로 나오더니 못 참고 기어이 한마디 했다.

"지금 이 겨울에 페인트를 칠하겠다는 거니?"

해원은 쳐다보지 않고 대꾸했다.

"일기예보 확인했어. 당분간 눈비 소식 없대요. 바람도 괜찮고. 칠해도 돼."

"웃기시네."

해원이 이맛살을 찌푸렸다.

"웃기다니, 무슨 말이 그래? 집을 깨끗이 수리해보려고 애쓰는 중인데."

"이 집이 어때서."

"솔직히 손님 없잖아. 다녀간 사람들 후기가 좋아야 또 오든지 말든지 하지. 나라도 여기 오고 싶지 않겠다."

"별채는 멀쩡해."

못 들은 척 해원은 통에 담갔다 뺀 롤러를 페인트가 흐르지 않도록 조심하며 호두하우스 뒷벽에 슬쩍 굴려보았다. 발색이 너무 창백한가? 그래도 다 칠해지면 환하고 깔끔할 것 같았다. 명여가 또 거슬리게 말했다.

"민트색 유행 지난 지가 언젠데. 보기만 해도 춥다."

해원은 이모를 짧게 노려보았지만 꾹 참고 세차게 롤러를 문질렀다. 혼자 살던 원룸 페인트칠만 해봤지 이렇게 큰 집을 칠해본 적은 없었기 때문에 조금 걱정되긴 했다. 하지만 누구에게 도와달라 하지 않고 혼자서 해내고 싶었다.

발 딛고 올라갈 의자를 계속 이동해가며 일 층 외벽만 칠했는데 오후 늦게까지 절반도 못 했다. 그나마 처마 홈통에서 빗물이 떨어져 붉게 녹슨 자리를 지워버린 게 위안이 됐다.

무리하게 힘을 써서 어깨와 허리가 결리고, 뻐근한 근육통이 찾아왔다. 오늘은 여기까지 하고 페인트와 도구를 집 안으로 들여놓자 군밤이 호기심으로 기웃거렸다.

"안 돼. 이건 위험한 거야."

녀석이 냄새 맡거나 건드릴 수 없는 곳으로 치워두고 해원은 허기를 느끼며 주방으로 갔다. 저녁 시간인데 식탁은 텅 비어 있었다. 허리를 두드려가며 국을 데우고 냉장고의 반찬을 꺼내 상을 차려두고는 방문을 노크했다. 의자에 기대 앉은 이모가 선글라스를 쓰고 담요를 덮고 있길래 잠든 줄 알았는데, 인기척을 듣고 고개를 드는 걸 보니 그저 생각에 잠겼던 모양이었다.

"집 안에서 무슨 선글라스야?"

"겨울에 페인트칠하는 사람도 있는데 선글라스쯤이야."

"식사하세요."

한숨을 삼키며 해원은 주방으로 돌아와 먼저 먹기 시작했다. 이모는 방에서 나오지 않았다. 무엇 때문인지 몰라도 컨디션이 다운돼버린 것이다. 명여 이모는 한없이 다정하고 유쾌하다가도, 이상하게 예민해지기 시작하면 건드리지 않는 게 나았다. 그저 한동안 내버려두면 혼자 알아서 다시 올라오곤 했다.

그래도 솔직히 약간은 서운한 기분이었다. 이모를 위해

호두하우스를 꾸며주고 싶었고, 도움이 됐으면 했다. 그런데 하나도 기뻐하지 않고 오히려 싫은 기색이 느껴지니 해원도 마음이 편치 않았다. 늘 그 자리에 존재하는 것 같지만, 오래 떨어져 지내면 내가 알던 그 사람이 아닐지 모른다는 건 가족에게도 똑같이 적용되는 것일까.

어둠이 내리자 바람 소리가 강해졌다. 아무래도 신경 쓰여 해원은 데크에 불을 켜고 마당으로 나가보았다.

"아….."

그녀의 입에서 신음이 새어 나왔다. 부디 괜찮기를 바랐는데, 새로 칠한 페인트는 그 잠깐의 추위를 못 참고 뱀 껍질처럼 허물이 일어나 있었다.

"새로운 미술 기법 같구나."

어느새 나온 명여도 곁에서 전위예술이라도 감상하듯 함께 쳐다보았다. 무안해진 해원이 시무룩하게 말했다.

"미안. 어떻게든 내가 다시 잘해놓을게요."

"봄이 오기 전까진 답이 없을 것 같은데? 이 층은 어떻게 하고. 아래위 집 색깔이 다르잖아."

"당분간은 투 톤 색상이라고 봐주면 안 될까?"

명여는 고개를 젓더니 더는 언급 안 하고 들어가버렸다.

조용한 마루에 라디오 소리만 흘렀다. 이모가 소파에서 책을 읽는 동안 해원은 며칠 전 사다놓은 트리 상자를 풀기 시작했다. 인조 전나무 가지를 설명서대로 조립하고 반짝이는 펄이 들어간 색색의 장식구슬을 꺼냈다. 파란빛 흰빛 조명이 번갈아 매달린 전선은 키 큰 크리스마스트리를 충분히 감고도 남았다.

탁자에서 전화벨이 울려 라디오의 음악을 방해했다. 해원은 한 손에 리본을 쥔 채로 수화기를 들었다.

"호두하우스입니다."

"펜션이죠? 그쪽으로 여행 가려는데 숙박 문의하려고요."

"네, 물론입니다. 언제 방문 계획이신가요?"

모처럼 손님이라 반갑게 응대하는데 명여가 거절하라는 뜻으로 손을 저었다. 해원이 눈짓으로 되묻자 그녀는 양 손가락을 겹쳐 확실한 엑스 자를 만들어 보였다.

"잠시만요, 손님. 제가 객실을 확인해보고 이 번호로 다시 연락드리겠습니다. 감사합니다."

전화를 끊고 해원이 물었다.

"뭐라고 한 거야, 이모?"

"예약받지 말라고. 숙박업계 안내서에서 빼달라고 했는데 처리가 안 됐나보다."

"무슨 말이야, 예약을 왜 안 받아?"

명여는 피로한 얼굴로 관자놀이를 지그시 누르더니 책을 덮으며 고백했다.

"사실은 폐업한 지 일 년 다 돼가. 이제 이 집, 펜션 아니야."

잠시 말문이 막혔다가 해원은 입을 열었다.

"왜?"

"내가 지쳐서. 늙었고."

"이모 오십 대 초반이야. 뭐가 늙었다고 그래?"

"이제 서른 살 된 너한테서 그런 말 위로 안 돼. 그리고 마음이 문제야. 내 마음은 팔십 세야."

그러고는 탁자에서 지갑을 집어 들었다.

"너 이런저런 물품들 사느라 얼마 썼니? 지금 돌려줄게."

"필요 없어, 내가 하고 싶어 한 거니까."

"직장 그만두고 모아둔 돈도 없을 거 아냐. 폐 끼치기 싫다."

해원은 얼굴이 약간 일그러졌다. 이모가 그렇게 말하는 건 속상했다.

"그게 무슨 폐야? 그러면 내가 이렇게 와 있는 것도 폐가 되겠네? 식구끼리 무슨…."

명여가 단호하게 해원의 말을 잘랐다.

"어쨌든 네가 집에 돈 쓰게 하고 싶지 않아. 넌 신경 쓰지 마."

"와― 너무하네. 누가 들으면 나 호두하우스 물려받으려고 내려온 줄 알겠다. 영업은 그만뒀어도 이모 이 집에서 계속 살 거잖아. 수도도 새고, 보일러도 시원찮고, 여기저기 낡았는데…."

"네가 날 위해 이 집을 고치고 싶어 한 거니? 네 속에 불난 거 씨름하느라 그런 거지! 도망 와놓고선 회피할 게 필요하니까."

부정할 수 없는 말은 늘 날카로운 법이다. 눈물이 핑글 돌아서 그녀는 꾹 참았다.

"그래, 이모. 그 말이 맞다. 근데… 팩트 폭력 심하다. 꼭 그렇게까지 말해야겠어?"

해원은 구슬과 전선을 상자에 던져버리고 현관문을 쾅 닫으며 집을 나섰다.

오 분도 안 돼 후회했다. 나오더라도 점퍼는 낚아채서 나왔어야 했는데. 부츠도 신었어야 했고. 너무 추워 괜히 서러움이 더했다. 스웨터와 집에서 입는 스커트 차림으로 오들오들 떨며 어두운 밤길을 내려오는데 그녀의 발소리가 터벅터벅 우군처럼 따라왔다. 원치 않게 뚝 떨어진 뺨의 눈물 자국만 따뜻했다.

삼거리에 서니 달빛 아래 풍경은 고요하고, 낮에 떠들썩했던 논두렁 스케이트장이 불이 꺼진 채 잠들어 있었다. 해원의 시선은 저절로 기와지붕 집을 향했다. 들판 앞 거기에만 노란 불빛이 켜져 있었다.

조명은 밤을 밝힐 만큼 환하지도 않고 그저 아늑한 정도였다. 마치 잠잘 때 작은 불을 켜놓는 것처럼, 이 밤에 북현리 마을의 취침등 같은 불빛이었다.

달리 갈 곳도 없이 서 있던 그녀는 티 나지 않게 뺨의 눈물 자국을 닦고, 심호흡했다. 입김이 하얗게 피어올랐다. 가까이 가니 책방 외벽에 걸린 소형 칠판에 흰 분필로 주인이 쓴 글씨가 적혀 있었다. 가게 입간판 같은 칠판이었다.

아침에는 스릴러를,
오후에는 멜로를.
　　　─그레이엄 그린

…이렇게 써놓으면 지나가다 책을 사고 싶어질까? 그레이엄 그린이 누군지는 모르지만 아마 작가이리라. 그래, 그 말처럼 아침에는 스릴러를 오후에는 멜로를 찍는 인생이었어야 했는데 생각하며 해원은 드르륵 미닫이문을 열었다.

"어서 오세요."

은섭은 고개를 들었다가 다소 놀라는 것 같았다. 뜻밖의 손님이었나 싶어 해원은 조금 웃어 보였다.

"문이 열려 있길래 구경 왔어. 괜찮지?"

"…그럼. 자정까지 열어놓을 때도 있으니까."

이모와 싸우고 집을 박차고 나왔다고는 말할 수 없어서 해원은 서가를 훑어보기 시작했다. 추운 밤 왜 겉옷도 안 입고 다니느냐는 질문은 하지 말아주길 바랐는데, 다행히 그는 아무것도 묻지 않았다.

천장이 낮은 기와지붕을 그대로 살려 책방 허공에는 아

름드리 굵은 대들보와 나무 뼈대들이 고스란히 남아 있었다. 바닥은 밝은 회색 시멘트로 마감했고, 벽 두 면을 채운 책장은 나뭇결이 드러난 목재로 짜 맞추었다. 특유의 따뜻하고 어둑한 노란 불빛은 천장에서 드리운 여러 개의 백열등이었다.

"커피는 떨어졌고, 홍차와 생강차가 있는데. 뭘로 줄까?"

돌아보니 은섭은 예전 부엌이었을 듯한 한쪽 공간에서 전기포트에 물을 끓이고 있었다. 조리도구가 놓인 간단한 바를 만들어 바쁠 때는 이곳에서 식사도 해결하는 것 같았다.

"…홍차 마실게. 고마워."

출입문 가까이 책을 진열한 평대에는 동해 바다에서 주워 왔음직한 조약돌과 소라고둥이 접시에 담겨 있었다. 예쁘긴 했지만 계절에는 어울리지 않는 여름 소품이었다.

은섭이 홍차 티백이 담긴 잔을 건네주자 해원은 저절로 안도의 한숨이 나왔다. 김이 모락모락 오르는 찻잔을 두 손으로 감싸 쥐는 것만으로도 고마웠다.

"인스턴트라 별로 맛은 없어."

"괜찮아. 다 괜찮아."

연거푸 괜찮다고 말하고 차를 마시고 있으니 은섭은 전기난로를 끌어와 그녀 가까이 켜주었다. 잠시 후 추위가 가시자 해원은 궁금한 듯이 입을 열었다.

"음… 책방 이름이 왜 굿나잇인지 물어보고 싶었어."

실은 차에서 본 '아이린'에 관해 묻고 싶었지만 그건 개인적인 일일 것 같았다.

"글쎄… 잘 자면 좋으니까. 잘 일어나고 잘 먹고 잘 일하고. 쉬고, 그리고 잘 자면 그게 좋은 인생이니까."

"인생이 그게 다야?"

"그럼 뭐가 더 있나? 그 기본적인 것들도 안 돼서 다들 괴로워하는데."

해원이 고개를 끄덕이자 그가 온화하게 말했다.

"추천받고 싶은 책이라도 있는지. 어떤 장르를 좋아하는지 모르지만."

"오늘은 그냥 구경할게. 사실, 소설은 잘 안 읽어."

"어째서?"

해원은 잠시 생각해보았다. 가끔 서점에서 책을 살 때면 주로 화집이나 가벼운 에세이를 고르게 되었다. 의식적으로 소설을 멀리한 건 아니지만 어쩌다 보니 그랬다.

"사람들이 나와서 사건을 일으키고 갈등하고. 읽다 보면 감정이 이입되니까 힘들어져서 그런가봐. 인물들 성격도 복잡하고. …말하다 보니 잘 모르겠네. 내가 책을 많이 안 읽고 살았나보다."

"상관없겠지요. 읽고 싶은 걸 읽으세요, 독자님."

은섭이 농담처럼 말해서 그녀는 웃어버렸다.

격자와 일자형으로 짜 넣은 서가에는 대부분 새 책이 꽂혀 있었지만 안쪽 서가의 책들은 조금 달랐다. 조금씩 손때가 묻고, 이름표가 달린 책갈피가 꽂혀 있기도 했다.

"헌책방도 같이 하는구나."

그는 고개를 저었다.

"아니. 회원들이 읽다가 키핑해두고 가는 거라 손때가 묻어서 그래."

"키핑?"

"사람들이 편하게 드나들 방법을 찾아보다가 시도해본 거야. 책도 와인이나 위스키처럼 생각하라고."

약간 수줍은지 그는 머리를 긁적이며 웃었다. 키핑 책장은 그가 나름대로 생각해서 운영해보는 것이었다. 책을 집에 들고 가도 읽을 분위기가 안 되는 손님들이 틈날 때마다 와서 읽고, 다 읽으면 가져가는 방식으로.

미닫이 출입문이 열리며 매달아놓은 종이 울렸다.

"안녕하시오!"

사십 대 후반쯤 통통해 보이는 중년 아저씨가 인조 무스탕을 걸치고 반갑게 인사하며 들어왔다. 남자는 키핑 책장에서 본인이 읽던 책을 꺼내 가운데 긴 탁자에 앉더니, 노안이 있는지 멀찌감치 거리를 띄우고 펼쳤다.

한 단락쯤 읽고는 남자가 말했다.

"여긴 다 좋은데 불빛이 좀 어두워서. 조명을 엘이디로 바꾸는 게 좋은데 말예요."

"어두우면 독서등을 켜드릴까요?"

은섭은 차 한 잔을 내주면서 탁자에 놓인 스탠드형 독서등의 스위치를 켰다.

방해하지 않으려고 해원은 조용히 서가를 구경했다. 공간에 밴 책 냄새 때문인지 아까보다 마음이 편안했다. 안쪽 책상에서 은섭이 노트북으로 문서를 입력하는 자판 소리가 들려오더니, 곧이어 탁자의 남자가 헛기침을 했다.

"바깥에 걸린 간판은 조명 설치를 안 할 생각인가요? 지금처럼 글자만 쓰여 있으면 밤에는 아예 안 보일 텐데."

"괜찮습니다만."

"입구가 환해야 장사가 잘되는 거라. 사업이 그렇거든요. 엘이디 형광등을 넣으면 전등 개수 많이 안 쓰고도 충분히 밝은데. 옆에 다른 상가라도 있으면야 또 눈에 띄지만, 들판에 하나 있는 가게라."

무스탕 남자는 친근하게 하하하 웃었다. 자주 겪는 일이라 은섭도 편하게 웃어 보였다.

"밤에 지나다니는 사람들이 많지 않아서요."

"뭐, 그건 그렇겠죠."

남은 차를 호로록 마시고 남자는 일어서더니 책을 원래 자리에 꽂아놓고는 인사를 남겼다.

"오늘은 몇 장 못 읽고 갑니다. 금요일 저녁에 올게요."

"이번엔 참석하십니까?"

"어지간하면 참석해야죠. 내가 글솜씨를 늘리려고 책을 읽기 시작한 건데."

조명을 바꾸라고 조르더니 의외로 쉽게 포기하고 남자는 사람 좋은 웃음을 남기며 종소리와 함께 책방을 나갔다. 남겨진 두 사람의 시선이 마주쳤다.

"책 읽으러 오시는 거 맞아? 목적이 다른 데 있는 거 같은데."

은섭이 난감하게 대답했다.

"실은 저분 직업이 엘이디 조명 영업이시라서."

그들은 같이 웃음을 터뜨렸다.

"그래도 어쨌든 몇 페이지라도 읽다가 가셨네."

그리고 해원은 손에 든 책을 그에게 들어 보였다.

"이 책이 여러 권 꽂혀 있더라."

《버드나무에 부는 바람》. 서가 한쪽에 같은 제목의 책이 여러 권이었는데 표지와 출판사가 달랐지만 동일한 작품이었다. 은섭의 표정이 한결 부드러워졌다.

"그건 내 책이야. 삽화가 다른 버전들을 모아놓은 거라. 그러고 보니 사람이 아니라 동물들이 주인공이네. 물론 의인화된 캐릭터니까 결국 인간이기도 하겠지만."

강가 버드나무 아래 소풍하는 동물들, 나룻배를 타고 강을 노 저어 가는 물 쥐와 두더지의 삽화를 찬찬히 넘겨보다 그녀가 말했다.

"그러네. 이 책을 왜 좋아해?"

곧바로 대답이 들려오지 않았다. 은섭은 책상에 팔꿈치를 기대고는 턱을 괴고 고민하는 기색이었다. 그저 궁금해 던진 물음이었는데 그의 표정이 꽤 진지해서, 해원은 마치 자신이 난처한 질문이라도 던진 듯한 기분이 들었다. 어쩌면… 그는 타인에게 너무 상세한 이야기는 하기 싫은 걸까.

곰곰 생각하던 그가 입을 열었다.

"이야기가 아주 흥미롭거나 하진 않아. 다만 몇몇 장면이 잊히지가 않았어. 살면서 가끔 괴로울 때 그 책을 다시 읽는데 그냥 나한테는 그런 책이야."

해원은 가만히 끄덕였다. 수십 번 읽어서 반들반들 닳아버린 책을 제자리로 돌려놓으며 이상하게 마음이 아팠다. 부러움이나 질투였는지도 몰랐다. 그녀에겐 이렇게 닳을 만큼 아끼고 싶은 것이 있을까. 한때는 그게 그림이었다는 생각이 들자 슬퍼지려고 했다. 학창 시절 삽화를 그리고 싶었던 것도, 언젠가 이모와 함께 그림책을 내야지 꿈꿨던 것도 잊고 지냈다.

무심히 자판을 두드리는 은섭의 옆모습을 바라보았다. 갈색 바지와 잿빛 스웨터, 덤불처럼 숱 많은 머리카락이 헝클어져도 그런대로 어울리는 이웃집 동창. 오래전부터 알아왔지만 실은 하나도 몰랐던 사람.

책방 시계가 밤 9시를 가리켰다. 유리창 너머 정류장 가로등 아래 버스 한 대가 멈추지 않고 지나갔다. 해원은 빈 찻잔을 탁자에 내려놓았다.

"이만 가볼게. 방해 많이 했다. 홍차도 잘 마셨어."

그러자 은섭이 의자에 걸쳐져 있던 파카를 들고 일어났다.

"이거 입고 가."

"아냐, 후다닥 뛰어가면 돼."

"나는 스쿠터 타고 올라가니까 금방이야. 넌 걸어갈 거잖아."

은섭은 더 대답을 듣지 않고 해원의 어깨에 파카를 걸쳐주었다.

책방을 나서며 그의 옷에 팔을 끼웠다. 크고 헐렁하고, 그의 냄새가 나고, 따뜻했다. 백열등 하나를 품에 넣은 것 같다고 그녀는 생각했다.

처마 밑 등불

12월 14일 책방 일지

\#

그녀는 울었다.

울었고, 내 책방에 왔다.

문을 열고 들어오는 H는 웃고 있었지만, 울었다는 걸 느꼈다. 하지만 위로하는 법을 잘 모르고, 내게 위로를 부탁하지도 않았으므로, 나는 아무것도 하지 못함.

\# 오늘의 입고 서적:《죽지 않고 노숙》김성찰 저

1인 출판물《죽지 않고 노숙》을 입고했다. 저자는 삼 년 동안 전국을 다니며 대부분의 잠을 거리에서 잤던 경험을 토대로, 도시마다 안전하게 노숙할 수 있는 장소를 소개함. 경기도 일산의 어느 공원은 벽돌 이글루 모형이 있는데, 담요를 들고 들어가면 밤새 칼바람을 피할 수 있다고. 육지뿐 아니라 제주도와 마라도까지 총망라해 노숙할 만한 장소를 답사해놓았다. (이걸 답사라고 부를 수 있다면 말이지만.)

사실 이 책은 받지 않으려고 했는데 저자 성찰 씨를 개인적으로 아는 인연으로. 언젠가 기차에서 우연히 만나 여행길에 동행한 적이 있다. 본인이 노숙을 한다고는 했지만 오래할 사람으로는 보이지 않았고, 방랑 중이었던 거겠지. 지금은 마음잡고 중국집에서 일한다고 함.

···독자를 만나기는 어려울 듯. 결국 들여놓은 한 권은 내가 사게 되겠지.

조금 긴 이야기

너무 오랫동안 생각했던 일들은 말하기가 어렵고, 차라리 아무 말 안 하는 쪽이 정확할 때가 있다. H가 왜 책방 이름이 '굿나잇'이냐고 물었다. 나는 밤을 새워 대답하고 싶지만, 멍청하게 들리는 대답만 했고 그녀는 인생이 그게 다야? 하고 물었다. 어떻게 그게 다겠어요! (울고 싶군.) 하지만 무슨 까닭인지 슬픈 채로 찾아온 이에게 난데없이, 내 멋대로,

─내 인생의 오랜 화두가 굿나잇이었어.

같은 진지한 소리를, 할 수가 있었겠습니까.

그리하여.

우리는 난롯가에 마주 앉습니다. 나는 그녀의 손을 잡고 말합니다. 어느 밤, 새벽이 올 때까지 잠 못 들고 서성이다 문득 생각했어. 이렇게 밤에 자주 깨어 있는 이들이 모여 굿나잇클럽을 만들면 좋겠다고. 서로 흩어져 사는 야행성 점조직이지만, 한 번쯤 땅끝 같은 곳에 모여 함께 맥주를 마셔도 좋겠지. 그런 가상의 공동체가 있다고 상상하면 즐거워졌어. 누구에게도 해롭지 않고 그 안에서 같이 따뜻해지는. 하루 일과를 마치고 서로에게 굿나잇, 인사를 보내는 걸 허황되게 꿈꾸었다고.

우리는 서로에게 자장가 같은 사운드를 추천해주곤 하지. 유튜브에는 지구촌 불면증인 사람들을 위한 빗소리, 천둥소리, 장작불 타는 소리, 계곡물 흐르는 소리가 올라와 있어. 두세 시간이 넘는 파일들인데, 한 번은 누가 십 분짜리 사운드를 올렸다가 댓글 테러를 당한 거지. 십 분 안에 잠들 거라고 생각하다니 바보인가?

…H는《버드나무에 부는 바람》을 빌려 갔다. 그녀가 그 책을 좋아하면 좋겠지만, 아니어도 할 수 없겠지. 가끔 생각한다. 열 권의 책을 한 번씩 읽는 것보다, 때로는 한 권의 책을 열 번 읽는 편이 더 많은 걸 얻게 한다고. 내겐 이 책이 그랬다. 두더지가 떠나왔던 자기 집을 눈밭에서 만나는 장면은 사랑하지 않을 수 없으니까. 사실은 패트릭 벤슨의 삽화 버전을 가장 아낀다. 다시 만난 집 처마 밑에 등불 하나가 걸려 있는 그림. 그 삽화가 그립지 않았다면 나도 이 마을로 돌아오지 않았을지 모르지. 하지만 책들이 듣는 데서는 그런 말을 하지 않는다. 셰퍼드의 삽화도 좋다. 황희 정승이 검은 소 이야기를 귓속말로 했던 것처럼, 책에도 그림에도 귀가 있다.

밤이 깊었습니다. 말이 길어졌네요.
밤은 이야기하기 좋은 시간이니까요.

굿나잇 책방 블로그 비공개글
posted by 葉

덧. 그녀가 내 파카를 입고 갔음.

꿈속의 옛집

택시는 혜천시립묘지 입구를 통과해 경사진 길을 얼마간 더 달려 두 사람을 내려주었다. 해원은 꽃을 들고 명여 이모와 몇 발자국 떨어져 언덕을 올랐다. 할머니 기일이었다.

계단식으로 배열된 묘지들 틈에서 낯익은 이름이 새겨진 비석 앞에 걸음을 멈췄다. 누군가 벌써 다녀간 듯 새 조화 다발이 제단에 바람을 맞으며 누워 있었다.

"네 엄마가 왔었나보다."

명여가 오늘 처음으로 입을 열었다. 다투고 며칠 동안 두 사람은 꼭 필요한 말 외엔 거의 나누지 않았다. 해원은 장미 꽃다발을 플라스틱 조화 옆에 나란히 놓았다. 그들은 비석에 소주를 부어가며 티슈로 흙먼지와 눈비에 얼룩진 흔적을 말끔히 닦았다. 싸 온 과일과 포를 제단에 올려놓고, 은박 돗자리를 빛바랜 잔디밭에 깔고 함께 절을 했다.

돗자리에 앉은 해원이 저 아래 층층이 헤아릴 수도 없는 무덤들을 바라보며 곶감을 베어 무는데, 명여가 찰칵 소리를 내며 라이터로 담배에 불을 붙였다.

"…담배 끊은 거 아니었어?"

하얗고 푸르스름한 연기가 허공에 아지랑이로 맴돌다 흩어졌다.

"잔소리 안 들으려고 너 내려올 때만 며칠씩 끊었지. 근데 이제 네가 통 갈 생각을 안 하니까."

이모가 태연히 대꾸했다.

멀리 혜천 시가지가 내려다보였다. 기차역 광장이 겨울 햇살에 창백하게 빛나는 것을 해원은 곶감을 먹으며 지켜보았다. 어린 시절 엄마와 외가에 올 때마다 저 기차역으로 나왔었다. 기억에 아빠가 동행한 적은 한 번도 없었고, 그는 처가를 방문하는 사람이 아니었다. 언제부턴가 엄마는 방학이 아닐 때도 딸의 손을 잡고 기차를 타곤 했다. 결석을 하고 잠이 덜 깬 얼굴로 외가에 올 때는 엄마 얼굴에도 크고 작은 멍 자국이 있었다.

"자나 깨나 걱정하던 딸이 먼저 왔다 가서 네 할머니도 좋겠구나. 또 일 년은 다리 뻗고 쉬시겠다."

명여는 절반쯤 태운 담배를 언 땅에 비벼 껐다.

"이모 걱정도 많이 하셨어."

"그거야 알지. 하지만 네 엄마를 평생 더 아낀 건 사실이야. 깨물어서 안 아픈 손가락 없다지만, 반지 끼워주고 싶은 손가락이 그 속에 있는 거거든."

해원은 잠자코 시가지만 내려다보았다. 기차역 광장에서 동쪽으로 혜천중고등학교 교사와 운동장이 보였다. 기역 자로 꺾어지는 꼭대기 층 과학실에서 소곤거리던 아이들 목소리를 들었다.

"그러니까, 과실치사 같은 거야?"

구석진 인체해부 모형 뒤에서 선반을 닦고 있던 해원을 소녀들은 미처 보지 못했다.

"그게 애매하대. 급발진 사고라고 하면 과실인데, 해원이 엄마는 살해 의도가 있었다고 자백했다는 거지."

"와― 어떻게 그럴 수가. 보영이가 분명 그렇게 말했어?"

"그렇다니까? 쉿! 이거 얘기한 줄 알면 김보영이 가만 안 있는다."

"가만 안 있으면 어쩔 건데. 걱정되면 자기가 말을 옮기지 말았어야지. 그 애는 맨날 혼자 양심 있는 척이더라, 할 거다 하면서."

쿡쿡대는 웃음소리가 들려오자 해원은 인체모형을 밀어서 소리 나게 넘어뜨렸다. 배 속을 드러낸 마네킹 모형은 장식장을 깨뜨렸고, 닭을 포르말린에 담가둔 생물표본병이 깨져 바닥에 독한 액체가 쏟아졌다. 그 순간 아이들이 지른 비명과 해부된 채 널브러진 닭의 사체가 유리 파편처럼 섞여 가끔 떠오르곤 했다.

며칠 뒤 해원은 혼자 새벽 기차를 탔다. 완행으로 몇 시간 달려 처음 보는 낯선 역에 내렸고, 이틀 밤을 허름한 민박집에서 잤다. 낙동강 근처 감나무가 많은 고장이라 골목마다 주홍으로 익어가는 열매가 주렁주렁 맺혀 있었다. 어떻게 알았는지 사흘째 날 명여 이모가 찾아왔다. 강가로 모래톱을 밟으며 걸어오는 이모를 보고 해원은 눈을 의심했다.

"여기니? 경치 좋은 곳에 왔구나."

놀랍고 무안해서 나뭇가지로 모래에 낙서만 계속했다. 한동안 말이 없다가 불쑥 내뱉었다.

"죽고 싶어."

반은 어리광이었는데.

"같이 죽을까?"

해원이 쳐다보니 이모의 얼굴은 그저 담담했다.

"네가 죽고 싶다면 나도 지금 사라져도 괜찮아."

한 점 과장도 없는 얼굴. 명여 이모가 진심이라는 것을 알았다. 그녀는 하자고 하면 할 사람이었고, 해원은 천천히 고개를 저었다.

언덕에서 내려다보는 무덤들의 행렬이 촘촘하고 고요해서, 해원은 지금 이 묘지의 존재가 비현실적으로 느껴졌다. 한때는 살아 있었던 사람들이 저마다 사연을 가지고 떠났다. 그들이 세상에서 내뱉은 말들도 수없이 많았을 텐데 이제는 한 마디도 들리지 않고, 다 그런 줄 알면서도 아득한 이야기 같았다. 산바람이 불어 돗자리 귀퉁이가 펄럭였다.

택시는 혜천 시내에서 멈춰 한 사람을 내려놓고 북현리 방향으로 달려갔다. 해원은 로터리 하님약국의 문을 밀었다. 젊은 사람이 약을 잘 짓는다고 할머니가 칭찬했던 약사도 어느덧 사십 대 중반이 되어 있었다.

아이섀도가 짙고 긴 파마머리가 화려한 약사는 대뜸 드링크제부터 탁 내려놓았다.

"일단, 이거부터 드시고."

꼭 그래야 할 것 같은 강력함이 느껴져 해원은 드링크제를 마시고 빈 병을 내려놓았다. 약사가 병을 집어 구석으로 툭 던지자 박스에 골인하면서 깨질 듯한 소리가 났다.

해원이 할머니 약 심부름을 하러 드나들던 때는 약사의 어린 딸이 이곳에서 플라스틱 미끄럼틀과 망아지 탈것을 오가며 놀곤 했다. 맹렬하게 육아와 병행하며 약국을 운영하던 그녀의 얼굴에도 시간의 흔적이 스몄지만, 불꽃 하나가 타는 듯한 눈빛만은 달라지지 않았다.

"어디서 보던 얼굴인데."

"네, 북현리 민박집 손녀요."

"맞다! 학생 때 얼굴이 남아 있네요. 지금은 펜션이죠?"

폐업했다는 말은 삼켜버리고 해원은 고개를 끄덕였다.

"그 댁 이모 눈은 괜찮아요? 병원 가보셨나?"

"…방금까지 같이 있었는데. 저희 이모가 눈이 안 좋은가요?"

"내 보기엔 눈을 오래 방치하신 것 같던데. 더 늦기 전에 안과 가보라니까 왜 말을 안 들으시지, 이해가 안 가네요."

이모가 선글라스를 쓰고 있던 모습이 떠올랐다. 눈이 아팠던 걸까.

"본인은 뭐. 어디가 불편해요?"

"감기 같아요. 찬 바람 쒼 탓인지 목도 따갑고."

약사는 진열대에서 약 두 통을 꺼내 비닐봉지에 담아 주었다.

"두 알씩 하루 세 번. 식사 반드시 하고요."

해원은 카드를 내밀고 기다렸다. 미끄럼틀과 망아지가 놓였던 자리에 지금은 정수기와 약상자가 쌓여 있었다.

"예전에 여기 꼬마가 놀았던 게 기억나요. 많이 컸겠어요."

"우리 딸? 흥, 말도 하기 싫은 애라서. 고등학생이 공부는 담쌓았죠."

약사는 넌더리 난다는 투로 큰 눈동자를 굴리며 파마머리를 흔들었다.

약국을 뒤로하고 해원은 로터리 건널목에 섰다. 건너편 빌딩에 익숙한 스타벅스 초록색 로고가 보였다.

카페 이 층 창가 자리에 앉아 해원은 점심을 샌드위치로 때우고 감기약을 먹었다. 어딜 가나 비슷한 분위기의 매장은 딱히 새로울 것이 없었다. 에코백에서 연필과 드로잉북을 꺼내 펼쳤다. 창으로 햇살이 비쳐와 흰 종이가 도드라져 보였다. 무얼 그릴까… 그리고 싶은 게 강렬히 넘쳐나서 손끝이 따라가지 못할 만큼이어도 뭣한데, 뭘 그려야 할까부터 고민해야 한다니. 백지공포증이 무엇인지 알 것 같았다.

카페 손님들이 노트북과 태블릿을 켜놓고 일에 빠져 있었다. 다들 바쁜데 혼자 멍한 것 같아 좀처럼 집중을 못 하다 핸드폰을 들고 문자를 입력했다.

'이모, 혹시 눈 아파?'

한참 있다 답이 왔다.

'무슨 말이야.'
'하님약국 들렀는데, 이모 눈 어떠냐고 물어보길래.'

답이 없어 그만 포기하고 내려놓으려는데 메시지가 떴다.

'염증 생겨서 안약 넣은 적 있어. 나은 지가 언젠데.'

문자에서 찬바람이 횡 불었다. 이모에게도 자신에게도 시간이 필요한 것 같아 해원은 더 묻지 않았다.

연필은 무의식적으로 커다란 호두껍데기의 윤곽을 그려 나갔다. 껍질 가장자리에 사다리를 걸쳐놓고, 그 끝이 닿는 곳에 창문을 그려 넣었다. 호두하우스란 제목의 그림책이 있다면 이런 삽화가 등장할 것도 같았지만, 더 이상 어리지 않기 때문인지 그다지 와닿지 않았다. 엄마와 이모의 고향이지만 해원의 고향은 아니었고, 지금도 이모의 집이지 자신은 객식구일 뿐이었다.

꿈을 꾸면… 꿈에 집이 등장하면, 아직도 서울 옛집이 나왔다. 꿈속에서 해원이 혼자이든 누구와 함께 있든, 좋든 나쁘든 집이라는 공간이 나올 땐 늘 그 옛집이 등장했다. 옥상에는 그네, 대문 위로 등나무 덩굴이 자랐고 자잘하게 금이 갔던 담장이 보였다.

한바탕 내린 비 냄새가 싱그럽던 초여름이었다. 집으로 돌아오는 거리 모퉁이에 사람들이 모여 웅성거렸다. 경찰차가 서 있고, 해원의 집 담장은 부서져서 시멘트 속살이 드러나 있었다. 낯익은 차가 마치 마당에서 담장을 뚫고 나오려던 것처럼 보닛이 크게 찌그러진 채 멈춰 서 있었다. 등나무 덩굴이 아무렇게나 나뒹구는데 땅에 떨어진 피 묻은 목장갑이 선연해 보였다.

급발진 사고였다고 끝까지 말했더라면 어땠을까. 엄마는 충분히 그렇게 주장할 수도 있었을 텐데, 굳이 변명도 핑계도 대려고 하지 않았다. 고의적으로 남편을 향해 돌진한 건 아니었지만 분명 급발진도 아니었고, 그가 다칠 가능성을 미필적으로 인지하고 있었다고 진술했다. 마치 그렇게 함으로써 그동안의 인생을 일단락하려는 사람처럼. 엄마는 감옥에서 칠 년을 살다 나왔다.

북현리행 버스가 혜천로터리를 반 바퀴 돌았다. 명여 이모에게 한동안 눌러앉겠다고 호기롭게 말했어도, 실은 그렇지 않았다. 겨울 한철 쉬었다가 돌아가야 하는 거였다. 이모를 사랑하지만 둘이 계속 지냈을 때 부딪치지 않을 자신이 없다고, 해원은 턱에 손을 괸 채 창밖을 바라보며 멍하니 생각했다.

저녁 무렵, 해원은 은섭의 파카를 챙겨 책방에 들렀다. 지난번엔 홍차만 마시고 주인장의 책을 빌려 왔으니, 오늘은 한 권이라도 사야지 싶었다.

낮에 스케이트장에서 한바탕 일을 끝낸 은섭은 피곤하게 하품을 하며 밀대로 바닥을 닦고 있었다. 해원이 파카가 든 쇼핑백을 내밀었다.

"덕분에 잘 입었어. 그리고 빌린 책은 아직 다 못 읽었어."

"천천히 읽어도 돼."

옷을 받아 의자에 걸쳐놓고 은섭이 말했다.

"맥주 한 캔 마실래?"

그녀의 눈이 약간 커졌다.

"맥주를? …그럼 좋지."

은섭은 싱긋 웃으며 바 쪽을 가리켰다.

"꺼내 마시면 돼. 청소 중이라 손이 깨끗하지 않아서."

미니 냉장고를 열자 종류별로 갖춰진 맥주 캔이 알루미늄 몸체를 반짝이며 나타났다. 그녀는 평소 좋아하는 브랜드의 캔을 꺼냈다. 바 뒤편으로 목제 찬장이 걸려 있고, 단순한 디자인의 커피콩 그라인더도 놓여 있었다.

"이 맥주, 혹시 판매용 아닌가?"

그는 밀대로 출입문 쪽을 닦으며 고개를 저었다.

"그러려면 식음료 사업자 등록을 또 내야 하는데, 그렇게까지 할 여력은 안 되고. 회원들 모일 때 가끔 대접하려고 준비해둔 거야."

요즘은 정신이 없어서 책방 모임이 버거웠지만 그래도 웬만하면 거르지 않으려고 은섭은 애쓰는 중이었다. 봄이 올 때까지, 아니 얼음이 녹을 때까지만 버티자는 마음이었다.

해원은 맥주 캔을 내려놓고 서가에서 책을 고르기 시작했다. 수작업으로 제본한 책이 눈길을 끌었다. 표지는 타공을 뚫어서 일일이 바느질했는데, 이런 식이라면 백 권만 제본해도 손에 못이 박일 것 같았다.

책값을 치르고 탁자에 앉아 그녀는 맥주를 홀짝이며 한동안 읽어나갔다. 은섭은 청소를 마치고 노트북을 열어 온라인 주문을 확인했다. 책방 홈피와 블로그, 인스타그램을 연동해

놓아 하루에 한 시간 정도는 SNS 관리를 하는 것도 그의 일이었다.

난로가 따뜻하고 낡은 기와집 벽을 서가가 채워 외풍을 막아주는 탓일까. 오랜만에 알코올이 들어가니 해원은 살짝 졸려왔다. 호두하우스보다 훨씬 아늑하구나 생각하는데 그와 그녀의 핸드폰에서 동시에 문자가 울렸다.

크리스마스이브. 저녁 7시.
혜천시장 어랑어랑스시.

동창회 장소를 알리는 단체 문자를 해원이 물끄러미 들여다보았다.

"너도 방금 장우가 보낸 문자 받았지."

"응."

책상 너머 그의 목소리가 건너왔다.

"가볼 거야?"

"좀 늦긴 하겠지만, 갈 것 같은데. 너는?"

글쎄. 혜천을 떠난 뒤로 딱 한 번 참석했을 땐 몇몇 얼굴들이 편치 않았었다. 하지만 지금은 어떨지. 해묵은 것들에서 과연 자유로운지 스스로의 마음을 알고 싶기도 했다. 대답을 망설이는데 은섭의 휴대폰이 울렸다.

"네, 아르바이트 아직 안 구해졌습니다. 맞습니다, 올겨울 두 달. 면접 보러 오시겠습니까? …그럼 생각해보시고 연락 주세요."

통화는 짧게 끝났지만 은섭이 말한 '올겨울 두 달'이란 소리가 해원의 귓가에 남아 맴돌았다. 책방에서 일할 사람을 구하는구나, 게다가 올겨울 두 달!

해원은 갸웃 고개를 기울인 채 가만히 생각해보았다. 그녀가 하는 건 어떨까… 하고. 호두하우스에서 종일 이모와 붙어 있는 것보다는 낮 동안 떨어져 지내는 편이 낫지 않을까. 도피하듯 내려온 장소에서 또다시 도피하는 셈이지만, 무엇보다 이 공간이 마음에 들었다. 어쩌면 이 밤에 기분 좋게 퍼지는 알싸한 맥주 맛 탓인지도 몰랐다.

"아르바이트 구하나봐. 너만 괜찮다면, 내가 해도 될까?"

은섭이 노트북 화면에서 시선을 들었다.

"네가?"

해원은 다소 긴장하며 끄덕였다. 은섭은 의외라는 표정이었다.

"스케이트 탈 줄 알아?"

"…아니, 못 타."

"그럼 곤란한데. 못 타면 안 돼."

은섭이 난처하게 말해서 그녀는 당황스러웠다.

"책방 일하는데 스케이트도 탈 줄 알아야 하는 줄은 몰랐네."

순간 그가 아— 하고 고개를 젖히더니 주먹으로 자기 이마를 톡톡 쳤다.

"미안, 큰아버지네 스케이트장에서 일할 사람을 찾던 중이었어."

"아, 난 또."

부드럽게 감돌던 맥주 기운이 스윽 달아나버렸다. 조금 무안해서 해원은 짧게 헛기침을 하고는 조용히 페이지를 마저 넘겼다. 실내에 침묵이 흐르고, 은섭은 손가락을 깍지 긴 채 곰곰이 생각하더니 입을 열었다.

"그럼… 네가 여기서 일할래? 그러면 내가 스케이트장에 계속 나가도 되니까. 안전요원을 찾는 거라서 실은 남한테 맡기기 꺼림칙했어. 아이들 신경 많이 쓰여."

해원은 고개를 들었다. 책방 일을 잘 모르지만, 가르쳐주면 배우는 건 잘할 자신이 있었다. 그녀는 머뭇거리다 곧 끄덕거렸다.

"고마워. 폐 안 되게 열심히 할게."

"좋아. 당장 내일부터?"

"그래."

은섭이 자리에서 일어나 다가오더니 손을 내밀어 악수를 청했다. 그 손을 해원이 힘차게 잡고 흔들었다. 그렇게 합의의 악수를 하고, 그녀는 도망치듯 그대로 책을 끌어안고 미닫이문을 나섰다. 그러고는 기와집 벽에 기대 숨을 돌렸다.

어쩌다 이렇게 됐지? 싶은 어리둥절한 마음이었다.

은섭은 해원을 보내고 털썩 의자에 주저앉았다. 그대로 앉아 방금 그들의 대화를 되돌려보았다. 잠들지도 않은 채 꿈을 꾼 기분이었다. 그러고 보니 아무런 조건 협상도 안 했다. 이런 아마추어들 같으니!

톱밥죽과 엘도라도

✳

"오는 손님들이 허탕 치지 않도록 있어만 주면 돼."

오후 1시. 해원이 책방에 들어섰을 때 은섭은 포장 작업을 하고 있었다. 어제 주문받은 책들을 오늘 안에 발송해야 했기 때문에 논두렁 스케이트장에서 잠시 건너온 참이었다.

"내가 마저 할게, 어서 가봐."

"거의 다 했어. 이따가 택배기사분이 방문하면 그대로 들려 보내줘."

은섭은 포장된 에어캡 봉투와 박스를 한쪽에 모아 놓았다. 몇 가지 설명을 귀담아듣고 난 뒤 해원은 집에서 들고 온 커다란 상자를 탁자에 풀어놓았다.

"물어보고 싶은 게 있어. 연말연시 시즌인데 책방 인테리어가 좀 심심한 것 같아서. 가게 주인 의견은 어떠신지?"

상자를 열자 조립하다 만 크리스마스트리와 알록달록한 구슬들이 모습을 드러냈다. 전혀 예상하지 못한 은섭이 물끄러미 그것들을 내려다보았다. 어떻기는! 감동이다.

"실은 호두하우스를 꾸미려고 샀는데 필요가 없어졌어. 시즌 놓쳐서 내버려두기도 아깝고."

"호두하우스에서 쓰려고 했다면서 그래도 되나?"

"그건 신경 쓰지 마. 설명하려면 사연이 길지만, 어차피 안 쓰면 버려야 돼. 그리고 나는 소품 장식하는 거 좋아하고."

은섭의 입가에 비로소 미소가 떠오르더니 희미하게 얼굴을 붉혔다.

"고맙다."

그녀가 나뭇가지를 하나씩 꺼내며 말했다.

"트리는 입구 쪽에다 설치할게. 완성되면 키가 2미터쯤 될 거야. 출입문과 창문엔 꼬마전구를 달 거고. 격자 유리창은 테두리 따라서 솜을 붙일까 하는데, 눈송이처럼."

"솜을 붙이는 건 너무 올드한 장식이 아닐까?"

은섭이 조심스럽게 말해보았지만 그녀는 가볍게 응수했다.

"이 책방이 기와집이란 건 알고 하는 소리지?"

그는 그만 입을 다물고 고개를 끄덕이더니, 잘 부탁한다는 말을 남기고 스케이트장으로 건너갔다. 그 뒷모습을 바라보며 해원은 알 것도 같고 모를 것도 같은 느낌이었다. 은섭은 그녀 앞에서 편안해 보이다가, 어쩔 줄 몰라 하는 것 같기도 했다. 편안할 때는 새롭게 만난 남자 같았고, 어색해할 때는 고교 때 그 아이 같았다.

해원은 구석 벽장에서 진공청소기와 밀대걸레를 찾아냈다. 일단 청소부터 하기 시작했는데 모든 것이 너무 깨끗해서 어리둥절해졌다. 바닥도 서가도 먼지 한 톨 없이 잘 닦여 있었다. 혹시 늘 이런 상태를 유지해야 하나? 주인장이 알고 보니 엄청난 결벽증의 소유자였나? 살짝 걱정이 되었다.

깨끗한 실내를 다소 허무하게 청소하고, 해원은 크리스마스트리를 만들기 시작했다. 아는 사람이 무섭다는 건 피차 마찬가지다. 동창들이 고용주와 아르바이트생으로 만났을 때는 서로 미묘한 경계선을 예상해야 한다. 그러고 보니 시급이 나쁘지 않던데. 역시 아는 사이라 차마 최저임금을 매기지 못한 걸까. 월급을 주고 나면 적자인 거 아닐까 생각하니, 미안하게도 트리를 장식하는 손길에 웃음이 묻어났다.

드디어 플러그를 꽂으니 트리와 창가의 꼬마전구에 불이 들어왔다. 순식간에 크리스마스 분위기가 된 실내를 만족스럽게 둘러보는데, 드르륵 문이 열리고 책가방을 멘 어린 소년이 들어왔다. 이 꼬마가 첫 손님?

"어서 오세요."

"안녕하세요."

아이가 꾸벅 인사하더니 우와— 감탄하며 크리스마스트리를 올려다보았다. 자그마한 체구라 등에 멘 가방이 더 커 보였다.

"방학인데 책가방을 메고 다니네?"

"방학 아닌데요? 1월에 해요."

"정말? 늦게 하네."

"대신 봄방학이 없으니까요. 아직 배울 게 많이 남았어요."

그런가. 우리 때와는 다르구나 싶었다. 하긴 초등학생의 일상에 관심을 가져본 적이 없었다. 아이는 익숙하게 바 쪽으로 가더니 찬장에서 오트밀 봉지를 꺼내고 냄비에 물을 받았다.

"뭐 하는 거야?"

"오트밀 끓여 먹으려고요. 점심을 못 먹었거든요. 은섭 삼촌이 그래도 된다고 했어요."

그러고는 고사리손으로 가스레인지를 켜고 냄비에 오트밀을 부어 끓이기 시작했다. 여러 번 해본 솜씨였다.

"어떤 이모가 낮에 책방에 있을 거라고 삼촌이 말해서 좋았어요. 스케이트 요새 지겹게 탔거든요. 이젠 그만 타도 돼요."

아이는 한시름 놓았다는 듯이 휴 한숨을 쉬었다.

"그럼 넌 이장님 댁 손자구나."

"아닌데요, 나는 우리 할아버지 손자예요."

"너네 할아버지가 누구신데."

"정 자, 길 자, 복 자 쓰시는 정길복 할아버지요. 여기서 책 보고 있으면 할아버지가 일 끝나고 데리러 오세요. 그때까지 기다리는 거예요."

아이가 진지하게 또박또박 발음해서 해원은 그만 웃어버렸다. 과연, 그동안 보모 역할까지 했던 건가. 바쁘긴 했겠군, 임은섭.

그녀가 남은 구슬들을 트리에 마저 매달고 빈 상자와 포장재를 치우는 동안, 아이는 죽처럼 끓인 오트밀 냄비를 탁자로 가져왔다. 냄비 아래 헝겊 받침을 까는 것도 잊지 않았다.

"오트밀은 연필 깎고 남은 걸로 끓인 거 같아요."

숟가락으로 한 입 떠먹고는 아이가 말했다.

"으ㅡ 톱밥죽 같이 들린다. 그렇게 맛없니?"

"맛없다고는 안 했고요, 그냥 연필 깎은 걸로 끓인 거 같다는 뜻이에요."

오트밀을 다 먹은 뒤 아이는 개수대 앞에 서서 냄비와 숟가락을 씻어 잘 엎어놓았다. 그러고는 키핑 책장에서 표지에 '정승호'라고 이름을 적어놓은 학습만화를 꺼내 와 읽기 시작했다. 어린아이가 스마트폰 게임 대신 책 읽는 모습을 정말이지 백 년 만에 보는 것 같다고 생각하는 참에 문 쪽에서 환한 목소리가 들려왔다.

"어머나, 분위기가 확 달라졌네? 성탄절 무드야."

은회색 코트에 분홍색 머플러를 두른 오십 대 초반의 여인은 그녀를 보더니 깜짝 놀란 표정이었다.

"목해원 아니니? 네가 여기 웬일이야."

"안녕하셨어요. 저 당분간 여기서 아르바이트해요."

해원은 오랜만에 만나는 수정을 향해 웃어 보였다. 명여 이모와 오랜 고향 친구이자 여고 동창인 그녀는 만년 소녀 같은 인상이 여전했다.

"어쩐지! 버스 타고 지나가다가 창문에 전구가 빛나니까 도저히 그냥 갈 수가 있어야지. 부랴부랴 내렸잖아."

즐겁게 웃으며 수정은 가방에서 빨간 딸기가 담긴 팩을 꺼냈다. 해원이 차를 끓이는 동안 그녀는 딸기를 씻어 접시에 담았다.

"승호도 이리 오렴."

"잘 먹겠습니다."

탁자에 모여 앉아 딸기와 차를 나누는 동안 수정이 코트를 벗자, 손수 재봉틀로 만들어 입은 원피스가 모습을 드러냈다. 젊은 시절의 고운 자태는 아직 남아 있었지만 눈가에 생긴 주름과 희끗해진 귀밑머리가 세월을 말해주었다.

"반짝이는 것들은 늘 옳아…. 정말이야."

혼자 감회에 젖어 수정은 창가에서 빛나는 전구들을 바라보았다.

"이런 풍경 보면 생각나는 친구가 있어. 여고 때 순영이란 친구와 혜천호에 놀러 갔었는데 가을이었나, 그때가? 호수 수면에 햇살이 반짝반짝 비늘같이 빛나는 거야. 그 친구가 저렇게 무수히 반짝거리는 모습을 엘도라도라고 하는 거지?

하고 물었어."

해원은 포크를 접시에 내려놓고 귀를 기울였다. 딱히 그
녀에게 하는 말이라기보다는 혼잣말에 가까운 이야기였지
만 수정의 감상을 방해하고 싶진 않았다.

"엘도라도는 황금이 있다는 상상 속의 장소 아니야? 수면
에 반짝이는 건 모르겠어, 나는 그랬지. 그걸 뭐라고 표현하
는지 몰랐거든. …그러고 보니 지금까지도 모르네. 해원이는
아나?"

수정은 손으로 입을 가리며 호호 웃었고 해원은 미소 지
으며 고개를 저었다.

"저도 몰라요. 그 친구분도 계속 혜천에 살고 계세요?"

"아니. 한참 전에 세상 떠났지."

"아…."

"마흔 겨우 넘어서. 병원 있을 때 마지막으로 가서 봤어.
그날 뭐라고 말했냐면, 머리맡에 작은 오디오를 갖다놨는데
노래가 나왔거든. 가수 이름이 더스티 스프링필드였는데…
침상에 누워서 그러더라고. 어떻게 이름이 먼지 낀 봄 들판
이야? 이러니 내가 가슴 아파 오래 살겠어? 하더니 웃는 거
야."

그러고는 또 웃었지만 눈가는 살짝 그렁했다. 서둘러 눈
꺼풀을 깜빡이자 물기는 곧 지워져버렸다.

"미안. 나이 드니까 자주 울컥해. 어떨 때 보면 아무것도

아닌데 울고 있어서 민망해. 나 피곤하지?"

"아니에요. 명여 이모에 비하면 훨씬, 몇 배는 덜 피곤하세요."

해원이 농담처럼 말하자 수정은 금방 울 뻔했던 걸 잊고 깔깔거리며 웃었다.

"맞다, 너네 이모만 할까. 성질 하나도 안 죽고 어찌나 괴팍한지. 친구들 다 떨어져 나가고 곁에 나밖에 없다, 얘."

짐짓 혀를 차며 그녀는 곁에 둔 코트를 껴입고 일어났다. 해원의 손을 꼬옥 한 번 쥐었다 놓고는 다정하게 말했다.

"오랜만에 해원이 보니까 너무 좋아. 명여도 책방도 다 잘 부탁해. 나 여기 단골이야. 안 없어졌으면 좋겠어."

"저는 그냥… 낮에 머무르는 거예요."

"그래도."

국도 저편에서 다가오는 버스를 놓치지 않으려고 수정은 총총히 뛰어나갔다. 그녀의 모습이 버스와 함께 사라지자 딸기를 먹던 아이가 말했다.

"이모 이름이 목해원이에요?"

"응. 너는 승호?"

"네. 목 씨는 처음 봐요. 나무 목 자인가요?"

해원이 피식 웃으며 대꾸했다.

"아니, 화목할 목 자를 써. 그 한자도 알아?"

"아니요. 한자 시험 8급 땄는데 그건 다음 단계에 나오나

봐요."

무심히 말하고 아이는 도로 학습만화에 코를 묻었다.

해가 저물 때까지 손님은 더 이상 없었고, 첫날 책을 한 권이라도 팔 수 있을 줄 알았는데 팔지 못했다.

어둑해질 무렵 리어카가 책방 앞에 섰다. 늙고 마르고 등이 굽은 할아버지가 이쪽을 쳐다보았다.

"어, 할아버지!"

승호가 반색을 하더니 책을 제자리에 꽂아놓고 가방을 둘러멨다.

"내일 또 올게요."

아이가 할아버지를 끌어안자 노인의 주름진 얼굴이 웃는 것처럼 허물어졌다. 노인이 귀까지 덮이는 모자 아래로 슬며시 고개를 숙여서 그녀도 마주 인사했다. 아이는 냉큼 빈 리어카에 올라탔고 그들은 길 저편으로 멀어져갔다.

실내가 어둑해져 해원은 전등 스위치를 마저 올렸다. 백열등 네 개의 불빛이 더 들어오면서 한층 밝아졌다. 시계는 7시를 가리키고 짧은 겨울 해가 저무는데 책상에서 전화벨이 울렸다. 은섭이었다.

"네 핸드폰 번호를 몰라서 책방으로 전화했어. 첫날부터 초과 근무 시키면 안 되는데 삼십 분 늦을 거 같아. 지금 뒷정리가…."

"괜찮아."

"최대한 빨리 갈게."

"정말, 괜찮아. 쉬고 있을게. 일 끝내고 와."

해원은 드로잉북을 펼쳤다. 새하얀 백지.

이윽고 연필을 쥐고 끊일 듯 이어지는 선을 그려나가기 시작했다. 그러면서 생각했다. 사람 마음은 늘 미로 같다고. 명여 이모와 해원의 마음 사이에 울타리가 있기도 하고 없기도 했다. 때로는 그 울타리가 장미 넝쿨이었다가 고사리 덩굴이었다가 가시철망이 되기도 했다. 낮에 다녀간 수정의 얼굴도 떠올랐다. 자주 만난 것도 깊은 친분이 있는 것도 아닌데, 해원 앞에서 쉽게 눈물이 고이던 사람. 마음 약한 듯해도 어쩌면 그녀가 명여 이모보다 강한 사람일지 모른다 싶었다. 잘 웃고 잘 울 수 있다는 건 그런 거니까.

상념에 잠겨 연필을 움직이다 보니, 복잡하지만 한 번도 겹치지 않고 지나간 선들이 미로 같아 보였다. 해원은 지우개로 선 한쪽을 슥 그었다. 그 자리만 끊어져 통로가 생겼다. 저쪽 한 곳도 슥 그었다. 온통 울타리인데 사이사이 좁은 문이 생기는 것 같았다.

시간 가는 줄 모르고 그녀는 미로를 그리는 데 몰두했다. 쉽게 출구를 찾을 수 없도록 벽으로 막고, 어디로든 이어질 듯하다가 막다른 골목을 배치하고. 하지만 결국에는 출구를 만들어야 한다는 것도 알았다. 출구 없는 미로는 반칙이니까.

책방 문이 열리고 은섭이 뛰어왔는지 숨을 몰아쉬며 들어섰다. 차가운 바깥 공기가 한줄기 따라왔다.

"어서 와."

"미안해. 별일 없었지?"

"책을 한 권도 못 팔았다는 거 말고는."

"가끔 그런 날이 있어. 온라인 주문은 들어왔을 거야."

신경 쓰지 말라는 투로 은섭은 탁자에 놓인 접시에서 딸기를 집어 입으로 가져갔다. 종일 스케이트장에서 일하느라 몸이 얼었는지 난로를 끌어안다시피 바짝 붙어 앉았다.

"수정 이모님이 주고 가셨어."

해원이 딸기 접시를 연필 끝으로 가리키며 말했다.

"아아, 최수정 님. 책방 우수 고객이시지."

은섭이 몇 알 남은 딸기를 집어 먹는 걸 바라보다 그녀는 생각난 듯 물었다.

"참, 그 낱말이 뭔지 혹시 알아? 물결에 햇빛이 비쳐서 반짝반짝 빛나는 현상."

"알지."

그러고는 대답이 없어서 해원은 다시 말했다.

"알면 말해줘야지."

"말해줘도 너 또 잊어버릴 거잖아."

"애개— 내가 왜!"

그가 소리 없이 웃으며 대답했다.

"윤슬, 이라고 해."

"윤슬….".

해원은 입속으로 중얼거려보았다. 예쁜 낱말이구나. 다음에 만나면 말해드려야겠다 싶었다.

문득 드로잉북에 그림자가 드리워졌다. 은섭이 그녀의 스케치를 물끄러미 내려다보고 있었다. 미로는 고사리 덩굴이었다.

"…너, 미술 전공했던가?"

"그런데?"

그가 왜 한 뼘쯤 밝은 표정이 되는지, 눈빛에 설렘이 떠오르는지, 해원은 궁금하게 여겼다. 책방은 따뜻했고 유리문 너머 밤이 내린 겨울 들판이 격자 안에 풍경 사진처럼 들어찼다. 어둠에 잠긴 것들은 어둡고, 반짝이는 것들은 또 반짝여서 저마다 평화로웠다.

서쪽에서 온 귀인

✳

12월 20일 책방 일지

어제의 입고 서적: 《폐가(廢家)가 기다린다》 폐여동 저

독립출판물 《폐가가 기다린다》를 입고했다. 온라인 취미 동아리 폐가여행동호회가 활동 10주년 기념으로 펴낸 여행 기록서. 한국의 소문난 폐가와 흉가, 상대적으로 덜 알려진 폐허가 된 집터를 여행하며 찍은 사진과 리뷰가 실려 있다. 유령이 나온다는 설이 파다한 경기도 G 정신병원에 많은 페이지가 할애됨.

소량 제작한 책이 반응이 좋으면 여세를 몰아 기성출판으로 낼 생각도 있다고 한다. 장소마다 낮과 밤의 풍경을 나란히 찍어 비교해놓은 것도 흥미롭다. 폐가나 흉가 여행에서 주의할 점은 절대 혼자 가지 않는다는 것. 위험해서가 아니라, 진짜 귀신을 만나더라도 그 말을 증명해줄 동행이 없으면 무효이기 때문이라는 진지한 충고.

마법에 걸린 책방

어제는 밤을 새우다시피 책방을 대청소하는 바람에 일지를 하루 건너뛰었다. 내가 스케이트장에서 일할 시간에 책방을 지켜줄 사람과, 굿즈 삽화를 그려줄 사람을 동시에 찾았다. 그렇습니다, 그녀는 서쪽에서 온 귀인. (서울이 서쪽이겠지.) 지저분한 책방지기로 보이는 건 곤란해서 정신 나간 듯이 청소했더니 꽤 피곤하다. 그동안 쌓여가던 묵은 먼지를 다 쓸어 내버림. 나도 하면 할 수 있구나!

…H가 크리스마스 시즌 장식을 해놓았다. 내 가게가 아닌 줄 알았다. 평생 만날 운을 지금 다 쓰는 게 아니어야 할 텐데.

몇 가지 매뉴얼

H가 이것저것을 질문했는데 유창하게 대답하기가 어려웠다. 왜냐하면 나는 말보다는 글로 쓰는 게 편한 타입이고… 게다가 그녀 앞에서는 더욱 말이 잘 안 나옴. (나름 괴롭습니다.)

생각 끝에 지난봄 혜천시청에서 기획한 강원도 독립서점들의 책방지기 인터뷰 기사를 보여주기로 했다. 《혜천소식》 4월호 책자가 어디 있더라… 서랍 마지막 칸에 있었군요. 몇 가지 질문만 추려보겠습니다.

Q. 굿나잇책방은 북현리 시골 들판에 있는데, 서점 위치로는 불리한 것이 아닌가요?

A. 당연히 불리합니다. 북현리가 고향이기도 하지만 책방을 여기다 낸 것은 노부부께서 살던 작고 오래된 기와집이 폐가가 될 상황이라 월세가 없다는 이점 하나였습니다. 월세를 내지 않는다는 건 어메이징한 조건인 데다, 독립서점이 혜천 시내에 있다고 해도 매출에 큰 변화가 있지는 않을 거라는 생각에 마음 편히 북현리를 택했죠.

Q. 홈피에 오픈 시간이 오후 1시~8시로 나와 있는데 실제로 잘 지켜서 운영하십니까?

A. 공식 오픈 시간은 그렇지만 꼬박꼬박 지키지는 못합니다. 아직은 열고 닫는 시간이 책방지기 마음대로인 것 같은데, 정기휴일인 월요일을 제외하고는 아예 안 여는 날은 없도록 하자는 주의입니다. 굿나잇책방은 자정까지 열려 있는 때도 많아요. 밤에 작업하는 걸 좋아하기 때문에 아주 졸리지 않는 한 머무릅니다. 책방지기가 밤을 새우면 책방도 같

이 밤을 새우는 거죠.

Q. 굿나잇책방만의 운영의 묘미가 있다면?

A. 운영의 묘미라고까진 말하기 그렇고, 도서 키핑제를 시도해보는 중입니다. 책을 산 독자들이 보관 서가에 키핑해놓고 언제든 다시 와서 읽을 수 있도록. 책방을 편안한 휴게실처럼 드나들게 하자는 취지였습니다. 몇 분이 그렇게 하고 계신데 아직 우리 책방만의 스타일로 정착됐다고 하기는 이르고요.

Q. 기성출판물과 독립출판물을 입고하는 비중은 어떻게 됩니까? 그리고 독립출판물을 고르는 기준은?

A. 기성과 독립출판물이 반반입니다. 처음엔 기성 비율이 낮았지만, 자주 오는 마을의 어린이 회원이 학습 만화책이나 유명한 동화책을 보고 싶어 해서요. 아이 할아버지가 어려운 형편에서도 손주 책을 꼭 사주고 싶어 하십니다. 그렇게 들여놓다가 좀 더 비중이 늘어났네요. 독립출판물을 고르는 기준은 책방지기 취향이 반영될 수밖에 없겠죠. 안목이라고 말할 건 못 되고, 제가 맘에 들고 읽고 싶으면 들여놓습니다. 가능한 한 반품 없이 팔려고 애쓰고요.

… 이때만 해도 상당히 진지하고 열정적으로 인터뷰에 임

했던 것 같은데, 세 계절이 지난 지금은…? 거기다 사진은 또 왜 이런가. 그날 기자가 너무 대충 찍더라니, 실물보다 못하게 나왔다. (동의를 구하는 건 아닙니다.)

굿즈 연하장 제작 소식

H에게 연하장 삽화를 부탁했다. 오백 장을 인쇄할 생각. 그림값은 얼마나 책정해야 하는 걸까. 솔직히 물어봐야겠다. 그녀가 더 잘 알겠지.

올겨울 논두렁 스케이트장에 잘하면 뼈를 묻어야 할 듯. 책방의 내 인건비를 H에게 넘기면… 논두렁에서 좀 더 채워야 하는군요. 제가 이렇게 살고 있습니다. 여러분은 부디 느긋한 인생이기를. 그래도 즐거워요. H와 함께 일하는 책방이라니. 며칠 전만 해도 상상조차 할 수 없었던 일인데. (웃고 있다.)

연하장은 1월 중순까지 천천히 발송할 생각입니다. 기다려주세요, 굿나잇클럽 여러분. 그녀의 그림은 아름답습니다.
아직 보진 않았지만요.

굿나잇책방 블로그 비공개글
posted by 葉

밤의 고라니

혜천시장 골목에서 어랑어랑스시 횟집 간판이 가장 크고 밝았다. 밤이 되자 점포들은 대부분 문을 닫고, 난전을 덮어놓은 방수천만 이따금 바람에 펄럭였다.

좌식 테이블 예닐곱 개를 일렬로 붙여놓은 식당에서 혜천고 동창회가 한창 무르익어갔다. 빽빽한 반찬 접시들 사이로 커다란 모둠회가 자리마다 놓였고, 목소리들이 시끌벅적해질수록 맥주와 소주병들이 늘어갔다.

도수 높은 강원도 소주가 오랜만이라 해원은 따뜻한 계란찜으로 속을 달랬다. 동기들과의 떠들썩한 자리가 낯설면서도, 모처럼 만나는 얼굴들이 반갑기도 했다.

"참석한다고 했던 친구 중에 안 온 사람 있나?"

"임은섭, 여태 안 오네."

누군가 인원을 챙기자 다른 동기가 대꾸했다. 해원이 대신 알려주려고 하는데 중앙 테이블에서 장우가 먼저 말했다.

"은섭이는 책방 문 닫고 온다고 했어."

장우 가까이 반코트 차림의 보영이 단정하게 앉아 있었지만, 해원은 그쪽으로는 거의 시선을 주지 않았다. 굳이 피할 생각은 아니어도 먼저 말을 걸 이유도 없었으니까.

"책방을 해? 이제 자리잡았나 보구나."

"임은섭이 우리 졸업앨범에 없지. 밑에 후배들하고 한 해 늦게 졸업하지 않았나?"

"그랬지. 학교를 거의 안 나왔었잖아."

무심히 주고받는 말들 사이로 장우가 장난스럽게 끼어들었다.

"야야, 언젯적 얘기를 이제 와서. 술이나 한잔 받아라."

자기들끼리 은섭의 얘기를 하며 웃는 남자 동기들을 보다가 해원은 기분이 묘해졌다.

"그랬나? 나는 왜 몰랐지…."

"해원이 넌 주변에 별로 관심 없었잖아."

혼잣말이 옆에 들렸는지 직장에서 만난 사람과 일찍 결혼했다는 동기가 어린 딸을 안은 채 웃으며 말했다. 아이가 콧물이 흘러 계속 휴지로 닦아주고 있었다. 민지연, 그녀의 이름이 기억났다.

"…내가?"

"응. 예전엔 너 그런 느낌이었어."

딱히 나쁜 뜻으로 하는 소리는 아닌 것 같았고, 어쩌면 그

말이 맞을지도 모르겠다고 해원은 생각했다. 타인에게 신경을 곤두세우고 지낸 줄 알았는데, 결국은 자신의 일에만 마음 쓰고 있었던 건지도.

술잔을 내려놓는데 보영이 그녀를 바라보고 있었다. 하고 싶은 말이 많은 표정이었지만, 마침 은섭이 식당 주렴을 걸으며 들어오는 바람에 주의가 흩어졌다.

"자, 이제 올 사람 다 왔으니까 다들 술잔 채우고 건배!"

좌중에 한 바퀴 술이 돌고, 식당 종업원이 새 반찬을 내려놓고는 싹싹하게 빈 접시를 걷어 갔다. 누군가 리모컨을 찾더니 벽걸이형 티브이에서 흘러나오는 뉴스 채널의 볼륨을 제로로 줄여버리고, 술병을 쨍쨍 두드려 이목을 집중시켰다.

"잠시만 주목! 전부터 23기 동창회를 정식으로 발족하자는 의견들이 있었는데, 오늘 이렇게 모인 자리에서 회장과 부회장, 총무를 선출하는 시간을 마련하려고 합니다."

"꼭 그런 거 뽑아야 돼? 자연스럽게 만나면 되지."

맞은편에서 여자 동기가 대꾸했다.

"그래도 뭘 구성해놔야 가족 경조사 같은 때 서로 연락도 빠르고 화환이라도 보내지. 안 그러냐?"

"경조사… 우리 나이가 삼십 대라 이건가? 으, 싫다."

바로 공감대가 형성되며 맞다, 싫다— 웃음소리가 퍼졌다. 한쪽은 조직을 만들려고 애쓰는데 다른 쪽은 별반 관심 없이 지방방송들이 한창이라 의견이 빨리 모이지 않았다.

옆에 앉은 두 살짜리 딸아이가 해원의 손을 자꾸 만져서 엄마가 고사리 같은 손가락을 말려야 했다.

"얘가 왜 자꾸 널 건드리지?"

"그림 보고 그러는 걸 거야."

해원이 아이에게 붙잡힌 블라우스 소매를 걷어 올리자 손목에 타투가 드러났다. 페이스 페인팅처럼 그려 넣은 기하학적인 문양이었다. 건너편에 앉은 동기가 고개를 내밀고 들여다보았다.

"어머, 해원이 문신 예쁘다. 나도 하고 싶은데 아플까봐 엄두가 안 나더라구."

"해원이가 문신을 했다고?"

잔물결처럼 호기심이 번지자 그녀는 팔을 높이 들어 문양을 제대로 보여주었다.

"진짜 타투야, 헤나야?"

"진짜라고 말하고 싶지만 둘 다 아냐. 하룻밤 아크릴물감 타투야. 그날 기분 따라 가끔 그려."

해원이 속았지 하듯 웃자 그들은 에이— 실망하면서도 같이 웃어주었다. 소용돌이를 가로지르는 날카로운 화살촉, 약간 전투적인 자세가 되고 싶은 날의 문양이었다. 입구 쪽에 앉은 은섭이 그녀를 향해 엄지손가락을 치켜올렸다.

곁에서 아이가 또 소매를 잡아당겼다.

"아우, 미안. 옆에 앉아서 번잡스럽지?"

"괜찮아."

"애 데리고 다니면 신경 쓰여."

지연은 조금 미안한 듯 호호 웃으면서도 헝클어진 딸의 머리칼을 손가락으로 잘 빗겨서 토마토 모양 똑딱 핀을 딱 꽂아주었다.

모둠회 자리에 매운탕 냄비가 올라오고, 빈 술병이 여러 줄로 쌓여갔다. 참견하는 사공이 많아 산으로 가면서도 어떻게든 동창회는 구성되고, 예상대로 회장은 이장우가 맡았다.

해원은 이제 그만 일어나고 싶었지만 구석자리로 들어온 게 패착이었다. 자리가 비좁은 데다 외투와 패딩을 방석 옆에다 쌓아놓아서, 나가려면 한 줄로 앉은 동기들이 등허리를 구부려줘야 할 것 같았다.

활달한 인물들이 뭉친 저쪽 테이블에선 아까부터 이제는 말할 수 있니 없니, 팩트 체크를 하니 못 하니 하며 그들이 알고 지낸 무용담들을 풀어놓고 있었다.

"그러니까 중간고사 답지 갖고 장난치다 걸렸을 때, 절대 아니라고 펄쩍 뛰었잖아. 이제 진짜 솔직하게 말해보자. 그때 커닝이었냐 아니었냐."

"그걸 내가 말하겠냐? 내신 등급이 왔다 갔다 했는데, 대학 졸업한 지 한참 된 마당에 그런 거 캐지 마."

"우와, 이 자식 말하는 거 들었냐? 리얼 했네, 했어."

옆에서 다른 누군가가 말했다.

"근데도 거기밖에 못 갔어?"

주변에서 야, 너무한다— 웃음이 터져 나왔다. 가운데 앉은 한 여자 동기가 손뼉을 짝 쳐서 주목을 끌더니 술기운에 발개진 얼굴로 명랑하게 소리쳤다.

"여기서 팩트 체크, 성형한 사람 손 들어."

그러고는 스스로 오른손을 번쩍 들었다.

"쌍꺼풀도 포함이야?"

"쌍꺼풀이 무슨 성형이냐. 두 군데 이상 손댄 사람, 들어!"

그러고는 또 왼손까지 번쩍 들어 만세를 불러서 와르르 웃음을 자아냈다.

"왜 아무도 안 들어?"

"안 했어. 너만 했어, 너만. 왜 자폭하고 그래?"

그럴 리가 없는데, 심증 가는 얼굴들이 있는데— 하며 주위를 손가락질하다 그녀는 유쾌하게 깔깔거렸다. 해원도 같이 웃다가 다시 시계를 쳐다보았다. 어떡할까… 주목을 안 받고 나가고 싶은데.

문득 장우와 시선이 마주쳤다. 회장이 된 턱으로 동기들이 내미는 술잔을 다 받아 마신 장우는 해죽해죽 웃는 눈동자에 장난기가 가득해서, 왠지 불길한 예감이 들었다. 장우가 그녀를 가리키며 모두에게 들리게 말했다.

"목해원 지금 도망가려다가 나한테 딱 걸렸다."

"나 참, 무슨 증거로."

"그냥, 척 보면 알아."

그는 쿡쿡 웃더니 진지한 얼굴로 말했다.

"해원이는 매년 참석하는 친구가 아니잖아. 이런 날이 또 언제 올지 몰라요. 세상에서 제일 슬픈 게 마음을 몰라주는 거거든? 한 번만 들어줘라."

"무슨 소리야. 알아듣게 말해."

옆에서 누가 핀잔을 줬다. 장우는 대뜸 은섭을 가리켰다.

"이번엔 우리 은섭이 팩트 체크해보자…. 학교 다닐 때 좋아하던 사람 있었지. 지금 이 자리에 있지."

좌중에서 새삼 놀라며 오— 감탄사를 효과음처럼 떠받쳤다.

"그런 숨은 사연이 있었어?"

"그걸 왜 물어보냐, 짓궂어가지고."

장우가 손사래를 쳐 다른 소리들을 막아버렸다.

"다 필요 없어. 나는 오늘, 이 체크는 꼭 해야겠어. 안 그럼 내가 죽을 것 같아서 그래. 누구였어, 임은섭? 좋아했던 사람."

모두의 시선이 은섭에게 향했다. 은섭은 책상다리를 한 채 어이없게 웃더니 곤란한 기색이었다. 술도 그다지 마시지 않은 듯했고, 낯익은 하늘색 스웨터를 입은 평소 모습 그대로였다.

"벌주를 마실까?"

은섭이 술잔을 잡으려 하자 장우가 저거 뺏어! 외쳤고, 곁에 있던 남자 동기가 번개같이 술잔을 집더니 대신 홀라당 마셔버렸다. 누군가 풋 하고 웃었다.

"장우가 죽을 것 같다잖아. 아니면 이참에 죽게 놔두든가."

은섭은 머리를 긁적이더니 지나가는 것처럼 평범하게 말했다.

"음… 목해원이었는데."

찰칵 스냅사진을 찍은 것처럼 순간 멈칫하다가, 와아—웃음과 박수가 터졌다. 얼떨떨해진 건 해원이었다. 방금 뭐라고? 귀가 의심스러운데, 장우의 얼굴엔 드디어 십 년 묵은 체증이 내려간 통쾌한 미소가 씨익 떠올랐다.

"지금은?"

은섭이 대답했다.

"그럴 리가. 모든 첫사랑은 과거완료야."

"너무 오래 못 봤던 건가! 식어버리고 만 거야?"

누가 탄식하자 다른 이가 끼어들었다.

"조용해봐. 고백 들은 사람 소감도 들어보자."

시선 집중. 이 상황을 어떻게 처리할까. 어머, 정말? 몰랐네? 호응하는 방법, 술 마시느라 아무것도 못 들은 척하는 방법, 갑작스레 왜들 그래 찌푸리는 방법…. 마침내 해원은 농담처럼 담담히 대꾸했다.

"너무 늦었잖아. 십 년만 빨리 고백하지."

무난한 답변이었는지, 다행히 화제는 다른 곳으로 넘어갔다. 은섭을 바라보지 않아 그의 표정은 모르겠지만 해원은 다소 복잡한 기분이 들었다. 고백을 받고, 거의 동시에 상대가 돌아선 기분? 설렐 틈도 이해할 틈도 없이.

해원의 눈길에 나무라는 기색이 묻어나자 장우는 봐달라는 듯이 두 손 모아 합장하며 꾸벅 고개 숙이고는 해맑게 웃었다. 못 말려. 그녀는 고개를 저으며 소주잔을 들어 원샷으로 마셔버렸다.

그날 밤.

이모가 잠든 침대 옆 협탁에 해원은 결명자차를 담은 보온병과 컵을 내려놓았다. 엎드려 자던 군밤이 슬그머니 쳐다보더니 웬일로 따라 나왔다.

"너도 계단 오를 줄 아는구나? 몸이 무거워서 아래층에만 있는 줄 알았더니."

군밤은 이 층 해원의 방까지 따라 들어와 구석구석 냄새를 맡더니 의자 발치에 얌전히 엎드렸다.

책상에 아크릴화가 펼쳐져 있었다. 아끼는 종류의 화지와 붓, 물감들로 작업은 오랜만에 활기를 띠었다. 그림 속 들판은 달 밝은 밤. 책방 간판이 걸린 기와집 미닫이문에서 노란 불빛이 새어 나온다. 기왓장 골마다 눈이 덮이고, 문가에 서 있는 버드나무는 홀로 봄이라 가느다란 잎이 밤바람에 흔들린다. 스쿠터는 졸면서 벽에 기대 있고, 지붕의 까치 두 마리가 휘영청 달을 올려다보는 그림이었다.

실제로 버드나무는 없었지만 해원은 상상으로 그려 넣었다. 지붕의 눈은 하얗게, 버들잎은 연푸르게 채색해 연하장에 겨울과 봄을 나란히 담고 싶었다. 그녀의 손목엔 낮에 그렸던 문양이 사라지고 지금은 두 개의 버드나무 잎이 타투되어 있었다. 그림 속 소재들과 연결되는 느낌이 들어 좋았다.

와—악.

창문 너머 밤하늘을 가르며 이상한 소리가 허공을 울려 해원은 붓을 멈추었다. 군밤이 번쩍 고개를 들더니 긴장하며 귀를 쫑긋 세웠다.

와—악.

두 번째로 들려오자 군밤은 왈왈왈 짖으며 쏜살같이 계단을 뛰쳐 내려갔다.

"쉿! 이리 와, 나가면 안 돼."

해원이 서둘러 따라가, 잠긴 현관문을 머리로 들이받는 군밤을 달래놓고는 혼자서 집 밖으로 나와보았다.

텃밭 자리에서 무엇인가 부스럭 소리가 났다. 사람은 아닌 것 같은데. 가로등 그림자 아래로 조용히 다가가니, 고라니 한 마리가 시든 작물을 파헤치다가 머리를 들었다. 사람과 산짐승 사이에 시간이 멈춘 듯한 정적이 흘렀다.

숨죽이고 지켜보고 있으니 고라니는 다시 작물을 찾아 뜯어 먹기 시작했다. 산으로 이어지는 오솔길에서 누군가의 발자국 소리가 들려왔다. 삭정이를 밟고 내려오는 인기척.

"해원아, 거기서 뭐 해."

펄쩍 고라니가 소스라친 것과 그녀가 놀라서 짧게 비명을 지른 것이 동시였다. 고라니는 순식간에 산 쪽으로 뛰어 달아났고 모든 게 찰나의 느낌으로 남았다. 발소리의 주인은 은섭이었다. 그녀는 뛰는 가슴을 쓸어내렸다.

"아, 놀랐잖아!"

"내가 더 놀랐다."

은섭은 스치고 달아난 산짐승이 사라진 곳을 돌아보았다. 끝이 보이지 않는 오솔길은 칠흑같이 어두웠다.

"고라니구나."

"저게 고라니야?"

"응. 겨울 산에 먹을 게 없으니까 자꾸 마을로 내려와."

그가 들고 있던 회중전등을 끄고 파카 주머니에 넣었다. 해원은 비로소 후 숨을 쉬며 긴장을 풀었다. 사슴처럼 생긴 그 동물이 제대로 먹지 못하고 달아났구나 싶었다.

"이상한 울음소리도 고라니가 낸 거였나? 되게 고약한 소리였는데."

은섭은 싱긋 웃었다.

"와—악, 이런 소리?"

"맞아."

"고라니가 그렇게 울어. 생긴 거하고는 딴판이지."

해원은 그만 웃어버렸다. 그에게서 밤의 산길을 넘어온 춥고 고적한 분위기가 묻어났다.

"넌 어째서 거기서 나오는 거야."

"걸어왔거든. 어차피 막차도 끊겼고."

"시내에서 여기까지?"

"산길로는 한 시간이면 되니까."

평소에도 자주 있는 일이었다. 뒷산은 그에겐 두 번째 집처럼 익숙했고, 잠이 안 오는 밤에는 회중전등을 들고 오래 산책하기도 했다. 동창회에서 마신 술은 이미 다 깨버렸다. 그는 머뭇거리다 미안한 듯 말했다.

"아까 모여서 한 이야기는… 네가 언짢지 않으면 좋겠는데."

해원은 고개를 저었다.

"아냐, 뭐. 언짢을 것까지야."

"그냥 아무 이름이나 지어낼 걸 그랬나, 걸어오면서 생각했었어."

밤바람이 차가워 해원은 카디건을 여몄다. 은섭의 시선이 그녀의 손목에 머물렀다.

"그림이 달라졌다."

"응. 새로 그렸는데 맘에 드네."

"봐도 돼?"

해원은 끄덕이며 왼손을 내밀었다. 은섭은 그녀의 손목을 잡고 가로등 불빛 아래 비치도록 가만히 돌렸다. 살갗에 와 닿는 그의 손끝이 어쩐지 의식되어 그녀는 자기도 모르게 시선을 내리깔았다. 은섭은 물끄러미 거기에 그려진 잎사귀를 바라보았다.

"버드나무 잎이구나."

희미하게 그의 깊은 곳에서 먼 등댓불이 켜지는 것 같았다. 그 불빛은 눈동자에도 떠올랐지만 금세 숨겨졌다.

자신의 박동이 좀 더 빨라지는 걸 깨달으며 은섭은 당황했다. 이제는 혼자 쓰는 일지에 농담처럼 추억하는 오래된 감정이라 여겼는데. 한참 전에 사라져버려 빛바랜 에피소드로 남았다고 생각했는데. 이 겨울 또다시 되풀이되고 마는 것일까. 은섭의 심장이 괴롭게 뛰기 시작했다.

모여서 책을 읽는다는 것

올해 마지막 독서 모임 날. 회원들이 하나둘 책방에 모이는 동안 해원은 긴 빗자루를 들고 기와집 처마 아래서 사뭇 고민 중이었다.

너무나 커다란, 거미가, 처마에 매달려 있었다. 실은 며칠 전부터 그 거미줄을 걷어 내고 싶었지만, 그때마다 주먹만 한 놈이 똑바로 쳐다보는 것 같아 쉽사리 빗자루를 휘두를 수 없었다. 은섭이 칠판에 글자를 적으려고 나왔다가 그런 그녀를 발견했다.

"왜 그러고 있어."

"이 왕거미를 어떡할까 고민하는 거야. 너무 크고 징그러워."

"괜찮은데. 어차피 동면 상태일 거야."

거미줄에 걸린 벌레가 바싹 마르도록 내버려둔 걸 보니 왕거미도 움직임이 없는 것 같았다. 은섭이 글을 써넣는 분필 소리가 경쾌했다. 그가 분필을 내려놓으며 말했다.

"그만 고민하고 들어와. 춥다."

"나는 거미가 무섭지는 않지만… 예쁘지는 않아."

"그래도 거미줄은 늘 완벽하지."

마침내 해원은 빗자루를 든 손에서 힘을 뺐다.

"휴, 주인장 마음이 그러시다면야."

들어올 때 칠판에 새로 적힌 문구를 읽어보았다. 연일 계속되는 맹추위가 불러온 글귀였다.

40도는 술이 아니다.

영하 40도는 추위가 아니다.

400킬로미터는 거리도 아니다.

                    ─러시아 속담

크리스마스가 지나도 트리와 꼬마전구들은 여전히 반짝였다. 다들 올겨울 동안 놔두기를 바랐기 때문이었다. 해가 지고 북현리 들판에도 저녁이 찾아왔다.

전기난로에 커다란 프라이팬을 놓고 승호 할아버지가 귤을 굽고 있었다. 수정이 오븐에 쪄 온 고구마도 식지 않도록 프라이팬 한쪽에 포개 놓았다. 할아버지 곁에 붙어 앉아 고구마를 먹던 승호가 말했다.

"할아버지는 뭐든지 다 구워요. 계란도 굽고요, 고구마랑

감자도 굽고, 떡도 굽고 귤도 구워요."

"정말 귤을 구우시네? 냄새가 참 좋다."

숄을 두르고 난롯불을 쬐던 수정이 신기해했다.

"네, 뭐든지 구워도 돼요. 구우면 다 맛있어요."

승호의 얼굴에서 자랑스러움이 묻어났다. 그러고는 귤 한 조각을 집어 겉에 붙은 하얀 그물 같은 것을 떼어내며 말했다.

"이거 이름이 뭔지 아세요? 귤에 붙은 실 같은 거요."

"모르겠는데. 그것도 이름이 있나?"

"귤락이에요."

수정은 대견하다는 듯이 웃었다.

"넌 그런 걸 어떻게 아니."

"은섭 삼촌이 가르쳐줬어요."

"그래? 우리 책방지기는 걸어 다니는 사전이네."

그러자 탁자에서 스마트폰 게임에 한창이던 고교생 현지가 말했다.

"별로 칭찬 아닌 것 같은데요. 사전이라니 재미없는 사람이라는 뜻 '같잖아요."

"어머, 그건 편견이다. 백과사전 아무 페이지나 펼쳐서 읽어봐. 생각지도 못했던 걸 발견하는 즐거움이 있다, 너?"

수정의 말에 카키색 비니를 눌러쓴 현지가 잠깐 생각하더니 수긍한다는 투로 끄덕였다.

"하긴. 제 친구들도 나무위키를 열심히 보긴 하죠."

"나무… 그게 뭔데."

"인터넷 백과사전이요."

쉴 새 없이 손가락을 현란하게 움직이며 현지가 말했다. 난롯가 승호 할아버지의 낡은 솜 외투 주머니에서 비장의 먹거리가 나왔다. 프라이팬에 쥐포가 드러눕고 금세 타닥타닥 가장자리가 오그라들었다. 책방에 쥐포 굽는 냄새가 퍼지자 현지가 비로소 스마트폰을 집어 던지고 난롯가로 빛의 속도로 다가갔다.

"우와, 쥐포다!"

뜨거운 간식거리를 길게 찢는 현지의 한쪽 귓불엔 앙증맞은 해골 피어싱이, 반대편 귓불엔 도끼 피어싱이 꽂혀 있었다. 드르륵 요란하게 미닫이문이 열리고 무스탕을 걸친 엘이디 아저씨, 배근상이 호기롭게 들어섰다.

"안녕하시오! 밖에 칠판에 적힌 게 러시아 속담이라고요? 야― 스케일이 커. 맘에 드네, 러시아 사람들!"

부르르 몸을 떨며 배근상은 의자에 좁은 듯이 다리를 끼우고 앉았다.

"날이 추우니까 아주 팍 와닿더라고. 어떻게 요새는 나 군대 있을 때보다 더 추운 것 같아."

책상에서 프린트를 하던 은섭이 대답했다.

"전방 계셨어요?"

"그랬죠. 우리 부대가 하도 추워서, 한 번은 소주가 얼었다 녹아가지고 슬러시가 된 적이 있었지."

"술도 얼어요? 술은 안 얼지 않나."

현지가 쥐포를 씹으며 물었다.

"얼어. 맥주는 영하 4도면 얼고, 소주는… 얼마만큼 추워야 얼지?"

근상의 물음에 은섭이 말했다.

"영하 17도에 얼 걸요."

"아, 아이스크림!"

수정이 창문을 열고 창살에 봉지를 걸어 매달아놓은 빙과들을 꺼내 왔다. 미니 냉장고에 냉동실이 없어서 창문 밖에다 걸어둔 건데 만져보니 전혀 녹지 않아서 수정은 행복해했다.

며칠째 한파가 계속되고 있었다. 삼한사온은 옛말이었고, 북극에서 내려온 얼음장 같은 대기가 전국을 꽁꽁 얼려놓았다. 올겨울 한반도가 남극과 시베리아보다 춥다는 뉴스 보도가 사람들을 어리둥절하게 만들었다.

하나씩 빙과를 나눠 먹고 저마다 탁자에 둘러앉자 은섭이 프린트한 A4지를 들고 함께 자리했다.

"다 모이셨으니 시작할까요?"

수정이 잠깐만, 하고 손을 들더니 가방에서 작은 라탄 바구니를 꺼냈다.

"우리 모임 때는 핸드폰을 바구니에 보관하는 게 어떨까요? 이런 때만이라도 폰을 잠시 내려놓는 시간을 가지면 좋을 것 같아서."

수정은 수줍게 웃었지만 현지는 뜨거워진 폰을 만지작거리며 애매하게 대꾸했다.

"불편할걸요? 시 같은 거 읽고 토론할 때 일일이 다 시집을 살 수도 없고. 검색하면 바로 나오잖아요. 그리고 얘기하다가 궁금한 건 찾아봐야죠."

"그거야 복사를 하면 되고. 물론 책방지기님이 좀 번거로울 수는 있지만…."

"저는 거래처에서 급한 전화가 올 수도 있어서요. 퇴근 시간이 따로 없는 공장들이라."

근상이 멋쩍게 허허 웃었다. 은섭은 프린트물을 나눠주며 상황을 정리했다.

"핸드폰은 각자 알아서 하시고, 한 장씩 돌려주세요."

수정은 머뭇거리다 살며시 바구니를 가장자리로 치우고는 본인 핸드폰만 그 안에 넣었다. 해원이 따라서 폰을 바구니에 넣자 고마운 눈길로 쳐다보더니 환하게 웃었다.

"오늘은 원래 글쓰기 모임인데 바쁜 연말이라 다들 부담스러우셨나봐요. 그래서 대신 눈이 내린 풍경이 담긴 글을 읽고, 마음에 든 한 구절을 적어 오는 과제를 내드렸습니다. 자유롭게 얘기 나누시죠."

근상이 궁금한 얼굴로 마주 앉은 승호에게 물었다.

"근데 꼬마야, 너도 같이하는 거야?"

"네, 저도 눈 오는 책 읽었어요."

"오, 알았다. 꼬맹이가 기특하네."

난롯가의 할아버지가 프라이팬을 내려놓더니, 슬그머니 일어나 구석 의자로 옮겨 앉아 노곤하게 졸기 시작했다.

수정이 먼저 프린트물을 펼쳤다.

"제가 뽑아온 구절을 읽어볼게요. 가와바타 야스나리의 《설국》 첫 문장이에요. 국경의 긴 터널을 빠져나오자 눈의 고장이었다. 밤의 밑바닥이 하얘졌다.* …과연, 이 첫 줄로 이미 다 해버렸다 싶어요. 평생 이보다 설경을 몰입되게 표현한 도입부는 못 본 것 같아요."

"나는 폰에다 눈이 오는 시, 하고 치니까 이게 제일 위에 나오던데요."

근상은 헛기침을 하더니 그가 뽑아온 부분을 읽었다.

"〈나와 나타샤와 흰 당나귀〉— 백석. 가난한 내가 아름다운 나타샤를 사랑해서 오늘 밤은 푹푹 눈이 나린다. 나타샤를 사랑은 하고 눈은 푹푹 날리고 나는 혼자 쓸쓸히 앉아 소주를 마신다…. 근데 궁금한 게, 나타샤는 러시아 여자 아닌가요?"

가장자리에 앉은 은섭이 대답했다.

"꼭 그렇게 생각하기보다는 시인이 사랑했던 여인을 상징

한다고 보는 편이 어울리겠죠."

"그렇군요. 난 또 나타샤라고 하니까 러시아에서 만났나 하고."

근상은 갸웃하면서도 알겠다는 투로 중얼거렸다. 현지가 자기 파트를 읽었다.

"까마득히 솟아오른 설산을 기어올라 기이한 빛을 내는 얼음기둥을 지팡이로 내리치자! 쿠구궁 — 굉음을 울리며 눈사태가 계곡을 휩쓸었다. 어둠을 품은 이계의 입구가 비로소 수천 년의 잠에서 깨어나는 순간이었다. …제가 아끼는 판타지소설 한 장면이에요. 작가는 표류하는 저루샤 님."

"처음 들어보네."

수정이 갸웃했다.

"아직은 덜 유명하지만 곧 작품이 출간돼요. 연재 조회수가 상당히 높거든요."

이번엔 승호가 프린트물 대신 직접 노란 동화책을 꺼내 들었다.

"저는 《집에 있는 부엉이》를 읽었습니다. 부엉이가 겨울을 집에 초대합니다."

또박또박 아이의 낭독이 탁자 주변에 울려 퍼졌다. 책방 구석에서 졸고 있던 할아버지가 퍼뜩 눈을 뜨고 손주의 목소리에 흐뭇하게 귀를 기울였다.

"늙고 가엾은 겨울이 문을 두드렸구나. 겨울이 난로 옆에 앉고 싶은 모양이야. …그런데 이렇게 남의 집을 엉망으로 만들 거면 다시는 오지 마요."*

그러고는 어른들에게 삽화를 보여주면서 소리 없이 웃었다. 이윽고 자기 차례가 오자 해원은 인쇄된 페이지를 펼치고, 꽤 오래 고민해서 골라 온 구절을 읽어 내려갔다.

"…혜천호 물결 위로 진눈깨비가 떨어져 내렸다. 지난밤 그들이 사랑했던 시간은 거짓말처럼 녹아 사라졌다. Y는 풀밭에 남기고 온 그를 생각했다. 얼마나 더 고통의 변방을 방황해야 그 기억을 깨끗이 죽여 없앨 수 있을까."

수정이 어깨에 두른 숄 자락을 감싸 쥐더니 뭉클한 표정이 되었다.

"어머나, 이게 얼마 만인지. 잊어버린 줄 알았는데 들으니까 생각나. 심명여 소설이네요."

"그러게요.《비어 있는 풀밭》, 한 구절이었습니다."

이 책을 찾느라 허리를 다칠 뻔한 해원이 씁쓸하게 웃으며 대답했다. 명여 이모가 곰팡이가 피든 말든 처박아둔 책을 찾아 간밤에 창고를 한참 뒤져야 했다. 그래도 이모의 소설에서 한 문장 꺼내주고 싶었던 마음을 과연 알기나 할까. 밖은 매서운 추위였지만, 책방 허공 백열등 사이로 눈이 오는 것만 같은 밤이었다.

할아버지와 승호가 돌아갈 때 은섭은 쓰고 남은 책 박스와 폐지를 한아름 리어카에 실었다. 할아버지가 손주 얼굴에 밤바람을 막을 마스크를 씌워주었다. 머플러를 두르던 현지가 아 참, 하더니 가방에서 손난로를 꺼내 노인과 아이 손에 쥐어주고는 다른 이들에게도 하나씩 돌렸다.

"고마워."

코트 옷깃을 여미고 손난로를 주머니에 넣으며 수정이 말했다.

"별거 아니에요. 약국에서 몇 개 집어 왔어요."

"그래도 고맙지. 엄마한테도 감사하다고 전해드려."

"엄마는 모르시는데요?"

"아이고, 현지야."

배웅하러 나왔던 해원이 문득 물었다.

"현지네 약국 하니?"

"네, 혜천로터리에서요."

"하님약국?"

"아세요?"

해원은 그만 웃어버렸다. 야자수처럼 머리칼을 치켜 묶고 스프링 망아지를 삐걱삐걱 튕기면서 타던 아이가, 훌쩍 커서 피어싱을 하고 팔다리가 긴 판타지를 좋아하는 소녀가 되었다.

"너 어릴 때 본 적 있거든."

많이 듣던 소리라는 듯 현지는 시큰둥했다.

"잊어주세요, 제 흑역사니까. 엄마는 왜 애를 약국 안에다 갖다놔가지고."

하지만 금세 표정을 환하게 밝히며 인사했다.

"저는 버스 타고 가볼게요. 새해 복 많이 받으세요!"

"그래요, 다들 내년에 봐요. 해피 뉴 이어!"

서로 인사하고 배웅하는 와중에 배근상은 칠판 앞에서 분필을 손에 쥐고 있었다. 뚫어지게 한참 생각하더니 무엇인가를 적고 분필을 내려놓으며 긴 한숨을 쉬었다.

"갑니다! 그럼 또 한 살을 먹어볼까나…."

두툼한 무스탕 뒷모습도 어둠 속으로 사라지고, 모두가 돌아간 책방에 은섭과 해원만 남았다. 그가 뒷마무리를 하는 동안 노트북 책방 홈페이지에서 알람이 울렸다. 해원이 클릭해보니 경기도 안양에서 주문이 들어와 있었다.

그간 홈페이지를 제대로 구경해본 적이 없다는 걸 깨닫고 그녀는 카테고리를 찬찬히 훑어보았다. 마우스로 갤러리를 누르자 은섭이 꾸준히 업데이트 해온 사진들이 떴다. 해원의 입가에 옅은 미소가 떠올랐다. 오래 잊고 지냈던 풍경들이 차곡차곡 기록돼 있었다. 파랗게 모내기가 한창인 봄날의 북현리, 여름날의 소나기, 단풍 든 호두하우스 뒷산도 거기 있었다. 가장 최근에 올라온 사진이 크리스마스 인테리어 풍경이어서 더 반가웠다.

"나도 아까 난로에서 굽던 귤이랑 찻주전자 사진을 찍었는데. 갤러리에 올리면 좋겠다."

청소 도구들을 벽장 속에 집어넣으며 은섭이 말했다.

"홈피 아이디, 비번 알려줄까?"

"응."

곧 그녀의 폰으로 문자가 날아왔다. goodnight_books로
시작하는 주소와 비밀번호를 저장하며 해원이 말했다.

"가끔 업데이트할게. 공식적으로 아르바이트니까."

"방금 정했는데, 너의 공식 직함은 책방 매니저야."

"아하, 매니저. 나는 실장을 생각했는데."

그리고 두 사람은 함께 웃어버렸다.

전등을 끄고 나란히 미닫이문을 잠그고 나오면서, 그들은
칠판 러시아 속담 아래 적힌 새 어록을 발견하고는 또 한 번
웃고 말았다.

그리고 40세는 나이도 아니다.
            ─배근상

근상의 매우 진지한 필체가, 어둠 속에 희고 유쾌한 분필
자국으로 떠올라 있었다.

과거완료입니까

✳

12월 30일 책방 일지

올해 마지막 금요 모임: '눈 내리는 풍경을 읽다'

눈이 내린 풍경의 한 구절을 골라서 함께 읽는 시간을 가졌다. 아래는 참석한 회원들 이야기.

최수정 님은 평소 책을 많이 구매하고 읽는 독자님이다. 우리 책방 다독왕을 뽑으라면 이분인데, 내년엔 그런 이벤트도 열어볼까 싶다. 감성적인 책을 선호하고 젊은 저자들의 다양한 출판물도 호기심을 지니고 받아들이는 우량 독자.

배근상 님은 솔직히 처음에는 왜 책방에 오시는지 이해가 안 갔다. 아마 엘이디 조명을 팔려고 했던 것 같은데, 생각이 변했는지 꾸준히 모임에 나타나신다. 글쓰기 실력을 키우기 위해 참여한다지만 한 번도 글을 써 온 적은 없음. 내년엔 이

분의 글을 읽어볼 수 있기를 바란다.

정승호 어린이는 꼬마 때 내 모습 같기도 해서 가끔 놀아주다 웃게 된다. 할아버지가 폐지를 주워 생활을 꾸려나가는 조손가정인데, 지난가을 우연히 집에 들러보니 전기선이 드러나 있어 위험해 보였다. 시간 날 때 가서 고쳐봐야지 하면서 여태 시간을 못 냈다. 이런 때 보면 나도 형편없음.

권현지 학생은 래퍼 지망생이면서도 오디션 프로는 절대 나가지 않겠다는 신념을 갖고 있다고. (아니, 어째서?) 유명해질 계획이지만 유명세는 싫고, 대중의 공감과 인기를 끄는 랩을 쓰고 싶지만 흔해 빠진 감수성은 또 싫은, 여러모로 어려운 길을 가는 청소년이다…. 딱히 책에 흥미는 없는데 아무래도 굿나잇책방을 본인 작업실로 삼고 있는 듯.

그리고 H. 열흘 동안 세 권의 책을 읽었다. 회원들이 읽은 걸 그녀도 따라 읽는 독서를 한다. 누군가가 읽고 좋아한 책을 택하는 것도 독서의 한 방법이니까. H는 책을 통해 그 사람을 궁금해하는 걸까.

모든 첫사랑은 과거완료?

지난주 동창회에서 했던 말을 다시 생각해봄. 태연한 척했지만 실제로도 그렇게 들렸을지는 모르겠다. 그 순간 나는 왜 거짓말을 하지 못했나. 진실을 말하라 하니 왠지 달리 말하기 싫었던 것 같다. 아아— 제가 이렇습니다, 여러분. 평생 요령 없이 살겠죠. 아무려나.

진실과 거짓을 섞어서 말하는 사람들이 가장 어렵다. 그렇게 섞여 있는 진짜와 거짓은 알아차리기 쉽지 않으니까. 언젠가 장우 녀석이 자기는 진실과 거짓을 칠 대 삼 정도로 섞어서 말한다고 했다. 그러면 곤란한 일이 생겨도 그런대로 해결할 수 있다고.

과연. 친구에게서 인생의 좋은 지혜를 배웠다. 그날 밤 나도 진실과 거짓을 섞어 말했다. 그리고, 망했음. H는 그보다 더 무심할 수 없는 대답으로 미천한 나를 쓰러뜨렸다. 장우 녀석, 묻어버릴까!

…사실 유사 이래 모든 과거는 한 번도 완료된 적이 없다.

한 해의 마지막 날을 남겨둔 밤. 작자미상의 글을 읽고 싶다. 지은이가 누구인지 영영 잊혀져버린 시와 산문들. 누가 썼는지 몰라 저작권료를 줄래야 줄 수 없는, 미안하고 소중한 이야기들.

'미상'은 셀 수 없이 다양한 목소리로 쓸 줄 알고, 영원히 죽지도 않는 저자들이다. 먼 미래에도 그들의 작품은 끊임없

이 나올 거니까. 잃어버리고, 잊어버리는, 잊혀지는 상실의
일들이 존재하는 한.

그나저나 산에서 고라니가 웁니다. 와—악.
사슴처럼 처연하고 어여쁘게 생긴 고라니의 울음소리를
들어본 적이 있나요. 그 반전의 소리를. 서리 내린 겨울 산에
서 고라니가 울 때, 나는 그녀의 손목을 잡았고, 한 줄기 버
들잎을 보았고, 역사는 되풀이되기 시작한 것입니다. 너무하
지 않습니까.

와—악.

굿나잇책방 블로그 비공개글
posted by 葉

전설을 찾아서

　　새해가 밝고 며칠 뒤 연하장이 인쇄돼 나왔다. 책방 식구들은 한데 모여 앉아 이런저런 토를 달며 구경했다.

　　"테두리에 금박을 둘렀으면 더 좋았을 것 같은데."

　　"그럼 촌스러웠을 거예요."

　　근상의 의견에 현지는 단호히 고개를 저었다.

　　"그래도 연하장은 금박이지. 여기 밤하늘 눈송이도 은박으로 찍고 말이야."

　　"저는 이대로가 좋은데요. 화가 의견은?"

　　은섭이 소탈하게 웃으며 해원에게 물었다.

　　"나도 이대로가 좋아. 무광으로 광택 없는 게 은은해서."

　　"난 기와집 앞에 버드나무를 그린 게 마음에 드네. 겨울밤 풍경인데 나무만 한들한들 봄인 것도 좋고."

　　수정이 그림을 손가락으로 쓰다듬으며 흐뭇해했다. 승호까지 기념으로 한 장씩 나눠 가졌고, 해원은 그리 큰 작업도 아니건만 다들 좋아해줘서 고마웠다.

"근데 우리 책방지기님하고 매니저님은 친구 사인가봐요. 서로 반말 쓰시는 것 같은데."

근상은 은근 궁금한 기색이었다.

"동창입니다. 만나긴 더 어릴 때 만났지만."

그런 은섭을 해원은 의아하게 쳐다보았다.

"더 어릴 때?"

"생각 안 나? 너 이사 오기 전에도 가끔 내려왔었잖아. 할머님 계셨을 때."

은섭이 그걸 기억하고 있었던가. 호두하우스가 민박집이었던 시절, 옆집에 사는 남자아이를 가끔 지나치긴 했었지만 그도 해원을 기억할지는 몰랐다. 문득 지난 연말 동창회에서 들었던 얘기도 꼬리를 물고 떠올랐다.

'목해원이었는데.'

조금은 설레던, 하지만 이제는 지나간 추억인 양 무심하게 들렸던 그의 목소리.

페이지가 덮인 이야기를 다시 펼쳐 묻기도 그랬고, 일방적으로 혼자 좋아했다가 혼자 지나갔다니 할 말은 없지만 그래도 궁금하기는 했다. 이게 다 장난기 가득한 이장우 때문인가 씁쓸해지는데, 양반은 못 되는지 미닫이문이 열리고 등산복을 껴입은 장우가 얼음 인간의 모습으로 나타났다.

"아, 영하 17도라니 이게 실화일까요! 적도 근처에서 환생

하고 싶군요."

덜덜 떨면서 장우가 탁자에 끼어 앉자 현지가 선심 쓰듯 손난로를 하나 밀어주었다. 찬 공기를 잔뜩 묻혀 온 등산복을 수정은 놀란 눈으로 바라보았다.

"이 추운 날 등산을 했어요?"

"시장님이 해마다 시무식을 산에서 하시거든요. 올해도 변함없이 일출을 봐야 한다고 우기시는 바람에, 벽두부터 삼봉산 봉우리를 세 개나 넘고 내려온 참입니다. 지방 말단 공무원한테 이래도 되는 거냐고 청와대에 민원을 넣고 싶네요."

하더니 장우는 씨익 웃으며 덧붙였다.

"이렇게 말한 건 비밀입니다만."

은섭이 난로에 얹어둔 주전자에서 뜨거운 차를 한 잔 따라주며 물었다.

"웬일이냐?"

"해산하고 여기 들러볼까 싶어서 나는 호두하우스 쪽으로 내려왔지."

장우는 차를 한 입 마시고는 등산복 품에서 돌돌 말린 팸플릿을 꺼내더니 모두가 보는 앞에서 탁자에 펼쳤다.

"지역 문화에 관심 많으신 시민 여러분께 전할 공지사항을 가지고, 특별히 제가 이 책방에 들렀습니다. 이것 때문에 연말 내내 바빴다는 것만 알아주십시오."

그가 비장하게 펼친 팸플릿에는 혜천 시가지 사진을 배경으로 굵직한 명조체가 시원시원하게 인쇄돼 있었다.

제1회 혜천 전설·스토리 공모전

글로벌 시대, 세계인이 찾아오는 관광 명소 강원도 혜천을 널리 알릴 전설을 발굴하고, 새로운 이미지를 만들어갈 스토리를 공모합니다! 혜천 시민은 누구나 참여하실 수 있으며 자세한 사항은 아래와 같습니다.

소재 : 1. 우리 고장에 전해져오는 이야기(혜천의 인물, 장소, 역
　　　　사, 문화재 등을 소재로 한 민담)
　　　 2. 혜천을 배경으로 한 영화, 드라마, 애니메이션, 연극
　　　　등의 대본이 될 순수 창작 스토리
양식 : 시청미디어센터 홈페이지에서 양식 다운로드 후 이메일
　　　 로 제출
기간 : 1월 10일~3월 31일
상금 : 총 천만 원 (세부 항목 참조)

발표는 4월 말이며, 우수 작품은 시상 후 책자로 출간되어 콘텐츠 제작 프로그램에 활용됩니다.

"상금이 천만 원이에요!"

현지가 팸플릿에 이마를 바짝 붙이다시피 들여다보며 외쳤다.

"총상금이 그렇다는 거고. 스토리 부문 최우수상이 사백만 원이네."

"그래도 그게 어디예요."

근상의 지적에 현지가 대꾸했다. 수정이 호기심 어린 눈빛으로 물었다.

"근데 전설을 찾는다는 게 무슨 뜻일까. 혜천에 전해오는 이야기가 뭐 특별한 게 있나?"

"찾아보면 있겠죠. 만약 없다면, 있게 만들어야 하고요."

은섭이 그런 장우를 향해 눈썹을 슬쩍 치켜올렸다.

"전설을 발굴하라는 거야, 지어내라는 거야."

"창작하라는 소리 같은데."

해원이 덧붙였다.

"발굴하든 창작하든, 드라마틱하고 근사하면 좋겠어. 유명한 이야기가 있으면 그 도시 아우라가 달라지잖아. 진주시 보세요, 논개! 그리고 남원은 춘향. 요즘은 스토리의 시대니까요."

장우는 정색하며 어필했지만 해원은 회의적인 얼굴이었다.

"그런 걸 이제 와서 어떻게 지어내. 옛날부터 대대로 내려오는 건데."

"지금 지어도 백 년 이백 년 지나면 전설이 되는 거잖아요."

현지가 심플하게 결론 내려 주변엔 잠깐 웃음이 일었다. 수정은 연하장을 만지작거리며 곰곰이 생각하더니 말했다.

"하긴 사람 사는 곳에 사연이 없을 리 없지. 도서관 가서 자료를 찾아보면 혜천 이야기 몇 개쯤은 당연히 있을 거야. 기왕이면 예쁜 사랑 이야기면 좋겠는데. 연이와 버들도령 같은."

"그게 뭔데요?"

현지가 물었다.

"내가 좋아하는 전설이지. 한겨울에 계모가 연이한테 산 나물을 구해 오라고 쫓아냈어. 눈밭을 아무리 헤매도 나물이 있나. 그러다 버들도령을 만났는데 이 도령이 동굴 안에서 나물을 구해다줘."

"그게 다예요?"

"아니. 계모가 너무 샘이 나서 동굴을 찾아가서는 버들도 령을 죽여버렸어."

"에, 그렇게 쉽게 죽어요? 판타지스런 능력을 가진 존재 아니었어요?"

수정은 살짝 당황했다.

"연이가 나중에 무슨 꽃으로 약을 만들어서 부었을 때 버들도령이 다시 살아났지…. 그게 능력인가?"

"그건 자체 능력이 아니잖아요, 연이가 살린 거죠."

이야기가 딴 데로 흐르자 장우가 탁자를 똑똑 두드리며 이목을 모았다.

"자, 기왕이면 특산물과 연계가 되어도 좋습니다. 다른 지역을 보면 대형 화로를 설치해서 밤송이 축제를 하고, 어디는 빙어나 산천어를 밀고, 어디는 눈꽃 축제를 하는데 혜천은 뭐가 있을까 하는 질문이죠."

"혜천은 호수가 있잖소."

팔짱 낀 채 무덤덤하게 듣고 있던 근상이 끼어들었다.

"그 혜천호수에 용이나 이무기, 그런 전설은 없나? 그래도 전설이라 하면 용이 나오는 게 멋지잖아요. 물에서 회오리가 막 소용돌이치면서 솟구치는 그런 거. 비늘이 금박으로 빛나고. 동상 만들기도 좋을 것 같은데."

저마다 편하게 이야기하도록 내버려두고, 어느새 은섭과 해원은 탁자 한 귀퉁이에서 연하장 수백 장을 차곡차곡 접어 봉투에 넣고 있었다. 온라인 주문 회원들에게 보낼 연하장에 이어, 책방을 방문하는 손님들에게 기념으로 나눠줄 엽서도 따로 제작한 비닐에 한 장씩 담았다.

글쓰기 모임 날이었지만 어차피 오늘도 아무도 글을 써오지 않았다. 이렇게 강제성이 없어서야… 싶긴 해도, 자유롭게 오가도록 하는 게 책방지기 마음인 것 같으니 어쩔 수 없겠다고 해원은 생각했다. 아까 낮에는 남녀 손님 두 명이 책 한 권을 사고 사진을 잔뜩 찍고 갔다. 언덕의 게스트하우스에서 묵었던 관광객들 같았다. 그런 지나가는 손님이라도 많으면 좋을 테지만, 지금은 책방인지 사랑방인지 휴게실인지 모를 이 모호한 정체성이 재미있기도 했다. 은섭이 그녀에게 무심히 물었다.

"왜 웃어?"

"…아냐. 근데 너, 눈이 충혈됐다?"

"아아. 계속 잠을 못 잤더니 영혼이 가출하는 것 같네."

은섭은 눈꺼풀을 문지르더니 하품을 깨물며 봉투 작업을 계속했다. 어른들 틈에서 지루해진 승호가 다가와 고사리손으로 카드를 접기 시작했다. 은섭이 생각난 듯 피식 웃었다.

"장우 녀석, 작년엔 길을 기획한다고 야심에 부풀더니."

"무슨 길?"

"제주 올레길 같은 관광객들이 걷는 길. 혜천 어슬렁길이라고 시청 홍보과에서 이름 붙였다던데."

"어슬렁길이요? 호랑이가 걷는 길 같아요."

승호가 중얼거려서 해원은 웃었다.

"그러게. 빨리 걸으면 안 되고 느릿느릿 걸어야 할 것 같네."

현지도 연하장 팀에 합류하더니 재빠른 손길로 카드를 접고 봉투에 착착 담아나갔다.

"너는 왜 얘기 안 듣고 왔어."

"고민이 많아서요. 어쩌면 올여름 이후로는 저를 당분간 못 보실 수도 있어요."

현지는 한숨을 푹 내쉬었다.

"엄마가 자기 마음대로 홈스테이 학생을 받았어요. 나더러 가을에 미국으로 교환학생 가래요. 한 학기씩 번갈아서 그 애가 먼저 와 있고. 진짜 짜증 난다니까요."

투덜거림을 듣고는 장우가 돌아보며 참견했다.

"그 교환학생, 위스콘신에서 오는 거지."

"어떻게 아세요?"

"혜천시 자매도시거든."

현지가 비죽거리더니 부루퉁하게 대꾸했다.

"거기는 전설 없대요? 비슷한 전설 있으면 교환하면 되겠네요."

연하장을 접던 이들이 동시에 웃었다. 그림 속의 초승달이 금박 없이도 은은하게 빛났다.

승호가 폐지를 실은 리어카를 타고 먼저 돌아가고, 다른 회원들도 집으로 떠나자 기와집에는 은섭과 해원, 장우가 남았다. 밤이 깊을 때까지 셋이서 미니 냉장고 캔 맥주를 절반 넘게 비웠다.

"어슬렁길이 확정되면 지도를 만들 거야. 딱딱한 지도 말고, 랜드마크가 삽화처럼 들어가는 일러스트로. 해원이도 할 마음 있으면 시안 넣어줘."

"잘 그리는 일러스트레이터들 많을 텐데, 뭐."

"왜 이래, 겸손한 건가 시큰둥한 건가."

"겸손이라고 하면 좋겠지만, 아직 그럴 만한 위치가 아니라서."

해원은 맥주를 마시며 웃었다. 은섭은 땅콩과 스낵을 담은 접시를 세 번째 보충하며 그런 장우를 신통해했다.

"생각보다 열심이네. 놀랍다, 이장우."

"그런가. 아버지 등쌀대로 살다 보니 여기까지 흘러왔다."

장우는 의자에 기댄 채 기지개를 켰다. 등산으로 얼었던 몸이 노곤해지자 점퍼도 진작 벗어두고 술기운에 몸을 맡기는 중이었다.

"슬슬 결혼도 빨리 해치우라고 난리여서 괴로워. 요즘 누가 서른에 결혼하나?"

"하는 사람도 있겠지, 뭐."

태연히 대꾸하는 은섭을 장우가 확 팔꿈치로 감싸 헤드록을 걸었다. 하마터면 둘 다 의자에서 굴러떨어질 뻔했다.

"네가 그런 말 하는 건 진짜 얄밉거든? 태생이 한가한 녀석이."

"이거 놔라."

"싫다."

장우는 결박한 팔에 바짝 힘을 주며 해원에게 장난스레 말했다.

"넌 학교 다닐 때 제일 거슬렸던 사람이 누구야? 나는 임은섭이었거든. 나사 빠져서 마음대로 살아도 내버려두는 부모님이라니 부러워 죽는 줄 알았지. 으악, 아파!"

은섭이 그의 손목을 꽉 쥐고 틀어서 장우는 소리를 지르며 팔을 풀었다. 머리칼과 옷매무새가 헝클어진 채 웃는 은섭의 모습이 어쩐지 낯설어서 해원은 기분이 묘해졌다. 평소 그녀 앞에서는 예의 바르고 온화하기만 했는데, 친구와 함께 있을 때 그는 훨씬 긴장이 풀어진 것처럼 느슨하고 자유로워 보인다. 은섭이 웃을 때 표정이 저랬던가?

해원은 툭 던지듯 말했다.

"둘이 그렇게 친한 줄은 몰랐어."

"안 친한데."

"안 친해!"

동시에 대답이 튀어나와 그녀는 어이없게 웃었다. 장우는 뭔가 쌓인 게 많은 얼굴로 맥주 캔을 노려보더니, 내친김에 말해보자는 투로 입을 열었다.

"세월이 지났으니 이런 말도 편하게 하는데 말이야. 사실 나는 되게 이기적인 놈이었거든? 남들과 비교해서 내가 낫다는 판단이 들지 않으면 견디기가 힘들었어."

뜻밖의 고백에 해원은 조금 놀랐다.

"착각인지 아닌지, 꽤 나 자신이 마음에 든다 생각하고 살았는데… 그러다 은섭이를 본 거지. 이상하게 내가 낫다는

확신이 안 들었어. 물론, 그렇다고 이 녀석이 더 낫다는 뜻도
아니야. 그런데도 신경 쓰여서 돌아버리는 줄 알았거든."

은섭은 미간을 찌푸리며 장우의 손에서 맥주 캔을 뺏었다.

"저런, 네가 이런 말을 할 때는 취하기 시작했다는 뜻이야.
그만 마셔라."

"안 취했는데?"

장우는 히죽 입꼬리를 올렸다. 그의 아버지는 시의원인가
고위 공무원인가 하는 직책에 있다고 했었다. 아버지와 가
까운 별의별 단체장들의 상을 받으며 졸업식장을 나섰던 장
우도 학창 시절 남몰래 경쟁심과 콤플렉스를 가지고 있었을
줄은 몰랐다. 그러고 보면 저마다 마음속에 작은 비밀들을
숨기고 지냈던 것은 아닐까.

"보영이가 너 만나고 싶다고 하더라."

기습적으로 들어오는 장우의 말. 해원은 그저 끄덕거렸다.

"너네, 무슨 일 있었냐?"

"무슨 일이라니."

"나야 모르지. 보영이가 너 얘기할 때마다 미안한 일이 있
다고, 오해를 풀어야 한다고 해서."

오해…. 해원은 잠자코 맥주를 마시다가 한숨과 함께 캔
을 탁 내려놓았다.

"나는 그 말이 싫어, 오해라는 말."

두 남자의 동작이 멈췄다.

"뭐가 오해야? 그냥, 잘못했으면 잘못했다, 실수였다, 미안하다 그러면 되는 거지. 오해하셨네요, 뭔가 오해가 있으셨나봅니다, 오해를 풀어드리려고요…. 왜 사람들은 그렇게 말할까."

장우는 새삼 술이 깨는 눈빛이었다.

"누가 뭘 오해했다는 건데. 그건 두 번 상처 주는 거야. 오해할 만큼 이해력이 모자랐거나 독해력이 떨어졌거나, 의사소통에 센스가 없어서 혼자 잘못 알고 있었다는 거잖아. 그거 아니잖아. 오해는 없어, 누군가의 잘못이 있었던 거지. 그걸 상대방한테 네가 잘못 아는 거야, 라고 새롭게 누명 씌우지 말라고."

해원은 남은 맥주를 원샷해버렸다.

"와… 누명까지 나왔다. 센데?"

장우는 놀라서 말했지만 은섭은 그런 해원을 잠자코 응시하기만 했다. 읍내에서 온 택시가 헤드라이트를 밝히고 책방 앞에서 경적을 울렸다.

"콜택시 딱 맞춰 왔네. 해원이 화내면 무서우니까 이쯤에서 나는 도망가야지. 또 보자."

등산복을 걸치고 나서던 장우가 미닫이문이 닫히기 직전 해원에게 말했다.

"보영이한테 네 폰번호 가르쳐줬다. 연락 올지도 몰라."

콜택시가 떠나는 모습을 남은 두 사람이 지켜보았다.

널브러진 빈 맥주 캔을 은섭이 바 뒤편 쓰레기통에 던져 넣는데, 멍하게 있던 해원이 불쑥 호전적으로 입을 열었다.

"근데, 나 맥주 더 마실래."

"넵, 그러시지요."

은섭은 냉장고에서 맥주 캔을 두어 개 꺼내다가 잠깐 생각하더니 남은 다섯 개를 몽땅 가져와 내려놓았다. 해원은 빙그레 웃었다.

"고마워. 내가 술이 좀 세거든."

"그런 것 같네."

"너는 안 그런 것 같고."

"응."

은섭이 자리에 앉자 해원은 느릿한 손길로 그에게 두 캔을, 자기 앞에 세 캔을 놓았다. 시즌 지난 크리스마스트리와 창가 전구들이 졸리게 깜빡였다. 가지런히 쌓인 연하장 더미를 바라보던 그녀에게서 풋 웃음이 새어 나왔다.

"오늘도 전설 이야기 하느라고 글쓰기 모임을 못 했네."

은섭의 얼굴에도 미소가 스쳤다.

"뭐, 아무도 안 써 왔으니까."

"나는… 가장 좋으면서도 속상했던 전설이 그거였어, 은혜 갚은 학."

따뜻하고 몽롱한 분위기가 그들의 주변을 감쌌다.

"산속에 노부부가 살았는데, 어느 날 할아버지가 다친 학

을 구해줬어. 며칠 후 어떤 처녀가 찾아와서는 수양딸이 되
겠다는 거야. 그러고는 방에서 날마다 고운 베를 짜는데 절
대 들여다보지 말라고 했어. 베를 장에 내다 팔아 오순도순
잘 살다가, 너무 궁금해진 노인들이 그만 들여다본 거야. 이
이야기, 알아?"

은섭은 말없이 고개를 끄덕였다. 노부부가 들여다본 방에
선 언젠가의 학이 부리로 자신의 날개를 뽑아 베를 짜고 있
었다. 비밀을 들켜버린 학은 더 이상 인간 세상에 머무를 수
없어 그대로 하직 인사를 하고 하늘로 날아가버렸다는 이야
기. 해원은 탁자에 엎드리듯 턱을 괴고는 혼잣말처럼 중얼거
렸다.

"보지 말라고 하면 안 보면 좋잖아. 하지 말아달라고 부탁
하면, 안 해야 하는 거잖아. 왜 어기는 걸까?"

은섭의 눈길이 부드럽게 건너왔다.

"금기는 지키기가 어려우니까."

해원은 쓴웃음으로 되물었다.

"너는? 넌 좋아하는 전설 없어?"

"…있지. 늑대의 은빛 눈썹."

"얘기해봐."

은섭은 팔을 뻗어 곁에 의자를 끌어당기고는 비스듬히 기
댔다. 약간 피곤해 보였지만 그는 마다하지 않고 찬찬히 말
했다.

"어느 나무꾼이 몹시 힘들게 살고 있었어. 그러다 산에서 만난 늑대가 눈썹 하나를 뽑아주면서 말하기를, 이 은빛 눈썹을 눈앞에 대고 사람들을 바라보라고."

해원은 귀 기울여 듣고 있었다. 그의 목소리가 다정해서 좋았고, 언제나 서두르지 않고 말하는 태도도 좋았다.

"눈썹을 대고 바라보니 마을 사람들의 진짜 모습이 보였어. 살찐 닭, 원숭이, 여우, 오소리…. 그래서 사람이 진짜 사람으로 보이는 곳을 찾을 때까지 정처 없이 다닌 거지."

"그랬더니 그런 곳이 있었어?"

"응. 사람들이 모여 사는 마을을 찾아서 나무꾼도 죽을 때까지 거기서 살았다는 이야기."

"좋다. 맘에 드네."

은섭의 미소가 따스했다.

"맘에 든다니 다행이네. …근데 나 오랜만에 졸립다. 잠시 눈 좀 붙일게."

"아… 피곤하면 그만 돌아가도 되는데."

"아냐, 너 편한 대로 천천히 마셔. 나중에 깨워줘."

그러고는 의자 하나를 더 붙여 다리를 올리고 기대더니 눈을 감고 곧 깊이 잠들었다. 그가 마시다 남긴 맥주 캔을 옆으로 옮기고 해원은 물끄러미 은섭의 모습을 바라보았다.

"진짜로 잠들었네…."

해원은 고즈넉한 느낌에 사로잡혔다. 곤히 자는 사람을

앞에 두고 혼자 맥주를 마시는 이 시간이 아늑해서 신기했다. 잠든 은섭을 향해 나지막이 속삭이듯 물었다.

"이봐, 근데… 아이린이 누구야?"

시계는 자정을 향해 가고 그녀의 마음도 아슴아슴한 온기 속으로 잠겨 들었다.

호두하우스, 한파를 만나다

　─한반도 상공으로 영하 40도 안팎의 북극 한기가 남하하고 있습니다. 당분간 강한 한파가 이어져 노약자 외출 자제, 시설물 관리에 각별한 주의가 필요합니다. 특히 동해안은 기온이 매우 낮고 10센티미터 이상 많은 눈이 내려….

　연일 일기예보는 한파주의보를 내보내고, 휴대폰으로 긴급 재난 문자가 날아왔다. 지난 수십 년을 통틀어 가장 추운 겨울을 나고 있는 북현리도 예외는 아니어서, 해원은 한밤 패딩점퍼의 모자까지 폭 뒤집어쓴 채 마당에 쭈그리고 앉아 수도 계량기를 녹이려고 고군분투하고 있었다.

　"시설물 관리에 각별한 주의를 못 한 거지. 이 펜션 주인이 누구야, 도대체."

　투덜대며 헤어드라이기의 더운 바람을 계량기에 불어 넣었지만 수도는 좀처럼 녹을 생각을 하지 않았다. 곁에 놓인 손전등이 땅속을 비추고, 집에서 끌고 나온 두 개의 긴 콘센트 줄이 어두운 잔디 마당을 가로지르며 꼬리를 물었다.

"집 안에는 물 나와요?"

테라스에서 지켜보는 명여에게 물었지만 이모는 고개를 저었다.

"기별이 없네. 드라이기로 되겠니, 좀 더 강력한 걸로 해야 될 것 같다만."

그러고는 손에 쥔 스마트폰에 무언가를 쳐보더니 한숨을 쉬었다.

"어떤 사람은 토치로 녹였다는데. 그냥 내버려둬라, 때 되면 알아서 녹겠지. 그나저나 오늘도 빨래를 못 하겠구나."

명여가 들어간 뒤에도 해원은 혼자 마당에 남아 한참 더 애썼지만 소용이 없었다. 뺨을 에는 칼바람을 견디다 못해 자질구레한 헝겊들과 스티로폼 조각을 계량기함에 밀어 넣고는 뚜껑을 닫았다. 콘센트와 드라이기를 챙겨 들어오는데 머리가 욱신욱신 아팠다. 이런 밤에 뜨거운 물로 샤워를 할 수 없다니.

실내는 보일러를 돌리는데도 그리 따뜻하지 않았다. 군밤이 부르르 떨며 발치에 놓인 담요 속을 파고들었다.

그날 밤.

해원은 잠결에 이불을 둘둘 말고 추위에 시달리다 침대에서 일어났다. 무엇인가 이상이 생긴 게 틀림없다. 맨발로 계단을 내려오는데 마룻장이 얼음같이 차가웠고, 이모의 방을 들여다보니 침대가 비어 있었다.

점퍼를 껴입고 마당으로 나서자 뒤편 보일러실에서 인기척이 들렸다. 동파된 채 아무 미련도 없이 죽어버린 낡은 보일러를 명여가 황망하게 바라보고 있었다.

"이모, 보일러 망가졌어?"

"그런 것 같다."

밤 2시가 넘은 시각, 망연자실 무엇을 어떻게 해야 할지 두 사람은 막막했다. 허공에 하얗게 입김만 피어오르는 한순간이 지나고 해원이 말했다.

"별채 쪽 보일러도 확인해볼게. 괜찮으면 거기서 자도 될 거야."

손님들이 묵던 아래채 벽돌 단층 건물. 본체와 보일러실이 별도이기 때문에 괜찮지 않을까 기대했지만, 일 년 가까이 쓰지 않았던 별채는 방 세 칸짜리 커다란 석빙고나 다름없었다. 헛되이 보일러 스위치를 껐다 켰다를 반복하다 해원은 속상한 나머지 약간 화가 나려고 했다. 도무지 명여 이모는 숙박업을 할 만한 사람이 아니었던 것이다. 시설물 관리는커녕 손님들이 바비큐 그릴을 원했을 때도 마지못해 들여놓았다가, 시끄럽고 마당이 지저분해지는 게 싫다고 금세 치워버렸던 일이 떠올랐다. 펜션 일을 한 번도 좋아하지 않으면서 왜 자신에게 맞지 않는 일을 굳이 한다고 했을까.

"그래, 폐업하길 잘한 거야."

혼자 씩씩거리며 별채를 뒤로하고 집으로 들어가니 명여
는 가방에다 한가득 옷가지를 밀어 넣고 있었다.

"거기도 보일러 안 돌아. 집에 받아놓은 물 있어? 가스레
인지에 끓여서 배관을 녹여볼게요."

"그냥 택시를 불러라."

"뭐?"

"날 밝은 뒤에 녹이든지 어쩌든지, 지금은 이 집을 탈출하
자. 어차피 받아놓은 물도 없고 난 너무 춥고, 자고 싶다. 모
텔에 가는 거야."

이모는 경대에 놓인 지갑을 챙기고 코트를 걸쳤다.

"군밤이는? 택시가 군밤이를 태워줄지 모르겠는데. 케이
지도 없잖아."

명여가 멈칫했고, 제 이름을 들은 군밤이 다가와 귀를 쫑
긋거렸다. 집 안이 점점 냉골이 돼가자 아무래도 안 되겠다
싶어 해원도 몇 가지 물품을 챙겨 가방에 넣었다.

"은섭이한테 차를 빌려볼게요. 군밤이를 태울 수 있겠지."

다행히 옆집에 불이 켜져 있었다. 해원은 오솔길에 서서
문자를 보냈다.

'잠들지 않았으면 창문 좀 열어줘.'

유리에 그림자가 비치더니 창이 열리고 은섭이 내다보았

다. 밤하늘 아래 호두하우스 두 여인과 개 한 마리가 피난민처럼 모여 있었다. 해원이 미안한 얼굴로 손을 들어 보였다.

"보일러가 동파됐는데 차를 빌릴 수 있을까? 이모랑 시내 모텔에서 자야겠어."

"지금 나갈게."

은섭은 추리닝 차림으로 키를 들고 나왔지만 이번엔 다른 점이 문제였다.

"근데 모텔이 이렇게 큰 개를 받아주려나."

"아… 그 생각은 또 못 했네."

해원이 낙심하자 오솔길에 웅크리고 있던 명여가 입을 열었다.

"요금을 더 내면 안 되나? 나도 강아지 데리고 오는 손님들 받아주곤 했는데."

"펜션하고 모텔은 또 다르지."

"그래도 저 언덕 게스트하우스는 안 가련다. 밤마다 파티한다고 시끄러워."

저 까탈스런 불평. 해원이 관자놀이에 손을 갖다 대고 지그시 누르자 은섭은 위로하듯이 말했다.

"우리 집에서 자. 어차피 시내 나가기도 너무 늦었는데."

"너희 집? …그러면 네가 불편하잖아."

"나는 큰아버지네서 자면 돼."

은섭은 대수롭지 않게 엄지손가락을 젖혀 아랫집을 가리

켰다. 북현리 이장댁이 연통에서 굴뚝 연기를 내뿜으며 평화로이 잠들어 있었다. 두 여인은 이 밤에 가장 필요하고 솔깃한 제안을 거절하고 싶지 않았다. 명여가 쓴웃음으로 고마움을 표했다.

"폐를 끼치네. 오늘 하룻밤만 신세 질게."

"아닙니다, 편하게 주무세요. 이부자리 봐드릴게요."

이웃이라고는 해도 그의 집에 들어가는 건 처음이었다. 아담한 집채에 창이 큰 시골집이었고, 마당을 지나 덧문처럼 달린 유리문을 열고 들어가면 마루 양끝에 방 두 개가 마주 보는 일자형 구조였다. 은섭의 방문이 열려 있어서 화면이 켜진 노트북과 의자에 걸친 낯익은 파카가 눈에 들어왔다. 가구들이 수수하고 단순해 보였다. 은섭은 건넌방 장롱에서 새 이불과 베개를 꺼냈다.

"내가 할게."

해원은 얼른 들어가 같이 이불을 깔았다. 가방을 윗목에 옮겨놓고는 물티슈로 군밤의 네 발바닥도 말끔히 닦아주었다.

"부모님이 쓰던 방인데 온도를 올렸으니까 금세 따뜻해질 거야. 욕실은 마루 끝에 있고. 그럼, 잘 자."

"고마워. 너도 잘 자."

은섭은 명여에게도 인사를 건넨 뒤 칫솔만 추리닝 주머니에 넣어 아랫집으로 내려갔다. 마당까지 그를 배웅하고 해원은 유리문을 닫고 방으로 돌아왔다. 명여가 피곤한 얼굴로 이부자리에 누운 채 말했다.

"은섭이한테 미안하구나. 한밤중에 쫓아 보낸 것 같아서."

"그러게. 우리 불편할까봐 서둘러 갔나봐."

"아침 일찍 보일러부터 고쳐보자."

다짐하듯 중얼거리고 명여는 옆으로 돌아누워 잠을 청했다. 군밤도 낯선 방의 냄새를 맡다가 주인 곁에 조용히 자리를 잡았다.

전등을 끄기 전 창가 문갑에 놓인 작은 액자가 해원의 눈길을 끌었다. 지금보다 앳된 모습인 은섭이 어깨동무로 부모님을 껴안고 찍은 사진이었다. 스무 살 무렵일까. 꽃다발이 없는 걸 보니 졸업 사진은 아니고 그저 가족이 야외에서 찍은 것 같았다. 부모님 중에 누구를 더 닮았나 바라보았지만 잘 모르겠다 싶었다. 이모의 졸린 목소리가 들려왔다.

"불 끌래? 자자."

"알았어요."

스위치를 끄고 그녀도 이부자리에 누웠다. 평소 침대에서 자다가 낮은 방바닥에 누우니 천장이 새삼 높고, 먹빛으로 물든 창문과의 거리도 멀게 느껴졌다.

첫잠에서 깨어 한바탕 밤이슬을 맞으며 돌아다닌 탓인지 좀처럼 두 번째 잠이 오지 않았다. 내일은 어떻게든 호두하우스 보일러와 수도 문제를 해결해야 한다. 진작에 모든 수도꼭지를 조금씩 열어놓았어야 했는데. 물이 계속 떨어지게 해놓았다면 얼지 않았을지도…. 보일러실도 외부에 있어 추위에 약하다. 보온 장비를 더 사와야 한다. 에어캡 다섯 마정도면 파이프를 전부 감쌀 수 있겠지…. 생각이 꼬리를 물었고 환청처럼 수도꼭지에서 물이 떨어지는 소리가 들려오는 것 같았다. 곁에서 건너오는 이모의 규칙적인 숨소리와 더불어 어느새 해원도 스르르 잠이 들었다.

쿠쿵.

이른 아침 꿈결같이 이상한 소리가 울렸다. 어디선가 폭죽이 터지나 싶었지만 귀를 기울이니 이내 고요해졌다. 땅이 흔들리지 않는 걸 보면 지진은 아닌데. 이젠 한반도도 더 이상 지진 안전지대가 아니라고 생각하며 돌아눕다가 옆자리가 비어 있는 걸 깨달았다. 창문이 희끄무레 밝아 있었다.

"이모?"

마루에도 욕실에도 명여의 모습이 보이지 않아 해원은 슬리퍼를 신고 마당으로 나갔다. 새벽녘 하얗게 폭설이 내려 북현리는 눈이 부실 만큼 아침 햇살에 빛나고 있었다. 은섭네 마당의 나무들이 가지마다 눈꽃을 피우고, 오솔길 눈밭에 사람 발자국과 개 발자국이 나란히 찍혀 있었다. 다음 순간 해원은 헉 숨을 몰아쉬었다. 우두커니 선 명여의 뒷모습 너머, 호두하우스가 믿을 수 없는 모습으로 나타났다.

옥상인지 천장인지 터져버린 배관에서 쏟아진 물이 폭포처럼 집 안을 휩쓸고, 현관과 데크로 흘러넘쳐 마당의 눈을 잠식하고 있었다. 민트색 페인트가 뱀 허물처럼 벗겨진 외벽을 타고 난간에서도 물이 철철 떨어져 내렸다. 영하 20도 날씨에, 난간에서 떨어지던 물은 눈앞에서 서서히 고드름이 되어갔다. 마치 얼음 레이스 커튼처럼.

"아이고, 이게 무슨 일이람! 수도관이 다 터졌구만!"

어느새 아랫집에서 나온 이장님이 입을 쩍 벌리며 한탄했다. 옆에서 은섭도 말문이 막힌 채 호두하우스를 바라보고 있었다. 명여가 천천히 고개를 돌려 구경꾼들을 향하는데, 손에 든 가스 토치가 무슨 설원의 권총처럼 보였다. 해원이 가까스로 입을 열었다.

"이모, 뭐가 어떻게 된… 그건 또 왜 들고 있어."

"나는… 그저 녹여보려고 했는데. 바비큐 그릴을 사람들이 찾아댔잖아. 그래서 이런 게 창고에 있었잖니? 근데 불이 붙어서 서둘러 껐지. 마침 눈이 마당에 저렇게 많이 내려서…."

이모답지 않게 횡설수설하는 걸 보니 어지간히 정신이 나간 것 같았다. 도대체 무슨 소리를 하는지 모르겠는데 그녀가 두른 숄 한쪽이 불에 그을려 있었다.

"이모, 괜찮은 거지. 불이 붙었던 거야?"

명여는 대꾸 없이 손에 든 토치만 노려보았다. 다음 순간 그녀의 입에서 푸하하 웃음소리가 터져 나왔다. 도저히 참을 수 없는 것처럼 허리를 굽혀가며 배를 잡고 웃어댔다. 눈밭을 혼란스럽게 오가던 군밤이 머리를 허공으로 젖히며 같이 우우— 울었다. 모두가 멍해져서 바라보는데 명여는 웃다가 맺힌 눈물을 간신히 닦았다.

"아아, 속이 시원하다."

이제 해원은 추운 것도 못 느꼈다. 실내복에 맨발엔 은섭의 슬리퍼만 꿰신고 나왔는데도 몸에서 이상하게 열이 나는 것 같았다. 명여가 통쾌하게 외쳤다.

"그래, 다 망가져버려라! 내가 망가지는데 집이 멀쩡하면 되겠니, 같이 고장 나야지!"

"이모가… 뭐가 망가졌는데."

"내 눈! 알잖아, 내 왼쪽 눈 이제 안 보인다니까?"

"괜찮다며. 다 나았다며."

"거짓말이지! 한쪽 눈이 완전히 안 보인단다, 사랑하는 조카야."

명여는 까르르 웃었다. 해원의 얼굴이 창백해졌다. 몸은 더운데 어째서 이마는 싸늘하고 어지러운지. 갑자기 눈앞이 핑 도는 것 같아 비틀거리자 은섭이 얼른 해원의 팔을 붙잡았다. 명여는 또다시 웃음을 멈추지 못하고, 북현리 이장님만이 휘둥그레진 채 그런 이웃집 여자를 바라보고 있었다. 겨울왕국이 된 호두하우스 위로 텃새가 깍깍거리며 산으로 날아갔다.

　오후의 책방은 손님 그림자도 없이 고요했다. 논두렁 스케이트장에 가봐야 했지만 은섭은 좀처럼 발걸음이 떨어지지 않았다. 해원이 탁자에 기대앉아 맥없이 말했다.

　"가봐. 아이들 안전사고 신경 쓰이잖아."

　"응, 조금만 있다가."

　은섭은 굳이 서가를 정리하며 추천 도서의 표지가 정면을 향하도록 배열했다. 아침에 충격적인 장면을 보았기 때문에 기와집 뒤편 옥외 화장실의 수도와 라디에이터를 살피고, 은박 발포지로 파이프를 이중으로 감아놓은 참이었다.

　혜천 시내 집수리업자들은 여기저기 아우성치는 현장으로 수리하러 다니느라 오늘내일은 못 오고, 한 군데는 기술자 집도 한파 때문에 난리가 나서 일할 상황이 못 된다고 했다. 글피가 넘어야 호두하우스 차례가 될 것 같은데 그때까지 모든 것이 더 꽝꽝 얼어붙을까봐 난감했다.

　연두색 승용차 한 대가 책방 앞에 멈춰 섰다. 차창이 내려가더니 운전석에서 수정이 손을 흔들었다. 조수석엔 선글라스를 쓴 명여가 느긋하게 기대어 앉고, 뒷좌석엔 혀를 할할거리는 군밤이와 아무렇게나 던져 넣은 트렁크 두 개가 바퀴를 내밀고 있었다. 미닫이문을 열고 나와 보는 해원을 향해 명여가 말했다.

"나는 따뜻한 나라로 피난 갈 거다. 너는 알아서 지내."

"따뜻한 나라, 어디!"

해원이 울컥해서 소리쳤다.

"수정 홀리랜드라고, 들어봤나 모르겠네."

짙은 선글라스 너머 이모가 씨익 입꼬리를 올렸다. 수정이 운전대를 잡은 채 어휴 하더니 달래듯이 말했다.

"우리 집에 가는 거야, 내가 와 있으라고 했거든. 애들 대학 가서 빈방이 두 개나 있고 남편도 명여 잘 아니까 괜찮아."

그러고는 주섬주섬 가방에서 작은 향낭 주머니를 꺼내 해원에게 건넸다.

"우리 매니저님, 이거 책방에 켜놓고 있어요. 향인데, 마음을 편안하게 가라앉히는 아로마 효과가 있대."

옆에서 명여가 풋 웃었다. 수정의 차는 시내 쪽으로 달려갔고 해원은 고운 향낭을 손에 쥔 채 허탈하게 그 풍경을 바라보았다. 이럴 수가 있나, 딱 울고 싶었다.

입맛이 없어 저녁도 건너뛰고 해원은 늦은 밤 뜨거운 물로 샤워를 했다. 거울이 달린 욕실 장을 여니 차곡차곡 포개진 수건과 새 비누, 면도기와 애프터 셰이브 로션이 놓여 있었다. 물기를 닦고 옷을 갈아입은 뒤 건넌방에 누웠다가 도로 벌떡 일어나 점퍼를 껴입었다. 아무래도 불길한 느낌이

들었고, 스스로 아니라고 확신할 근거를 찾기 전까지는 그 느낌이 자꾸 몸집을 키울 것만 같았다.

덧문 옆에 달린 선반에서 은섭이 쓰는 회중전등을 찾아 들고, 그녀는 어두운 호두하우스로 향했다. 누전으로 화재가 발생할까봐 두꺼비집을 내려놓은 상태라 스위치를 켜지 못했다. 지금 이 집은 마치 불발탄 같다고 해원은 생각했다. 집도 사람도. 명여 이모는 어딘가 아픈 게 틀림없고, 그저 눈 한쪽이 안 보인다는 거 말고도 다른 큰 병이 있을지 모른다 싶자 참을 수가 없어졌다. 병원 처방전이나 약봉지, 어쩌면… 입 밖에 꺼내기도 싫지만 유언장 같은 게 있지 않을까. 분명 명여 이모라면 뒤통수를 치며 유서를 남길 만한 사람이라 생각하니 초조해졌다.

회중전등 불빛에 드러난 호두하우스 내부는 비현실적으로 처량해서 신기할 정도였다. 흘러넘친 물이 얼어붙은 마룻바닥은 달빛에 비쳐 반짝거리고, 고드름이 달린 싱크대와 계단 난간은 유쾌한 농담 같기만 했다. 빙판이 된 마루에서 컬링을 해도 되겠다고 해원은 자조적으로 중얼거렸다.

미끄러지지 않도록 조심하며 이모 방으로 들어갔다. 경대 서랍 세 개를 위에서부터 차례로 열고 불빛을 비춰 살펴보았다. 자질구레한 영수증과 샘플 화장품, 망가진 핀과 브러시 따위가 잠에서 깨어나 깜짝 놀라는 것 같았다.

다 뒤져봐도 시한부 삶을 선고받은 처방전 같은 건 보이지 않았다. 그러다 마지막 서랍에서 명여 이모 앞으로 배달된 편지를 발견했다. 봉투에 적힌 보내는 이의 이름을 그녀는 물끄러미 내려다보았다. 심명주. 엄마의 이름이었다. 열어보고 싶기도, 외면하고 싶기도 한 편지를 도로 내려놓고 가만히 서랍을 닫아버렸다. 새삼 자매들의 이야기를 알고 싶지 않았다.

바깥만큼이나 추운 공기가 집 안을 점령해버려 그녀는 부르르 떨리는 몸을 두 팔로 감싸며 현관을 나섰다. 오솔길 가로등 아래 은섭이 막 스쿠터에 올라타다가 그런 해원을 보았다. 두 사람의 시선이 마주쳤다.

"왜 호두하우스에서 나와?"

"뭐 좀 찾아보느라고. 너는?"

"책방에 가려고."

자정이 넘은 시각인데 왜… 하다 해원은 퍼뜩 알아차렸다.

"거기서 자려는 거구나."

은섭은 약간 당황하며 겸연쩍어했다.

"사실은, 저 집에 난방이 들어오는 곳이 안방 하나라서. 큰아버지 설계로 지었는데 온돌을 한 군데만 까는 바람에 나머진 그냥 여름에나 쓰는 방이야."

그는 속으로 한숨지었다. 책방에서 일이나 하다 의자 붙이고 토막잠을 잘까 했는데 그녀에게 들킬 줄 몰랐다. 이래서 사촌 형들이 겨울엔 고향 집에 얼씬도 안 하는 것이다. 내려오기만 하면 아이들이 감기에 걸려 올라가니까.

"미안해, 우리 때문에. 그냥… 네 집에서 지내. 내가 나갈게."

"무슨 소리야. 네가 갈 데가 어딨어."

해원은 어쩐지 패닉이 온 것처럼 불안정하게 서성였다.

"어디를 가냐면… 글쎄, 서울로 다시 가버려도 되고. 서울에 내 방 있으니까. 원룸 있어, 나."

은섭은 걱정스러운 얼굴로 손을 내밀어 그녀의 어깨를 붙잡았다.

"진정해, 이거 전부 별일 아니야. 수도와 보일러가 동파된 거고, 지금 여러 집이 그래. 설비 전문가가 오면 며칠 내로 정리될 일이야. 나도 도울 테니까 너무 당황하지 마."

"근데 이모가 눈 한쪽이 안 보인대."

"그래, 그러니까 더 정신 차려. 호두하우스 수리될 때까지는."

그녀는 묵묵히 고개를 끄덕였지만 자신 없는 표정이었다. 은섭이 따스하게 말했다.

"너 저녁 안 먹었지. 배고픈 얼굴이다."

저녁? 그야 먹고 싶은 생각도 없었다. 속이 허했지만 마음이 그래서 그런 줄 알았다. 은섭은 스쿠터에서 내렸다.

"샌드위치 만들 건데 같이 먹을래?"

"…그래."

비로소 해원이 희미하게 웃었다.

주방에서 은섭은 샌드위치를 만들었다. 이전에 부모님이 쓰던 부엌은 슬리퍼를 신고 내려가는 타일 바닥이었지만, 지금은 마루 한쪽에 간이주방을 만들어 혼자 쓰고 있었다. 좌식 탁자에 샌드위치 접시와 우유 두 잔을 내려놓고 그들은 마주 앉았다. 시골집이라 외풍이 느껴져도 방석 아래 바닥은 따뜻했다. 식빵을 프라이팬에 구워내 버터 향이 떠돌았다.

양배추와 토마토, 달걀 프라이와 치즈를 넣은 샌드위치였다. 피차 추리닝과 낡은 스웨터, 수면바지 차림이라 이젠 서로의 복장에 그리 신경 쓰이지 않았다. 해원은 맨발도 어색하지 않았고, 평소 손도 안 대던 마요네즈를 오늘 밤은 샌드위치 사이에 듬뿍 뿌려 깨끗이 먹어 치웠다. 데운 우유와 더불어 한밤의 야식이 안정감을 주었다. 손에 묻은 마요네즈를 티슈로 닦으며 은섭이 물었다.

"호두하우스에선 뭘 찾았던 거야?"

"이모가 어디 아픈가 싶어서… 혹시 처방전이 있는지 찾아봤어. 눈은 염증을 오래 놔둬서 그렇게 됐다는데 믿기지가 않잖아. 누가 아픈 증상을 그렇게 방치하겠어."

해원은 한숨을 쉬며 방석에 달린 금색 술을 만지작거렸다.

"사람이 아프면 옆에서 돌봐주고 좀 기대기도 하고… 그러는 거 아닌가. 서로 의지하는 거잖아. 솔직히 우리 이모,

곁을 안 주려고 할 때가 있어서 서운하긴 해."

은섭은 생각에 잠긴 얼굴이었다.

"대체로 두 가지 태도인 것 같아. 아플 때 위로받고 싶고, 챙겨주면 고마워하는 사람. 반면, 아플수록 동굴에 숨어서 혼자 앓는 사람. 자신을 찾는 것도 싫고 들여다보지도 못하게 하는 사람."

해원이 그런 은섭을 바라보자 그는 부드럽게 웃었다.

"이모님은 두 번째 같은 사람이 아닐까?"

과연 그런 걸까. 상대방이 위로도 돌봄도 원치 않는다면, 곁에 있는 사람도 그를 염려하는 마음을 굳이 알릴 필요가 없는 걸까. 그럴 수 있겠다 생각하면서도 서운한 느낌은 어쩔 수 없었다. 은섭이 빈 접시와 컵을 들고 자리에서 일어났다.

"들어가서 먼저 자라. 이것만 치우고 나는 갈게."

해원은 머뭇거리다 말했다.

"그냥… 너도 집에서 지내. 네 방에서 자면 되잖아."

그는 미처 숨이 안 쉬어지는 것 같은 표정이었다.

"그래도 될까?"

"당연하지, 네 집인데."

"고맙… 아, 이건 아닌가."

은섭이 어색하게 중얼거려서 해원은 그만 작게 웃어버렸다.

그가 뒷정리하는 모습을 그녀는 무릎을 끌어안고 지켜보

왔다. 그러고 있으니 서서히 걱정이 옅어졌다. 괜히 예민해져 그랬을 뿐 모든 게 그저 한파로 인한 해프닝이고, 시간이 지나면 웃게 될 일인 듯한 낙천적인 기분이 찾아왔다. 혼자 있지 않아도 되는 이 밤이 고맙고, 애인이나 가족이 아니어도 좋은 누군가와 한 지붕 아래 같이 잘 수 있다고 생각하니 마음이 풀어졌다. 동시에 그렇게 생각하는 자신에게 놀라고 말았다. 당황스런 속마음이 표정에 비쳤는지, 은섭이 묻는 눈길로 바라보았다.

"왜 그래?"

해원은 고개를 저었다.

"아냐, 아무것도."

은섭은 그녀 곁으로 다시 오지 못하고 저만치 선 채로 말했다.

"그럼… 나는 이제 좀 씻을게."

"그래, 난 먼저 잘게. 잘 자."

"잘 자라."

그는 욕실로, 그녀는 건넌방으로 제각각 숨듯이 들어갔다. 언제부턴가 은섭과 잘 자라는 인사를 자주 나눈다고 해원은 생각했다. 아랫목 이부자리에 파고들며 묘하게 혼란스러웠지만, 반대편 타일 벽에 기대선 그의 가슴은 더 괴롭게 뛴다는 것을 그녀는 몰랐다.

쇠똥구리를 싫어한 소년의 비밀

1월 6일 책방 일지

오늘의 입고 서적: 《이별하는 연인들의 여행》 이새별, 진재욱 저

부쩍 늘어난 여행 관련 독립출판물 틈에서 시선을 끄는 한 권의 책.

함께 경비를 모아 여행을 준비하던 연인들이 그동안 쌓인 갈등 끝에 이별을 선택한 후, 각자가 같은 여행지로 따로 떠난 기록이다. 항공 티켓, 여행 루트 등 어느 한쪽도 취소할 마음이 없었던 두 사람은 여행지에서 번번이 마주친다. 그러면서 원래 계획과 달라진 소소한 점들을 비교해본다.

이새별 씨는 식당과 숙소, 관광지를 들를 때마다 연인과 함께일 때와 혼자일 때의 장단점을 집요할 만큼 분석한다.

반면 진재욱 씨는 온전히 혼자일 때의 장점을 팔 할 이상 남
겼는데, 두 사람의 열흘을 비교해보면 아무래도 이새별 씨
쪽이 일 승. 돌아온 뒤 이들은 재결합하지 않지만 처음 목표
대로 여행기를 책으로 남기는 데는 성공했다. 팔리지 않으면
반품해도 좋다고 했으니 일단 두 권을 받아놓음.

얼굴을 기억한다는 것

　며칠 전 장우가 공모전 포스터를 들고 책방에 놀러 왔다.
홍보팀 직원들도 일이 많은 듯. 자연발생적인 이야기가 세월
이 흘러 후가공 되는 과정이 버라이어티하다.
　장우는 이제 두 번째 방문하는 건데도 모두와 몇 년은 만
난 사람처럼 금세 친숙하다. 한 번 본 얼굴은 절대적으로 기
억하는 재능은 여전. 중고교 때도 전교생들을 대부분 알고
지냈는데 음, 그러니 학생회장 같은 걸 할 수 있었겠지만…
어떻게 그럴 수가! 나중에 혜천시장이나 강원도지사에 출마
하겠다는 말은 부디 안 하면 좋겠는데. 그렇다면 그때 가서
절교하면 되겠지. (진지함.)

　책방에서 셋이 술을 마셨다.
　…H는 우리가 더 어릴 때 만났다는 걸 기억하지 못한다.

그 무렵 나는 H가 사내아이인 줄 알았음. 여름이었고, 나는 새카맣게 탄 채로 돌아다녔고, 짧은 커트머리에 마르고 반바지를 입은 서울에서 놀러 왔다는 아이가 민박집 손자라고 생각했다. 오솔길에서 처음 만난 날, 까만 쇠똥구리를 주려고 했는데 싫어하면서 갖고 싶지 않다고 말해서 나는 무척 놀랐다.

이듬해, 큰아버지네 형들을 피해 한밤중에 밖으로 나갔더니 민박집 할머니가 (R.I.P. 여러모로 챙겨주시던 고마운 분) 그 집 마루에서 자라고 해주셨다. 그날 밤 H는 아이보리색 원피스 잠옷을 입고 있었고 머리카락이 등허리까지 내려와… 아아, 기절초풍할 뻔했음.

여기까지 썼는데 H의 문자가 날아왔다. 이 밤에 무슨 일로?

1월 8일 일지

#

이틀 뒤 이어서 쓴다.

호두하우스가 (도대체 외벽 페인트는 왜 저렇게 됐는지 모르겠는데) 지난번 입고한 《폐가가 기다린다》에 등장해도 무방

할 외관이 돼가고 있다. 옥상에서 수도관이 터지는 참사가 일어났고 솔직히 말하면… 겨울 햇살이 비칠 때는 얼음이 뒤덮인 이층집이 기이하게 아름답기도 하다. 호러 판타지 영화의 한 장면 같다고나 할까. 마당은 눈과 얼음 범벅이고 집채는 껍질을 마구 벗기려다 고사한 나무둥치처럼 가련한 몰골이다.

…그래서,
믿을 수 없는 일은,
언제나 일어나는 것입니다, 굿나잇클럽 여러분.

그녀는 지금 같은 지붕 아래 잠들어 있습니다. 아까는 내 방에 들어와 책상에 놓인 구형 램프를 보고는 아름답다고도 말했습니다. 순간 행복해진 나는, 불현듯 덜컥 무릎을 꿇고 그녀의 손을 잡으며 불꽃같이 고백하기를….

— 태양 아래서 역사가 되고 달빛 아래서 전설이 된다는 말이 있어. 나는 램프 아래서는 모든 것이 스토리가 될 거라고 언제나 생각해왔어. 알고 보면 이야기는 먼 곳에 있지 않고, 언제나 우리 곁에 있었던 거니까.

…같은 멍청한 말로 그녀를 당황스럽게 만들 수는 없었

던 것입니다. 그저 고마워, 라고만.

　그럼에도 변치 않는 건 오늘 밤 H가 이 시골집 건넌방에 곤히 잠들어 있다는 것. 내게는 그것이 겨울 한파가 몰고 온 전설 같은 이야기라는 것.

　창밖은 폭설로 하얗기만 합니다, 로저.

　굿나잇책방 블로그 비공개글

　posted by 葉

나도냉이야

혜천 시내 무인 빨래방은 한파로 세탁기를 쓰지 못한 이들이 빨랫감을 싸 들고나와 오전부터 북적였다. 구석에 비어 있는 세탁기에 은섭과 해원도 동전을 넣었다. 책방 정기휴일인 월요일. 해원이 옷가지를 담은 가방을 들고 집을 나서는데, 은섭도 어차피 시내에서 약속이 있다며 빨랫감을 챙겨 같이 차로 나온 참이었다.

동전 교환기 옆에 놓인 의자에 앉아 해원은 나란히 돌아가는 세탁기들을 무심하게 바라보았다. 드럼통 유리문 안에서 은섭의 셔츠와 바지가 소용돌이를 그렸다. 그가 가진 옷의 종류가 많지 않아 아침마다 뭘 입을지 고민 안 해도 되니 편하겠다 싶었다. 반면 해원의 옷들은 세탁기 두 대에서 흰 빨래와 색깔 빨래로 나뉘어 돌아가고 있었다.

옆에 앉은 은섭의 주머니에서 휴대폰이 울렸다. 그가 일어나 출입문 근처에서 누군가와 반갑게 통화하는 사이, 해원의 마음은 좋으나 싫으나 호두하우스로 날아갔다. 전날 설비업체에서 다녀갔는데 견적이 만만치 않았다. 별채는 수리가 간단해 다시 와서 고치기로 했지만, 지은 지 삼십 년 된 본채가 문제였다. 그동안 누적된 문제점이 많아 어쩔 수 없이 공사가 커질 거라고 했다. 별채 수리비는 해원이 카드로 지불해도 되지만 나머지는 솔직히 부담스러웠다.

문제는 명여 이모였다. 간밤에 통화했더니 그냥 내버려두라고, 별채만 고쳐서 거기서 지내라고 했다. 수리비도 나중에 돌려주겠다면서. 부디 그건 안 줘도 되니까 점점 더 얼음궁전이 돼가는 집을 어떻게 해줬으면 좋겠건만, 이모가 무슨 생각을 하는지 알 수가 없었다.

은섭이 통화를 마치고 의자로 돌아와 말했다.

"빨래 끝나고 바로 북현리 들어가야 하나?"

"…왜?"

"네가 들어가고 싶다면, 약속 시간 전에 얼른 데려다주고 다시 나오려고."

해원은 고개를 저었다.

"아니야, 번거롭게. 어차피 오늘은 다른 일도 없는데 카페나 가지, 뭐. 근데 스케이트장에 안 나가도 괜찮아?"

은섭은 싱긋 웃었다.

"큰아버지 생신이거든. 사촌 형이 어제 내려와서 붙잡혀 나갔어. 나도 오늘은 휴가."

"오, 축하해."

"당연히 축하할 일이지."

두 사람은 함께 웃고는 벽에 기대앉아 한동안 세탁기 돌아가는 소리를 들었다. 자리를 오래 비운 사람들도 있어, 뒤에 온 손님이 다 된 빨래를 꺼내 카트에 담아놓고는 자기 것을 넣고 돌리기도 했다.

곁에서 은섭이 무엇인가 내밀어서 쳐다보니 이어폰 한쪽이었다. 해원이 귀에 꽂자 그도 나머지 한쪽을 꽂고 휴대폰으로 유튜브를 틀었다. 어쿠스틱 기타와 하모니카 소리. 처음 듣는 밴드의 노래가 그녀의 귓속으로 흘러들었다. 다정한 멜로디는 편안했고, 얘기를 나누지 않아도 음악 속에서 빨래가 돌아가는 걸 바라보는 시간이 휴식 같았다.

혜천로터리 얼어붙은 분수대에 새가 내려앉았다 금세 날아갔다. 시청 주차장에 세워둔 차 뒷자리에 빨래 가방을 넣어두고, 그들은 잎이 떨어진 플라타너스 가로수 길을 지나 뒷골목으로 접어들었다. 은섭은 어느 건물 앞에서 걸음을 멈췄다.

"두 시간 정도 걸릴 거야. 여기 대표님이 잠깐 보자고 하셔서."

해원은 지하로 내려가는 계단 입구에 걸린 '세기서림'이란 간판을 바라보았다.

"서점 주인들의 미팅이구나. 이 간판 기억난다, 예전에 참고서 샀었는데. 근데 위치가 여기였었나."

"혜천고 앞에 있다가 옮겨온 지 몇 년 됐어. 근데, 혼자 있어도 괜찮아?"

"물론. 좀 걷다가 마음에 드는 카페에 갈 거야."

"그래. 그럼 이따 봐."

은섭은 손을 들어 보이고 지하로 향하는 계단을 총총히 내려갔다.

낮의 뒷골목은 고즈넉했고 아직 문을 열지 않은 가게들이 많았다. 해원은 발 가는 대로 걸으며 양장점과 미용실을 지나, 지붕 낮은 주택들 사이 꽃집과 식빵 가게를 지나쳤다. 그 어디 모퉁이쯤에서 작은 찻집을 만났다.

주인이 직접 구운 머핀과 커피가 맛있는 가게였다. 해원은 빵을 먹으며 책방 홈피와 SNS 계정에 달린 이웃들의 글을 읽었다. 얼마 전부터 그녀는 책방 풍경 그림을 갤러리에 올리기 시작해서 그 아래 남겨진 발자국에도 답글을 달았다. 처음엔 대답을 건네는 일이 어색해 여러 번 썼다 지웠다 했는데 요즘은 훨씬 자연스러워졌고, 새해 연하장을 받은 회원들이 게시판에 남긴 '태어나서 우편 연하장은 처음 받아봤어요!' 하는 말들도 고마웠다.

해원은 이웃한 다른 독립서점들 계정에도 건너가보았다. 전국에 흩어진 책방들은 나름 규모가 큰 곳도 있고 작은 자투리 같은 공간도 있었지만, 그래도 모두가 서점이었다. 도서 판매만으로는 수익이 많지 않으니 대부분 부수입이 되는 굿즈를 만드는 모습들이었다.

은섭에게 물어본 적은 없어도 과연 북현리에서 오래 운영할 만큼 이윤이 남기는 하는지 가끔 궁금했다. 해원은 그동안 입시학원의 수강생 숫자나 합격자 실적에서 자유로웠던 적이 없었기 때문에 그런 부분이 은연중 신경 쓰였다.

머핀 접시를 한쪽으로 밀어놓고 습관처럼 들고 다니는 드로잉북을 꺼냈다. 만약 굿나잇책방 굿즈를 만든다면… 요즘 다양하게 나오는 마스킹테이프도 괜찮을 것 같았다. 굿나잇 인사와 어울리는 작은 일러스트들—밤하늘의 달과 별, 잠옷과 베개, 램프, 너구리 가면 같은 수면 안대, 따끈한 우유가 담긴 컵…. 그런 삽화들이 프린트된 종이테이프를 상상해보고 그녀는 슥슥 스케치하기 시작했다. 마음에 살랑, 꽃잎 하나가 팔랑이는 것 같았다. 소소한 작업이지만, 불투명한 지금의 현실을 잠시 잊게 해준다면 그것으로도 의미가 있었다.

시간 가는 줄 모르고 스케치에 빠져 있는데 핸드폰이 울렸다. 액정에 모르는 번호가 떠 있었다.

"여보세요."

"…해원이니?"

멈칫 펜을 내려놓고 저도 모르게 허리를 폈다. 오랫동안 듣지 않고 살아도, 어째서 한 시절 가까웠던 이들의 목소리는 이렇게 순식간에 되돌아오는지. 한마디만 들어도 누군지 알게 되는 목소리들이 있었다.

"나, 보영이야. 오랜만이지."

"…동창회 때 봤잖아."

"그렇지만, 그날은 서로 말 한마디 못 했으니까."

찻집 유리창 너머 맞은편 꽃집 문이 열리고 롱패딩을 입은 소녀들이 와르르 웃으며 몰려나왔다. 저마다 손에 폭신한 목화송이를 들고 있었다.

"언제 시간 나? 같이 차 한잔했으면 해서."

"근데… 요즘 날씨가 너무 춥다, 보영아."

저편에서 침묵이 흘렀다. 골목길을 깡총거리며 걸어가는 소녀 하나가 운동화를 맨발로 구겨 신고 있었다. 추운 날 뒤꿈치를 허공에 드러낸 모습이 너무나 아무렇지 않게 예뻐서 해원은 눈이 부셨다.

"다음에. 다음에 날씨 좋을 때 보자."

"응…. 그럼 다시 연락할게."

어느덧 골목의 소녀들은 사라지고 꽃집에서 내놓은 드라이플라워가 양철 바구니에서 바람을 맞고 있었다.

하루는 더디게 흘러도 일주일은 금세 돌아와, 해원이 책방에서 세 번째 맞이하는 모임 날이었다. 승호가 색색 포장지로 싸인 사탕을 은섭에게 내밀었다.

"삼촌, 하나 드릴까요?"

"사탕?"

"오늘은 사 자를 말하면 안 돼요. 사 대신 카를 써요. 카탕 드릴까요?"

"그래, 고맙다."

"무슨 맛이요, 딸기? 오렌지?"

작은 손바닥에 올라앉은 사탕을 보며 은섭은 선선히 대답했다.

"초록 카탕이 좋겠는데."

"그럼 멜론 카탕이에요."

그가 아이와 잘 노는 게 어쩐지 신기해서 해원은 아까부터 바라보고 있었다. 어제는 트리를 치우고, 책이 놓인 평대가 돋보이게 인테리어를 다시 했다. 트리와 전구가 예쁘긴 하지만 그런 장식들이 책들의 표지를 가리기도 한다는 생각이 드니 어느새 책방 매니저가 돼버렸나 싶었다. 옆에 앉은 수정은 《이별하는 연인들의 여행》을 골똘히 읽고 있었다.

"요즘 젊은 사람들 재미있네. 어쩌면 헤어지는 마당에 여행을 갔을까."

"이별 여행을 갈 정도면 사랑이 아예 식은 건 아닐 텐데. 그냥 한번 싸웠나보지요."

맞은편에서 근상이 다 그런 것 아니겠냐는 투로 허허거렸지만 수정은 고개를 저었다.

"아니에요, 서로 아주 정이 뚝 떨어졌어요. 같은 날 같은 곳에 가긴 했지만, 같이 간 건 아니에요."

그게 무슨 소리인가 근상은 어리둥절한데, 출입문 종이 울리며 온통 까만 복장에 야구모자를 눌러쓴 현지가 누군가를 데리고 들어왔다.

"에잉? 오늘은 게스트가 있네."

근상의 커다란 환영 인사에 다들 돌아보니, 시큰둥한 현지 곁에 외국인 여자아이가 어정쩡하게 서 있었다. 이리저리 뻗친 빨강 머리에 키가 크고 골격이 단단한 십 대 후반의 소녀. 주황색 털모자를 쓰고 북실북실한 앙고라 점퍼를 입었는데, 바지의 가로줄 무늬가 무지개색으로 알록달록해서 단연코 튀어 보였다. 하이— 누군가가 인사를 건네자 소녀는 활짝 치아를 드러내고 하이— 답했다. 현지가 눈동자를 굴리면서 한숨지었다.

"이름은 매디슨이고요, 위스콘신에서 교환학생으로 왔어요. 일단 보름 동안 우리 집에서 같이 지내요."

"보름 동안? 한 학기 머무른다면서."

수정이 의자에 앉으라고 권하며 물었다.

"한 학기 맞는데요, 우리 집에서 먼저 지내고 또 다른 집에서 보름 지낸 다음에, 매디슨이 누구 집에 있을지 선택하는 거예요. 서로 안 맞을 수도 있으니까요."

그렇게 말하는 현지의 얼굴은 이미 매디슨과 맞지 않는다는 사인을 내보내고 있었다. 바다 건너 만난 두 고교생이 나란히 의자에 앉았다.

"어쨌든 엄마가 이층 침대를 부랴부랴 사주시긴 했어요. 내가 그렇게 갖고 싶다고 할 때는 들은 척도 안 하더니 얘 온다고 하자마자. 뭐, 가고 나면 내가 아래위층 다 쓸 거니까 그건 좋아요."

"옆에서 듣잖아."

해원이 발끝으로 탁자 아래 현지의 다리를 툭 건드리며 나무랐다.

"한국말 몰라요. 이름만 말 안 하면 돼요."

그러면서도 현지는 흘끔 매디슨의 눈치를 보더니 입을 다물었다. 매디슨은 긴가민가하는 얼굴로 듣다가, 잠자코 책방을 둘러보고 백열등 사이에 걸린 엽서 모빌을 구경했다. 가운데 놓인 다과 접시에서 스스럼없이 과자도 하나 집어 먹었다. 목장에서 왔다더니 건강하고 씩씩해 보였다. 수정이 관심을 가지며 가슴에 한 손을 얹고 말을 걸었다.

"매디슨, 아이 허드 유어 패밀리 해브… 음, 목장이 영어로 뭐더라."

하며 안쪽 책상에서 프린트 중인 은섭을 돌아보자 그가 대꾸했다.

"글쎄요, 랜치?"

매디슨은 금방 알아차리고 오, 하더니 쾌활하게 스마트폰을 꺼내 모두에게 자신의 사진을 보여주었다. 갈색 말 등에 올라앉아 빨강 머리를 말꼬리처럼 묶은 채 활짝 웃는 모습이었다.

"와, 말이다!"

승호가 눈빛을 반짝이며 다가와 사진을 올려다보았다. 화면을 넘기자 말들이 뛰어다니는 푸른 초원, 마구간과 집의 풍경이 차례로 지나갔다. 목장이 넓어 보인다고 하니 매디슨은 고개를 저으며 "노, 저스트 스몰" 하고는, 타고 있는 말을 가리키며 "마이 페이버릿 프렌드, 제시카" 했다.

"제시카가 말 이름인가봐요. 우리 할아버지 리어카는 은비인데."

승호가 신기해했다. 해원은 그런 승호의 머리를 쓰다듬으며 웃었다.

"할아버지 리어카에 이름이 있어?"

"네! 은섭 삼촌 차에도 이름 있어요, 아이린이요."

"아….."

자기도 모르게 은섭을 바라보았다. 그가 프린트물을 들고 오다 시선이 마주치자 왜? 묻듯이 쳐다보았다. 해원은 아무것도 아니라는 듯 그저 웃어버렸다.

"한국말도 조금 알아듣네."

근상의 말을 듣고 매디슨이 서툰 발음으로 입을 뗐다.

"한국말, 공부했어요, 케이팝."

현지가 움찔 켕기는 표정을 지었다. 곧이어 은섭은 모두에게 프린트물을 나눠주며 말했다.

"다들 모이셨으니 시작해볼까요. 오늘은 최수정 님과 권현지 님 두 분의 글입니다."

수정이 자작시가 인쇄된 A4지를 들고 조금 수줍어했다.

"내가 먼저 해야겠죠? 날마다 한파가 심해서, 봄이 오길 기다리는 마음으로 시를 한 편 써봤습니다."

그녀는 차분히 분위기를 잡으며 낭송하기 시작했다.

"제목, 나도냉이야. …이른 봄 소쿠리 끼고 냉이 캐러 다니다 알게 되었네. 냉이 근처엔 나도냉이 풀이 자란다는 것을."

　　…냉이와 닮아 처음 나물 캐는 이는 착각하기 쉽다네
　　냉이만큼 맛은 없지만 나도냉이도 먹을 수 있는 풀

　　미나리가 자라는 근처엔 미나리아재비 풀도 자라네
　　미나리를 닮아 미나리 삼촌이라고 미나리아재비
　　밤나무를 닮은 너도밤나무도 있네

　　생각해보면 참 그러네. 누구는 온전히 곱게 이름 지어주고,
　　누구는 닮았다고 싱겁게도 나란히 덤으로 갖다 붙여준 이름

때로는 이런 풀 한 포기조차 샘을 내고

나도 쓸모가 있어, 나도 알아줘 — 속삭이는 것만 같네

"오, 그러네요. 난 오늘 처음 느꼈네, 밤나무 너도밤나무. 사촌 형제 같은 이름이군요."

근상이 새삼 몰랐다는 듯이 고개를 끄덕였다. 저마다 한마디씩 칭찬을 건네자 수정은 그저 서투른 시라며 손사래를 치면서도 살짝 뺨을 붉히며 좋아했다.

이번에는 현지가 자신의 글이 인쇄된 종이를 집어 들었다.

"저는 랩을 썼어요. 듣기에 좀 이상할 수도 있는데, 랩이니까 이해해주세요. 제목은, 모두 약쟁이."

거기, 중독 겪어봤어? 금단, 증상 겪어봤어?

합법적인 약 불법적인 약 다르다 생각하지

틀렸어, 하루라도 안 먹으면 벌벌 떨어 다 똑같아

약 없으면 못 살지 약 없으면 불안하지

어쩐지 힘이 들어간 분위기라 현지는 약간 곤혹스러워하더니 그만 멈추었다.

"근데 이렇게 읽는 건 사실 무의미하거든요? 리듬을 타지 않으면….'

"리듬을 넣어서 진짜 랩을 하면 되잖아."

은섭이 싱긋 미소로 말했다.

"그럴까요? 그럼, 다시."

현지가 야구모자를 푹 눌러쓰자 챙 그늘에 눈빛이 가려졌다. 목을 좌우로 꺾어 우두둑 소리를 내자 귀에 꽂힌 피어싱이 불빛에 반짝 빛났다. 후— 심호흡을 하고 현지는 제대로 리듬을 넣어 다시 시작했다.

내 얘길 해볼까? 나는 약 더미 속에서 자랐지
약 위로 미끄럼틀 타고 약상자로 말을 탔지
난 매일매일 보았어, 약 없으면 못 사는 사람들
회복제 먹고 피곤하게 일해, 안정제 먹고 불안하게 살아

제법 손동작으로 제스처까지 넣어가며 읊조리는데, 매디슨이 어깨를 슬몃슬몃 움직이더니 어느새 두 팔을 빙빙 엇갈리게 돌리며 리드미컬 박자를 맞춰나갔다. 현지가 모자 아래로 그런 매디슨을 슬쩍 보고는 목소리에 더 힘을 주었다. 두 소녀를 에워싼 공기가 함께 스웨그 스웨그 파도를 탔다.

삼권분립은 전사 법사 힐러—
약 파는 우리 엄마도 혜천로터리 힐러—
일단 한 병 마시고 시작해 드링크제 강장제, huh —?
먹은 데다 또 먹어, 바른 데다 또 발라

낫지도 않는데 무슨 소용, 나을 때까지 복용 또 복용

이젠 점검해봐, 너의 나약한 정신 상태, huh —?

우리 집은 한평생 medicine을 팔았어

그러다 진짜 Madison이 와버렸지 from Wisconsin!

이것이 약국에서 먹고 자란 랩걸의 운명인가

나더러 교환을 가라 하네 차라리 딸을 교환해버렷 스웩!

벗어날 수 없는 이 함정, 엄마는 내게 빚졌어

이층 침대 따위로 퉁치려고 하지 마

난 아무 약도 필요 없어 내가 훔쳐 오는 약은 only 인공눈물

눈물이 고일 땐 안약을 넣어, 눈물인지 안약인지 모르게 흘려

"내 눈물은 언제나 일회용 — 짜지도 않은 인공눈물… 그러니까 나도 약쟁이."

현지는 쿨럭 헛기침을 했다.

"끝났습니다."

매디슨도 움직임을 멈추자 주위엔 잠시 정적이 흘렀다. 현지가 모자 아래 시선을 내리깔고 있는 동안 누군가 천천히 박수를 쳤다. 이어서 모두가 와, 멋졌어 — 환호해주며 박수를 보냈다. 매디슨이 손가락을 입에 물고 삐익 소리를 냈고 비로소 현지의 입가에도 보일 듯 말 듯 웃음이 깃들었다.

"원래는 영어 랩 파트도 있는데 너무 길어질까봐. 그리고 더 손봐야 해서요."

"그 부분은 매디슨하고 같이 써도 되겠네."

수정이 따뜻하게 격려하자 현지는 마지못한 척 어깨를 으쓱했다.

"뭐, 그래도 되겠죠. 힙합을 좀 알긴 할 테니까."

"어이구, 그래도 현지야. 아저씨는 매일 혈압약은 먹어야 되는데 어쩌냐."

근상은 마디 굵은 손가락으로 머리를 긁적였고, 현지는 시큰둥 콧잔등을 찌푸렸다.

"이것도 시 같은 거라서요. 은유로 해석하는 거지, 글자 그대로 받아들이시면 곤란한데요."

"아, 그런 거야?"

근상이 너털웃음을 터뜨려 주변에 또다시 웃음이 일었다.

모임을 파하고 돌아가는 길, 현지와 매디슨은 처음 올 때보다는 가까이 붙어서 가로등이 켜진 버스정류장까지 걸어갔다. 둘이 뭐라고 소곤대며 깔깔거리는 소리가 밤하늘에 즐겁게 흘러갔다.

의심이 이루어지는 곳

"하나, 둘, 셋!"

팍 허공에 솟아오르는 담요에서 먼지가 떨어져 나갔다. 이른 아침 오솔길, 은섭과 해원은 함께 담요 귀퉁이를 맞잡고 털어대고 있었다.

"한 번 더. 하나, 둘, 셋!"

아랫집 이장 어른이 나와 보더니 두 사람을 향해 흐뭇한 미소를 지었다.

"그러게 진작 지 방에서 잘 것이지. 다 큰 놈이 남의 안방 내외 사이에 끼어서는."

"딱 하룻밤이었잖아요. 그리고 제가 벽에 바짝 붙어서 잤지 언제 사이에 끼어서…."

은섭은 어이없어하다 생각난 듯 물었다.

"근데 요즘 둘째 형은 어디서 자요? 냉골도 힘들 텐데."

"몰러, 저 위에 게스트하우슨가 하는 데서 자고 나오더라만. 은섭이네 가지도 못한다면서."

이장이 마뜩잖게 대꾸했다. 해원은 자기가 건넌방을 쓰기
때문 같아 미안해지는데, 게스트하우스 쪽에서 한 남자가 걸
어왔다. 삼십 대 초중반쯤, 은섭보다 두세 살 많아 보이는 남
자는 며칠 면도를 안 해 까칠했고 어젯밤 늦도록 술을 마신
얼굴이었다. 은섭이 고개를 끄덕여 인사를 건넸지만, 남자는
외면할 뿐 곁에 선 해원을 스윽 훑어보았다.

"이제 일어났냐?"

"밥 먹으러 들어갑니다."

아버지에게 남자는 무뚝뚝하게 중얼거리고 아랫집으로
모습을 감췄다. 은섭이 담요 귀퉁이를 맞춰 대강 접으며 말
했다.

"그냥 고집 꺾으시고 나머지 방에도 온돌 놓으세요. 큰형
네도 마땅히 잘 곳이 없으니까 오기 어려워하잖아요, 형수님
들은 더하고."

"관둬라, 그게 내 전략이야. 자식놈들 시골 살림 손톱만큼
도 관심 없으면서 뭐 물려받을 거 있나 자주 오는 것도 싫다.
후딱 올라가는 편이 나아."

그러더니 이장은 해원을 보면서 주름진 얼굴을 온화하게
폈다.

"거, 내 집이다— 생각하고 편히 지내요. 그래도 이 녀석
이 마음 씀씀이도 괜찮고 뭐랄까… 참, 인간이 된 놈이니까.

생긴 것도 저만하면 뭐…."

"불필요한 말씀은 삼가주세요, 이장 어른."

은섭이 이맛살을 찌푸리며 가로막았다. 해원은 웃으며 고
개를 저었다.

"말씀 감사합니다만 오늘 저희 집 별채로 옮길 거라서요."

"으잇, 그래요? 흐음."

이장이 은섭을 한심하게 보는 참에 주머니에서 전화벨이
울렸다. 두툼한 효도폰 폴더를 펼쳐 귓가 보청기에 갖다 대
더니 금세 작은 눈이 휘둥그레졌다.

"뭐이, 쑥갓 하우스가? 어제는 중길이네 오이 하우스가 망
가졌는데 이놈의 눈덩이들 왜 이리 극성인가! 알았네, 곧 내
려가봄세."

쯧쯧 혀를 차며 이장은 은섭을 재촉하기 시작했다.

"자! 쑥갓 하우스에 가자."

"형하고 가세요. 저도 오늘은 산에 갔다가 오후엔 책방 일
할 겁니다."

"너도 가고 그놈도 가야지. 하우스 지붕이 무너져서 난방
수 넣는 데가 찢어졌다잖아, 갑작스레 산은 무슨! 도망가려
고 둘러대봐야 소용없다."

은섭의 얼굴이 어두워졌다. 평소 큰아버지의 재촉을 피하
진 않는 것 같았는데… 해원은 그가 사촌 형과 부딪치기 불
편해한다는 걸 깨닫고는, 저도 모르게 불쑥 입을 열었다.

"저, 같이 산에 가기로 약속했거든요."

두 남자가 동시에 그녀를 돌아보았다.

"왜냐면 이렇게 눈이 와서… 풍경이 근사할 때니까요."

아아, 내가 무슨 소리를 하는 걸까. 해원은 아랫입술을 슬
며시 깨물었다. 설산의 풍경이 근사할 거라고? 당연히 그렇
겠지만 올겨울 내내 그곳은 설산일 것이다. 은섭이 그런 해
원을 가만히 바라보고, 이장은 잠시 가늠하더니 험— 뒷짐
을 지었다.

"그러면 그렇다고 진즉 말을 하지. 호두집 아가씨 덕분에
놓여난 줄 알아라! 그럼 둘이 산책 잘 댕겨와요. 고라니도 잡
아 오고 멧돼지도 잡아 오고."

"멧돼지가 있나요?"

"요즘은 없어."

해원이 흠칫 되묻자 은섭은 한숨지으며 대답했다. 이장
어른이 훠이훠이 오솔길을 내려간 뒤 은섭은 그녀를 돌아보
았다.

"너도… 산에 간다고?"

그녀는 망설이다 나직이 웃어 보였다.

"그렇게 돼버렸네?"

은섭의 얼굴에도 소리 없이 미소가 번졌다.

잠시 후 두 사람은 호두하우스 별채로 짐을 옮겼다. 건넌

방에서 닷새를 보냈을 뿐인데 그사이 새가 둥지를 짓듯 물어다 나른 살림들이 늘어났다. 옷이며 그림 도구, 커피포트에다 해원이 좋아하는 도자기 찻잔까지 이사 와 있었다. 은섭이 찻잔을 물끄러미 내려다봐서 그녀는 조금 무안해졌다. 마치 그의 집엔 컵 하나 예쁜 게 없었다고 시위한 것처럼 느껴지려나.

"뭐가 많아졌다?"

"그러게."

은섭이 웃어서 해원은 살짝 흘겨봐주었다. 그와 여러 번 오가며 별채 첫 번째 객실 호두나무실에 짐을 부려놓았다. 본채에서 젖지 않은 이불과 쿠션도 꺼내 왔다. 객실은 보일러를 수리해 온기가 돌았지만 집을 보고 있노라면 어쩔 수 없이 심란했다.

솔직히 해원은 은섭의 건넌방에 계속 머물고 싶었다. 텅빈 호두하우스 손님용 방에 혼자 지내려니 서글프기도 했고, 무엇보다 그와 한 지붕 아래서 보냈던 며칠이 평온하고 마음 놓였기 때문이었다. 하지만… 또 다른 그녀의 마음이 속삭였다. 언젠가부터 자꾸 그를 의식하고 있다고, 이대로 더 같은 공간에서 지내면 나중에 후회할지도 모른다고. 은섭은 뒤늦게 새로 발견한 좋은 친구이자 이웃이었고, 그 관계를 섣불리 위태롭게 하는 일은 피하고 싶었다.

늦은 아침을 먹고 난 뒤 두 사람은 털모자가 달린 패딩점
퍼와 마스크로 중무장하고, 산으로 향하는 오솔길로 접어들
었다. 산길이 제법 가팔랐지만 몇 발자국 앞서가는 은섭을
따라 천천히 오르면서, 그녀는 눈산이 오히려 미끄럽지 않다
는 걸 깨달았다. 고요한 숲에 발걸음을 내디딜 때마다 뽀드
득 눈 밟히는 소리가 울리고, 나무들은 가지마다 얼음 결정
같은 눈꽃을 피웠다.

산 중턱에서 해원은 잠시 멈춰 숨을 몰아쉬며 아래를 내
려다보았다. 새하얀 북현리 논밭 사이로 지붕들과 비닐하우
스들이 성냥갑처럼 흩어져 있었다. 은섭은 배낭에서 보온병
을 꺼내 따뜻한 둥굴레차를 따라주고는, 그녀가 마시고 돌려
준 컵에 그도 마저 따라 마셨다. 둥치 굵은 나무 아래 등산객
들이 하나둘 쌓아 올린 돌탑 무더기를 지나 그들은 산행을
계속했다. 해원이 입김을 피워 올리며 말했다.

"사람들은 왜 이런 걸 자꾸 쌓을까? 빌어본들 소원이 이루
어지는 것도 아닌데."

"모르지, 산신령이 들어줄지도."

은섭은 심상히 대답했지만, 그녀는 그런 신령한 존재를
믿지 않았다. 차라리 사람이 무섭지 귀신이나 유령도 그리
와닿지 않았다. 언젠가 할머니가 어둠 속에서 빛나는 불빛을
가리키며 묘지를 돌아다니는 도깨비불이 죽은 이의 혼이라
고 했지만 역시 믿을 수는 없었다. 그보다는 사람이나 동물

의 뼈에서 나오는 빛이라는 설이 더 그럴듯하게 들렸다. 서벅서벅 발자국을 만들며 앞서가던 은섭이 입을 열었다.

"이 산에 소원을 들어주는 장소는 모르겠지만, 의심이 이루어지는 장소는 있지."

"그게 무슨 말이야."

"그 근처를 지날 때 뭔가를 의심스럽게 떠올리면 사실이 돼버려. 어릴 때부터 몇 번이나 그랬어."

바람을 타고 건너오는 그의 목소리에 귀 기울이려고 그녀는 한 발짝 가까이 뒤따랐다.

"못 믿겠어. 예를 들어봐."

"음, 열여섯 살 때였나. 산에 왔다가 그때 부모님이 하시던 일이 힘들어 보인다고 생각했더니, 얼마 안 가 망하고 접으셨지. 그리고… 고등학교 때는 어떤 녀석이 다가왔는데 다른 의도가 있는 게 아닐까 싶었거든. 그것도 맞았어."

은섭은 농담처럼 웃었지만 아무렇게나 지어낸 말은 아닌 것 같았다.

"어른 된 뒤로도 계속 그래?"

"아니, 그 후로는 여기 오면 의식적으로 의심스런 생각을 안 하려고 했으니까."

그러더니 그는 갑자기 등산로를 벗어나 그늘진 숲으로 접어들었다.

"잠깐만, 확인할 게 있어서."

입산 1.5킬로미터 지점 팻말을 막 통과한 참이었다. 먼발치, 여름날 나뭇잎이 무성하면 보이지 않을 만한 곳에 작은 오두막이 서 있었다. 아무도 모르게 눈밭에 홀로 숨은 듯한 나무집이었다.

은섭이 오두막 문을 밀고 안으로 사라지자, 해원은 기묘한 느낌에 사로잡혔다. 계속 앞서가던 푸른색 파카가 보이지 않으니 사방의 적막함이 도드라졌다. 산짐승 울음인지 바위 틈에 부는 바람인지, 야릇한 소리가 투명한 하늘을 긁고 지나갔다.

눈에 새겨진 그의 발자국을 따라 밟으며 오두막으로 향했다. 허공에 노출된 작은 창으로 산바람이 스며들었다. 내부는 한때 살림살이를 놓았던 흔적이 엿보였지만 지금은 기우뚱한 나무 탁자와 의자 하나만 덩그러니 남았고, 불을 때던 아궁이 위로 반쯤 부서진 굴뚝이 솟아 있었다.

인기척에 낡은 탁자 앞에 서 있던 은섭이 돌아보았다. 먼지 낀 빈 술병과 인스턴트 캔, 종이컵과 쓰고 버린 나무젓가락들이 아무렇게나 뒹굴었다. 그녀는 오두막 안을 둘러보며 말했다.

"설마… 여기가 그 의심의 장소?"

"아니. 그냥 빈집인데, 가끔 고라니 밀렵꾼들이 드나들 때가 있어서."

은섭의 입에서 나온 밀렵꾼이라는 말이 생경하게 들렸다.

그는 배낭에서 커다란 비닐을 꺼내더니 널브러진 쓰레기들을 죄다 쓸어 담았다.

"사냥꾼들이 여기서 쉬어 가고는 해. 이렇게 한 번씩 들여다보지 않으면 금세 망가뜨려."

그가 익숙한 손길로 오두막을 정리하는 동안 해원은 문가에 기대서서 기다렸다. 숲속의 폐가 같은 빈집에 어째서 은섭이 마음을 쓰는 건지 모르겠지만, 예사롭게 물어볼 수는 없었다. 그녀가 모르는 지난날들이 그에게 있으리라는 생각이 비로소 들었다. 이윽고 은섭이 배낭을 메고 몸을 일으켰을 땐 평소 그의 표정으로 돌아와 있었다.

마을 뒷산이어도 강원도 산세라 만만한 코스는 아니었다. 미처 떨어지지 못하고 얼어버린 이름 모를 빨간 열매가 눈꽃 사이 매달려 있었다. 시야를 가로막는 나뭇가지를 그가 번번이 잡아주곤 했다. 오두막으로부터 몇십 미터 나아간 곳에서 그가 말했다.

"여기서부터야. 이제는 의심하면 안 돼."

"알았어. 긴장된다."

해원은 차가운 숨을 가쁘게 쉬며 진지하게 장갑 낀 주먹을 쥐어 보였다. 나무가 빽빽해 볕이 제대로 들지 않는 숲 한 구석에 눈 덮인 무덤 하나가 있었다. 경계를 짓지도 않았고 그저 얕은 봉분이 솟았을 뿐, 그 앞에 세워둔 나무 표지가 아니었다면 알아보지도 못했을 것이다. 마치 야생동물을 묻어 준 듯한 작고 눈에 띄지 않는 무덤….

1959 ~ 1994/1995(?)

"…나무 묘비는 처음 봤어."

해원이 중얼거리자 은섭은 고개를 끄덕였다.

"여기 묻히면 안 되는 거라서. 이장해야 돼."

"누구 무덤인데?"

"…큰아버지 친구. 아까 그 오두막에서 살았던 사람."

은섭의 얼굴에 알 수 없는 빛이 스쳤다.

"지금처럼 추운 날 발견됐는데. 마지막으로 큰아버지가 만난 날이 12월 하순이고, 다시 찾아간 건 1월 초순. 그 열흘 사이 일이지만 정확한 사망 날짜를 알 수 없었어. 이렇게 애매한 비석을 세우고 싶어서 그런 모양이라고, 큰아버지가 투덜대셨지."

"아…."

해원은 잠자코 듣고 있었지만 속에선 여러 생각들이 잔물결처럼 일렁였다. 은섭은 잠시 말이 없다가 곧 이런, 하며 미간을 찌푸렸다.

"긴장을 늦췄나보다. 의심스러운 일이 떠올랐어!"

"무슨 의심."

"말하면 안 된다니까."

그가 싱긋 웃으며 껑충 뛰듯이 무덤 앞을 벗어났다. 표표히 앞서가는 은섭의 뒷모습을 바라보다 그녀도 발걸음을 옮겼다. 어딘가 묘한 산행. 기분이 이상하기도 했지만 그래도 괜찮았다. 눈산에 오는 것이 해원은 난생처음이었고, 오두막도 모르는 이의 무덤도, 오늘 같은 날 만나기에 나쁘지 않았다고 생각했다. 어쩌면 모든 게 혹한 속에 스쳐 간 겨울 산의 신기루일지도 모르겠다고….

산 정상에 다다르자 이웃한 봉우리 능선이 한눈에 들어왔다. 클라이밍을 할 만큼 꽝꽝 얼어붙은 물줄기가 바위 위로 얼음폭포가 되어 햇살에 빛나고 있었다.

너럭바위 눈을 걷어 내고 나란히 걸터앉아 그들은 배낭에 넣어 온 커피와 초콜릿 바를 꺼내 먹었다. 높은 고도에서 내려다보는 북현리 들판은 펼친 보자기 같았고, 호두하우스도 책방도 논두렁 스케이트장도 그저 하나의 점으로 보였다. 국도와 기찻길을 따라 먼 고장으로 이어지는 풍경이 손에 잡힐 듯이 펼쳐졌다.

"저게 다 길이네. 장우네 팀이 기획한다는 어슬렁길, 저 루트를 따라가면 되는 거 아닌가? 여기 올라오니까 지도가 한눈에 그려진다."

해원은 초콜릿 바를 베어 물며 손가락으로 아래를 가리켰다. 높은 곳에 올라오면 먼 길까지 보인다는 것이, 언제나 당연하면서도 새삼스러웠다.

"얼마 전에 무척 아름다운 기사를 읽은 적이 있어."

곁에 앉은 은섭이 부드럽게 웃으며 말했다.

"영국에 사는 여든 살 노인이 평생 간직해온 관광안내서를 가지고 늘그막에 여행을 떠난 거야. 비행기로 독일까지 날아가서 바이에른주를 찾아갔지. 해마다 음악 축제가 열리는 곳이었거든."

해원은 무릎을 껴안은 채 초콜릿 바를 먹으며 듣고 있었다. 그의 시선은 멀리 산 아래 들판을 향해 있었다.

"분명 안내서를 따라갔지만 노인은 숲에서 길을 잃었어. 이틀을 조난당했다 간신히 빠져나와서는 지도가 이상하다고 사람들한테 보여주었는데… 그건 1차 세계대전 직후에 발행된 백 년 된 안내서였던 거야. 제목은 아름다운 바이로이트. 웃긴 건, 그 기사 읽다가 내가 하마터면 울 뻔했다는 거."

"정말?"

해원이 되묻자 은섭은 하하 웃었다.

"가슴 아프잖아. 평생 가보고 싶다고 꿈꾸던 곳에 드디어 찾아갔는데, 수없이 들여다본 지도와는 완전히 다른 세상이 되었다는 거."

가만 생각해보다 그녀도 천천히 끄덕거렸다.

"그러네. 안타까운 이야기구나."

은섭은 배낭에서 무릎담요를 꺼내 해원의 어깨를 덮어주었고, 그러자 훨씬 따뜻해졌다. 왠지 지금 같은 순간이라면, 해원은 어떤 이야기라도 꺼낼 수 있을 것 같았다. 약점을 들킬 것 같아 하지 못했던 말들도, 들어주는 사람이 은섭이라면.

"나는… 항상 파랑새 이야기가 싫었어."

그는 그런 그녀를 따스하게 지켜보았다.

"행복을 준다는 파랑새를 찾으러 떠났는데 아무리 다녀도 없고, 집에 돌아오니까 새장 속에 파랑새가 있더라 하는 거. 말도 안 돼. 늘 내 곁에 있었는데 내가 몰랐을 뿐이라니, 그랬을 리가 없어. 그것도 모를 만큼 사람들이 바보는 아니야."

말하다 보니 약간 서글펐다.

"파랑새는 먼 곳에 있어. 찾으러 가든 안 가든 자유지만, 파랑새가 처음부터 곁에 있었다고 나 자신을 속이긴 싫어."

그러고는 피식 한숨처럼 웃어버렸다.

"뭐, 그러니까 안내서를 들고 아름다운 관광지를 찾으러 간 노인은 멋졌다고 생각해."

은섭이 미소로 대꾸했다.

"하지만 결국 바이로이트를 찾진 못했어."

"왜?"

"트랙터를 구해서 끌고 갔는데 그만 밭두렁에 곤두박질쳐서. 노인은 입원할 수밖에 없었다…라는 게 기사의 마지막이야."

"저런, 어떡해."

해원은 미간을 찌푸렸지만 그만 웃음이 터져버렸고 그도 마찬가지였다.

하늘과 가까워진 눈밭에 앉아 그녀는 생각했다. 만약 오늘 올라온 산길에 이름을 붙인다면 아무도 모르게 은섭로라고 부르고 싶다고. 은섭조차 모르게. 그저 흔한 산길일지 몰라도 그녀에겐 아름답고 다정한 산책로였다. 나중에 서울로 돌아가면 혜천에 관광객을 위한 길이 생겨 이름이 붙여진다 해도, 이 고장을 생각할 때마다 은섭로를 떠올리게 될 것 같았다. 그리고 그렇게 생각하니 몰래 가슴이 아팠다.

"추우면 말해. 내려가자."

그가 말했고 해원은 고개를 저었다.

"조금 더 있다가. 또 언제 오겠어."

그러고는 망설이다 입을 열었다.

"아까 거기서 무슨 의심이 들었어?"

"그건 왜?"

"나도… 의심한 게 있거든. 내가 먼저 말해도 될까?"

은섭의 얼굴이 안 보여 표정을 알 수는 없었지만 곁에서 긴장하는 게 느껴졌다. 눈산에 홀렸나봐 싶으면서도 해원은 담담히 말했다.

"동창회 때 네가 예전에 나를 좋아했었다고 했던 말. 지금은 아니라고 했지만… 그게 거짓말일지도 모른다는 의심을 하고 있어. 어쩌면, 아직도 좋아하지 않을까? 하는 의심."

그는 말이 없다. 해원은 가만히 눈을 감았다가 떴다. 바람이 차가운데도 뺨이 달아오르는 것 같았다. 그를 돌아볼 수가 없어서 여전히 풍경을 보며 물었다.

"너는?"

포기한 듯한 한숨이 새어 나오더니 은섭은 솔직하게 말했다.

"어쩌면… 네가 요즘 나를 다르게 생각하는지도 모르겠다는 의심. 전보다는 좋아해주는 걸까, 하는 의심."

해원은 비로소 그를 돌아보았다. 그는 가까이 있었다. 이상하지…. 예감은 틀리지 않고 의심은 늘 이루어지는 것. 이마에 흐트러진 머리카락 사이로 은섭의 굳은 얼굴이 눈에 들어왔다. 서로 시선을 피하지 못하는 한순간이 너무도 길게 느껴졌다. 숨이 막힌 듯하던 그가 담요를 두른 그녀의 몸을 천천히 두 팔로 감싸 안았다. 은섭의 입술이 내려오는 걸 느끼고 해원은 눈을 감았다. 따듯하고 포근한 그의 입술에서 초콜릿 향이 희미하게 났다가 곧 사라졌다.

그는 짙어진 눈빛으로 고개를 들었다. 그녀를 감싼 그의 팔과 담요 속에서 해원은 빙그레 웃으며 말했다.

"의심이 또 이루어져서 어떡해?"

"아, 세상에."

신음처럼 중얼거리며 은섭의 입술이 다시 파고들었다. 서로의 체취를 느끼며 눈밭에서 오래오래 키스했다.

늑대의 은빛 눈썹

1월 11일 책방 일지

오늘의 입고 서적: 《나의 아름다운 샹들리에》 모리 유스케 저, 고윤정 역

중학생 시절 우연히 오페라극장에서 샹들리에를 보고 반해버린 저자가, 세월이 흘러 직장을 그만두고 세계의 유명한 샹들리에를 찾아 여행한 이야기. 보르도 지방 와인 저장고를 비추는 소박하지만 아름다운 샹들리에부터 뉴욕 메트로폴리탄 오페라하우스, 이스탄불 돌마바흐체 궁전, 기네스북에 등재된 옥외 샹들리에가 있는 클리블랜드 등 세계 곳곳을 누비며 만난 샹들리에가 올컬러 사진으로 실려 있다.

저자는 화려한 조명의 아름다움에 감탄하면서도 이면에 관리의 어려움, 파손과 부상 위험, 추리소설에 등장하는 샹들리에 추락 살인사건에 관해서도 흥미로운 이야기를 풀어간다. 우아한 표지와 시원한 판형이 카페 테이블 북으로도 손색없음.

#

…휴, 사실은 좀 정신이 없다. 종일 구름 위를 걷는 기분. 뭔가 말하고 싶지만, 더 생각한 뒤에.

지도에 관한 판타지

인간은 지도를 바라보는 판타지가 있다. 꼭 보물섬을 찾아가는 여정이 아니더라도, 어딘가 내가 꿈꾸던 완벽한 장소와 대상이 존재할 것만 같은 절실하고 아름다운 오해가 있다. 팔십 세 노인이 바이로이트로 떠났던 거나 샹들리에를 찾아 저자가 오래 여행한 것도 결국 그 때문이 아니었을까. 그들의 여정에 동의하면서, 동시에 허먼 멜빌의 문장도 기록해둔다.

그곳은 어떤 지도에도 나타나지 않는다.
진짜 장소들은 대부분 그렇다.
— 멜빌

더 이상 농담이 아닌 것

…낮에 H와 뒷산을 올랐다. 숲에 눈꽃을 피운 겨울나무들이 평소와 달라 보였다. 함께 간 사람이 H였기 때문일 것이다. 오두막에 들렀을 때 그녀가 따라 들어왔다. 그곳은 내가 어릴 때 살았던 집이고, 그녀에게 보여주는 것이 낯설고 이상했다. 한때는 세상에서 가장 편안한 장소였는데 지금은 더 이상 그렇지 않다.

…산에 묻힌 남자를 생각한다. 그의 인생은 시작도 끝도 미상에 가까웠다. 어떤 동물은 죽을 때가 되면 눈에 안 띄는 곳에 들어가 숨듯이, 그도 그렇게 했다. 대신 어린 아들을 하나뿐인 친구에게 부탁해 산에서 내려보냈다.

그는 평생 진짜 사람을 알아볼 늑대 눈썹을 얻고 싶어 했다. '사람들은 말과 표정이 일치하지 않으니까, 말을 듣지 말고 표정을 읽어야 한다'고 그는 자주 되뇌었다. 하지만 그 역시 절반만 옳았다. 사람들은 표정 또한 자유롭게 바꾸고 지어내면서 살아간다. 그러니 애초에 읽으려 들지 않는 게 나을 때가 있다. 보여주는 걸 보고, 들려주는 걸 들으며, 흘려보내면 그만.

혼자일 때 더 잘 보이는 것들이 있고, 외로움에서 배우는 일은 생각보다 나쁘지 않다. 기대하는 바가 적을수록 생활은 평온히 흘러가니까. 진정으로 원하는 게 생기는 건 괴롭다.

하지만,

나라고 욕망이 없을 리가.

산에서 H와 키스했다. 하마터면 정신이 나갈 뻔. 더 이상 농담으로 말할 수 없다는 건 심각하다는 뜻이다. 눈동자 뒤에 그녀가 살기 시작했다. 눈을 감아도 소용이 없다, 계속 보이니까. 사라지지 않는 잔상의 괴로움. 담요에 감싸인 그녀의 모습. 온종일 입술에 맴도는 첫 키스의 감촉.

…그렇습니다, 그것은 내 서른한 살 인생의 첫 번째 입맞춤. (웃지 마세요, 굿나잇클럽 여러분. 웃으면 반칙—.) 나는 위험에 빠진 걸까요.

내 마음이 제멋대로 나아가는 건 바라지 않습니다. 그녀는 봄이 오면 돌아갑니다. 분명 그렇게 말했죠. 도대체 그녀는… 이 겨울 나를 괴롭히려고 내려온 걸까요. 나는 기꺼이, 망해가야 하는 걸까요!

굿나잇책방 블로그 비공개글
posted by 葉

무궁화기차가 문제였다

✳

해 질 무렵 낯선 남자들이 두런거리는 소리가 별채 바깥에서 들려왔다. 해원은 책방에서 돌아와 호두나무실 창문을 열어놓고 청소를 막 끝낸 참이었다.

"펜션이 망했다고 하지 않았어요?"

"그런 줄 알았는데 누가 와 있네."

창문이 열려 있는 걸 보고 자기들끼리 수군대는 소리였다. 해원은 얼마간 긴장하며 귀를 기울였다. 호두하우스는 마을에서 가장 높은 곳, 산으로 들어가는 어귀에 위치했다. 은섭이 책방에 남아 있기 때문에 옆집도 비었고, 초저녁이라 해도 이쪽으로는 아무도 다니지 않는데 어떤 사람들일까.

"언제까지 계실 겁니까?"

"모르겠어. 계약서에 도장 찍는 건 봐야겠지."

오솔길을 서성이며 피우는 담배 연기가 창을 통해 방으로 스며들었다. 해원이 걸레를 내려놓고 창을 닫으며 슬쩍 내다보니, 남자 둘이 인기척을 느끼고 쳐다보았다. 그중 한 사람은 아랫집 이장 어른의 아들이었다. 그들은 몇 마디 더 두런거리다 담배꽁초를 아무렇게나 던져버리고는 오솔길에서 사라졌다.

펜션이 망한 줄 알았다니. 근방에 그렇게 소문이 났나…. 해원은 다소 언짢아져 마당 빗자루와 쓰레받기를 들고 나가 남자들이 서 있던 곳을 살폈다. 별채 외벽 가까이 녹지 않은 눈 위에 담배꽁초들이 나뒹굴었다.

"망한 펜션에는 쓰레기를 던져도 되는 건가?"

중얼거리며 그녀는 빗자루로 꽁초를 쓸어 담았다. 어스름이 내리자 가로등에 불이 들어왔고, 호두하우스에 그녀 혼자라고 생각하니 공연히 쓸쓸해졌다. 역시 집에는 사람의 체온이 있어야 하는 건데 명여 이모는 도대체 언제까지 이 상황을 방치할 건지 애가 타기도 했다.

길 아래서 라이트를 밝힌 스쿠터가 올라왔다. 은섭은 집 앞에서 멈추더니 해원이 손에 쥔 빗자루를 보고 말했다.

"다 저녁에 그건 왜 들고 있어."

"그냥, 뭐 좀 치우느라고. 책방 문 일찍 닫았네?"

"응, 시내 나갈 일이 있어서."

은섭이 스쿠터에서 바로 내리지 않고 머뭇거려, 해원은 복잡한 기분에 사로잡혔다. 솔직히 말하면 어제오늘 그의 마음을 제대로 알 수 없어서 계속 신경이 쓰였다. 그는 어색해하는 걸까. 그날 눈 덮인 산에서 실은 두 사람이 분위기에 사로잡혔던 것은 아니었을까.

그녀의 마음은 갈피를 잃고 속삭였다. 그는 어쩌면 한 번의 키스 같은 건 대수롭지 않게 생각할지도 몰라. 하지만 그보다 더 나쁜 건… 은섭은 후회하고 있을지도 모른다는 것. 부디 '그날은 미안했어. 실수한 것 같은데' 따위의 말을 꺼내지는 말아줬으면 싶었다. 그건 너무 무안하고, 한때나마 설레었던 감정을 파스스 빛이 바래도록 만들어버릴 테니까.

해원은 하고 싶은 말을 삼켰다.

"잘 다녀와. 난 들어갈게."

"그래, 쉬어라."

청소 도구를 마당 한쪽에 소리 나게 밀어놓고 그녀는 별채로 향하다 우뚝 멈춰 섰다. 그러고는 뒤돌아보며 물었다.

"근데, 시내는 왜 나가는데?"

은섭은 텃밭 앞에 세워둔 차 쪽으로 걸어가다 그런 해원을 돌아보았다.

"아… 행사가 있는데 장우 녀석이 기획한 거라. 꼭 와서 보라고 신신당부했거든. 안 가면 시끄럽겠지."

"아하. 나는 같이 가면 안 되는 자리인가봐."

그에게 순간 당혹감이 스쳤다. 해원은 서운한 얼굴로 팔짱을 낀 채 그를 응시했다. 은섭에게서 이윽고 짧은 한숨이 새어 나왔다.

"그럴 리가. 서울에서 베스트셀러 작가를 초대했다니까, 그냥 문화행사야. 괜찮다면 너도 같이 가자."

그녀는 흔쾌히 고개를 끄덕였다.

"잠깐만 기다려. 겉옷 가지고 나올게."

짐짓 호기롭게 방에서 점퍼를 꺼내 입고 나왔지만, 막상 은섭에게 다가가자 어쩐지 자신이 없어졌다. 가로등 아래 그는 차에 기대서서 고개 숙인 채 생각에 잠겨 있었다.

"저기… 차라리 솔직히 말해줘. 내가 같이 가는 게 불편하면 안 가도 돼."

은섭은 그녀를 바라보았다. 해원은 점퍼 주머니에 손을 찔러 넣고 애써 담담하게 말을 이었다.

"돌이켜봤는데 그저께 산에서 있었던 일은… 네가 만약 후회한다면, 더는 신경 쓰지 않아도 된다고 얘기해줄게. 서로 실수했다고 생각하지, 뭐."

어스름이 내린 오솔길에 침묵이 흘렀다. 두 사람의 거리가 멀게 느껴져 해원은 조금 슬퍼지려 했다. 은섭은 복잡한 눈길로 그녀를 바라보다 입을 열었다.

"이리 가까이 와봐."

몇 걸음, 해원이 다가갔다.

"왔어. 어쩔 건데."

은섭의 입가에 저항할 수 없는 미소가 스쳤다.

"왜 시비조로 말하지?"

"나도 모르겠어. 아마, 센 척하려고? 네가… 불편해하는 것 같아서. 그런 거 싫거든."

해원은 혼란스러움을 감추며 말했다. 은섭은 팔을 내밀어 그녀의 점퍼 자락을 잡고는 그의 품으로 당겼다. 두 사람의 얼굴이 좀 더 가까워졌다.

"한 번 키스는 실수였을지도 모르지만. 두 번째부터는 그럴 수가 없겠지."

"…아마도."

"그럼 한 번 더 하고 실수가 아닌 걸로 해."

놀라는 해원의 입술에 그의 따뜻한 입술이 내려와 스쳐 갔다. 산에서의 느낌과는 또 다른 다정하면서도 어딘가 서글 퍼지는 입맞춤. 그는 이 감정에 자신이 없어, 그녀의 마음이 다시 속삭였다. 문득 모든 것이 불안해져 해원은 팔을 올려 그의 목을 감쌌다. 손끝이 그의 헝클어진 머리카락에 닿자 은섭은 그대로 굳어버리더니, 가만히 입술을 떼고 그녀를 내려다보았다.

"미안. 이틀 동안 너 마음 쓰이게 했나보다."

해원은 보일 듯 말 듯 끄덕였다.

"네가 후회하는 줄 알았어."

"아니야. 믿기지가 않아서 놀라긴 했지만. 아, 목해원…. 너, 나 괴롭히면 안 되는데."

은섭은 약간 괴롭게 웃었다.

"어떻게 하는 게 널 괴롭히는 건지는 모르겠지만, 안 그럴 게."

"정말로?"

"응."

믿는 것 같지 않았지만 은섭은 그저 그녀의 이마에 자신의 이마를 갖다 댔다.

"장우 녀석 화내니까 우리는 일단 가야 해."

해원도 희미하게 웃었다.

"알았어."

하지만 둘 다 차에 탈 생각을 하지 않았다. 은섭은 해원을 품에서 보내지 않고, 그녀도 그에게서 팔을 내리지 않았다.

그의 사랑은… 눈송이 같을 거라고 해원은 생각했다. 하나둘 흩날려 떨어질 땐 아무런 무게도 부담도 느껴지지 않다가, 어느 순간 마을을 덮고 지붕을 무너뜨리듯 빠져나오기 힘든 부피로 다가올 것만 같다고. 그만두려면 지금 그래야 한다 싶었지만 그의 외로워 보이는 눈빛에서 피할 수가 없고, 그건 그도 마찬가지인 것 같았다.

은섭은 마침내 결심이 선 듯 싱긋 웃었다.

"그래. 가보자. 너를 사랑하면 어떻게 되는지, 나중에 알게 되겠지."

해원의 심장이 두근두근 빠르게 뛰었다. 그는 마치 어떻게 돼도 좋다는 듯이 말하지만, 그렇지 않을 것이다. 웃고 있어도, 그 눈빛에서 그가 누구보다 상처받기 싫어하는 사람이라는 걸 그녀는 깨달았다. 애초에 상처받을 만한 일들을 다 차단한 채 살아왔다는 걸. 그런 은섭을 그녀가 지금 흔들어놓고 있다는 것을.

혜천극장은 오래전 읍이었던 시절 처음 생긴 작은 극장이었으나 한 차례 큰 화재를 겪은 뒤 쇠락해 폐업해버린 공간이었다. 긴 세월 자라온 담쟁이덩굴이 시멘트 외벽을 온통 뒤덮은 이 건물은, 지금은 시에서 지정한 문화시설이 되어 소규모 행사장으로 쓰이곤 했다.

조명이 켜진 공연장을 에워싸고 계단식으로 올라오는 스탠드 객석에 은섭과 해원도 수십 명 시민들 틈에 섞여 앉아 있었다. 지역 인디밴드가 무대에 올라 노래 몇 곡을 오프닝으로 불렀고, 곧이어 양복을 갖춰 입은 장우가 올라와 마이크를 잡았다.

"혜천 시민을 위한 이달의 문화 산책 ― 오늘은 인기 에세이스트 곽노희 작가님을 초대해 북 콘서트를 진행합니다. 추운 날씨에도 객석을 많이 채워주신 여러분께 감사드리고……."

노련하고 훤한 미소로 스탠드를 훑어보던 장우의 멘트가 뚝 끊기더니 어리둥절한 표정이 스쳐 갔다. 그의 시선에서 3시 방향 객석에 나란히 붙어 앉은 두 친구 때문이었다. 아까부터 은섭은 해원의 손을 깍지 껴 그의 파카 주머니에 함께 넣고 있었다. 그에게 기댄 해원의 긴 머리카락이 은섭의 어깨에도 자연스럽게 흐트러졌다. 장우와 눈이 마주치자 은섭은 빙그레 웃었고, 해원은 왠지 웃겨서 무대에 선 동창을 향해 날름 혓바닥을 내밀었다.

마이크를 타고 진행자의 쿨럭, 헛기침 소리가 날아왔다.

"아, 건전한… 아니, 원활한 행사 진행을 위해 장내 질서를 지켜주시길 미리 당부드리며, 힘찬 박수로 환영해주시기 바랍니다. 오늘의 주인공을 모시겠습니다!"

장우가 한 팔을 뻗어 소개하자, 무릎이 나온 청바지와 코르덴 재킷을 입은 마른 체구의 남자 작가가 수줍게 무대로 올라왔다. 객석에서 박수 소리와 함께 누군가 삐익 — 환호의 휘파람을 불었다. 해원은 뜻밖이란 투로 은섭에게 속삭였다.

"곽노희 작가가 남자였어? 이름은 들어봤는데 여태 여자 작가인 줄 알았어."

"그랬어?"

은섭은 웃으며 대꾸했다. 얼마 전 출간된 감성적인 에세이가 무대 한쪽 테이블에 여러 권 쌓여 있었고, 해원은 프로젝트 화면에 비친 표지를 보고 굿나잇책방에도 입고된 책인 걸 알아보았다.

수줍은 인상과는 달리 입담이 좋은 작가여서 객석에선 자주 웃음이 일었다. 저자와의 만남 행사에는 처음 와보는 거라 해원은 낯설면서도 즐거웠다. 은섭의 파카 주머니에 넣은 그녀의 손은 한 시간도 넘게 그의 손과 깍지를 끼고 있었지만 불편한 줄도 몰랐다. 가까이 맞닿은 그에게서 건너오는 체온이 따스하고 좋았을 뿐.

행사가 끝나고 출입구로 향하는데, 은섭이 퇴장하는 사람들을 훑어보더니 옆 통로로 나오는 세기서림 박흰돌 대표를 찾아냈다.

"박 대표님, 여깁니다!"

머리가 희끗희끗한 초로의 남자가 은섭을 보고는 반색하며 손을 들었다. 오늘 행사 뒤에 같이 술자리를 하기로 약속한 터였다. 극장 로비에서 인사를 나누며 해원은 어렴풋 기억하던 학교 앞 서점 주인장과 조우했다.

찬 바람 부는 밤거리를 지나 그들은 혜천시장 어귀, 불을 밝힌 국숫집에 자리 잡았다. 밤 10시를 넘긴 시장 골목은 가게들이 문을 닫아 을씨년스러웠지만, 국숫집만은 늦도록 술과 따끈한 국물을 찾는 이들로 훈훈했다. 조리대 뒤에서 내외는 부지런히 잔치국수를 삶아 손님이 술잔을 기울이는 테이블로 내왔다. 박흰돌이 벽에 액자로 걸린 한자성어 '先酒後麵'을 안경 너머 유심히 바라보았다.

"선주후면이라… 술을 먼저 마시고 국수를 먹으라는 뜻이겠지요."

앞치마를 두른 주인이 김치 접시를 추가로 테이블에 내려 놓으며 속 좋게 웃었다.

"고사에 현인은 술을 드신 후 면으로 속을 달랬다고 하네 요. 저희 장인어른 국숫집에 걸렸던 현판인데 불황에 문을 닫는 바람에요. 지금은 저희가 걸고 있습니다."

"그렇군요. 국수를 먹고 싶은가! 그렇다면 술을 마셔라, 하 는 것 같습니다."

박흰돌의 해석에 주인은 껄껄 웃으며 조리대로 돌아갔다. 출입문이 열리고 찬 바람을 몰고 장우가 들어왔다. 그는 박 대표 옆자리에 털썩 주저앉더니 맞은편 친구들을 손가락으 로 가리켰다.

"뭐야, 대체. 그 연애에 내 지분이 있다는 걸 잊지 마."

그러고는 아직 저녁을 못 먹었는지 은섭의 국수 그릇에 젓가락을 넣어 도르륵 면발을 말아 한 입 먹고는 장난스럽 게 말했다.

"그래서 벌써 잔치국수를 같이 먹는 자리인가?"

해원이 젓가락으로 자기 국수를 집다가 미간을 찌푸렸다.

"이장우, 너는 오버 좀 하지 마."

"안 돼. 오버는 내 동력이야. 하루라도 오버하지 않으면 이 인생을 밀고 나가지를 못해. 네가 나에 대해 뭘 알겠니."

꽤나 슬픈 얼굴로 장우는 해원의 그릇에도 젓가락을 넣으 려 했지만 그녀는 번개같이 그릇을 옆으로 밀었다.

"싫어."

"와— 야박해라. 그럼 뭐, 은섭이 국수만 축나는 거지."

장우는 또 맞은편 국수를 뺏어 먹고 가게 주인에게 술 한 병을 더 주문했다. 은섭이 장우의 술잔에 소주를 따르며 말했다.

"그 작가도 같이 올 줄 알았더니."

"그러려고 했는데 내일도 행사가 있다고 밤차로 올라갔어. 터미널까지 바래다주고 오는 길이지. 성의 표시로 약소한 봉투만 건네는데 손이 좀 부끄럽더라. 언제쯤 말단 공무원은 예산을 넉넉히 쓸 수 있는 걸까."

은섭은 위로하듯 술잔을 내밀었다.

"수고했다. 건배나 하자."

테이블 위로 네 개의 술잔이 부딪쳤다. 첫 잔을 한 번에 넘기고 장우는 곁에 앉은 박 대표의 잔을 채우며 씨익 웃었다.

"대표님, 오늘은 술값 내지 마세요. 제가 저 녀석한테 여러 번 얻어먹을 자격이 생겼거든요."

박휜돌은 그럴 수야 있나 하듯 희끗한 머리를 저었다.

"아서게. 참고서 안 파는 책방 주인한테서 술을 얻어먹으면 내가 체해. 그래도 우리 서점 벌이가 조금은 낫잖아?"

"걱정해주셔서 감사하지만, 저희도 생각보다는 괜찮습니다."

은섭도 마주 웃으며 대답했다. 안주를 만드는 주인의 도마 소리가 규칙적으로 울려 퍼졌다. 한산한 밤거리를 빈 택시가 지나가고, 북현리행 버스는 끊긴 지 오래였다. 그들의 이야기를 듣다가 해원은 은섭이 얼마 전부터 독립출판을 준비하고 있다는 것을 알았다.

술자리가 무르익자 세기서림 박 대표는 흐뭇하면서도 아쉬운 말투로 입을 열었다.

"나는 임은섭이 몇 년 안 보이더니 어느 날 나타나서는 시골 마을에 그런 서점을 차리는 걸 보고, 처음엔 깜짝 놀랐지. 인생 내키는 대로 살기로 했나, 섶을 지고 불 속에 뛰어드는구나 싶고. 혜천고 다닐 때 우리 서점 바닥에 앉아서 그렇게 책을 읽어대더니. 나는 이 친구가 소설가가 될 줄 알았어, 고향에 작가 하나가 태어나나 했는데 말이야."

허허 웃는 박 대표를 향해 장우는 고개를 절레절레 흔들었다.

"그야말로 잘못 보신 거죠. 만약 그랬으면 저도 먼 데서 작가 섭외할 필요 없이, 혜천이 낳은 작가를 오늘 같은 날 무대에 불렀겠죠. 재능 있는 친구가 주변에 없는 것도 이렇게 슬픈 일입니다, 한 잔 드시죠."

두 남자가 짝짜꿍 술잔을 부딪치며 그를 들었다 놨다 하는 와중에도 은섭은 피식거리기만 하더니 문득 해원을 돌아보며 물었다.

"그러고 보니 이모님은 더 이상 작품은 안 쓰신대?"

"아… 지금으로선. 본인 말로는 절필한 거라고 해."

박흰돌이 그런 해원을 궁금하게 건너다보았다.

"이모님이 누구시길래요?"

"아실지 모르겠는데 심명여 작가라고, 예전에 소설 쓰셨어요."

"에—? 심명여 작가를 왜 몰라요, 내가 얼마나 팬이었는데!"

술이 확 깨는 얼굴로 박흰돌은 반가워했다.

"우리 서점 캐비닛에 사인본이 아직도 있답니다. 그 데뷔작이 보자… 벌써 이십 년이 넘었죠? 비어 있는 풀밭."

해원은 끄덕거렸다.

"네, 그쯤 됐을 거예요."

"대체 왜 절필을 했을까요. 후속작도 데뷔작만큼은 아니었어도 꽤 인기가 있었는데…."

"저도 잘 모르겠어요, 갑자기 안 쓰겠다고. 두 번째 작품 때는 악평도 제법 있었다고 들었고요."

박 대표는 그런 건 중요하지 않다는 듯 손사래를 쳤다.

"악평이야 호평하고 같이 가는 그림자 같은 거니까. 그것 때문에 글을 안 쓴다는 건 말이 안 되죠. 본인 스스로 위악적인 표현을 잘 쓰는 양반이었어요. 호불호가 갈리는 작가였지. 난 그것도 장점이라고 생각해요."

저자에 대한 그의 솔직한 애정이 느껴져서 해원은 고마웠다. 이모가 이 자리에서 같이 듣고 있다면 좋을 텐데 싶었다. 그녀는 그저 쓴웃음을 지으며 어깨를 으쓱해 보였다.

"아무튼 이모와 얘기하다 보면, 저도 모르게 인류애가 소멸하는 느낌이 들기는 해요."

술자리에 소박한 웃음이 잔물결처럼 번졌다. 박흰돌도 모처럼 지난 추억을 떠올렸다.

"나는 개인적으로 두 번째 소설이 더 마음에 들었어요. 스코틀랜드를 여행하면서 썼다고 했던 것 같은데, 당시만 해도 그렇게 외국에 머무르면서 이국적인 냄새를 확 묻히는 작품이 흔치는 않았거든. 대리만족 같은 거였죠, 나야 뭐 늘 박힌 돌이라… 고향을 떠나본 적이 없어서."

그가 본인 이름을 농담처럼 입에 올리자, 장우가 부르르 떨며 정색을 했다.

"그 박힌 돌 농담을 제가 열일곱 번쯤 들었는데 말입니다, 대표님. 이제 레퍼토리 좀 바꾸시죠?"

"그랬나? 나이 드니까 농담도 업데이트가 잘 안돼."

박 대표가 소탈하게 머리를 긁적여서 좌중엔 다시 웃음이 일었다. 순간 누군가 실수로 테이블을 건드렸고, 해원의 나무젓가락이 테이블 아래로 떨어지며 바지에 작은 얼룩을 남겼다.

"아."

"놔둬, 내가 닦아줄게."

고개 숙여 그녀 옷의 얼룩을 닦아주는 은섭의 모습이 무심하고도 자연스러워서, 장우는 입을 쩍 벌리고 쳐다보았다. 박 대표가 혀를 차며 말했다.

"자네 턱 떨어지겠네."

"진짜… 해로운 광경이네요."

장우는 소주잔을 들어 입에 털어 넣고는 탁 소리 나게 내려놓았다.

"근데 너는 해원이를 왜 좋아한 거야? 도대체 무엇 때문에!"

그녀는 어이없어하며 대꾸했다.

"무엇 때문이냐니, 그게 네가 왜 궁금한데."

"그럼 너는 안 궁금해?"

"나? 그야…."

그야 물론 가장 궁금한 사람이 그녀였다. 해원은 저절로 은섭을 돌아보았다. 박 대표도 국숫집 주인 내외도 어느새 대답을 기다리고 있었다.

"…기차역."

그의 말을 놓칠세라 저마다 귀를 쫑긋 기울였다. 은섭은 지나간 어느 하루의 기억을 담담히 꺼내놓았다.

"기차역에서 해원이를 봤어. 가을 새벽이었고, 플랫폼에 단풍나무가 있었고. 그 옆에 해원이가 서 있었어. 그리고 기차가 철길을 따라 들어왔지."

장우가 약간 얼빠진 얼굴로 되풀이했다.

"기차가 철길을 따라…."

"응. 무궁화기차였어."

"그래서?"

"뭐가 그래서야. 새벽 기차가 멈춘 곳에 해원이가 서 있었다니까. 그런데 어떻게 안 반해."

은섭은 다 말했다는 듯이 좌중을 향해 고개를 끄덕였다. 이제는 이해됐을 거라는 투로. 한동안 침묵이 흐른 뒤 장우가 박 대표 쪽으로 몸을 기울이며 수군거렸다.

"무궁화기차가 잘못한 걸까요."

"내 보기엔 단풍나무 비중이 더 크네."

그들이 수군대는 소리가 해원의 귀에는 하나도 들리지 않았다. 이 공간에 그녀와 은섭만 있는 것처럼 그에게서 시선을 떼지 못하고 속삭이듯 물었다.

"그게 언젠데."

은섭의 입가에 미소가 스치더니, 해원만 들리도록 고개를 기울여 그녀의 귓가에 속삭였다. 그의 부드러운 입김이 머리카락을 간지럽혔다.

"아마도… 가출하시던 날이었겠지요."

해원의 눈동자가 커졌다. 심장이 쿵 소리를 내는 것 같다. 뭐지, 이 묘한 느낌은. 그녀는 그의 미소를 아지랑이처럼 바라보았다. 어쩌면 그는 내가 알고 있던 것보다 더 많이, 내 인생의 어떤 페이지에 등장했었는지 몰라…. 마치 한밤에 푸는 두근거리는 수수께끼 같다고, 그녀는 생각했다.

이벤트를 합시다

조그만 고깔처럼 생긴 연보라색 향이 가느다란 연기를 피우며 타들어가더니 도자기 접시에 부슬부슬 재가 떨어졌다. 백열등 아래서 해원은 턱에 손을 괸 채 멍하니 피어오르는 연기를 바라보고 있었다. 난로에 얹어둔 주전자에선 우엉차가 뭉근히 우러나는 중이었다.

"향은 마음에 들어? 아는 사람이 동남아 다녀오면서 사다 준 건데."

탁자 맞은편에서 퀼트 바느질을 하며 수정이 말했다. 잠시도 손을 쉬지 않는 부지런한 이 여인은 회원들이 모이기를 기다리는 자투리 시간에도 책을 읽거나 무엇인가를 만들곤 했다. 해원이 심상하게 끄덕거렸다.

"네, 마음에 들어요."

"무슨 생각을 그렇게 해. 아까부터 조용하네."

"그냥… 이런저런 생각이요. 우리 책방도 이벤트를 하는 건 어떨까, 싶어서요."

수정은 바느질을 멈추고 해원을 쳐다보며 미소 지었다.

"그렇게 말하니까 진짜 서점 매니저 같다. 무슨 좋은 아이디어라도 있어?"

"아직은요. 더 고민해보려고요."

그때 해원의 휴대폰에서 문자 메시지가 울렸다.

'독감에 걸렸습니다! 인후염이 지독합니다!

오늘은 컨디션이 좋지 않아 모임에 참석 못하겠군요?

모두에게 안부 전해주시길 바라옵고

다음에 뵙도록 하겠습니다!' —배근상 배상

짧은 답장을 입력하며 해원이 말했다.

"배근상 회원님이 인후염이 심하시대요. 오늘 못 나오신다고."

"저런, 요즘 독감 유행이야. 목 통증이 꽤 심하실 텐데."

수정은 딱해하더니 옆에 놓인 가방을 열고, 일렬로 포장된 알약 한 팩을 꺼냈다.

"우리 매니저님한테도 비타민을 챙겨줘야겠다. 면역력을 키워야 해."

"괜찮아요, 수정 이모님 드세요."

"아냐, 넣어둬. 영양제나 비타민은 가사노동과 같단다. 먹어도 티 안 나고, 안 먹으면 티가 나지."

수정이 엄숙하고도 서글프게 말해서 해원은 웃어버렸다. 알약을 건네받고 알록달록 색이 고운 퀼트 주머니가 만들어지는 모습을 지켜보다 그녀가 물었다.

"근데… 이모는 어떻게 지내요?"

"명여? 잘 지내지."

"이제 집에 돌아와도 돼요. 가족분들도 불편하실 텐데, 군밤이까지 데려갔으니."

수정은 천만의 말씀이라는 표정으로 눈을 동그랗게 떴다.

"모르는구나, 요즘 명여 덕분에 우리 집 아지트 됐어. 그저께 밤엔 친구들 불러서 파자마 파티도 했단다. 같이 영화 다운받아서 보고, 와인도 마시고. 이렇게 뭉친 거 얼마 만인지 몰라. 게다가 우리 남편은 현장 소장이잖니? 지금은 지방에 가 있거든."

수정은 진심 즐거워하며 밝게 웃었다. 그렇구나… 명여 이모가 잘 지낸다니 다행이다 싶으면서도 해원은 조금 서운하기도 했다. 그런 마음을 눈치챘는지 수정은 토닥거리듯 덧붙였다.

"실은 호두하우스가 자기한테 정 떼려고 그러는 것 같다고, 좀 처져 있기는 해. 그래도 기운 내는 중이니까 당분간 모른 척해주렴. 친구한테 기대는 거랑 조카한테 그런 모습 보이는 건 아무래도 다르잖니."

"네… 여러모로 감사해요."

비로소 해원이 웃어 보이는데, 종소리가 울리며 검은색 마스크로 얼굴 절반을 덮은 현지가 혼자 들어왔다.

"안녕하셨어요?"

"어서 와라. 오늘은 매디슨이 없네?"

"학교 애들이 겨울방학 동안 미리 친해져야 한다면서 데리고 나갔어요. 길거리 음식 투어한대요."

현지는 백팩을 바닥에 아무렇게나 내려놓고 털썩 의자에 걸터앉았다. 마스크와 털모자를 벗고는 헝클어진 머리카락을 손가락으로 대강 빗으며 해원에게 말했다.

"호두하우스가 호러하우스가 됐다면서요? 막 고드름이 주렁주렁하고. 저 사진 봤어요."

"사진을 봤다고?"

해원이 되물었다.

"애들이 보여주던데요. 우리 반 어떤 애 집이 설비센터를 하거든요. 걔네 아빠가 수리 나갔다가 찍어 왔다면서, 유령의 집 같지 않냐고. 제 친구들이 그 펜션에서 자보고 싶대요."

유령의 집. 해원은 살짝 찌푸린 채 생각에 잠겼다. 지난번 별채를 수리했던 업자가 몇 장 찍어 간 모양이다. 현지는 스마트폰을 꺼내더니 게임 앱을 열며 무료하게 중얼거렸다.

"오랜만에 길드나 들어가볼까…. 겨울방학 지루해요. 신

나는 일이나 생기면 좋겠는데."

바느질하며 듣고 있던 수정이 말했다.

"너희 또래들은 학원 다니지 않니, 겨울 특강 같은 거."

"저는 수능보다는 자소서에서 승부를 보려고요. 특기자 전형이나."

"무슨 특기로?"

현지는 폰에 시선을 고정한 채 손가락을 능숙하게 움직이며 대답했다.

"이제 생각해봐야죠. 오디션 프로에 나갈 건 아니니까 뭐, 판타지 소설을 쓸 수도 있겠고요. 지난번 그 아저씨가 얘기했던 스토리 공모전에 내볼까도 싶고요."

해원이 타버린 고깔 향을 응시하다가 불현듯 입을 열었다.

"호러하우스란 말이지."

현지가 흘끔 쳐다보더니 그제야 약간 미안해했다.

"기분 나쁘셨어요? 애들끼리 재밌다고 한 얘긴데, 얼음집 컨셉이라고. 간판 딱 한 글자 차이잖아요."

해원은 상관없다는 듯 고개를 저었다.

"현지 너, 일일 책방지기 해볼래?"

"일일 책방지기요?"

"응. 수정 이모님도요."

"나도?"

두 사람 얼굴에 호기심이 스치는데, 미닫이문이 열리고

책방지기가 스케이트장에서 돌아왔다.

"저 왔습니다!"

파카를 벗어 걸쳐놓고 은섭은 난로에서 우엉차를 따르고는, 평대에 가지런히 놓인 낮에 도착한 신간들을 훑어보기 시작했다. 얼음판에서 돌아와 뒷모습에 아직도 찬 바람이 묻어 있는 것 같았다. 언젠가부터 그를 보면 가슴이 뛰지만, 해원은 티 내지 않으며 덤덤하게 물었다.

"논두렁 스케이트장은 시설이 괜찮아? 난 한 번도 안 가봐서."

우엉차 컵을 손에 든 은섭이 그녀를 돌아보았다.

"시골에서 한나절 얼음 타며 놀기에 나쁘진 않아."

"군것질할 스낵 코너도 있고. 그치?"

"그렇지. 근데 그건 왜."

해원의 입가에 보일 듯 말 듯한 미소가 떠올랐다. 그리고 이틀 후, 책방 홈페이지에 다음과 같은 공지가 떴다.

굿나잇책방 1박 2일 북스테이

유례없는 한파가 이어지는 올겨울,
굿나잇책방 1박 2일 북스테이 체험으로 초대합니다.
친구와 연인과 겨울 여행을 떠나고 싶으신가요?
눈꽃이 한창인 강원도 혜천 굿나잇책방으로 오세요!

이벤트 기간 책방을 방문해 두 권 이상 책을 구입하시는 독자님께
꽁꽁 얼어붙은 호러하우스 펜션 하룻밤 숙박권과
시골 정취 물씬한 논두렁 스케이트장 무료입장권을 드립니다.
비닐하우스 스낵 코너에서 맛있는 군것질거리도 만나보세요.

날짜: 1월 22일부터 28일까지 7일간

굿나잇책방과 호러하우스 펜션, 논두렁 스케이트장 풍경은
홈피 갤러리를 참고.
펜션은 겨울왕국이지만 객실만은 따뜻하답니다.

posted by 굿나잇책방 매니저 睦

"이게 화목할 목 자구나."

노란 바탕에 홍보 글이 인쇄된 포스터를 들여다보며 현지
가 끄덕거렸다. 지난 며칠 홈페이지 공지를 띄우고, 거리에
붙일 벽보도 제작했다. 다른 지역에서 올 사람들도 있겠지만
역시 가까운 혜천시와 강원도에서 주로 찾아올 것 같았기
때문이었다.

"나는 퀼트 주머니랑 지갑, 필통을 만들 거야. 그리고 요리
도 할 수 있고."

수정은 수첩에 꼼꼼히 준비물을 적으며 말했다. 책만으로

는 제대로 수익을 얻기 힘들 것 같아, 모두가 총동원해 굿즈를 만들어 판매해보기로 의기투합했다. 해원이 맞은편에서 함께 메모하며 대답했다.

"저는 우리 책방 마스킹테이프를 디자인해봤는데 업체에다 제작을 맡겨놨어요. 일단은 소량으로 백 개를 의뢰했고 또… 엽서 그림 액자와 책갈피를 만들고 있어요. 행사 기간에는 즉석 캐리커처를 해볼까 싶구요."

"캐리커처 찬성이요. 저도 캐릭터 만드는 거 좋아하는데."

마분지에 매직으로 팝아트 글씨를 쓰던 현지가 반색하며 관심을 보였다. 서가가 심심해 보여 분류별로 색깔 있는 제목을 달아주는 참이었다.

"그래, 같이 준비하자. 현지 글씨 쓰는 거 보니까 다른 것도 잘하겠다."

해원은 웃으며 굿즈 목록을 마저 작성하고는 포스터 한 장과 테이프를 챙겨 미닫이문 밖으로 나왔다. 다른 곳보다 책방에다 가장 먼저 걸고 싶었다. 기와집 벽에 투명 테이프로 노란 포스터를 붙이고 나니, 칠판에 은섭이 무심히 써놓은 분필 글귀가 눈에 띄었다.

우리 마을이 마음에 안 들거든,

열차 시간표를 달라고 하시오. ─스티븐 킹

"설마. 마음에 들게 만들면 되지."

하고 해원은 중얼거렸다. 걱정이 안 되는 건 아니었지만 책방 식구들도 같이 열심히 돕고 있으니까. 지레 안될 거라 여기고 아무것도 안 하는 것보다는, 무언가를 도모하는 편이 훗날 이 겨울을 추억할 때 후회가 없을 것 같았다. 정말 잘해 내고 싶다고, 그녀는 참으로 오랜만에 생각했다.

이튿날 아침부터 은섭은 호두하우스 데크 공사에 매달려 있었다. 밤새 또 눈이 내려, 마을에 쌓였던 눈 위에 하얀 솜 이불이 한 겹 더 덮였다. 데크 바닥에 얼어붙은 얼음을 걷 어 내고 그는 자주색이 도는 농업용 보온 덮개를 양탄자처 럼 깔았다. 난간을 따라 일정하게 목재 기둥을 세워 하우스 용 비닐로 전체를 덮고는, 출입구를 커튼처럼 젖힐 수 있게 만들었다. 이 공간에 난로를 놓고 손님들이 차와 커피를 마 시며 책을 읽을 간이 북카페로 꾸미자고 의견이 모인 탓이 었다.

점심 무렵 다들 구경하러 올라왔을 때 데크는 난로와 탁 자, 의자가 놓인 아늑한 카페가 되어 있었다.

"내가 뭘 가져왔는지 봐요."

수정은 커다란 가방에서 여러 장의 헝겊을 꺼내 흐뭇하게 펼쳤다. 체크무늬 테이블보들이었다.

"예쁘네요!"

"쿠션도 차에 실어 왔지."

해원과 현지가 함께 테이블보를 씌우고 폭신한 쿠션들도 의자에 기대 놓았다. 탁자마다 작은 유리병을 놓고 드라이플라워를 한 송이씩 꽂아두니 공간이 한결 화사해졌다.

"이제 나지막한 책장만 갖고 오면 되겠어요."

해원이 데크를 둘러보며 적당한 공간을 가늠해보는데, 은섭이 기둥이 튼튼하게 고정됐는지 시험하느라 툭툭 쳤다. 그 진동으로 이 층 난간에 매달린 고드름 하나가 툭 떨어지자 세 여자가 동시에 외쳤다.

"안 돼!"

"조심해야죠."

은섭은 흠칫하더니 황당해진 얼굴로 중얼거렸다.

"어… 미안하군요."

수정이 책방지기를 향해 주의를 주었다.

"이젠 고드름 하나하나가 소중한 거야. 깨뜨리지 않게 조심해요."

"다시 물을 뿌려서 얼려요!"

현지가 바닥에 부서진 고드름 조각을 집어서 저만치 눈밭에 던지며 말했다. 호두하우스로 들어오는 오솔길에 외투를 껴입은 꼬마 둘이 사박사박 눈을 밟으며 걸어오고 있었다.

"칠판에 여기로 오라고 적혀 있었어요."

승호가 꾸벅 인사하더니, 꾸며놓은 데크를 보고 눈을 반짝 빛냈다. 쿠션에 기대보고 작은 손으로 테이블보도 쓸어보았다. 해원은 함께 온 또래 여자아이에게 물었다.

"안녕? 요즘은 게스트를 데려오는 게 유행인가봐. 너는 누구니?"

"안녕하세요. 저는 승호랑 같은 반 김효진이에요."

동글동글 귀엽게 생긴 소녀는 머리카락을 바짝 당겨 묶고, 핑크색 파카 위로 헤드폰 같은 털 귀마개를 하고 있었다.

"승호 친구로구나."

"네, 짝꿍이에요."

그러자 승호가 깜짝 놀라며 말했다.

"친구 아니에요! 그냥 쟤가 막 따라왔어요."

현지가 어이없다는 투로 그런 아이의 머리를 꽁 쥐어박는 시늉을 했다.

"그렇게 말하면 어떡하냐? 눈치도 없이."

"정말인데…."

승호는 시무룩하게 웅얼거렸지만, 효진이는 아무렇지 않은 척 생긋 웃더니 해원에게 한 발짝 다가와 귀를 빌려달라는 시늉을 했다. 해원이 허리를 기울여 귀를 가까이 대자 소녀는 조그맣게 속삭였다.

"사실은 제가 승호의 겨울방학 마니또예요. 그래서 잘해 줘야 돼요."

"아직도 마니또 같은 걸 하는구나."

해원도 마주 속삭였다.

"선생님이 방학식 날 비밀 쪽지로 뽑자고 하셨어요. 개학
하면 누가 누구의 마니또였는지 발표한대요. 그때까진 친하
게 지내야 해요."

집에서 들고 온 퀼트 인형을 데크 북카페 이곳저곳에 놓
아보던 수정이 궁금한 듯 물었다.

"뭐래?"

"나중에 얘기해드릴게요."

해원은 빙그레 웃으며 대답했다. 은섭은 천장 전등 자리
의 거뭇거뭇한 얼룩을 발견하고 드라이버로 뚜껑을 열었다.
누수 때문에 타버린 흔적이 드러났다.

"이 전등은 쓰면 안 되겠는데. 하지만 밤에 차를 마시고
책을 읽으려면 등이 필요하잖아."

"본채 두꺼비집은 내려놓은 상태야. 전기선을 별채에서
끌어오고 스탠드를 켜면 될 것 같은데."

해원은 같이 전등을 올려다보며 말했다.

"촛불을 탁자에다 놓으면 어떨까. 촛불만으로는 어두우려
나?"

옆에서 수정도 말했지만 은섭은 고개를 저었다.

"어둡기도 하고 화재가 신경 쓰여서 그건 안 될 것 같아
요. 선을 끌어오는 것도 복잡하고, 건전지로 켜는 램프를 구
해봐야겠네요. 저한테 하나가 있긴 한데…."

갑자기 현지가 환호성을 지르더니 눈 쌓인 마당으로 풀쩍 뛰어내렸다.

"효진이 눈사람 만든다! 승호야, 우리도 같이 만들자."

모두들 돌아보니 효진이가 장갑 낀 손으로 마당에 쌓인 눈을 뭉쳐 눈사람을 만들고 있었다. 어른들 얼굴에도 웃음이 스쳐 가고, 잠시 후 다 같이 달라붙어 오솔길에 눈덩이를 세 개나 굴려 호두하우스 마당에 무지 큰 눈사람을 만들었다. 현지가 나란히 서니 눈사람과 키가 맞먹었다.

수정은 찬바람에 발개진 뺨으로 시린 손을 호— 불면서 소녀처럼 흐뭇해했다.

"어쩌면 좋아, 나 이 눈사람 옷을 예쁘게 입히고 싶네. 내 일도 이것저것 싸 갖고 와야겠다."

"저도 당근을 가지고 올게요."

승호도 발그레 신이 나서 말했다.

다음 날 저녁까지 북현리에 세 군데 커다란 눈사람이 태어났다. 호두하우스 마당과 기와집 책방 처마 밑, 그리고 논두렁 스케이트장 어귀에. 숯으로 만든 표정이 제각각 다른 눈사람들은 들판 허수아비들보다 훨씬 느긋한 태도로 모자를 쓰거나 숄을 두르거나 반짝이는 단추를 단 안내자가 되었다. 그들이 옆구리에 낀 나무 팻말엔 '어서 오세요! 굿나잇 책방 겨울 여행'이란 글귀가 명랑하게 적혀 있었다.

그날 밤.

별채 객실에서 세 여자가 모여 늦게까지 굿즈 작업에 한 창이었다. 수정의 모직 스커트에는 바느질하며 떨어져 나온 실밥이 묻어 있고, 현지 곁에는 손바닥만 한 털실 인형이 바 구니에 쌓여갔다. 작은 토끼 인형부터 제법 손이 가는 다람 쥐 한 쌍까지 뜨개질 솜씨가 예상 밖으로 꼼꼼했다. 해원이 펴놓은 다탁에는 책갈피용으로 재단한 종이마다 잔잔한 일 러스트들이 물감이 마르기를 기다리고 있었다.

"블랙 책갈피가 더 멋진 것 같아요."

현지의 말에 해원은 붓을 마른 헝겊에 닦으며 미소 지었 다. 흰 종이와 검은 종이에 반반씩 그렸는데 느낌이 달랐다.

"그래? 네 인형도 귀여워."

"그러게 말야. 휴지심으로 골격을 잡다니 나도 현지한테 놀랐어. 그 다람쥐 한 쌍은 내가 사고 싶네."

수정도 칭찬했지만 현지는 엄격하게 반대했다.

"안 돼요. 손님한테 팔아야지 내부 식구끼리 서로 사주면 돈을 못 버는 거예요. 우리 엄마도 친척들한테 약 안 팔려고 하거든요. 어차피 깎아줘도 원가 아니면 좋은 소리 못 듣는 다고."

수정은 바느질 손길을 뚝 멈추고는 어이없어하며 웃어버 렸다.

"어머, 너무 슬픈 얘기 아니니?"

그때 누군가 마당으로 들어와 두런거리는 소리가 들려왔다. 현지가 귀를 기울이며 말했다.

"엘이디 아저씨 목소리 같아요."

작업을 멈추고 어두운 마당으로 나가 보니 데크 천장에 조명을 달던 두 남자가 그들을 돌아보았다.

"어이구, 오랜만입니다. 오늘 책방지기님이 우리 영업장으로 찾아오셨더라고요. 그래서 아주 멋진 것들만 골라서 같이 왔지요."

한바탕 독감을 앓은 탓에 근상은 통통하던 몸집이 배도 많이 들어가고 얼굴도 다소 홀쭉해진 듯했다. 데크 앞에서 어깨에 숄을 두르며 수정이 위로하듯 말했다.

"살이 빠지셨어요."

"그러게요. 평소 살을 빼려고 해도 안 되더니, 이렇게 다이어트를 했지 뭡니까."

근상은 허허 웃으면서도 야무진 손놀림으로 전등을 고정시켰다. 전선 없이 빛이 들어오는 특수램프였는데 스위치를 켜자 마당에 유령의 모습이 비치면서 오렌지빛 조명을 내뿜었다. 한 번 더 스위치를 누르니 유령은 빙글빙글 회전을 시작했다. 현지가 마음에 쏙 드는 표정으로 딱 손가락을 튕겼다.

"이제 진짜 호러하우스 같네요."

"밤에는 켜고 낮에 충전해두면 됩니다. 그리고 이 촛불은 저의 약소한 협찬품."

근상은 뿌듯하게 테이블마다 유리컵처럼 생긴 엘이디 촛불 조명을 놓았다. 건전지로 작동하는 조명은 멀리서 보면 꼭 불꽃이 일렁이는 착시를 불러일으켰다.

"눈사람이 들고 있어도 녹지 않는 촛불이지요."

"정말 근사하네요. 고맙습니다."

해원이 조금 뭉클해져서 인사하니 근상은 별거 아니라며 손사래를 쳤다.

은섭은 마당에 내려가 호두하우스의 야경을 찍기 시작했다. 그러자 너도 나도 핸드폰을 꺼내 어둠 속에 오렌지빛으로 드러난 북카페와 빛이 반사되는 난간의 고드름, 얼어붙은 창문들과 유령 그림자를 찍어댔다. 눈사람 발치에 흔들리는 촛불 조명을 갖다놓고 찍기도 했다. 책방 갤러리에 올라갈 사진들이었다.

"환상적이야. 명여한테도 보여줘야지. 관심 없는 척하지만, 은근 소식 듣고 싶어 해."

수정은 폰으로 찍은 사진을 들여다보며 잔잔한 미소로 말했다. 곁에서 해원도 말없이 끄덕거렸다.

두 어른들이 그만 가야겠다고 나서자 은섭은 배웅하러 오솔길을 함께 내려갔다. 해원과 현지는 데크 난로를 켜고는 의자에 앉아 밤의 북현리를 내려다보았다. 현지는 마치 오늘밤 엠티를 온 듯, 여기서 자고 가려고 갈아입을 옷이며 소지

품을 챙겨온 터였다.

휴대용 가스레인지에 주전자로 물을 끓여 해원은 커피믹스 두 잔을 종이컵에 탔다. 김이 모락모락 나는 커피를 건네받으며 현지가 말했다.

"눈이 깨끗한데 그걸 퍼 담아서 끓일 걸 그랬나요? 진짜 캠핑 온 것처럼."

"무리수야. 배탈 난다."

현지는 농담이었다는 듯이 후홋 웃었다. 늘 냉소적인 척하던 아이인데 요즘 책방 이벤트를 준비하면서 살짝 들뜬 모습이 신선해서, 해원은 종이컵 너머 가만히 바라보았다. 새삼 예쁜 아이구나… 싶었다.

"왜 그렇게 보세요?"

"그냥. 전에 가르치던 애들 생각이 나서."

"매니저 언니, 선생님이었어요?"

"학원 미술 강사였어."

현지는 그랬구나 하는 투로 주억거렸다.

"어쩐지 가끔 선생님 포스가 느껴지긴 했어. 왜 그만두셨어요?"

해원은 가볍게 한숨을 쉬었다.

"글쎄다. 좀 지쳤었나…."

"애들이 싫었군요."

훅 들어오는 돌직구. 머뭇거리다 해원은 고개를 저었다.

"아니. 솔직히 싫다고 생각도 했었는데, 이제 보니 아니었던 것 같아. 내가 뾰족했던 탓이야."

현지는 이해한다는 듯이 끄덕이고는 나름 상념에 잠기는 것 같았다. 오솔길 눈을 밟으며 은섭이 돌아왔다. 그는 데크 의자에 나란히 앉더니 현지에게 말했다.

"너는 진짜 자고 가도 괜찮은 거냐. 어머니 허락은 받았고?"

"그럼요. 언니가 전화 통화도 해줬어요."

해원은 믹스커피를 그에게도 건네주었다. 한동안 그들은 조용히 어둠을 내다보며 커피를 마셨다. 요 며칠 정신없이 바빴고, 은섭도 해원도 서로 여유 있게 마주할 시간이 부족했던 터였다. 잠시나마 같이 앉아 쉬니까 피곤했던 기분이 스르르 옅어지는 것 같았다.

조용하던 현지가 불쑥 입을 열었다.

"우와. 느낌 온다."

두 사람은 곁을 돌아보았지만 현지는 마당의 눈사람만 뚫어져라 응시하고 있었다.

"제가 촉이 빠르거든요? 지금 오로라 같은 게 피어오르는데. 이 느낌, 뭘까요. 오늘 여기서 잔다고 한 거 실수 아니죠? 방해해버렸나…."

"무슨 오로라…."

해원이 대꾸하는데 은섭이 짓궂게 끼어들었다.

"방해한 거라고 하면?"

"우와, 대박!"

현지가 벌떡 일어나더니 마당으로 점프해 눈밭을 폴짝폴짝 뛰었다.

"아아, 어째서 부끄러움은 내 몫인가! 어제부터 수상하다고 생각하긴 했는데! 알았어요, 그럼 저는 이만 들어가드리죠."

그러고는 별채까지 깡충깡충 뛰어가더니 객실 방문 앞에서 휙 돌아보며 씨익 웃었다.

"걱정 마세요. 당분간은 비밀로 해드릴게요."

방문이 닫히자 기습을 당한 두 사람만이 데크에 남았다. 해원은 그만 풋 웃었다.

"저 애 엉뚱하다고만 생각했는데. 갈수록 예쁘네."

"너도 예뻐."

그의 목소리에 그녀의 뺨이 보이지 않게 달아올랐다.

"고마워. 임은섭도 그래."

커피를 마시고도 그들은 한참 난롯가에 평화롭게 앉아 있었다. 문득 해원이 여태 빙글빙글 돌고 있는 마당의 오렌지빛 그림자를 가리키며 말했다.

"근데 저 유령은 너무 안 무섭게 생겼어."

그러고는 둘 다 쿡쿡 웃어버렸다. 깊어가는 밤하늘에 별이 총총하고 촛불이 덩달아 웃는 듯 일렁였다.

굿나잇 책방 북스테이

"근처 지도입니다. 뒷면은 안내문이니까 참고하세요."

해원이 내미는 프린트물을 이십 대 중반 여자 손님이 받아 들었다. 북스테이 행사 사흘째, 오늘 밤 호두하우스에서 숙박하기로 예약한 서울 손님이었다. 어깨까지 오는 단발머리에 긴 모직 스커트와 낙타색 코트를 걸친 그녀가 그림지도를 들여다보며 물었다.

"펜션 입실은 몇 시부터인가요?"

"오후 4시부터예요. 그때까지 오시면 제가 미리 가 있을 겁니다."

해원은 친절하게 답하고는, 손님이 골라 온 여러 권의 책 밑바닥에 책방 이름이 새겨진 도장을 찍고 스케이트장 쿠폰을 끼워 종이봉투에 담아 건넸다. 안내문에는 책방과 펜션, 스케이트장 위치를 그린 북현리 지도와 이용 방법이 앞뒤로 복사돼 있었다.

이번엔 거의 한 시간 가까이 서가를 돌며 골똘히 훑어보던 청년이 계산대 앞에 섰다. 피부가 눈에 띄게 하얗고 책들을 내려놓는 손가락이 길었다. 해원이 봉투에 담는데 청년이 말했다.

"쿠폰은 필요 없고, 혜천호로 가려면 몇 번 버스를 타야 합니까?"

"길 건너지 말고 정류장에서 60-1번 타시면 돼요. 오늘 저녁에 돌아오실 거죠?"

"네, 밤에 입실할게요."

청년도 오늘 밤 숙박을 예약한 손님이었다. 그가 배낭을 메고 버스정류장으로 총총히 사라질 즈음 전화가 울렸다. 사투리 억양이 수화기 너머 건너왔다.

"여기 부산인데요. 펜션이 아직 얼어 있나요?"

해원의 입가에 웃음이 스쳤다.

"네, 사진보다 더 심하게 얼었습니다."

"그럼 두 사람 객실 예약해주세요. 여자 친구들 둘이요."

숙박 날짜와 연락처, 이름을 받아 적고 수화기를 내려놓았다. 노트에 적힌 날짜 중에 이틀을 제외하고는 매일 숙박객이 기록돼 있었다. 호두하우스 객실은 세 개였지만 손님 관리가 부담스럽지 않도록 하룻밤에 객실 두 군데만 받기로 했다. 커플도 한 팀, 혼자 오는 사람도 한 팀, 마지막 날 묵기로 예정된 가족은 아이와 부모여서 세 사람이 한 팀이다.

이런 행사는 처음이라 다들 설레면서도 긴장했는데, 사흘째가 되니 차차 적응해 한결 여유가 생긴 모습이었다. 해원은 자리에서 일어나 서비스로 놓아둔 쿠키와 보온병의 레몬차를 보충했다. 기와집 천장의 대들보는 긴 밀대걸레로 먼지를 닦아 윤기가 나고, 외벽에 눈비가 얼룩진 자국들도 은섭이 며칠에 걸쳐 깨끗하게 닦아놓았다. 창살이 달린 작은 창문들마다 따뜻한 색깔의 커튼도 새로 달았다.

가장 힘들었던 작업은 서가의 모든 책들을 새로 분류한 것이었다. 책을 어떻게 진열할까 하는 문제로 책방지기와 회원들 사이에 의견이 분분했었다. 평소 은섭은 사람들이 자유롭게 책을 찾고 고르면 된다고 생각해왔지만, 해원을 포함한 책방 식구들은 이번만큼은 조금 특별하게 책을 추천하기를 원했다. 다른 독립서점들과 외국 서점들의 사례도 부지런히 검색해보면서 인상적인 방식을 찾아보곤 했다.

"사랑하는 사람과 이별한 날 읽으면 좋은 책. 이런 분류를 한 서점도 있네요" 하고 현지가 말했을 때, 은섭은 눈썹을 슬쩍 치켜올리며 대답하기를 "사랑하는 사람과 이별한 날 무슨 책을 읽어. 종일 울어도 모자랄 텐데" 하는 식이었다. 모두들 주장과 의견이 난무하다 결국 책방지기가 회원들의 뜻을 받아들여 몇 가지 제목으로 추천 도서를 모았다.

· 눈이 내릴 때 읽기 좋은

- 봄을 기다리며 읽기 좋은
- 청춘과 여행을 위한
- 새롭게 시작하고 싶은 당신을 위해
- 사랑이 아닌 다른 것을 원할 때
- 작은 책방과 만나는 일

'눈이 내릴 때 읽기 좋은' 코너에는 언젠가 회원들이 눈 내리는 풍경을 한 대목씩 읽었던 책들도 빠뜨리지 않고 꽂아 두었다. 회원들은 주변에 입소문을 열심히 내주었고, 혜천 시내 골목길과 북현리, 남현리, 소서리 일대 버스정류장에도 노란 포스터가 개나리처럼 붙었다. 모처럼 행사가 부디 잘 진행되고 별 탈 없이 끝나서, 굿나잇책방이 손님들에게도 회원들에게도 기억에 남는 공간이 되었으면 싶었다.

오후 3시 무렵 종소리가 딸랑이며 현지가 매디슨과 또 다른 친구들을 데리고 들어왔다.

"교대하러 왔어요!"

"어서 와."

책방을 둘러보던 고교생들은 곧 평대에 놓인 굿즈에 관심을 가졌다. 친구들이 퀼트 주머니와 털실 인형을 만지작거리는 걸 지켜보다 현지의 얼굴이 문득 밝아졌다.

"다람쥐 한 쌍이 나갔네요?"

"응, 오전에 팔렸어."

해원이 웃으며 대꾸했다. 현지는 또 어떤 상품이 팔렸나 꼼꼼히 살펴보았다. 몇 날 며칠 밤을 새우다시피 만들었던 소품들이라 더 애착이 가는 듯했다.

"책갈피는 역시 블랙이 많이 나갔군요."

"그치? 흰색은 익숙하니까 검은색이 눈에 띄었나 봐."

해원은 코트를 걸치고는 가방을 챙겨 어깨에 둘러멨다.

"자, 그럼 잘 부탁해. 나는 스케이트장 들렀다가 펜션 올라가 볼게."

"염려 마세요."

현지는 믿고 맡기라는 표정으로 진지하게 끄덕였다.

푸른 하늘에 구름 한 점 없는 청명한 오후였다. 한파도 누그러져 오랜만에 머리가 맑아지는 바람이 불어왔다. 기와집 처마 아래 눈사람의 삐뚜름한 모자를 새로 잘 눌러 씌우고, 해원은 논두렁길로 발걸음을 옮겼다.

들판에 녹지 않은 잔설이 희끗희끗 햇살 아래 빛나고 있었다. 스케이트장까지는 걸어서 오 분 거리. 도로변으로 가면 입구가 나오지만 논두렁길을 따라가면 비닐하우스 뒤편으로 이어졌다. 만국기와 그늘막이 바람에 펄럭이고, 얼음판에 색색의 점퍼를 껴입은 사람들이 스케이트를 지치고 있었다. 그 풍경에 가까워질수록 나무에 걸린 스피커에서 울려퍼지는 인기 가요의 볼륨도 덩달아 커졌다.

뒤편 공터에서 은섭은 도끼로 장작을 패고 있었다. 한아름 쌓아놓은 장작더미로 해원이 다가가자 그는 도끼질을 멈추었다. 왠지 놀리고 싶어져 그녀는 감탄하듯 눈을 크게 떴다.

"너, 장작 패는 남자였어?"

"매일 장작 패는 것도 내 일인데."

"몰랐네. 정말 여러모로 바쁘게 살았구나."

"겨울에 장작 패는 건 평생 내 운명인 줄 알고 지냈기 때문에. 큰아버지 윗집에 사는 한 벗어날 수가 없어."

시큰둥 건조하게 말하지만 은섭의 눈빛은 장난스럽게 웃고 있었다. 장작 쓰임새는 곧 밝혀졌다. 비닐하우스로 들어서자 마치 무풍지대 같은 온기가 확 몸을 감쌌다. 하우스 내부에 놓인 두 개의 큰 무쇠 난로에다 은섭은 안고 온 장작을 차곡차곡 밀어 넣었다. 난로에 얹은 널따란 놋쇠 세숫대야에 담긴 고구마들이 뜨겁게 익어갔다.

"오, 호두집 아가씨 어서 오시오."

이장 어른이 활짝 눈가에 주름을 잡으며 해원을 반겼다. 카운터 벽면 앵글로 짠 선반에는 스케이트화가 사이즈별로 빼곡하게 진열돼 '대여료 3천 원' 팻말이 붙어 있었다. 아이들과 어른들이 발에 맞는 스케이트화를 찾아 신어보고, 가까이 장난감을 파는 공간에는 알록달록한 딱딱이와 제기, 풍선, 비눗방울 놀잇감이 쇠고리에 주렁주렁 걸려 있었다.

논두렁 스케이트장의 백미는 역시 스낵 코너였다. 하우스

한컨에 비닐 식탁보를 씌운 커다란 앵글 식탁과 둥근 플라스틱 의자가 일렬로 놓였고, 얼음판에서 놀다 들어온 사람들이 어묵탕과 떡볶이, 김밥과 컵라면 간식을 와자하게 먹었다. 조리대 뒤편에서 은섭의 큰어머니가 양손에 국자와 주걱을 들고 김이 오르는 철판의 재료를 바쁘게 저었다.

그 한 귀퉁이에서 수정은 더부살이하듯 책방 간식 코너를 운영하고 있었다. 꽃무늬 천을 덮은 작은 식탁에 아메리카노 커피머신과 코코아, 추로스, 손수 만든 호박 파이 등을 진열하고 현지가 팝아트 글씨로 쓴 가격표를 테이프로 붙여놓았다. 해원과 눈이 마주치자 수정은 살며시 손을 흔들었다.

"어서 와, 파이 한 조각 먹어봐."

하고는 호박파이 한 쪽을 과도로 잘라 해원의 입에 넣어주었다. 언제 맛봐도 훌륭한 파이여서 해원은 엄지손가락을 치켜올렸다. 조리대 저만치서 은섭의 큰어머니가 슬쩍 이쪽을 건너다보더니, 떡볶이 떡을 철판에 와르르 쏟아붓고 주걱으로 젓기 시작했다. 수정이 티슈로 꽃무늬 천에 떨어진 파이 가루를 훔쳐내며 소곤거렸다.

"어제까지 코코아를 제법 많이 팔았거든. 가만 보니 여기 꼬마들 음료는 콜라, 사이다밖에 없더라구. 추운데 얼음판에서 놀면 따끈하고 달달한 게 마시고 싶을 거 아냐. 근데 저분이 보시고는 오늘부터 코코아를 파는 거 있지."

"어머, 그래요?"

해원도 나란히 서서 마주 속삭였다.

"물론 자리를 빌려주신 것만도 고맙긴 하지만, 그래도 내가 철수하면 메뉴에 추가하셔도 될 것을. 우리는 며칠 잠깐 하는 건데."

수정이 아쉬워하는 눈치여서 해원은 위로하듯 웃어 보였다.

"어쩔 수 없죠, 뭐. 셋방 들어온 서러움이네요."

"내 말이."

수정은 전자레인지와 함께 프랑크소시지와 핫바도 알뜰하게 갖다 놓아 스케이트장을 찾은 일반 손님들에게도 인기였다. 은근 메뉴들의 불꽃 튀는 경합이 느껴졌다. 자존심으로 승부하는 전형적인 아마추어 셰프의 자세로, 수정은 야심차게 앞치마를 두른 채 맡은 소임을 해내고 있었다.

모직 스커트의 젊은 여자가 스낵 코너로 다가오더니 옆쪽에서 김밥을 주문하고 시끌벅적한 식탁에 혼자 앉았다. 수정은 스케이트장에 어울리지 않는 그녀의 차림새를 훑어보았다.

"우리 책방 손님인가봐."

"네, 오늘 숙박하는 사람이에요."

해원은 슬쩍 시계를 확인하며 대답하고는, 수정이 아메리카노를 내려 손님에게 서비스로 내갈 때 비닐하우스를 나섰다. 가까이서 바라보는 얼음판은 생각보다 훨씬 넓었다. 만국기 아래 사람들은 원을 그리듯 크게 돌며 스케이트를 지치고, 저편 그물 울타리 너머에는 어린 꼬마들이 쪼그리고 앉아 옹기종기 나무 썰매를 탔다.

해원의 시선은 저절로 은섭의 모습을 찾아냈다. 스케이트화를 신고 목에 호루라기를 건 은섭이 얼음판을 오가며 넘어진 아이들을 일으켜주고 있었다. 아이가 뭐라고 말했는지 그는 크게 웃음을 터뜨렸다. 먼발치에서 바라보는 그녀의 입가에도 어렴풋 미소가 스쳤다. 그저 지켜보고 있을 뿐인데도 일렁이듯 가슴이 설렜다.

"사랑에 빠진 거야…."

혼잣말 같은 속삭임이 바람결에 흩어졌다.

어스름이 깔리는 호두하우스 데크에 난로를 켜고 조명과 엘이디 촛불을 밝혔다. 자작나무실에 가방을 놓고 나온 손님은 펜션 풍경 사진을 몇 장 찍고, 비닐 천막이 바깥바람을 막아주는 간이 북카페에서 한참 책을 읽었다.

"스케이트는 안 타고 오셨나봐요."

차가 담긴 보온병과 무릎담요를 내려놓으며 해원이 말을 건네자 여자는 고개를 들었다.

"차림새가 이래서…. 그리고 밤새 책 읽으려고 온 거라서요."

"서울에서 오셨죠. 휴가 내신 거예요?"

"네. 사흘 받았는데 여기서 이틀 보내려고요."

치아 교정기를 한 여자가 웃으니 뺨에 오목하게 보조개가 들어갔다.

밤이 되자 청년이 오솔길을 걸어 올라왔다. 혜천호수에서 오후를 보내고 온 그는 느티나무실 열쇠를 받아 객실로 들어가더니 잠시 후 씻고 데크로 나왔다. 서로 비슷한 나이로 보이는 두 남녀는 눈이 마주치자 조용히 목례를 했을 뿐, 말을 섞지 않고 다른 자리에 앉아 묵묵하게 책만 읽었다.

얼마 후 해원이 별채 다용도실에서 아침에 빨아 널었던 수건들을 걷어 나오는데, 여자가 데크 바닥에 걸터앉은 채 밤하늘을 향해 비눗방울을 불고 있었다. 아까 스케이트장에서 산 모양이었다. 작은 플라스틱병의 비눗물에 막대를 담갔다가 고리 부분을 후 불자, 허공에 둥근 비눗방울들이 나타나 유령 그림자 위로 둥실 떠갔다. 그녀가 불 때마다 하얀 입김이 섞여 나와 어둠 속으로 흩어져 사라졌다.

수건을 품에 끌어안고 해원은 한참 그 모습을 보고 서 있었다. 낮에 꼬마들이 불던 것과 밤에 부는 비눗방울은 느낌이 달랐다. 어딘지 허무하지만 다정하기도 해서 이 손님들에 대해 아무것도 모르지만 그들과 하룻밤 스쳐 가는 인연이 된 것이 좋았다.

연두색 소형차가 호두하우스 앞에 멈춰 서더니 하루 일과를 마친 수정과 현지가 내렸다. 손님들을 방해하지 않으려고 수정은 목소리를 낮췄다.

"우리 퇴근하는 길에 잠깐 들렀어."

"힘드셨죠. 몸 좀 녹였다 가세요."

"그럴까?"

호두나무실로 들어서자 그들은 따끈한 아랫목으로 파고 들었다.

"은섭 삼촌이랑 교대하고 왔어요."

요즘 잠이 모자랐던 현지는 하품하면서도 마주 앉아 수건을 개기 시작했다. 수정은 허리를 펴고 이불에 기대 드러눕더니 만족스런 한숨으로 입을 열었다.

"밖에 손님들은 선남선녀더라. 하나는 책 읽고 하나는 비눗방울 부는데 둘이 그림이네."

수건을 접으며 해원이 대답했다.

"둘 다 책을 많이 좋아하시네요. 여러 권 샀어요."

"왠지 부럽다, 청춘이란 게. 나도 저 나이라면 혼자 이런 데 북스테이 올 것 같아. 그러다 잘 통하는 사람과 대화도 나누고… 두근두근 낭만적으로."

수정이 상상의 나래를 펼치는데 현지가 콧잔등을 찌푸렸다.

"에이, 오버예요. 각자 프라이버시가 중요하죠. 기승전연애 이런 결론 좋지 않아요."

"젊은이들이 여행지에서 좋은 인연을 만날 수도 있는 거지. 연애가 어때서, 뭐가 나쁜데."

살짝 상처받은 투로 수정이 항의했지만 현지는 아랑곳하지 않았다.

"연애가 나쁜 게 아니고요, 뭐랄까 저 사람들은 고독이 필요해서 온 거거든요? 딱 보면 그렇잖아요. 저는 알 것 같던데."

해원이 되물었다.

"그래 보였어? 고독이 필요한 사람들처럼?"

"네. 사랑─ 그거 별거 아니에요."

그 말투가 제법 달관한 듯 쓸쓸해서 두 여자는 묘한 눈길로 그런 소녀를 쳐다보았다. 마침내 수정은 새치름 삐진 얼굴로 말했다.

"그렇구나. 미안하다, 얘. 나도 현지만큼 철들면 사랑을 알게 되겠지."

해원은 그만 웃어버렸다.

그들이 돌아간 뒤에도 손님들은 한동안 책을 읽다가 각자방으로 돌아갔다. 그때도 역시 가벼운 목례만 주고받았다. 휘영청 달이 밝았다.

책방은 혜천 사람들이 주로 들러주었고, 청소년들과 이삼십 대 손님들이 많은 편이었다. 학생들은 캐리커처를 좋아해서 해원은 매일 오후 1시부터 2시까지를 캐리커처 그려주는 시간으로 정해놓았다. 표지가 예쁜 책을 들고 셀카를 찍는 손님들도 있었고, 굿즈만 사는 학생들도, 사진만 찍고 그냥 가는 손님들도 있었지만 대부분 한 권씩이라도 사 들고 미닫이문을 나섰다.

엿새째 날은 숙소를 예약한 손님이 없어 펜션 일과를 하루 쉬어가는 참이었다. 영업을 마치고 은섭과 해원이 늦게까지 남아 있는데 장우가 찾아왔다.

"행사는 잘 돼가나?"

의자에 털썩 주저앉으며 장우는 피곤한 얼굴을 마른세수로 문질렀다. 야근하고 오는 길이라고 했다.

"다행히. 맥주 마실래?"

은섭이 물었지만 장우는 질린다는 투로 진저리를 쳤다.

"아니. 우리끼리 만날 때는 술 먹지 말자. 아군과 적군을 구분해야겠어."

그러고는 느슨하게 넥타이를 풀면서 최근 어떤 일들에 시달리는지, 묻지도 않은 친구들에게 브리핑하기 시작했다.

"관광홍보과에 기획서가 풍년이다, 풍년. 다들 무슨 아이디어들을 그렇게 내는지. 요즘 검토하는 프로젝트는 사이버 어슬렁길인데 말야."

해원은 순간 뜬금없는 표정이 되었다.

"어슬렁길이 그새 사이버 공간으로 넘어갔어?"

못 들은 척 장우는 유유자적 말을 이었다.

"포켓몬 잡으러 다녔던 스마트폰 게임 생각나지? 그렇게 혜천시를 사이버 도시로 스캔해놓은 앱을 개발하자는 제안이 들어왔거든. 시민들이 유저이고, 중요한 기관과 소상공인들 가게도 입점하는 거지. 굿나잇책방이 들어와도 돼. 거기서 결제도 하고 포인트도 쌓고."

"그렇군. 하지만 로드맵이 있는데 굳이 그런 걸 또 만들 필요가 있나?"

은섭은 이즈음 판매한 도서 목록을 노트북으로 확인하며 건성으로 대꾸했다.

"우리 고장만의 특화된 장점을 장착하자는 거지. 일반 지피에스나 내비게이션이 아니라, 자영업자들의 길드라고나 할까. 하여간 우리 팀장님과 업체 미팅하고 다니다가, 이름이 귀에 익은 사람을 만난 거야. 혜천고 선배라는데 퍼뜩 생각나더라구. 고태욱이라고, 너네 사촌 형 아니냐?"

"…맞아."

은섭이 화면에서 눈을 떼지 않고 짧게 대답했다. 장우가 그럴 줄 알았다는 듯 손가락을 딱 튀겼다.

"이 놀라운 기억력. 내가 한눈에 알아봤지. 그동안 프로그래머로 계속 일했다던데, 꽤 성공한 회사로 키웠다면서."

"확실한 건 모르겠고, 그 계통에서 일한다고 들었던 건 같다."

"흠… 여전히 너랑은 사이가 띄엄띄엄한가보군."

장우가 슬쩍 건드려보았지만 은섭은 딱히 반응을 보이지 않았다. 해원의 뇌리에 얼마 전 오솔길에서 만났던 아랫집 남자가 스쳐 갔다. 서로 불편해 보이던 그 사람이구나, 짐작하다 어딘가 이상한 느낌을 받았지만 그게 무엇인지 잘 알 수가 없었다. 장우는 별 호응이 없자 금세 흥미를 잃고는 두 팔을 올려 기지개를 켰다.

"나도 책이나 사갈까…. 피가 되고 살이 될 만한 책 좀 추천해주라. 날마다 사람들 만나서 마음에 없는 소리 해가며 밀당하니까 입도 아프고 머리도 아파."

은섭은 잠깐 생각하더니 자리에서 일어나 서가를 훑었다. 맨 위 구석에 꽂힌 책을 꺼내 손으로 먼지를 툭툭 털고 정중히 내려놓았다.

"저자가 이백오십 년 전에 쓴 책입니다, 손님. 우리나라에 번역된 건 재작년이지만."

친구들은 표지를 들여다보았다.

《침묵의 기술》조제프 앙투안 투생 디누아르 저

장우의 입매가 비딱해졌다.

"저 녀석을 때릴까…. 안 사고 그냥 갈까보다."

해원이 책 아랫부분에 도장을 찍고는 친절하게 웃으며 내밀었다.

"만 삼천오백 원입니다, 손님."

"하… 오늘 둘이 좀 얄밉네."

장우는 코웃음을 치더니 별수 없이 책이 든 봉투를 들고 의자에서 일어났다. 그러고는 해원의 귀에만 들리도록 탁자 건너편으로 은근히 허리를 숙이며 속삭였다.

"근데 봄이 오면, 개구리 왕자 가슴 터지는 소리를 내가 듣게 되는 건 아니겠지."

"무슨 소릴….'

그녀가 미간을 찌푸렸다.

"그냥, 이 연애의 향방이 궁금해서. 그럼 나는 간다."

장우가 등을 보이며 손을 흔들자 은섭은 의외라는 듯이 말했다.

"뭐야, 벌써 가는 거야?"

"응, 녹초 상태야. 가서 일찍 잘래."

"그럼 왜 온 거야, 바로 집에 가지."

장우는 획 돌아보더니 기가 찬다는 표정으로 서운하게 외쳤다.

"책 사러, 이 무정한 친구야! 행사 한다길래!"

너무하네, 중얼거리며 그는 미닫이문 너머 어둠 속으로 사라졌다.

은섭이 마저 뒷정리하는 동안 해원은 골똘히 생각에 잠겼다. 노트북에서 팝 음악이 무심히 흐르고 있었다. 며칠 바쁘

게 돌아갔던 풍경이 마치 신기루인 양 지금 이 공간은 아늑
하기만 해서, 평대에 놓인 책들과 팔리지 않은 퀼트 주머니
와 그림 액자들도 가물가물 조는 것 같았다. 그가 미안한 듯
입을 열었다.

"일이 많았지? 피곤한가보구나."

해원은 천천히 고개를 저었다.

"아니…. 뭐 생각하느라."

"무슨 생각."

"물어보고 싶은 게 있는데 그만둘래. 다음에 물어보지,
뭐."

은섭은 흐트러진 책들을 바로 세우며 난감해했다.

"그럼 나도 못 물어보겠네. 나야말로 물어보고 싶은 게 있
었는데."

"뭔데?"

"네가 먼저 말하면, 나도 말하지."

그녀는 망설였다. 물어봐도 되는 걸까. 어쩌면 그를 곤란
하게 만드는지도 모르지만 언젠가부터 은섭에 관해 어렴풋
이 느껴지는 것이 있었다.

"왜 너랑 사촌 형은 성이 다른 걸까 싶어서. 큰아버지 아
들이잖아."

은섭은 그런 해원을 가만히 바라보더니 피식 미소 지었다.

"너는 몰랐었나? 나, 입양됐는데."

잠시 침묵. 그녀는 놀라지 않은 척했지만 어쩌면 티가 났는지도 몰랐다. 머뭇거리다 끄덕이며 대답했다.

"나는 몰랐어."

"혜천고 동기들 대부분 알고 있었는데."

은섭은 별로 대수롭지 않게 말했다. 그렇군… 그녀는 속으로 중얼거렸다. 늘 그랬던 거지. 내 문제에만 빠져 있어서 주변을 통 몰랐던 것.

"그럼 시내에 계시는 부모님은."

"키워주셨지, 내가 여덟 살 때부터. 산에서 본 무덤 기억해?"

"기억해."

"거기 묻힌 사람이 내 진짜 아버지였어. 나는 어릴 때 북현리 뒷산에서 마을을 왔다 갔다 하며 살았어."

은섭의 입가에 웃음이 스치더니 가볍게 한숨지었다.

"목해원, 정말 나한테 관심 없었구나. 설마 했는데."

눈 덮인 산에서 만났던 오두막이 선하게 떠올랐다. 불을 때던 아궁이 흔적과 낮은 굴뚝. 한때 두 사람의 온기가 있었던, 지금은 텅 비어 흙먼지가 쌓여가던 낡은 집이.

"…이리 와봐."

그녀가 의자에 앉은 채 손짓으로 은섭을 불렀다. 그의 얼굴에 긴장이 스쳐 갔다. 그러나 찰나의 망설임은 사라지고 은섭은 순순히 다가와 무릎 꿇듯이 자세를 낮추고 마주 앉았다.

"왜?"

"안아줄게."

그는 저런, 하는 표정으로 이맛살을 찌푸렸다.

"뭐지, 불쌍하게 생각하고 뭐 그런 건가?"

"천만에. 그냥… 관심 없었던 것에 대한 사과의 표시."

"그런 거라면."

그는 웃었고, 다음 순간 해원은 그의 어깨를 감싸 안아주었다. 어쩔 줄 모르듯 은섭의 몸에 힘이 들어갔지만, 그렇게 껴안고 있는 동안 서서히 그에게서 긴장이 사라지는 걸 느꼈다. 어째서 이 남자는 스킨십을 할 때마다 번번이 얼어버리는 걸까… 해원은 안타까우면서도 애틋했다. 그녀는 고개를 숙여 의자 아래 앉은 그의 머리카락에 부드러운 입맞춤을 남겨주었다. 그러고는 짐짓 씩씩하게 말했다.

"이제 네 차례야. 뭘 물어보려고 했는데?"

그에게 얼핏 수줍은 기색이 스쳐 갔다.

"오늘… 호두하우스에 예약 손님이 없던데. 지금이라도 신청하면 잘 수 있나 해서."

"난 또 뭐라고. 얼마든지. 빈방 많은걸. 어디를 내줄까, 자작나무실? 느티나무실?"

은섭은 절망적인 고갯짓으로 그녀의 무릎에 얼굴을 푹 처박았다.

"부끄럽군. 내가 잘못했다."

해원은 그만 웃어버렸다.

"농담이야. 호두나무실을 절반 내줄게."

그가 고개를 들었다.

"절반을?"

"응. 감동이지?"

"…감동이네."

두 사람은 마주 웃다가 서로의 뺨을 감싸 쥐고 다정히 입 맞추었다. 미닫이문 밖에서 모자를 눌러쓴 눈사람도 고요한 밤의 보초를 서고 있었다.

마지막 숙박 손님이던 가족이 떠난 뒤 무사히 행사를 마친 회원들은 책방 문을 닫고 논두렁 스케이트장에서 즐겁게 오후를 보냈다. 오늘만큼은 승호 할아버지도 폐지 줍는 일을 쉬고 손주와 놀아주었다.

"하나도 안 추워요. 땀이 막 나니까요."

뺨이 발갛게 달아오른 꼬마들이 입김을 호빵 찜기처럼 내뿜으며 재잘거리자, 얼음판 가장자리에서 지켜보던 수정이 기특해했다.

"그래, 운동을 하면 땀도 나고 하나도 안 춥지."

"근데 땀도 얼었어요!"

승호는 환하게 웃더니 바둑판처럼 생긴 나무 썰매를 끌고 오는 할아버지한테 달려가 얼른 그 무릎에 올라앉았다. 할아버지는 손주를 태운 채 양쪽으로 쇠막대를 쥐고 얼음을 밀면서 썰매를 탔다. 그동안 톡톡히 책방지기 역할을 해냈던 현지는 두툼한 패딩바지와 점퍼로 중무장을 하고서 플라스틱 썰매에 효진이를 태우고 줄을 잡아당기며 얼음판을 쓸고 다녔다.

해원은 처음으로 스케이트화를 신은 터라 넘어지고 미끄러지며 간신히 한 바퀴를 돌고는, 비틀비틀 위태롭게 그물 울타리를 잡고 가장자리로 도망쳐 왔다. 수정이 그런 해원을 보고 웃음을 참지 못했다.

"스케이트 안 타세요?"

"어휴, 발목 접질릴까 무서워."

"하긴 저도 무리네요. 신발 벗을까봐요."

해원은 허탈하게 그물에 기대어 숨을 돌렸다.

아이들이 썰매를 내버려두고 울타리에 난 개구멍을 통과해 스케이트장으로 건너왔다. 효진이는 장난감 코너에서 어른들이 사준 바람개비를 털모자에 꽂고, 방아쇠를 당기면 연발로 발사되는 비눗방울 총을 들고 스케이트를 탔다. 피겨 선수마냥 빙글 한 바퀴 점프로 돌면서 효진이는 방아쇠를 당겼다. 불어오는 바람에 모자의 바람개비가 빙글빙글 돌아가고 비눗방울이 방울방울 허공으로 흩어졌다. 승호가 우와— 감탄하며 짝꿍을 보고 서 있었다.

"효진이 너무 멋진데?"

책방의 세 여자가 웃으며 구경하는데, 은섭이 호루라기를 불며 다가오더니 해원 앞에 멈춰 섰다.

"벌써 다 탄 거야? 겨우 한 바퀴 돌던데."

"자꾸 넘어지니까 엉덩이가 괴로워서."

"잡아줄게, 가자."

그는 해원의 장갑 낀 손을 잡고 빙판으로 당겼다. 뻣뻣하게 다리에 힘을 준 그녀는 은섭을 꽉 붙들었지만 그는 차차 헐겁게 잡게 했다.

"무릎을 살짝 구부리고 허리는 펴고. 브이 자로 얼음을 민다고 생각해."

"브이 자…."

"힘을 빼. 뭐든 힘을 빼야 배우기 쉬워."

"그렇게 말들 하지만, 세상에서 제일 어려운 게 힘 빼는 거잖아."

해원은 몇 발자국 엉거주춤 스케이트화를 밀었으나 점점 다리가 벌어지며 균형을 잃고 넘어지고 말았다. 은섭이 다시 손을 내밀었다.

"넘어졌다 일어날 때는 한쪽 무릎을…."

"으앗!"

일어서던 해원이 엉겁결에 은섭의 파카 자락을 붙잡고 미끄러지며 호되게 나뒹굴었다. 쿵 소리와 함께 바닥에 깔린 은섭의 입에서 신음이 새어 나왔다. 다음 순간, 빙판을 빠르게 달려오던 효진이 미처 피하지 못하고 외마디 비명을 지르며 그대로 두 사람 위로 넘어졌다. 비눗방울이 팍팍 터져 나왔다. 승호가 보더니 마치 장난처럼 느껴졌는지 씨익 입꼬리를 올리며 다가왔다.

"나도 넘어질래요."

그러고는 날다람쥐처럼 두 팔을 한껏 벌려 그들에게 퍽 점프해 엎어졌다. 아래에 깔린 은섭과 해원이 버둥대는 모습에 현지가 킥킥대더니, 스르륵 다가와 그들을 침대 삼아 비장하게 뒤로 쓰러졌다. 효진이와 승호가 웃음 반 비명 반 소리를 질렀다.

"아, 으스러지겠어!"

해원은 소리치며 간신히 발버둥으로 빠져나왔다. 헝클어진 머리를 손가락으로 넘기며 숨을 몰아쉬는데 얼음판에 누운 은섭이 가까스로 속삭였다.

"갈비뼈가… 부러진 것 같아."

"설마!"

깜짝 놀라 들여다보자 그는 찌푸리며 투덜거렸다.

"목해원, 보기보다 무게가…."

"애개— 내 위로 세 사람이 더 쓰러졌거든?"

은섭은 일어나 앉더니 목이 뻐근한지 좌우로 천천히 돌려보았다. 높은 하늘 만국기 아래 온통 헝클어진 그의 머리를 해원은 손을 내밀어 매만져주었다. 그 손목을 은섭이 탁 잡았다. 해원의 눈동자에 의문이 떠오르는데, 다음 순간 그는 그녀의 몸을 확 끌어안고는 도로 얼음판으로 쓰러뜨렸다. 꺄악─ 비명이 터져 나왔다.

"얘들아, 덮쳐!"

효진이가 와하핫 좋아하며 몸을 날리고, 깔깔대던 승호와 현지가 그들을 덮쳤다. 맨 아래 깔린 해원은 본능적으로 발버둥쳤지만 어느 순간 이상했다. 아까보다도 무겁지가 않았다. 그녀 위에서 은섭이 얼음판에 팔꿈치를 대고 나머지 무게를 버티고 있다는 걸 깨달았다. 가까이 그의 눈동자를 올려다보다 그녀는 갑자기 이 남자가 더 사랑스러워지고 말았다. 묘한 충동으로 살며시 속삭였다.

"지금 너한테 키스하고 싶어."

은섭의 눈동자가 흔들리더니 순간 팔에서 힘이 빠져 켜켜이 쌓인 무게가 그대로 내려앉았다. 해원은 이번엔 진짜 소리를 질렀다. 찡그리면서도 숨도 제대로 못 쉬고 웃고 또 웃었다.

노을 질 무렵 스케이트장 영업이 끝나고 회원들은 비닐하우스 무쇠 난롯가에서 손을 쬐며 은섭을 기다렸다. 책방에서 맛있는 음식을 먹으며 뒤풀이하기로 했기 때문이었다. 은섭은 종일 깎이고 패인 빙판의 얼음 부스러기를 눈삽으로 긁어내고, 물을 고르게 뿌려 내일 아침까지 빙질이 매끄러워지도록 손질했다.

논두렁길을 모두가 도란도란 얘기하며 책방까지 걸었다. 미닫이문 앞에서 눈사람을 가운데 두고 단체 사진을 찍었다. 노을 진 하늘, 기와지붕에 쌓인 눈, 외투를 껴입고 머플러를 두른 책방 식구들이 엽서 그림처럼 한 풍경에 들어왔다. 길 건너편에서 승호 할아버지가 떨리는 손가락으로 셔터를 눌러주었다. 할아버지가 승호의 어깨에 손을 올리고 대열에 같이 섰을 땐 은섭이 길을 건너가 또 한 번 찍었다. 찰칵, 어느 해 겨울이 추억으로 남았다.

모두에게 감사를

1월 29일 책방 일지

#북스테이 후기

굿나잇책방을 열고 처음으로 7일간 북스테이 행사를 했다. 실질적으로 H가 리더였고, 회원분들이 애정을 갖고 도와주셔서 무척 감사한 마음. 책방에서 뒤풀이를 하고 개개인에게 사례를 드렸는데, 최수정 님은 한사코 재능 기부를 한 셈이라고 안 받으시려 했지만 그러면 내가 죄송해서 안 된다고 하니까 결국 이해하고 받아주심. 언제나 말씀 한마디까지 고마우신 분이다.

현지는 아르바이트비를 받고 뛸 듯이 기뻐했다. 귀여운 녀석. 어쩌다 주인 의식을 갖게 되었다며 본인을 책방 주주로 생각해달라고 하길래 어려운 일도 아니니 그러겠다고 했다. 주식 상장을 할 일은 영영 없겠지만 (웃음) 정신적인 지분과 심정적 소유권도 의미 있는 거니까.

H는 지난해 말 내려왔을 때보다 한결 밝아졌다. 내 착각이 아니라면 전보다 잘 웃고 그늘도 옅어짐. 그녀는 책방 공간을 좋아한다. 때로 내가 질투가 느껴질 만큼. 순간순간 웃는 모습을 볼 때마다 눈이 부시다.

독립출판사 문제

오랫동안 불황이 계속되고 출판시장도 예외가 아니어서. 다양한 책을 들여와 소개하고 싶지만, 입고를 의뢰하는 메일을 검토하다 보면 팔 자신이 없거나 도저히 팔리지 않겠다는 생각이 드는 책들이 있다. 초기에는 어떻게든 팔면 되겠지 싶어 들여놓기도 했고 웬만하면 반품은 하지 말자고 생각했지만, 결국엔 반품하게 되니 미안해져서 차라리 처음부터 거절하는 게 낫겠다 싶다.

책들을 기획하고 쓰고, 그리고, 사진 찍어 한 페이지 한 페이지 정성 들여 제작했을 사람들을 생각하면 다 소중해 보인다. 진심이나 진정성만으로 모든 것이 가능하다면 세상에 좌절할 일이 없겠지. 하지만 현실적으로 그렇지 않으니 결국은 추릴 수밖에 없다. 모두 최선을 다하고 결과에 기뻐하거나 실망하거나, 받아들이며 살아간다. 나도 마찬가지.

　…그럼에도 불구하고 나까지 독립출판을 시작하는 게 현명한지 모르겠지만, 하고 싶은 건 해야 하는 거고. 실제로 해보지 않으면 그걸 했을 때의 인생을 영영 모르게 될 테니까.

　# 팀 나누는 문제

　우리 책방은 금요일마다 회원들이 모이지만 일반 성인과 청소년, 어린이의 구분이 없다. 책을 키핑해두고 찾아와서 읽는 이들은 종종 있지만, 정기적으로 나들이하듯 오는 멤버들이 한정돼 있기 때문. 이번 행사에서 약간이나마 가능성을 엿보았으니 올봄부터는 적극적으로 홍보해볼 생각. 회원이 다양하게 늘어나면 연령대별로 좀 더 적확한 주제를 가지고 모일 수 있겠지. 논두렁 스케이트장이 녹아버리는 봄이 오면 해야 할 일들.

　…이틀 전 H와 같은 방에서 잠을 잤다. 그야말로, 잠만 잤지만. 내 가슴은 밤새 고장 난 펌프처럼 뛰고 의외로 H는 잘 자던데. (이럴 수가.)

　그녀에게 내 이야기를 했다. 입양됐다는 것을 전혀 몰랐다고 한다. 고교 시절 고약한 녀석들이 그걸 약점이라고 나를 꽤나 괴롭혔었는데. 정작 나 자신은 약점이라 생각하지 않아도 그들은 내가 그걸 아프게 여기길 바랐었지. 어딜 가나, 어릴 때도 어른이 되어서도 그런 생각에 사로잡힌 존재들은 있기 마련이다. 어째서 너는 불행해하지 않지? 어째서 그렇게 태연하고 덤덤하게 살 수가 있지? 너는 뒷산 오두막에서 살던 놈이 아니었던가? 네 아버지는 부랑자였잖아? 왜 너는 주눅 들지 않는 거지? 같은 질문들과 비난들.

그래서 어느 날 학교를 안 나가고 산으로 돌아가 곰곰 생각해보았다. 그들이 원하는 대로 나는 불행하고 슬퍼야 하나? 그들은 그것이 정의라고 생각하는 것 같았다. 불행할 조건이 갖춰졌는데 어째서 불행하지 않은 거야, 라는 폭력적인 질문. 그 질문이 옳은가.

…한참 생각해봤지만 역시 아니었다. 나는 양부모님을 좋아했고, 아버지를 먼발치에서 돌봐주셨던 큰아버지— 고진만 아저씨도 피 한 방울 섞이지 않았지만 여전히 좋아하고 있었다. 내게 고마운 사람들이 있는데 굳이 불행해야 할 이유는 없다는 결론을 내리고 그날 산을 내려왔던 기억.

아무려나, 지금은 다 지나간 이야기입니다만.

…H는 내 팔을 베고 잤다. 새벽녘 팔에 피가 돌지 않는

느낌에 잠을 설쳤다. 알퐁스 도데의 《별》에서는 아가씨가 목동에게 머리를 기댔을 때, 밤하늘을 스쳐 가는 별 하나가 목동의 어깨에 내려와 앉은 것 같았다고 말했지만… 나도 별이나 어여쁜 새 하나가 내 팔에 내려와 앉았다고 말하고 싶지만… 그렇지는 않았네요. 팔이 저려 끊어지는 줄! 하지만 새벽 창이 밝아올 때까지 나는 참고 또 참았습니다, 굿나잇 클럽 여러분. 이것이 그녀와 한 이불을 덮고 잔 첫날 밤의 이야기.

굿나잇책방 블로그 비공개글
posted by 葉

남쪽으로 하양까지

키핑 책장의 먼지를 닦다가 해원은 걸레질을 멈추었다. 보관된 책 한 권이 낯선 이름표를 달고 있었기 때문이었다. 'K'라는 이니셜이 적힌 꼬리표와 반으로 접은 흰 종이가, 책 밖으로 고양이 귀처럼 귀퉁이를 내밀고 있었다. 종이를 꺼내 조심스레 펼치자 누군가의 볼펜 글씨가 드러났다.

안녕하세요. 저는 강원도 태백 사람입니다.

지난여름 혜천을 지나다 우연히 이 책방을 방문했었습니다.

그때만 해도 건강했는데.

아니, 그때도 몸에는 병이 있었지만 저는 몰랐으니까

건강하다고 믿을 때였습니다.

모든 사람이, 자기 병을 알 때까지는 건강한 사람이니까요.

가을에 진단을 내린 의사는 제게

일 년이 채 안 남았다고 했습니다만

사람 일은 모르는 거라 믿고 싶습니다.

잠이 안 와서 습관적으로 웹서핑을 하다가

굿나잇책방 공지를 보았습니다.

그래서 오늘 들러보았네요. 책을 사고,

탁자에서 몇 페이지 읽다가 일부러 다 읽지 않았습니다.

키핑 책장이 보이길래 이 쪽지와 같이 꽂아두고 갑니다.

어떤 부적을 남겨놓는 마음인지도 모르겠습니다만

올여름에도, 다음 겨울에도 지나가다

여길 또 들를 수 있다면 좋겠습니다.

이 글을 읽으시는 분도 건강하세요.

—K

누구였을까. 행사 기간 책방을 스쳐 갔던 사람들을 떠올려봤으나 일일이 다 기억할 수는 없었다. 근처 마을에서 방문한 이들이 더러 책을 보관했지만, 이 사람은 말없이 혼자 꽂아두고 갔다. 이니셜 꼬리표로 쓰인 책갈피는 해원이 만든 것이었다. 이걸 사서 끼워두었구나 생각하니 짠하고 안타까웠다. 모르는 누군가를 위해 기도하고 싶기도 했다.

은섭은 오후에 택배 발송할 책들을 포장하고 있었다. 그녀가 쪽지를 보여주려는데 전화벨이 울렸다.

"…네, 무슨 말씀인지 이해했습니다. 할아버님이 직접 그러셨습니까?"

그가 다소 당혹스러워해서 해원은 물끄러미 지켜보았다. 무슨 일이 생긴 걸까. 한참 수화기 건너편의 이야기를 듣더니 은섭은 잘 알겠다고 답하고 끊었다.

"누군데 그래?"

은섭은 어깨를 으쓱했다.

"이 기와집 주인분들의 따님인데. 다음 달부터 월세를 내달라는군."

해원의 눈동자가 커졌다.

"그 노부부라는 분들? 어차피 빈집으로 두는 거니까 그냥 써도 된다고 하셨다면서."

"그랬지만 요즘 들어 책방이 장사가 꽤 되는 모양이라고, 이제 제대로 월세를 받으시라고 따님이 어르신들을 설득한 것 같아."

장사가 꽤 된다고? 무슨 근거로…. 어리둥절하다 해원은 퍼뜩 깨달았다. 지난주 평소보다 손님들이 훨씬 많이 드나들었고, 혜천 시내와 근처 마을마다 노란 벽보를 붙여가며 입소문을 낸 탓이다. 소문이 와전되어 흘러갔을 줄이야. 은섭은 난감하게 머리를 긁적였다.

"단발성 이벤트였던 건데. 오해하고 매달 월세를 달라 하시면 적자 위험이 커지겠다."

해원이 속상해하며 입을 열었다.

"행사를… 괜히 했던 건가? 집주인이 그렇게 받아들일 거라고는 예상 못 했거든."

"무슨 소리를."

은섭은 다정하게 눈살을 찌푸렸다.

"책방 열고 가장 즐거운 시간이었어. 서점은 가까운 곳 사람들이 자주 찾아와야 살아나. 잘한 일이니까 너는 신경 쓰지 마."

그는 책상 서랍을 뒤져 서류 한 장을 찾아내 노부부가 이사한 곳의 주소와 연락처를 옮겨 적었다. 그러고는 벽시계를 올려다보고 자리에서 일어났다. 스케이트장에 나갈 시간이었다.

"내일은 그분들한테 다녀와야겠다. 직접 만나 뵙고 말씀드리는 게 나을 것 같아."

은섭이 점퍼를 껴입으며 말했다.

"멀리 이사 가셨어?"

"경상북도 하양으로. 할머님 고향이라고 하셨는데. 너도 한동안 일이 많았으니까 내일은 쉬어. 사정상 하루 문을 못 연다고 공지 띄울게."

해원은 출입문으로 향하는 은섭의 뒷모습을 바라보았다.

"나도 같이 갈래."

그가 뒤를 돌아보았다.

"네가?"

그녀는 고개를 끄덕였다. 그냥, 그와 함께 가고 싶었다.

272

"…그래. 같이 가자."

따뜻한 웃음이 은섭의 입가에 스쳐 갔다.

이튿날은 쾌청하고 바람이 잔잔한 날씨였다. 추위도 한결 누그러져 호두하우스 난간에 매달린 고드름에서 물이 뚝뚝 떨어지더니 몇 개가 마당에 와지끈 부서지기도 했다.

아침 일찍 출발한 은회색 SUV는 고속도로를 달렸다. 중앙선 철도가 고속도로와 나란히 뻗은 구간을 지날 때 멀리 맞은편에서 무궁화기차가 커브를 돌며 나타났다. 기관차 유리창 너머 기관사의 유니폼이 비치는가 싶더니 순식간에 기차는 주황색 몸체를 이끌고 뒤로 사라져 갔다.

"나 한때 은근히 철도 마니아였었는데."

조수석에서 해원이 웃으며 말했다. 오랜만에 그녀는 벨트가 달린 올리브색 코트 아래 스커트를 입고 있었다.

"바람 쐬고 싶으면 그림 도구 챙겨서 기차를 타곤 했었어. 식당 칸이나 카페 칸에서 그림을 그리고 있으면 왠지 기분이 좋아졌거든. 지금은 식당 칸이 없어져서 아쉽지만."

"관광열차에는 아직도 있을걸? 나도 철도 여행 좋아했어. 한때는 기차에서 먹고 자면서 몇 년 살아도 상관없겠다 싶었고. 기차가 있는 풍경은 그 주변까지 이유 없이 아름다워 보였으니까."

은섭은 핸들을 잡은 채 전방을 주시하며 미소를 띠었다.

그 주변 풍경까지. 그의 표현을 되새겨보다 해원은 미심쩍은 표정을 지었다.

"그러니까 그날 플랫폼에서 나를 봤다고 했을 때도 내가 예뻤다기보다는… 그 순간 기차가 들어왔기 때문에 옆에 서 있던 나까지, 뭐 그런 건가?"

은섭은 머뭇거렸다.

"어떻게 얘기가 그렇게 흐르지?"

"솔직히 말해봐. 듣기 좋은 빈말보다는 진실이 중요한 거야."

"잘 모르겠는데. 그냥, 그때 너한테 반했어. 한 여자아이가 서 있는 모습에 반했는지, 그때 기차가 들어와서 그 아이와 하나의 그림이 됐던 풍경에 반했는지는 나도 모르겠어. 꼭 정확히 알아야 하는 건 아니잖아?"

해원은 그만 시큰둥해져 좌석 등받이에 푹 기대고 말았다.

"허탈하군. 두 번째가 더 진실에 가깝게 들리잖아."

은섭은 피식 쓴웃음으로 고민하다 다시 말했다.

"그런 순간에 관한 이야기를 구체적으로, 논리가 들어맞게 한다는 게 더 이상하지 않나? 누군가에게 반하는 순간을, 정확히 어떤 이유로 단정 지을 수는 없잖아. 나는 그런 것 같은데."

"됐네요."

해원은 창틀에 팔꿈치를 괴고는 고속도로를 휙휙 스쳐 가는 풍경에 시선을 주었다. 출발한 지 두 시간이 흐른 지금, 원주를 지나 제천을 향해 가고 있었다. 겨울 들판은 어디나 비슷했고 나뒹구는 하얀 마시멜로들도 낯이 익었지만, 산세는 강원도보다 부드러웠다. 슬쩍 옆을 보니 은섭은 고민에 빠진 표정으로 운전 중이어서 그녀는 소리 없이 웃음을 깨물었다.

변함없는 짙은 색 바지에 하늘색 스웨터, 점퍼 차림의 남자. 아마도 연애에 서투른 그를, 번화가 쇼핑몰에 끌고 가 그녀가 좋아하는 스타일의 옷을 사 입히고 싶다는 충동이 들기도 했다. 비록 은섭은 불편해할 테지만. 가끔 그녀가 놀리듯 말할 때, 당황하거나 어쩔 줄 몰라하는 그의 모습이 해원은 사랑스러웠다.

"그래서, 넌 그날 어딜 갔었는데."

"응?"

"평일이었잖아. 나야 가출하던 길이었지만, 넌 학교 안 가고 그 시간에 역에 왜 있었어? 어딜 갔던 거야."

은섭은 바로 대답하지 못하고 말을 골랐다.

"휴학했을 때였어. 학교를 그만둘까 계속 다닐까 고민하던 참에 부모님이 한 해 쉬어보라고 하셨지. 지금 생각하면 현명한 제안이었던 것 같아."

양부모님에 대한 은섭의 말투는 늘 따스해서, 낳아준 부모가 아니어도 그처럼 아끼고 애정을 갖고 커왔구나 생각하니 그녀는 어쩐지 부러워졌다.

"그날 어딜 갔었는지는 기억 안 나. 입석 끊어서 타고, 마음에 드는 역이 보이면 내리고 했을 때니까. 요금이 모자라면 역무원한테 추가로 내기도 하고."

"하지만 그냥 슬쩍 나올 때가 더 많았겠지?"

"그랬겠지."

은섭이 순순히 자백해서 해원은 웃어버렸다. 차는 제천 표지판을 통과해 남쪽으로 달려갔다.

경북 하양에 도착하니 점심때였다. 식당을 찾아 식사를 하고 내비게이션이 안내하는 마을 공터에 차를 댔다. 어젯밤 은섭과 통화했으니 노부부는 그들의 방문을 기다리고 있을 터였다. 슈퍼마켓에서 은섭이 과일바구니를 사고, 해원은 꽃집을 찾아 보라색 튤립에 유칼립투스를 덧댄 소담한 꽃다발을 만들었다.

노부부의 집은 아담한 마당이 있는 이층 주택이었다. 군청색 대문이 이미 열려 있고, 할아버지가 현관 앞에 나와 서성이고 있었다.

"어서들 와요. 먼 길이라 힘들었지요?"

벨벳 원피스에 누비 조끼를 걸친 할머니가 웃으며 맞아주었다. 할아버지도 커플룩처럼 단정하게 조끼를 걸치고 있었다. 꽃다발을 내밀며 해원은 조금 후회했다. 거실이 작은 온

실 같았기 때문이었다. 묵직한 색감의 가구들 사이로 크고 작은 화초가 잘 손질돼 있고, 고무나무와 벤자민, 몬스테라 들도 겨울날이 무색하도록 녹색 잎이 짙었다. 벽에 걸린 시 렁에서 덩굴식물들이 서로 엉킴 없이 벽을 타고 줄기를 뻗 어 내렸다.

"이렇게 화초가 많은데 제가 꽃을…."

해원이 감탄하며 입을 열자 할머니는 꽃다발을 건네받으 며 온화하게 말했다.

"꽃이 많으면 좋지요, 여긴 다 푸른 나무에 다육이들이라 서. 튤립이 아주 환하네요."

그들은 다과가 놓인 응접실로 안내되었다. 벽돌로 만든 실내 연못에 금붕어들이 헤엄쳐 다니고 작은 물레방아가 돌 아갔다.

"거실이 식물원 같습니다."

은섭의 말에 노부부는 흐뭇한 얼굴이 되었다. 할머니의 취미 생활이라고 했다.

함께 차를 나누며 노부부는 책방 이야기를 귀담아들었다. 평소 어떻게 운영되고 지난번엔 무슨 행사를 했는지, 앞으로 의 계획도 은섭은 차분하게 풀어서 설명했다. 한참 듣고 있 던 할아버지가 고개를 끄덕이며 입을 열었다.

"우리야 그런 내막을 알 리 없으니까. 딸이 안부 전화를 하더니 갑자기 그 집에 월세를 받아야 마땅하다고 우기는 거예요. 근처 지나가다 장사가 북적북적 잘 되는 걸 봤다나 어쨌다나. 조금이라도 세를 내야 도리가 아니겠냐고 했던 모양이오."

"그동안 감사하게도 편의를 봐주신 건 잘 알고 있습니다. 처음부터 큰 월세를 드리는 건 어려워도, 이제 매달 일정 금액을 보내드릴게요."

할아버지가 일없다는 듯이 주름진 손을 내젓더니 소파에서 일어나며 말했다.

"그건 서점 주인이 그달 그달 매출을 봐서 마음대로 하시오. 다행히 우리가 꼭 월세를 받아야 생활이 가능한 사람들은 아니니. 그보다 이리 와서 내 서재나 한번 구경해보시오."

곁에서 할머니가 그럴 줄 알았다는 듯이 웃었다.

"아유, 또 고서 자랑하고 싶으셔서. 서점 총각 내려온다는 말 듣고는 어젯밤부터 서재 정리만 했다오."

"어허, 거참."

"어르신께서 고서를 수집하십니까?"

"따라오시게."

할아버지는 자랑스러운 발걸음으로 멀리서 찾아온 젊은 이와 함께 이 층으로 향하는 실내계단을 올랐다. 할머니가 소파에 그대로 앉아 있어서 해원은 남기로 했다. 서재도 훌륭하겠지만, 온실 같은 분위기에서 갖는 티타임이 더 마음에 들었다. 찻잔과 과자가 놓인 접시도 오래 아껴 사용한 클래

식한 기품이 있었다.

"마음에 드나요. 큰언니가 쓰던 찻잔이라오."

그녀가 찻잔을 유심히 보는 걸 눈치채고 할머니가 말했다.

"네. 색감도 그렇고, 손잡이 디자인이 우아하고 독특하네요."

"그이 유품인데 다른 자매들 놔두고 나를 콕 찍어서 물려줬다오. 우리 자매가 일곱이거든요."

할머니는 그 사실이 못내 감동적이었던지 빙그레 웃으며 추억했다. 해원은 잠시 생각하다 가방에서 드로잉북과 펜을 꺼내 무릎에 올려놓았다. 노부인의 초상을 그려보고 싶었다.

"괜찮으시다면… 할머님을 그려서 선물해드려도 될까요?"

할머니는 조금 놀라는 것 같더니 얼굴을 붉히며 기뻐했다. 인물과 찻잔, 꽃의 위치를 잡아 폰으로 사진을 찍어두고 스케치를 시작했다. 모델이 어색할까봐 말을 걸며 어쩌다 이곳으로 이사를 오셨나 물었더니, 애초 할머니의 고향이라고 했다.

"시집을 가는 바람에 혜천에서 사십 년을 살았지요. 이제 자식 농사 다 지었겠다, 늘그막에 고향에서 자매들 가까이 살고 싶으니 나 혼자라도 내려가겠다고, 당신은 싫으면 그냥 있구려 했는데 이 양반이 따라 내려오지 뭐예요. 편히 혼자 지내려 했더니."

쿠션에 한쪽 팔을 기댄 자세를 유지하면서 할머니는 호호 웃고는 덧붙여 말했다.

"젊은 사람들이 나쁘게 여길까 실은 걱정했는데. 그 기와
집을 두고 올 때 마을 청년이 무슨 서점을 한대서 믿기지 않
았지만, 어차피 빈집에 책을 놓겠다고 하니까 우리는 좋았다
오. 근데 시간이 지나다 보면 서로 얼굴을 못 보니까… 노인
들이 오해도 되고 노여움도 많아지고 그래요."

"네…."

해원은 잠시 펜을 멈추고 대답했다.

"주변 늙은이들을 봐도 그렇고, 외로워도 외롭다는 말은
못 하고 화를 내더라구. 부끄럽네요."

"아닙니다. 무슨 말씀이신지 알 것 같아요. 책방 소식도 좀
더 자주 전할게요."

그녀도 마주 웃었다. 이 층에선 고서 이야기가 한창이고,
응접실 두 여인도 편안했던 오후였다.

저녁 먹고 가라는 걸 폐가 될까 사양하고 나선 길. 공터에
세워둔 차에 오르자 짧은 겨울 해가 서쪽으로 뉘엿 기울었
다. 멀리 들판을 흐르는 강물이 저녁 햇살에 반짝였다. 은섭
이 입을 열었다.

"너, 불편하지 않았나 모르겠다."

"전혀. 좋았어, 두 분 다. 기와집을 왜 그냥 쓰라고 하셨는
지 만나보니까 알겠더라."

"처음부터 서점에 우호적인 분들이셨어. 어떻게든 조금씩 보답을 해야겠지."

시동을 켜고 히터가 돌기를 기다리는 동안 은섭은 정면 유리창을 바라보고 있었다. 노부부가 흔쾌히 오해를 풀었지만, 그의 마음이 편치 않다는 걸 알 수 있었다. 타인의 배려를 받고 신세를 진다는 건 고마운 일이면서도, 결국은 인생에서 크고 작은 빚을 만들어가는 일일 테니까.

해원은 가방을 열고 지퍼가 달린 속주머니에 넣어두었던 쪽지를 꺼냈다. 어제 발견했던 K라는 이의 글을 그에게 내밀었다.

"참, 잊고 있었네. 어떤 사람이 책 속에 꽂아두고 간 건데, 너도 봤으면 해서."

은섭은 쪽지를 받아 들고 스러져가는 노을빛에 읽어나갔다. 그가 다 읽을 때까지 기다렸다 해원이 말했다.

"그걸 보고 나니까 굿나잇책방의 다른 계절이 궁금해지더라…. 그 손님이 다시 오면 나한테도 얘기해주면 좋겠어."

은섭은 천천히 고개를 끄덕였다.

"물론. 알려줄게."

그는 쪽지를 원래대로 접어 점퍼 안주머니에 넣고는 핸들을 잡았다.

얼마 후 차는 고속도로 상행선으로 접어들고, 지방 도시 이름이 적힌 녹색 표지판이 곁을 스쳐 갔다. 한동안 이어지던 침묵을 깨고 해원은 농담처럼 말했다.

"근데, 나 그때 가출해서 어디 갔었는지 안 궁금한가봐. 물어보질 않네?"

"…안 궁금한데."

그의 말투가 덤덤해서 그녀는 콧방귀를 뀌었다.

"내가 너한테 관심 없다고 하더니. 그러는 너도 별 관심 없네, 뭐."

그는 비로소 조금 웃었다.

"그래서가 아니라…《버드나무에 부는 바람》에 그 질문에 대한 답이 있는데. 친구가 갑자기 사라진 데 대해서는 함구해야 하며, 그런 일에 설명을 구해서는 안 되는 걸세…라고."

해원은 어이없어하며 그를 돌아보았다.

"무슨 네가 북현리의 버들도령이니? 넌 한 가지를 너무 깊이 좋아해."

그저 웃는 은섭의 곁에서 그녀는 오래전 어느 가을날을 회상했다.

"아무한테도 말한 적 없었지만 이제는 그냥 말해버리고 싶어. 그때 청도에 갔었어."

혼자 머물렀던 낙동강변 마을이 기억을 비집고 떠올랐다. 감나무가 많은 고장이었다.

"우울한 마음으로 갔어도 풍경은 참 아름다웠어. 집집마다 감이 주렁주렁 익은 거야. 민박했던 집 앞마당 뒷마당에도 툭툭 떨어지고…. 주인아주머니가 맛보라고 한 소쿠리 갖다준 걸 계속 먹어도 다 먹을 수가 없었어."

차는 일정한 속도로 어둠이 깔리는 고속도로를 달렸다. 그에게 말하고 있어도 해원의 마음은 마치 스스로에게 속삭이는 것 같았다.

"실은 강에 빠져버리려고 했어. 어디서 본 건 있어가지고, 주머니에 돌을 넣고 강물에 걸어 들어가야 하나… 모래톱에 한참 앉아 있는데. 감을 하도 먹으니까 이미 배가 불러서 돌도 필요 없겠는 거야. 그렇게 생각하니 그 와중에 웃음이 나오더라."

그들은 동시에 작은 소리로 피식 웃었다. 해원이 편안하게 말했다.

"안 죽길 잘했다고 생각해."

"응."

은섭은 짤막하게 대답했을 뿐 별다른 위로도 대답도 없었지만 그녀는 괜찮았다. 이것저것 묻지 않는 그가 좋았고, 그저 들어줄 사람이 필요했을 뿐. 말하고 나니 홀가분했다.

죄다 실망스럽고 싫어서 사라져버리고 싶었으나 막상 용기가 나지 않았다. 명여 이모가 나타났을 땐 반가웠던 것도 사실이었다. 죽기엔 그때의 해원이 덜 아팠던 것일까. 하지만 아픔의 크기는 중요한 게 아니었다. 많이 아프다고 누구나 세상을 버리는 건 아니었고, 남은 사람은 덜 아파서가 아니라 살아가려고 끝까지 애썼기 때문이었다.

"그날 이모가 데리러 왔었어. 지금까지도 그게 신기해, 거길 어떻게 알고 왔을까…."

그녀가 중얼거렸지만 은섭은 말이 없었다.

어느새 사위는 캄캄해지고 붉은 후미등을 밝힌 차량들이 이어졌다. 그들은 휴게소에 들러 초밥과 우동으로 저녁을 먹었다. 건물 뒤편 대형 주차장엔 시동 꺼진 화물차들이 줄지어 서 있었다. 수십 대의 화물차가 어둠 속에 들어선 모습은 거대한 트럭들의 무덤 같았고, 전투를 끝낸 지친 로봇들이 화물차로 변신해 잠든 듯 스산했다.

아직도 두 시간은 더 달려야 혜천에 도착할 것 같았다. 다소 피로해진 나른한 기분으로 해원은 도로변 멀리 점점이 흩뿌려진 낯선 고장의 불빛들을 내다보았다. 한순간, 은섭과 함께 밤의 도로를 달리는 지금이 언젠가 있었던 일 같은 느낌에 사로잡혔다. 데자뷔였다. 전생이었는지 꿈이었는지 알 길 없지만, 그래… 언젠가 이런 찰나가 있었어. 그녀는 졸린 눈길로 생각했다. 꿈결같이 이대로 시간이 멈추어도 좋겠다고.

차의 움직임이 없어 눈을 떴을 때는 집 텃밭 앞에 도착한 후였다. 그는 히터를 틀어놓은 채 그녀가 잠에서 깰 때까지 기다리고 있었다.

"…깨우지 그랬어."

"곤히 자길래."

은섭은 온화하게 말했다.

"멀리까지 같이 가주느라 고생했어. 들어가서 편하게 자라."

은섭이 그녀 쪽으로 몸을 기울여 안전벨트를 풀어주다 서로의 시선이 마주쳤다. 그가 자기 이마를 그녀의 이마에 장난스레 콩— 한 번 부딪치고는 시동을 껐다. 룸미러에 매달린 은빛 체인이 눈에 들어와 해원은 미소가 스쳤다.

"이 차 이름, 아이린이지. 처음 저걸 보고는 네 여자 친구인가 싶었어."

은섭은 재미있어하며 낮게 웃음을 터뜨렸다.

"노래 제목일 뿐이야."

"정말? 불러봐."

그는 또 웃기만 했다.

"다음에. 나 노래 잘 못 불러."

"사랑 노래일까?"

"사랑 노래지."

"우리도 사랑일까?"

그는 멈칫 그녀를 바라보다 조용히 대답했다.

"응, 사랑이지."

그들의 입술이 천천히 서로를 찾아들고 그녀의 작은 목소리가 들려왔다.

"…오늘 밤 너랑 잘래."

은섭의 손가락이 해원의 얼굴 윤곽을 스쳐 갔다. 그래도 될지 몰라 그가 망설이는 것을 느낄 수 있었다. 두근거리며 답을 기다리는데 그가 속삭였다.

"그래. 들어가자."

그의 싱글 침대는 사랑을 나누기에 좁지 않았고, 처음부터 끝까지 둘이 껴안은 채 떨어지지 않았으니 더 넓을 필요도 없었다. 그녀의 몸을 부드럽게 누르는 은섭의 무게를 받으며 해원은 안온한 느낌에 빠져들었다. 두 팔로 그를 안고 있는 동안 그는 해원의 이마와 코, 입술에 차례로 입맞췄다.

그와 처음 나누는 사랑은 몹시 떨리고 아찔하게 설레면서도, 한편으로는 끝없이 평화롭기도 했다. 그가 사랑하는 방법이, 그녀를 만지는 손길이 선하게 느껴졌다. 은섭의 팔을 베고 그녀는 나란히 마주 보고 누웠다. 방은 어두웠지만 가로등 불빛이 달빛처럼 비쳐 들어 서로의 표정을 읽을 수 있었다. 은섭은 허스키해진 목소리로 입을 열었다.

"도중에 네가… 이상하다고 그만둘까봐 무서웠어."

"설마. 그럴 리가 없잖아."

해원은 그의 쇄골을 가만히 쓰다듬으며 웃었다. 스며드는 불빛에 그녀의 하얀 맨 어깨가 이불 위로 드러났다. 은섭은 홀린 듯 바라보다 조금 괴로운 표정이 되었다.

"큰일 났다."

"뭐가."

"지금 네 모습이 눈앞에서 떠나지 않을 거야. 낮이나 밤이나."

다른 이가 그런 말을 했다면 듣기 좋은 괜한 소리라고 생각했을지도 모르는데. 이상하게 은섭이 하는 말은 다 진심으로 다가왔다. 그는 진지해 보였고, 그래서 더 사랑스러웠다. 해원은 가물가물 나른하게 졸려하며 웃었다.

"그럼 평생 멍하니 좀비처럼 사는 거지, 뭐. 내 생각만 하면서."

그의 입술이 내려와 그녀의 어깨에 머무르다 아쉽게 물러났다.

"어서 자."

은섭이 해원을 끌어당겨 심장 소리가 들릴 만큼 가까워졌다. 그의 가슴에 닿은 그녀 손바닥으로 희미하게 박동이 전달돼 온몸이 같이 울리는 것만 같았다. 따뜻하고 기분 좋은 리듬이었다.

"…졸려, 먼저 잘게."

"응."

그녀는 그의 품에서 아슴아슴 잠에 빠져들었다. 긴 하루가 지나고 밤이 깊어갔다.

눈 오는 밤의 러브레터

2월 4일 기록하다

#

이건 너에게 쓰는 첫 연애편지.
혼잣말로 남기는
아침이면 사라질 이야기.

#

　…그러니까 너는, 아침 기차를 타려고 플랫폼에 서 있었지. 그리고 그날은 내가 이 마을을 떠나려고 배낭을 메고 역에 나간 날이었어. 무궁화열차가 들어오는 순간 네게 반했다고 말했지만, 고백하자면 절반의 진실. 절반은 농담이긴 했어. 근데 이상하지. 농담도 반복되면 진짜가 된다는 것. 나는

내 함정에 빠진 거지.

나도 모르게 너와 같은 기차에 오르고 있었어. 너는 객차 창가 자리에 앉았고 나는 복도에 서 있었지. 너는 한 번도 일어나지 않았어. 가방에서 우유를 꺼내 마셨고, 그리고 울었어. 네가 입었던 스웨터와 겉옷이 기억나. 무릎에 놓인 가방에서 달랑거리던 열쇠고리도. 그때도 너는 머리카락이 길었지. 처음 너를 소년으로 착각했던 어린 날 뒤로 넌 머리카락을 짧게 자른 적이 없었어.

…맞아, 너는 청도역에서 내렸어. 감나무가 많은 도시. 네가 버스를 탈 때 나도 후드티 모자를 푹 눌러쓰고 같이 탔지만 너는 끝까지 나를 알아보지 못하더라. 아니, 주변에 눈길조차 주지 않았어. 네 눈빛은 온통 세상을 잿빛으로 보는 것 같았지. 학교에서 떠돌던 소문을 듣기는 했지만 사실인지 아닌지 궁금하진 않았어. 아이들이 나에 관해 말하던 것들을 떠올려보면 네 이야기 역시 다 믿을 필요가 없었으니까. 설령 사실이라 해도 그게 뭐. 네가 한 일이 아니잖아. 나는 지금도 네게 묻지 않고, 네가 말하면 듣겠지만 굳이 알려고 하지 않겠어.

그때만 해도 낙동강은 맑게 흐르고 있었어. 모래톱은 아

름다웠고. 네가 묵은 민박집 옆집에서 나도 묵었지. 이틀을
지내는 동안 너는 강가에 나가 모래톱에 한참 앉아 있었고
나뭇가지를 주워 낙서를 했고 나는 먼발치에서 지켜보았어.
호두하우스에 전화하느라 공중전화를 찾으러 가면서 네게
무슨 일이 일어날까봐 초조했었어.

   …그 무렵 나는 혼자 살 자신이 있었거든. 무덤에 묻힌 남
자처럼은 아니었어. 내가 모르고 나를 모르는, 새로운 장소
에서 살아갈 자신. 키워준 부모님한테는 은혜를 다 갚았다고
믿었던 때였지. 나중에야 그게 멍청한 생각이었음을 깨달았
지만 그때는 그렇게 여겼으니까. 네가 이모님과 돌아가는 걸
보았을 때 비로소 나 역시 지금 떠나면 안 되겠다 싶어졌어.
네가 졸업할 학교니까 나도 그냥 졸업해버리자 마음먹으니
편해지더군.

   그러니까, 그게 우리들의 가을 여행이었다는 것.

   #
   이 밤, 너를 오두막에 데려가고 싶다고 생각을 해. 내 몸에
등을 대고 깊이 잠든 너를 이대로 이불로 감싸 안고 숲의 오
두막으로. 그리고 백 일쯤 내려오지 않았으면 좋겠다. 봄이

오고 벚꽃이 피었다 지고, 산길에 라일락과 아카시아 향기가
코를 찌를 때도 우리는 그 집에서 사랑을 나누고 불을 때고
밥을 지어 먹으며 숨어 있겠지. 책방? 알 게 뭐야. 사랑하는
데 책 따위가 필요할 리 없잖아.

　잘 자요, 내 침대에서 잠든 사람.
　인생은 그리 길지 않고 미리 애쓰지 않아도 어차피 우리
는 떠나. 그러니 그때까지는 부디 행복하기를.

　눈이 와. 너는 자는데.
　나 혼자 깨어서 이 함박눈을,
　밤눈을 보고 있네.

　─葉

호두하우스의 미래

오전 느지막이 침대에서 잠이 깨니 은섭은 일하러 나가고 없었다. 해원은 부스스 눈을 비비며 일어나 욕실에서 씻고 그가 마루 탁자에 챙겨놓은 간단한 아침을 먹었다. 간밤 벗어둔 올리브색 코트를 걸치고 젖은 머리카락으로 시골집을 나서는데, 화단의 널따란 돌 위에 명여 이모가 앉아 있었다. 밤새 내린 함박눈으로 마당은 하얗게 빛을 반사했고 해원은 순간 신기루를 보았나 싶어 눈을 깜빡거렸다.

"오랜만이네."

익숙한 목소리. 눈밭을 돌아다니던 군밤이 갈색 털을 날리며 달려와 매달렸다. 그 길쭉한 분홍 혓바닥이 뺨을 따뜻하게 핥는 느낌까지 신기루일 리는 없었다. 그제야 이들의 존재가 실감 났다.

"…남의 집 마당에서 뭐 해?"

"남의 방에서 자고 나오는 사람도 있는데 마당에 들어오는 것쯤이야."

놀리는 듯한 이모의 말투 때문에 해원은 약간 얼굴을 붉
혔다.

"나 여기 있는 줄 어떻게 알았어."

두꺼운 숄로 어깨를 감싼 채 명여는 마당에 찍힌 흔적들
을 가리키며 태평하게 훑었다.

"어디 보자…. 눈밭에 큰 발자국과 그보다 작은 발자국이
나란히 집 안으로 들어갔지. 그 흔적은 밤새 눈에 덮여서 거
의 희미해진 상태고…. 아침에 나간 큰 발자국은 새로 선명
하게 찍혔는데, 작은 발자국은 안 나갔으니까? 저기 자잘하
게 찍힌 건 네 냄새를 추적한 군밤이 발자국이고 말야."

그러고는 오랜만에 마을로 돌아와 깡총대며 뛰어다니는
개에게 주의를 주었다.

"군밤아, 현장을 너무 어지럽히는구나. 그만 돌아다니렴."

해원은 크게 눈동자를 굴렸다.

"웬 어설픈…. 추리소설이라도 써?"

"어떻게 알았지? 나 요즘 추리물 쓰고 있잖니."

명여가 빙그레 웃었지만 해원은 의심스럽게 비죽일 뿐 부
츠를 마저 신었다.

"글 쓰는 일 가지고 농담하지 말아요, 나 기대되니까."

"진담인데."

마당을 사이에 두고 두 여자의 시선이 탐색하듯 오갔다.

"진짜?"

"수정이가 방 한 칸 내주길래 거기 틀어박혀서 계속 글 썼다. 너네가 내 호두하우스를 귀신의 집으로 만든다고 신났을 때, 그 친구도 한창 바빠서 나랑 안 놀아주더라. 무슨 젊은이들 일을 그렇게 열심히 같이한다니, 괜히 수고롭게."

"그런 소리 마, 나 수정 이모 존경해. 시큰둥한 이모보다 백 배 낫지. 어제도 마음 넓은 할아버지 할머니를 보고 왔어. 사람들이 다 이모처럼 냉소적이진 않아요."

티격태격하면서도 그들은 눈을 밟으며 오솔길을 가로질러 호두하우스로 건너갔다. 명여는 믿기지 않는다는 듯이 미소 지었다.

"너 좀 변한 것 같다?"

"내가?"

"사람이 불편해서 인물화는 안 그린다고 했던 애가, 여기저기 칭찬을 늘어놓고 있네."

해원은 스스로 조금 놀랐다. 호두하우스에 내려온 첫날 이모에게 그렇게 말했던 일이 떠올랐다. 어제는 할머니의 초상화도 그렸는데 명여에게 놀림 받을까 입을 다물어버렸다.

한파가 계속되다 날이 풀리고, 또 한파가 찾아오는 나날이 이어지면서 호두하우스는 자포자기한 채 마치 될 대로 되라는 표정을 짓고 있는 것 같았다. 두 여인은 비장하게 버티고 서서 얼어붙은 이층집을 올려다보았다. 족히 열흘은 걸릴 공사라고 했던 업자의 말이 귓가에 맴돌았다.

"바닥을 쳤으니, 그걸 딛고 다시 올라가야지."

명여가 중얼거렸다. 해원은 이모의 옆모습을 물끄러미 지켜보았다. 걱정했던 것보다는 안색이 밝고, 푹 쉬었던 덕분인지 건강해 보여 마음이 놓였다. 어쩌면 정말로 글을 쓰기 시작한 걸까. 괜한 소리가 아니라 사실이면 좋겠다고 해원은 생각했다. 무엇이든지 이모가 사는 의미와 기쁨을 되찾을 수 있다면 좋겠다고.

"눈은 좀 어때? 혹시 기적적으로 보이게 됐다거나."

명여는 쓴웃음을 날려 보냈다.

"긍정의 힘이 지나친 거 아니니? 그럴 리가 없잖아."

"제발 병원에 갔었다고 말해줘."

"안 갔어. 포도막에 염증이 생긴 걸 몇 년 방치했다가 실명했을 뿐이야."

해원은 하마터면 말문이 막힐 뻔했다.

"무슨… 그러다 나머지 눈까지 안 보이면 어떡해."

"운명인 거지. 난 치료 받을 자격이 없는 사람이야. 지난 십오 년 동안 병원 가본 적 없다. 너무 아프면 약이나 사 먹는 정도였지 건강검진 받아본 적도 없어. 앞으로도 죽을 때까지 병원은 안 갈 거야."

"말이 되는 소리를 해요. 치료 받을 자격이 없다니, 그런 웃긴 얘기는 처음 들어!"

데크를 수상하게 탐색하던 군밤이 왜들 저러나 하는 눈빛으로 돌아보았다. 명여는 덤덤히 고개를 저었다.

"나한테도 합당한 이유가 있는 거야. 너도 한때는 그랬었잖아, 넌 누구를 가르칠 자격이 없는 것 같다고. 비슷한 마음이라고 생각하렴."

드디어 해원은 울상이 되어 발을 동동 굴러버렸다.

"어떻게 이모는 내가 했던 말을 낱낱이 기억해? 정말 싫다. 잊어버리면서 살아. 제발 좀, 잊어줘!"

난간 고드름 하나가 툭 떨어져 눈밭에 비스듬히 꽂히고 명여는 기분 좋게 소리 내어 웃었다. 바람 불어 숄 자락이 팔랑거렸다. 새치가 빨리 찾아와 희끗희끗하던 머리카락도 그새 염색을 했는지 부드러운 갈색이 되어 더 젊어 보였다.

성질부리는 와중에도 이모가 예뻐 보인다 싶어 해원은 나지막이 한숨을 쉬었다. 그래도… 이모가 돌아오니 좋았다. 호두하우스를 새로 수리한다 싶으니 그것도 기뻤다. 알게 모르게 오래 정들었던 집이었으니까.

며칠 온화하던 날씨는 이튿날부터 한파로 돌아섰다. 주먹만 한 우박이 우수수 떨어져 들판 비닐하우스에 피해를 입혔고, 어느 집 차량 지붕이 푹 꺼지기도 했다. 굿나잇책방도 이번만은 우박을 피해 가지 못하고 창문 유리에 금이 가고 말았다. 전국이 남극기지만큼 춥다는 뉴스가 떠돌았다.

은섭은 유리창 금 간 부분을 따라 투명 테이프를 붙여놓고는, 줄자로 사이즈를 재기 시작했다. 며칠 뒤 시내에 나가 유리를 맞춰야 했다. 해원은 탁자에 물감을 늘어놓고 하양에서 스케치해 온 그림을 채색하고 있었다. 폰 화면에 그날 할머니를 찍은 사진을 띄워놓았다. 요즘 그림에 관심을 보이는 현지가 곁에 앉아 유심히 구경했다.

오랜만에 낯익은 무스탕을 걸치고 나온 근상은 서가의 여행 서적 표지를 한참 들여다보고 있었다. 스위스인지 웨일스인지 유럽 어느 산간지방의 맑은 하늘과 푸르른 들판을 보며 근상이 한탄했다.

"누가 나를 커다란 새총에 걸어서 저기로 튕겨주면 좋겠는데. 아주 저기서 살고 싶군. 치즈를 만들든지 요구르트를 발효하든지, 인생 2막을 시작하고 싶구만."

승호와 효진은 책방에 굴러다니는 털실을 손에 걸고 마주 앉아 실뜨기놀이를 하고 있었다. 털실 인형을 만들고 남은 뭉치였다. 효진이 재잘재잘 수다를 떨었다.

"우리 초등학교 운동장에 커다란 소나무가 있는데요, 꼭대기에 왜가리 가족이 둥지를 지어서 살아요."

"왜가리가 학교 운동장에서 산다고?"

수정은 그런 신기한 일이 있구나 하듯 들어주었다.

"네, 거기다 자기들 집을 지었는데 교장 선생님이 그냥 두자고 하셨어요. 과학 시간에 관찰도 했고요. 근데 왜가리는 왜—액 하고 울어요."

울음소리를 흉내 내며 효진은 와하핫 왜가리보다 더 크게 웃었다. 듣고 있던 해원이 풋 웃음을 터뜨렸다.

"고라니는 와—악 하고 우는데. 나도 처음 듣고 깜짝 놀랐잖아."

승호가 실뜨기 털실을 자기 손으로 옮겨 오며 끼어들었다.

"그럼 고라니하고 왜가리가 이야기를 하면 와—악, 왜—액 그렇게 들리겠네요?"

아이들은 깔깔 웃어대더니 둘이 주거니 받거니 왜—액, 와—악 장난치기 시작했다. 저만치 난롯가에선 승호 할아버지가 프라이팬에 파인애플과 바나나를 굽고 있었다. 새큼한 향기가 책방을 떠돌았다. 수정이 그런 노인을 돌아보며 상냥한 말을 건넸다.

"파인애플도 구우니까 향이 참 좋네요."

할아버지는 초승달같이 눈가를 허물며 부끄럽게 웃기만 했다. 해원은 물감을 치우고 탁자를 깨끗이 닦으면서 수정에게 작게 말했다.

"정말 말씀이 없으시네요. 목소리를 들어본 적이 없는 것 같아요."

수정도 소리를 낮췄다.

"아아, 말이 조금 어눌하셔. 손주한테는 하시는데 남들 앞에서는 잘 안 하시지."

"아…."

오늘은 놀랍게도 근상이 글을 써 온 날이었다. 프린트한 A4지를 나눠주는 은섭의 표정이 어쩐지 애매해 보였다. 한 장씩 돌리는 동안 꼬마들은 난롯가 할아버지 곁으로 가 구운 과일을 받아먹으며 그림책을 읽기 시작했다.

올 사람은 다 왔다고 생각했는데 난데없이 미닫이문이 열리며 누군가 나타났다. 진눈깨비로 변한 날씨에 어깨가 약간 젖은 한 고교생이었다. 말끔히 잘생긴 얼굴에 짙은 색 안경테가 눈에 띄는 남학생이 우산을 밖에서 탈탈 털고는 신중하게 문가에 기대 놓았다.

"이벤트 때 책을 산 적이 있는데요. 홈페이지 보니까 금요일 저녁 모임이 있다고 해서 왔습니다."

잠깐 침묵이 흐른 뒤 여기저기 인사말이 터져 나왔다.

"잘 왔어요!"

"환영합니다. 반가워요."

고교생은 별 대답 없이 미심쩍게 서 있다가 누군가가 의자를 권하자 그제야 다가와 앉았다. 발끝으로 걷는 것처럼 표표한 걸음걸이가 독특한 소년이었다. 근상이 흐뭇한 얼굴로 말했다.

"여태 우리 책방에 안경 쓴 회원이 없었는데, 이제 생겼네요."

"어머, 그렇군요."

수정이 맞장구를 치자 고교생은 무뚝뚝하게 되물었다.

"안경이… 중요합니까?"

근상은 엥? 하듯 눈을 둥그렇게 떴다.

"아니 뭐, 중요한 건 아니에요."

은섭이 웃으며 대신 대답했다. 그때 승호가 접시를 들고 와 탁자에 내려놓고는 난롯가로 돌아갔다. 가장자리가 살짝 탄 파인애플과 바나나를 보고 고교생은 뒤돌아보았다. 책방 구석에 왜소한 노인이 웅크리고 있자 그는 움찔하더니, 머뭇머뭇 접시를 내려다보며 물었다.

"왜 과일을 구운 거죠? 비타민이 파괴되지 않을까요."

"구우면 맛있는데?"

난롯가에서 아이의 대답이 들려오고, 고교생은 입을 다물어버렸다. 은섭은 난감해진 분위기를 정리하며 모두에게 말했다.

"자, 그럼 오늘의 글을 함께 볼까요? 배근상 회원님이 하시고 싶은 말씀이 있다니 잠깐 들어보겠습니다."

근상은 헛기침을 하고는 입을 열었다.

"한동안 제가 몸살로 아팠잖습니까. 모처럼 누워 있으니 시간이 나서 드디어 글을 썼지요. 공장 팸플릿을 만들 건데 외주를 주면 돈이 들어가고 말이죠. 나는 실용적인 글쓰기가 필요해서… 현수막 광고라든지 그런 글솜씨를 늘리는 게 소박한 목표랄까요."

그가 소감문 같은 발언을 마치자 모두들 자기 앞에 놓인 프린트물을 읽었다. 느낌표와 부호가 많이 섞인 문구는, 사뭇 역동적인 이탤릭체로 다음과 같이 시작되었다.

효과적인 홍보와 인테리어 효과를 동시에—
다양한 사이즈의 풀칼라 전광판을 만나보십시요!
밖에서도 안에서도 잘 보이게—
실내에 설치하여도 옥외에 설치한 효과를 누리는 디자인!
가격 대비 가성비 효과가 뛰어난 리모컨형 LED 전광판으로
신개념 광고의 미래를 체험하실 결정적 찬스가 눈앞에…

A4 한 장에 빽빽이 들어찬 문구를 읽어나간 뒤 누가 먼저 의견을 꺼낼까 망설이는데, 수정이 조심스레 지적을 시작했다.

"효과…라는 표현이 너무 자주 쓰였어요. 대여섯 줄 안에 서너 번은 등장하는군요."

"실제로 효과가 좋으니까요."

근상이 명쾌하게 답변했지만 수정은 굴하지 않고 다시 지적했다.

"문법적으로 틀린 곳도 더러 보이고요. 맞춤법이라거나…."

"에, 문법 같은 건 괜찮습니다. 일단 사람들이 딱 읽고 우리 사업장도 간판 조명을 바꿔야겠구나! 그런 생각만 들면

되거든요."

하지만 현지는 냉정했다.

"근데 이걸 읽고 엘이디 전광판으로 바꾸고 싶다는 생각
은 별로 안 들어요."

근상은 흙빛이 되더니 중얼거렸다.

"그거는… 곤란한데."

탁자 끄트머리에서 고교생이 혼란스러운 표정으로 손을
들었다.

"저기요, 뭐 좀 여쭤봐도 될까요?"

다들 시선이 쏠렸다. 고교생은 꽤 심각해 보였다.

"저는 평소 독립서점에 대한 기대가 있었거든요. 서울에
있는 독립서점들의 홈페이지도 자주 들어가고요. 우리 지역
은 여태 없다고 생각했다가 여기를 알게 됐는데요."

"그랬군요. 어떤 활동을 하고 싶은가요?"

은섭이 부드럽게 물었다.

"인문학 공부를 하고 싶고, 릴레이 독서도 하고 싶습니다.
토론이나 창작 활동도 활발했으면 좋겠고요."

"알겠습니다. 봄이 오면 같이 해봅시다."

"봄이 올 때까지 기다려야 하나요?"

"네. 스케이트장이 녹아야 해서."

은섭은 눈빛이 웃고 있었지만 진지하게 대답했다. 인문학
고교생은 조금 당황해 갸웃거리더니 콧등에 걸친 안경을 슬

쩍 밀어 올리며 물었다.

"근데… 이런 글로 글쓰기 토론을 하는 건가요?"

근상은 귓가가 확 빨개지더니 민망한 너털웃음을 터뜨렸다.

"아니 그게, 하필이면 내가 써 온 날 학생이 와서 그래요. 앗하하."

현지가 고교생을 노골적으로 노려보다 해원 쪽으로 몸을 기울여 귀엣말을 했다.

"저 애, 모임에 받으실 거예요?"

"받고 안 받고가 어딨어. 찾아온 손님은 자동적으로 회원이 되는 건데."

해원이 웃으며 대답하자, 현지는 차마 반발하진 못하고 싫은 기색이 완연해져 중얼거렸다.

"아, 텃세 부리고 싶다."

은섭은 좌중의 미묘한 느낌을 다독였다.

"이건 생활 광고 글이고 일종의 카피니까요. 실생활에서 쓰이는 홍보 글을 고쳐보는 연습도 나쁘지 않을 겁니다."

"그렇지, 바로 그거지요."

근상은 팔짱을 낀 채 열심히 끄덕거렸다.

"하긴 더 좋은 표현을 찾으면 되니까요."

수정이 격려하듯 말했다. 모두 펜을 들고 함께 고민하기 시작했다. 난롯가에서는 꼬마들이 그림책을 읽고, 노인은 묵묵히 노란 과일들을 그야말로 더 노릇노릇 굽고 있었다.

마침내 호두하우스 공사가 마무리됐다. 수도 배관과 보일러를 수리하고 벽지와 장판을 갈고, 집 안을 대청소하는 데 시간과 비용을 꽤 들여야 했다.

"파산 수준이구나."

하고 명여는 시큰둥하게 말했다. 처음엔 그녀들도 같이 청소해 비용을 아껴보려 했으나, 모든 것이 전문가의 손길이 필요한 상황임을 깨닫고는 마음을 비웠다. 통장 잔고는 바닥에 가까웠지만 한바탕 앓아눕게 될 노동을 면한 것으로 감사하겠노라고 명여는 선언했다.

청소업체가 비닐 천막을 걷어 내려 했을 때는 그대로 두게 했다. 다소 괴상해 보이긴 해도 데크를 안락하게 감싸는 천막의 존재를 명여는 마음에 들어했다. 안락의자를 갖다놓고 난롯불을 쬐며 지겨워질 때까지 북현리 풍경을 내려다보는 게 새로 생긴 취미였다.

은섭이 장우를 호두하우스로 데려온 것은 그렇게 집이 제 모습을 되찾고 며칠 지난 어느 날 저녁이었다.

"안녕하십니까, 처음 뵙겠습니다!"

깍듯하게 인사하는 장우는 여전히 핸섬했지만 눈 밑에 다크 서클이 생기고 입술은 조그만 물집이 잡혀 부르터 있었다. 시내 주상복합건물에서 동파 누수로 도로까지 물이 쏟아져 혜천소방서가 출동했는데, 공무원들이 지원 작업을 나가는 바람에 피곤했던 모양이었다.

"고생하셨네요. 우리 집도 배관이 터져서 난리를 치렀는데. 참 요란한 겨울이죠? 아무튼 반가워요."

명여는 데크 의자를 권하고는 무릎에 손깍지를 끼고, 그래서 무슨 일인가요? 하는 눈빛으로 찾아온 손님들을 바라보았다. 해원이 찻주전자 쟁반을 테이블에 내려놓자 은섭은 각자의 잔에 차를 따라주었다. 어스름 깔리는 마당에 오렌지빛 유령이 둥실 떠올랐다. 마음에 안 들면 치우겠다고 했는데 명여가 꽤 귀엽게 생겼다며 내버려두라고 해 살아남은 유령이었다.

"심명여 작가님 하면 오래전 베스트셀러 두 권을 내고 사라진 작가라는 수식어가 있잖습니까."

"베스트셀러는 데뷔작 하나뿐이었어요. 두 번째 작품은 망했는데."

"작품성은 그게 더 뛰어났다고 저는 믿고 있습니다."

장우가 진지하게 피력했지만 명여는 고개를 저었다.

"고맙지만 그런 위로는 안 하셔도 되고… 오늘 하려는 얘기가 뭔가요."

"혜천시 관광홍보과에서 우리 고장의 문화예술인을 적극 발굴하자는 안건이 나왔습니다. 다른 지자체를 보면 더러 유명 작가를 모셔 와서 거주지를 지원하는 경우도 있었지만,

애석하게도 결과가 아름답게 끝나기는 어려웠죠."

"그래서요?"

"외부에서 유명인을 영입해 오기보다는, 이곳이 고향이고 현재도 살고 있는 저자 중에서 저희와 함께 젊은 후배들을 지원해줄 분을 찾다 보니 심명여 작가님도 거론되었습니다."

명여는 이해가 안 간다는 듯이 갸웃거렸다.

"후배 작가들을 지원한다고요? 내가 어떻게 그런 활동을…."

"이 호두하우스를 생각했습니다."

뜻밖의 얘기에 모두 조금 놀랐다.

"혜천소식 기자가 지난번 책방 행사 기사를 한 꼭지 실었거든요. 호두하우스 숙박 얘기를 보더니 아, 심명여 작가님이 운영하는 거 아니냐고 여길 알더군요. 지금은 폐업했지만, 만약 젊은 예술가들에게 창작 공간으로 제공하신다면 시에서 지원이 나올 것 같습니다."

"시에서 지원하고, 작가들이 무상으로 작업실로 쓸 수 있게 하자는 건가요?"

"취지는 그렇습니다. 작가, 화가, 사진이나 공예, 어떤 분야든 포트폴리오와 창작계획서를 제출하면요. 처음엔 호두하우스에서 작게 출발하지만 활성화된다면 북현리에 창작촌을 키워갈 수도 있겠고요."

은섭이 그런 친구를 물끄러미 응시해서 장우는 의문스럽

게 물었다.

"왜?"

"너 정말… 많은 걸 생각하며 사는구나."

장우가 손으로 은섭의 뺨을 주욱 밀어 고개가 돌아가도록
만드는 바람에 하마터면 찻잔이 엎질러질 뻔했다. 명여는 잠
시 말이 없더니 시선을 테이블에 고정하고 생각에 잠겼다.
대답을 기다리던 장우가 조심스레 입을 열었다.

"물론 이 청사진의 그림이 좀 더 좋으려면…."

"더 좋으려면?"

"심명여 작가님이 재기하셔서 현역으로 활동을 같이 해나
가시면 좋겠지요. 실은 새 소설을 쓰셨다는 얘기를 들었기
때문에 더 주목한 셈이거든요."

명여의 눈썹이 슬쩍 올라가며 곁에 앉은 해원을 돌아보
자, 해원은 얼떨결에 맞은편의 은섭을 손가락으로 가리켰다.

"내가 수정 이모랑 그 얘기를 하는데 앞에 은섭이가 앉아
있었어."

그러자 은섭은 천연스럽게 장우를 가리켰다.

"마침 그때 이 친구가 책방에 놀러와 있었습니다."

명여는 작게 한숨을 쉬더니 고개를 저었다.

"그건 발표할 만한 작품이 아니에요. 그냥 내가 필요해서
쓴 것일 뿐이야."

"하지만 기왕 쓰셨는데 묻어두긴 아깝잖습니까. 쓰고 나

서 묻어두는 건⋯."

장우가 은섭의 어깨를 탁 치며 폭로하듯 덧붙였다.

"이 친구만으로도 충분합니다."

두 여자의 시선이 동시에 은섭을 향했다. 곤란해진 은섭은 잠깐 눈을 감았다 뜨더니, 이 녀석을 어떻게 하면 좋을까 하듯이 바라보았지만 장우는 그저 히죽 웃었다.

"정말? 그런 얘기 한 번도 안 했잖아."

"옆집 청년, 소설 쓰고 있었나?"

은섭은 난감한 표정으로 머리를 긁적였다.

"아직⋯ 제대로 완성한 작품은 없어서. 실은 독립출판을 계획 중인데, 세기서림 박횐돌 대표님과 함께하려고요. 콘텐츠를 의논해보다가 소설도 쓰기 시작했습니다."

명여가 아아, 하며 지난 인연을 떠올렸다.

"그분, 나도 몇 번 얘기 나누곤 했지. 잘 지내시니?"

"네, 이모님 안부 궁금해하십니다."

그녀는 끄덕이더니 다시 말이 없어졌다. 갑작스런 제안에 마음이 복잡한지 안락의자에 기대 고민하는 기색이었다. 언덕 아래 어디선가 마을 개가 짖었다. 침묵이 이어지자 장우는 은근슬쩍 화제를 바꿨다.

"근데 해원이 너, 보영이한테 날씨가 좋아지면 만나겠다고 했다며?"

특유의 훅 들어오는 질문. 해원은 당황스러웠다.

"…보영이가 그래?"

듣고 있던 명여가 기억을 더듬었다.

"보영이라면, 너 고등학교 때 단짝이던 친구?"

"단짝은 뭐… 잠깐 친했던 거야."

"잠깐은 아니지. 내내 보영이 보영이 하더니 어느 날부터 뚝 그 애 말을 안 했지."

그러자 장우의 확신에 힘이 실렸다.

"역시 너희들 무슨 일 있었던 거지. 뭐였길래 그렇게 화해가 힘들어?"

해원은 머뭇거리다 무뚝뚝하게 대답했다.

"무슨 일이든 네가 상관할 바는 아니야. 그리고 옆에서 화해를 강요하지 마. 그런 일들엔 타이밍이란 게 있는 거야."

"그 타이밍은… 날씨가 좋아지는 때이려나."

은섭이 찻잔을 들고 중얼거리는데, 명여가 가볍게 혀를 찼다.

"날씨가 좋아지면 만나자고? 만나지 말자는 소리네."

"왜 또 그런 소리가 돼."

해원이 찌푸렸지만 명여는 아랑곳하지 않았다.

"날씨가 언제 좋아지는데. 추위 끝나고 봄이 오면? 꽃 피고 새 울면?"

"그런 거지, 뭐. 겨울 지나고… 따뜻한 바람 불면서 봄이 오면."

"그럼 미세먼지를 끌어안고 황사가 오겠지. 봄 내내 뿌연 하늘이다가 겨우 먼지 끝나면 폭염에 장마가 오겠지. 그냥, 만나기 싫다고 솔직히 말하렴. 언제 한번 밥이나 먹자, 날씨 좋을 때 보자… 난 그런 빈말 싫더라."

해원은 다소 지친 투로 후 한숨지었다.

"세상 사람들 다 그렇게 말하면서 살아요. 꼭 빈말로 하는 건 아니야. 정말 만나서 밥도 먹고 차도 마시고 안부도 묻고 싶은데, 막상 바쁘게 살다 보니 잘 안 되는 거지."

"어떤 식으로 말해도, 절실하지 않은 관계라는 데는 변함이 없어. 진짜로 보고 싶어봐. 눈보라 치고 강둑이 범람하고 전쟁이 나도, 만나겠다고 목숨 걸고 달려가는 게 인간들이지."

"무슨 전쟁씩이나…."

비록 그렇게 대꾸하긴 했어도 해원은 보영에게 조금 미안해졌다. 아직도 옛 친구가 싫다거나 미운 건 아니었다. 원망스럽던 마음도 빛이 바랬고, 솔직히 그날의 생생했던 감정도 이젠 잘 실감 나지 않았다. 다만 너무 오래 끊어진 사이는 다시 물길을 트기가 어려울 뿐. 세월이 흐르며 누적되는 것들은 의외로 힘이 세고, 이제 와서 한꺼번에 걸어 내기가 쉽지 않을 뿐이었다.

테이블에 놓인 차도 식어갈 무렵, 명여는 본래의 화제로 돌아갔다.

"아무튼 아까 얘기는, 내기를 해서 정하기로 해요."

그녀는 새삼 즐거운 얼굴이 되었다.

"요즘은 배틀이라고 하나? 은섭이와 내가 소설로 배틀을 하는 거지. 소설가가 되려는 젊은 후배, 이제는 다시 쓸 수 있을지 없을지 확신 없는 늙은 선배. 더 괜찮은 작품을 쓴 사람 의견대로 따라주기로."

은섭의 눈동자 깊은 곳에서 진지함과 장난기가 뒤섞여 떠오르더니 그가 입을 열었다.

"그러니까… 제가 이기면 호두하우스를 제공하신다는 건가요? 만약 이모님이 이기면?"

"나를 그냥 내버려두는 걸로."

"좋습니다."

해원도 장우도 입을 딱 벌렸다. 어떻게 일이 이렇게 돌아가는 거지? 두 사람의 기 싸움이 벌써 시작되는 것만 같았다. 명여가 후후 웃으며 말했다.

"엽편 소설이면 되려나? 아주 쇼트 스토리로."

"엽편이 뭡니까?"

장우가 어리둥절하게 묻자 그녀는 간단하게 답했다.

"나뭇잎 소설. 매우 짧고 함축적인 이야기를 뜻해요."

"…제 이름 섭 자가 나뭇잎 엽 자와 같이 쓰는 한자입니다. 엽으로도 읽고, 섭으로도 읽죠."

느긋하게 은섭이 오른손을 내밀자 명여는 악수로 맞잡았다.

"그럼 규칙을 정하자고. 제목을 똑같이 갈까, 소재에 공통점을 둘까."

"소재를 공통으로 가시죠."

그럴까나 하고 곰곰 생각하더니 명여는 손가락을 딱 튀기며 말했다.

"날씨!"

해원이 황당하게 쳐다보자 그녀는 짓궂게 덧붙였다.

"노려보지만 말고 하나 정해주렴."

해원은 못 말린다는 듯 미간을 모으면서도 잠시 생각해보았다.

"음… 그림?"

"두 번째 소재는 그림. 나머지 하나는 장우 씨가 정해봐요."

"그렇다면 저는 낭만적으로 남자와 여자, 라는 키워드를 드리겠습니다. 연애소설을 보고 싶군요."

장우가 빙긋 웃었지만 명여는 냉정했다.

"남자와 여자가 나온다고 연애소설이 된다는 보장은 없는데. 살인사건이 난무할 수도 있어요."

"어떻든 좋습니다. 세 번째 키워드는 남자와 여자입니다."

"은섭이는 어때."

"저는 상관없습니다."

"그럼 이 세 가지 공통 소재를 담아서 쓰는 걸로 해요. 열

홀이면 될까?"

"좋습니다."

누가 먼저랄 것 없이 모든 회담이 끝난 것처럼 자리에서 일어났다. 가로등이 켜진 마당 어귀까지 남자들을 배웅하러 나섰다가 문득 해원이 중요한 문제를 짚었다.

"참, 평가는 누가 해요? 관객이 있어야지."

다들 걸음을 멈추는데 은섭이 잠깐 생각하더니 말했다.

"책방 모임 때 회원분들이 같이 읽고 투표하는 건 어떨까요. 기꺼이 참여하실 텐데요."

"임은섭 홈구장이라서 내가 불리할 것 같은데."

명여가 난색을 표했지만 은섭은 웃으며 대답했다.

"절대 아닙니다. 공정할 거예요."

"그렇다면야 책방에서 발표하는 걸로."

예상치 않게 나뭇잎 소설 배틀이란 결과를 쥐고, 장우는 얼떨떨한 얼굴로 은섭과 함께 오솔길을 내려갔다. 해원이 이모에게 말했다.

"뜻밖이었어, 웬 배틀? 괜찮겠어요?"

"재밌을 것 같잖아. 인생 뭐 있니, 즐거운 게 좋은 거지."

명여는 어쩐지 기분이 좋아 보였다.

"시에서 하는 제안에는 관심 있고?"

"날 떠올린 것만도 고맙긴 하지만, 꼭 나를 필요로 하는 사람들은 아니야. 나 아니어도 더 적당한 다른 작가를 찾을 테고…."

명여는 기지개를 켜더니 집 안으로 들어가고 해원 혼자 마당에 남았다. 스무고개 수수께끼처럼 모호한 낱말들을 소재로 두 사람은 어떤 이야기를 쓰려는 걸까. 밤하늘엔 둥글게 달무리가 져 있었다.

나뭇잎에 쓰는 소설

2월 13일 책방 일지

오늘의 입고 서적: 《사다리 타기 인생》 하현달 저

1인 출판물 《사다리 타기 인생》을 입고했다. 하현달이란 이름은 블로그 글쓰기로 고정 팬을 모은 저자의 필명. 복권과 경품 당첨 운은 전혀 없고, 직장 동료들과 간식 내기와 심부름 사다리 타기를 하면 가장 자주 뽑힌다는 '불운의 아이콘' 저자는 어느 날 인생이 기나긴 사다리 타기라는 생각이 들었다고 한다. 가로줄을 타고 오르락내리락 건너가는 일들이, 마치 제비뽑기 같은 전환점을 만나 다른 길로 빠져버리는 인생과 같다고.

그가 뼈저리게 후회하는 선택, 잘했다고 믿는 선택, 그렇게 지나온 일들과 도무지 비전이 보이지 않는 미래를 사다리 타기에 비유해가며, 담담하고 유머러스한 문체로 일상을 써내려간다. 자학하는 듯 비치지만 시종 유쾌한 톤을 잃지 않은 게 미덕. 시 같기도 산문 같기도 한 그리 두껍지 않은 분량 속에 사색의 층이 삼각주처럼 쌓인 책이다.

뜬금없이, 배틀

옆집의 이모님이, 그러니까 심 작가님이 배틀을 제안했다. 솔직히 당황스러워 거절할까도 생각했으나 분위기상 그러면 안 될 것 같은 압박감…?

H가 곁에서 빤히 보고 있는데 약한 모습을 보일 수 없었던 것인가. 아, 잠깐의 허세가 불러온 이 난감한 결과를 보라! 아찔하다. 세 개의 키워드를 소재로 쓰자는 제안. 동서고금을 막론하고 어째서 사람들은 '세 가지'를 놓지 못하는가. 세 가지 소원, 세 번의 기회, 세 가지 조건…. 초단편소설이라 분량은 짧지만 과연 열흘 안에 쓸 수 있을지 모르겠음.

…날씨. 그림. 남자와 여자.

대체 이것들이 모여서 뭐가 될 수 있을지 오리무중이군요. 굿나잇클럽 여러분, 뭔가 떠오르는 게 있습니까? 있다면 어서 제게 메일을! 텔레파시라도! 무전이라도 좋습니다, SOS를 타전해요, 로저.

여하튼 나뭇잎 소설이란 표현은 언제 들어도 어여쁘다. 작은 단풍잎에 쓸 수 있는 글자 수와, 넓은 연잎에 쓸 수 있는 글자 수는 현저히 다를 텐데. 문득 이파리에 글을 쓰는 과거 시험을 상상해본다. 도포 자락 휘날리며 모여든 응시생들이 징 소리와 더불어 나뭇잎을 주우러 달려가는 장면부터. 어디에 써도 나뭇잎 글이겠지만, 굳이 옷자락을 적시며 철벅철벅 연못에 들어가 연잎을 따 오는 누군가를 그린다. (괜히 웃게 됨.)

…요즘의 나는 사랑을 하면서 무엇인가를 얻었고, 또 무엇인가를 잃었다. 잃었음을 알고 있는데, 새로 얻은 게 좋아서 무엇을 잃었는지 알고 싶지도 않다.

소설 도입부

첫 대목을 일부 썼고, 기록해둔다. 아직 제목은 정하지 않았음.

그림이 벽에 걸린 것은 어느 해 장마철이었다. 그녀는 침대 윗벽에 못을 박고, 액자를 걸었다. 비스듬히 걸렸을까봐 몇 발자국 물러나 수평도 가늠해보았다. 그림은 처음부터 그곳에 있었던 것처럼 침실 풍경 속으로 익숙하게 스며들었다.

잠자리에 들 때마다 그녀는 그림을 한참씩 들여다보곤 했다. 거기엔 마을이 있고, 좁은 길과 잎이 무성한 나무들이 자랐다. 그리고 외따로 떨어진 곳에 작은 집이 있었다. 창문은 나뭇가지에 가려졌지만 겨울에 잎이 떨어지면 집 안이 들여다보일 것만 같았다. 어디까지나 겨울이 온다면.

그러나 마을은 늘 한여름, 비가 내리고 있었다. 어느새 여자는 그림에 흥미를 잃었다. 그녀는 매일 밤 침대에 누워 무심히 잠들었고 계절이 바뀔 때까지 한 번도 액자를 쳐다보지 않았다. 그곳에 그림이 있다는 사실을 까맣게 잊고 말았다.

…라고 썼다. 그 뒤는, 또 어떻게든 흘러가겠지.

굿나잇책방 블로그 비공개글

posted by 葉

다시, 마시멜로의 꽃말

✳

　시내 상점에 쌓인 초콜릿들을 보기 전까지는 밸런타인데이인 줄 몰랐다. 제과점 쇼윈도 앞에서 망설이던 해원은 유리문을 밀고 들어가 모양 예쁜 초콜릿 한 상자를 샀다. 약속 시각보다 일찍 도착한 모던한 인테리어의 카페는 로터리 신축빌딩 꼭대기 층에 있었다. 보영이 일하는 회계사 사무소와 이웃한 건물이었다.

　약속을 굳이 직장인들의 점심시간으로 잡은 건, 한정된 시간 속 만남이 덜 부담스러운 탓이 아니었을까. 그녀는 햇살이 잘 드는 통유리창으로 시가지를 내려다보며 생각했다. 좋든 싫든 헤어지는 시각이 정해진 만남. 옛 친구를 만나 무슨 말을 하면 좋을지 실은 아직도 모르겠다.

　정오가 되자 보영이 카페에 들어섰다. 캐주얼한 해원에 비해 능숙한 직장인 느낌이 드는 회색 투피스와 코트 차림이었다. 받쳐 입은 블라우스 위로 가느다란 금목걸이가 반짝였다. 그린샐러드와 빵, 커피 두 잔인 런치 세트가 테이블에 놓였을 때 보영은 입을 열었다.

"…네 전화 받고 조금 놀랐어. 안 할 줄 알았거든."

"네가 할 말이 있다고 했었잖아."

해원은 커피를 마시며 조용히 대답했다. 둘 다 샐러드에 선뜻 손을 대지 않았다. 짧은 시간 해원의 마음속에 여러 생각이 스쳐 갔다. 그동안 미안했었다고 말하려나? 그럼 나는… 아니야, 어릴 때 그럴 수도 있는 건데 나야말로 미안했어, 라고 대답해야 하는 걸까.

"벌을 너무 오래 받는 기분이었어."

보영의 목소리가 테이블 너머로 건너와 해원은 허를 찔린 것처럼 멈칫했다.

"뭐?"

"처음에는… 그저 너한테 용서받고 싶었어. 졸업하고 몇 년 동안 줄곧 그랬어. 그러다가 언제부턴가, 용서받고 싶다는 생각이 사라지더라."

카페는 손님들로 북적이기 시작했지만 두 사람의 테이블은 따로 진공을 떠도는 것 같았다. 보영은 그동안 연습한 대사를 꺼내는 것처럼 굳은 얼굴로 단조롭게 말했다.

"넌 너무 오래 나를 벌주는 것 같았고, 원한다면 계속 그러라고 내버려두고 싶었어. 내가 저지른 실수나 잘못보다 너의 응징이 더 커질 때… 그렇게 네 잘못이 더 커지기를 바랐어. 그러면 차라리 내가 피해자가 될 수 있으니까."

멍했던 순간이 지나가고 해원은 관자놀이에서 찌릿한 두통을 느꼈다. 그들이 마주했을 때 여러 가지 상황을 상상해봤지만 이런 건 예상에 없었다. 보영의 눈가에 살짝 물기가 어렸다.

"이젠 네 잘못이 더 커. 그 말을 전해주고 싶어서 보자고 했던 거야. 네가 날 용서하지 않아도 괜찮고, 영영 잊어버리지 않아도 상관없어. 더 잘못한 사람… 더 오래 잘못한 사람은 해원이 너니까."

아무도 손대지 않은 빵이 커피와 함께 식어갔다. 쉽사리 말이 나오지 않았지만 이상하게도 해원은 그런 보영이 원망스럽지 않았다. 어쩌면 그녀도 이미 알고 있었는지 모른다. 둘의 우정이 끝났다고 여겼던 그날 이후로 해원의 말없는 비난을 보영이 묵묵히 다 받아내왔다는 걸.

"…그래, 네 말이 맞아. 내가 너무 오래 화내고 있었지."

보영은 고개를 들고 그녀를 마주 보았다. 해원은 말을 고르며 천천히 덧붙였다.

"나도 그렇게 행동하는 나 자신이 싫었어. 그리고 그냥 잊어버려도 됐을 텐데, 끝까지 빚을 진 것처럼 잊지 않는 너도 부담스러웠어."

"왜 내가 변명할 틈도 안 줬니? 그게 제일 나빠."

단호하게 말하지만 보영의 목소리는 희미하게 떨렸다. 마음 약하고 눈물 많던 그녀를 해원은 물끄러미 바라보았다.

"알아? 넌 나라는 존재를 원천 차단했어. 사과할 기회도 안 줬고, 나를 애초에 없었던 것처럼 대했거든. 내가 보낸 그 많은 편지 한 번도 안 읽었고…."

알고 있다, 대부분 뜯어보지도 않고 서랍 깊이 묻어버렸던 편지들. 해원에게서 낮게 한숨이 새어 나왔다.

"미워서 답장 안 했던 거 아니야. 그냥 인정하기 싫었어. 금이 가버린 소중했던 것을… 접착제로 붙여서 다시 두고 싶지 않았어. 좋았던 추억만 간직하자고 결심했었으니까."

"그게 너의 오만이야. 금이 가면 어때? 테이프로 좀 붙이면 어때? 전처럼 완벽하진 않겠지만 흠이 생겼어도 곁에 둘 수 있잖아. 아니, 다 깨져버렸다 해도 붙일 수도 있는 거잖아. 그러면 안 되는 거야? 늘 흠 없는 우정이어야 해? 그런 게 세상에 있기나 해? 나는 너한테 원 스트라이크에 아웃된 느낌이었다고."

이것은 화해도 다툼도 아닌, 또 다른 무엇인 것만 같아서 해원은 감정이 복잡해졌다. 머리카락을 한 번 쓸어 넘기고 그녀는 솔직하게 말했다.

"그래, 미안해. 그렇게… 각자 이해하자. 누구 마음이 풀리고 안 풀리고는 지금 서로가 해줄 수 있는 일이 아닌 것 같아. 여기서 매듭짓는 게 좋겠다."

그러고는 옆에 두었던 초콜릿 상자를 테이블에 올려놓았다.

"오다가 너 주려고 샀어. 밸런타인데이라고 이런 거 챙겨 본 적 없었는데, 오늘은 그냥 그러고 싶더라."

보영의 눈동자가 흔들렸다. 해원은 가방을 들고 자리에서 일어났다.

"나는… 먼저 들어갈게. 천천히 식사하고 나와."

보영은 말없이 테이블에 시선을 고정한 채, 카페를 나서는 해원을 보지 않았다.

빌딩 앞 정류장에서 버스를 기다리며, 이 정도면 된 거라고 해원은 생각했다. 속이 후련한 것도 제대로 화해한 것도 아니었지만 지난 일을 서로가 처음으로 언급했다는 것, 마치 없었던 일인 양 무시했던 시간들을 지나 그런 상처가 있었음을 인정한 걸로도 충분했다고.

북현리행 버스에 올라 좌석에 앉았을 때 빌딩 출입문으로 나오는 보영을 보았다. 하얀 얼굴로 코트를 걸치고 초콜릿 상자를 품에 안고 그녀는 이웃 빌딩으로 걸어갔다. 고개를 숙인 채 우울하게 걷느라, 자신을 보고 있는 해원을 알아차리지 못했다. 버스가 출발하고 보영을 스쳐 갈 때 해원은 비로소 눈물이 핑 돌았다.

시내에 다녀오느라 책방 문 여는 시각이 조금 늦어졌다. 해원은 맹꽁이자물쇠를 따고 미닫이문을 활짝 열고는 청소를 시작했다. 이윽고 진공청소기와 밀대걸레를 벽장에 집어

323

넣는데, 현지와 아이들이 파랗게 질린 채로 들어섰다. 꼬마들이 울고 있어서 해원은 깜짝 놀랐다.

"왜들 그래?"

현지가 장갑을 벗으며 말했다.

"고라니가 로드킬을 당했어요. 애들이 그 장면을 봤나봐요."

해원이 밖으로 나가보니 저만치 도로 한복판에 고라니 한 마리가 피를 흘린 채 쓰러져 있었다. 한눈에도 전혀 미동이 없어 죽은 것을 알았다. 피를 밟고 달려간 자동차 타이어 자국이 길게 남았다. 뒤처리 없이 차량은 달아났고, 목격한 아이들은 몹시 놀랐고, 그녀도 기분이 좋지 않았다.

"어떡하죠? 은섭 삼촌한테 연락할까요?"

현지가 따라와 멀찌감치 고라니를 바라보며 물었다. 해원도 은섭에게 전화하고 싶었으나 그가 스케이트장에서 일하고 있다는 걸 떠올리고는, 휴대폰 검색창에서 로드킬 신고번호를 찾았다. 자동 안내 멘트를 듣는 동안 도로 저편에서 승용차 한 대가 달려오더니, 쓰러진 고라니를 발견하고는 부리나케 차선을 바꾸어 스쳐 갔다.

"…로드킬 신고하려고요. 북현리 삼거리 버스정류장 근처입니다."

위치를 알려주고 해원은 폰을 주머니에 넣었다. 현지가 걱정스럽게 인상을 찌푸렸다.

"언제 온대요? 다른 차들한테 또 치일 것 같아요."

해원은 가까이 다가가 좌우를 살폈다. 들판을 따라 길게 뻗은 시골 도로라 차량이 오는 모습이 멀리서부터 보이는 길이었다.

"차 없을 때 얼른 꺼내자."

그녀가 고라니 뒷다리를 붙잡고 갓길로 잡아당기자 현지가 후다닥 달라붙어 앞다리를 잡고 같이 끌었다. 일그러진 동물의 사체를 바라보기 가여웠지만, 가능하다면 차량에 두세 번 치이게 두고 싶지 않았다. 핏자국을 남기며 정류장 옆으로 고라니를 끌고 왔을 때, 언제 나왔는지 승호가 글썽하게 내려다보며 말했다.

"우리가 묻어주면 좋겠어요."

"그건 안 돼, 불법이야."

"왜요? 죽어서 묻어주는데 왜 불법이에요."

"그냥, 법이 그래. 현지야, 애들 데리고 들어가."

고라니는 눈을 뜬 채 죽어 있었다. 현지가 아이들을 데리고 책방으로 돌아가고, 해원은 고라니 곁에 쭈그리고 앉아 기관 사람들이 오길 기다렸다. 빛이 사라진 동물의 눈을 외면한 채 멀리 도로 끄트머리만 보고 있었다. 언젠가 오솔길 텃밭에서 만났던 고라니가 떠올랐다. 혹시 그 녀석은 아닐까 싶었지만 알 수 없는 일이었다.

잠시 후 동물구조대 마크가 그려진 승합차가 사체를 실어가고, 해원은 책방 싱크대에서 손을 씻었다. 현지는 아이들을 앉히고 그림을 그리게 하고 있었다. 드로잉 종이를 한 장씩 나눠주고 색연필도 나눠 쓰게 했다. 요즘 현지는 부쩍 의젓해지고, 의지해도 될 만큼 어른스러워진 듯했다.

해원은 곁에 앉아 그림을 들여다보았다. 효진이는 쓰러진 고라니를 그렸는데 두 눈을 검은색 엑스자로 표시해놓았다. 어린 소녀와 소년이 그 곁에서 눈물을 뚝뚝 떨구고 있었다. 승호는 죽은 고라니는 싫다며 책방 풍경을 그리는 중이었다. 기와지붕 간판에 보라색 색연필로 '잘 자요 책방'이라 적어놓았다.

"책방 이름을 승호가 번역했네?"

해원이 칭찬해주었다.

"엄마한테 보낼 그림이에요. 엄마는 영어를 모르니까 잘 자요 책방으로 바꿨어요."

"굿나잇 같은 말은 누구나 다 알아."

현지가 이어폰을 스마트폰에 꽂으며 말했다.

"아니야. 우리 아빠가 캄보디아에서 여행 가이드 할 거랬는데, 엄마는 영어를 못 하니까 안 따라간다고 해서 둘이 이혼한 거야."

승호는 그렇게 굳게 믿고 있는 것처럼 맞받았다. 현지가 무슨 말을 할 듯하다가 그냥 입을 다물었다.

"아빠는 가끔 오시니?"

"작년 봄에 오고 안 왔어요."

해원의 물음에 아이가 대답했다. 그림 속의 '잘 자요 책방'
도 퍽 다정한 이름이라고 해원은 생각했다.

그날 밤.

은섭이 침대 머릿장에 기대 노트북을 무릎에 놓고 무엇인
가를 쓰는 동안, 해원은 곁에 누워 이불을 끌어 덮은 채 상념
에 잠겨 있었다. 얼마간 피로했고 마음도 가라앉는 하루였
다. 천장 사방무늬 속에 고라니 모습과 옛 친구의 얼굴이 차
례로 떠올랐다 사라졌다. 낮에 보영이 했던 말을 되짚어보다
해원은 입을 열었다.

"있잖아. 우리도 처음엔 서로 좋은 부분만 눈에 들어오다
가… 나중엔 마음에 안 들고 싫은 부분이 하나둘 보이기 시
작하겠지?"

은섭은 자판을 두드리던 손길을 멈췄다.

"그럴까?"

"당연하지. 모든 관계가 그러니까."

회의적으로 대꾸하며 그녀는 옆으로 돌아누워 팔꿈치로
머리를 괴고는 그를 바라보았다.

"혹시 나에 대해 벌써 발견한 거 있어? 안 좋은 점이나 실
망한 점. 마음에 안 드는 부분이라든가."

은섭은 그다지 이해가 안 가는 표정이었다.

"좋은 점을 묻지 않고 어째서….."

"난 내가 부정적인 사람이란 걸 알아. 그러니 차라리 나쁜 점부터 들을래."

농담인지 진담인지 모호한 느낌으로 해원은 웃었다. 은섭은 난처해하면서도 순순히 고민해보기 시작했다.

"음… 네가 오기 전에는 외롭지 않았는데 네가 온 뒤로 조금 외로워진 거?"

"어째서?"

"이 방에서 혼자 지내는 게 익숙했는데, 요즘은 네가 호두 하우스로 건너가고 나면 허전하니까. 나쁜 점이라면 아직은 그 정도인 것 같아."

은섭은 덤덤하게 말했지만 듣고 있는 해원은 조금 설레고 말았다. 기분이 별로여서 비딱한 질문을 던진 건데 곧이곧대로 따뜻한 대답을 들으니 스르르 기쁨이 번졌다. 그녀는 앉아 있는 은섭의 허리에 얼굴을 파묻고 두 팔로 그를 껴안고는 쿡쿡 웃었다. 그의 손길이 그녀의 머리를 쓰다듬었다.

"나무에 걸린 거미줄 같아, 네 머리카락은."

어이가 없어 해원이 또다시 웃는 바람에 어깨가 흔들렸다.

"화낼까보다. 비단결이면 몰라도 거미줄이라니."

"비단을 딱히 쓰다듬어본 적이 없어서…."

"거미줄은 만져봤고?"

은섭은 편안하게 웃었다.

"산에 다니면 얼굴이나 손에 걸릴 때가 있으니까. 느낌이

황홀하잖아. 가느다랗고 부드러운데도 헤어날 수 없을 것 같기도 하고."

해원이 고개를 들었다.

"그렇다면 좋아. 거미줄 머리카락 할래."

그러고는 노트북 덮개를 손가락으로 슬쩍 밀었다.

"그래서, 나랑 안 놀고 나뭇잎 소설은 잘 써지나요?"

"그럭저럭."

은섭은 노트북을 침대 밑에 내려놓고는 곁에 마주 누웠다. 그가 그녀를 안고 서로의 입술이 따뜻하게 포개지는 순간이 좋았다.

한참 사랑을 나눈 여운에 잠기는 동안 부드러운 졸음이 찾아왔다. 은섭이 눈을 감고 있어 그녀는 살그머니 침대를 빠져나와 옷을 찾아 입었다. 이대로 같이 잠들고 싶어도 명여 이모를 호두하우스에 혼자 두는 게 마음에 걸렸다. 정작 이모는 무슨 상관이냐고 하겠지만 그래도….

조용히 방을 나오려는데 바닥에 놓인 노트북에 여전히 켜져 있는 전원 불빛이 눈에 띄었다. 종료해주려고 터치패드를 건드린 순간 화면이 밝아지며 그의 글이 나타났다.

얼마나 흘렀을까. 선잠에서 깬 은섭이 이상한 느낌에 눈을 뜨니, 해원은 방바닥에 앉은 채 그의 노트북을 열심히 들여다보고 있었다. 그의 잠이 확 달아났다.

"뭐 해?"

"…H가 나야?"

침묵.

다음 순간 은섭은 벌떡 몸을 일으키더니 이불 속에서 손을 뻗어 노트북을 뺏으려 했지만, 해원은 얼른 옆으로 치워버렸다. 장난꾸러기 같은 웃음기가 그녀의 얼굴에 떠올랐다.

"그동안 비공개로 계속 일지를 썼던 거야? 마시멜로의 꽃말은…."

은섭은 침대 밑에 떨어진 자신의 추리닝 바지를 집으려 했다. 일단 옷부터 입고 그녀를 쫓아가야… 하지만 그녀가 더 빨랐다. 추리닝은 저쪽 방구석으로 휙 밀려가버리고 해원은 웃음을 터뜨렸다.

"정말로 어릴 때 내가 남자애인 줄 알았어?"

늘 차분하고 담담한 그의 모습에 익숙했는데, 지금 눈앞에서 어쩔 줄 몰라하는 그를 보니 해원은 뜻밖에도 즐거워졌다. 마침내 은섭은 아아, 괴롭게 신음하며 포기하듯 벌렁 드러눕더니 이불을 뒤집어써버렸다. 해원은 노트북을 책상에 올려놓고 침대로 다가갔다.

"나 쳐다봐."

이불 속의 남자는 미동이 없었다.

"임은섭!"

"그 사람 사라졌는데."

풋 웃으며 이불을 들추자 은섭은 엎드린 채 베개에 얼굴을 파묻고 있었다.

"고개 들어봐."

"싫어. 사흘은 처박고 있겠어."

"그럼 그 상태로 들어. 있잖아, 마시멜로의 꽃말은⋯."

"하지 마, 제발."

그의 귓가에 입을 가져다 대고 해원은 빙그레 속삭였다.

"마시멜로의 꽃말은, 뒤늦게 깨달은 사랑이야."

가만히 듣던 은섭이 고개를 들었다. 다음 순간 그는 그녀를 확 끌어안고 침대로 끌어들였다. 소리 지르는 그녀의 입술을 그의 입술이 막았다.

눈물차 레시피

＊

　토요일 오후. 기와집 할머니 그림의 물감이 잘 마른 것을 확인하고, 해원은 액자에 넣어 에어캡으로 여러 겹 감쌌다. 이따가 택배기사가 오면 보내려고 포장해두는데, 미닫이문이 열리고 손님이 들어왔다.

　"어서 오세…."

　해원의 말끝이 흐려졌다. 청바지에 점퍼를 걸치고 화장기가 사라진 보영은 시내에서 만났을 때와 많이 달라 보였다. 화분이 하나씩 든 커다란 비닐 가방을 양손에 들고 와 보영은 탁자에 내려놓았다.

　"양란은 이 서점에 선물하는 거야. 나머지 하나는 네게 주는 거고."

　화사한 흰색과 분홍색이 섞인 호접란 꽃송이가 주변을 환하게 만들었다. 하지만 다른 화분에는 흙만 채워져 있을 뿐 아무것도 보이지 않았다.

"어제 널 생각하면서 심었어. 곧 싹이 날 거고 꽃도 피겠지만, 싫으면 물 안 줘도 돼. 봄이 오기 전에 말라 죽는다면 내가 뭘 심었는지 넌 영영 모르겠지."

해원은 하마터면 말문이 막힐 뻔했다.

"너 정말… 되게 피곤한 타입이구나. 이런 식으로 이상하게 복수하는 사람은 너밖에 없을 거야, 김보영."

"복수가 아니라 사과하는 거야."

"그게 그거야, 똑같아."

노려보듯이 서로를 바라보다 해원은 다시 말했다.

"혹시 아무것도 안 심은 건 아니니? 그래놓고 마음이 착하지 않은 사람은 물을 줘도 꽃이 안 핀다거나…."

"아, 그럴 걸 그랬나. 그게 더 재밌었겠다."

보영은 아쉬운 듯이 중얼거렸고, 두 사람은 그만 제풀에 피식 쓴웃음을 지었다.

화분들을 적당한 곳에 놓아두고 차를 내오는 동안, 보영은 천천히 오가며 서가를 둘러보았다. 책 몇 권을 사고는 회원으로 등록도 했다.

"나, 자주 올 거야."

"그래, 제발 자주 와."

비로소 보영은 긴장을 풀며 앉아서 차를 마셨다. 해원도 한결 마음이 놓였다.

"…물은 며칠마다 줘야 해?"

보영이 찻잔을 내려놓으며 얼른 대답했다.

"너무 많이 주면 안 돼, 일주일 두 번만."

"알았어. 물 줄 때마다 네 생각할게."

"그럼 세 번까지는 줘도 될 거야."

보영이 시큰둥한 척 대꾸해서 해원은 웃어버렸다. 봄이 오면 과연 어떤 꽃이 필지 궁금했지만, 그때까지 모르는 채 기다리는 것도 괜찮겠다고 생각하면서.

설 연휴가 시작되자 고속도로를 메운 귀성 행렬이 뉴스 화면을 장식했다. 도시로 나갔던 자녀들이 내려와 북현리에도 한 집 두 집 차량들이 늘어났다. 책방과 논두렁 스케이트장도 이참에 이틀을 쉬어 가는 참이었다.

명여는 안경을 코끝에 걸치고 모니터를 들여다보며 원고를 쓰고 있었다. 한동안 손대지 않았던 낡은 컴퓨터를 마루로 옮겨왔는데 키보드가 뻑뻑해 자주 오타가 났다. 해원은 소파 쿠션을 베고 누워 모처럼 느긋하게 책장을 넘겼다. 이전부터 명절은 먼 타인들의 일이었고, 기나긴 귀성 행렬에 굳이 낄 필요가 없었던 건 두 사람 다 마찬가지였다. 군밤이 소파 아래 나른히 엎드려 있었다.

"예전에 이모가 여행 다녀와서 나한테 선물했던 엽서, 기억나?"

읽던 책을 가슴에 내려놓으며 해원이 말했다. 얼마 전 입고된 《마이 페이버릿 포스트카드》라는 독립출판물이었다. 여행중독인인 저자가, 방문했던 도시마다 수집한 기념엽서를 싣고 추억담을 쓴 에세이였다.

"글쎄다. 어떤 엽서였지?"

"밝고 컬러풀한 대문들이 나란히 찍혀 있었는데. 빨강 노랑 초록… 색색깔로."

명여가 알겠다는 듯이 끄덕거렸다.

"아일랜드 엽서인가보다. 거기 사람들은 대문을 그렇게 알록달록 칠하더구나."

"그랬구나. 가끔 기억나, 인상적이었어."

해원아, 여기서 어떤 문을 열고 싶어? 그날 이모는 엽서를 내밀며 물었다. 저마다 색깔이 선명하게 다른 열 개의 대문이 그 속에 있었다. 어린 마음이 갑자기 두근두근하던 순간. 어떤 심리테스트처럼, 앞날에 대한 작은 예언을 듣는 기분이었다고 할까. 그저 엽서 속의 대문들이었는데도, 섣불리 아무 문이나 열었다가 후회할까봐 한참 들여다보던 기억이 남아 있었다. 명여는 돋보기안경을 벗고 눈가를 문질렀다.

"갑자기 그건 왜."

"그냥. 그때 이모가 지금 내 나이였구나 싶어서."

명여에게서 씁쓸한 웃음이 새어 나왔다.

"벌써 그렇게 됐나…. 지금은 볼품없어져 미안하구나."

드물게 진심인 듯한 목소리여서 해원은 조금 속상해졌다.

"뭐야. 안 어울리게 마음 약한 소리를 다 하네."

다시 책장을 넘기는데 마루 전화벨이 울렸다. 수화기를 들자 낯선 여자의 목소리가 들려왔다.

"혜천의료원 응급실인데요. 거기가 호두하우스인가요?"

"네, 그런데요."

"어떤 할아버님이 119에 실려 오셨는데 보호자가 어린아이뿐이에요. 아이가 아는 어른이 그쪽에 있다고 해서요."

순간 당황스러워 해원은 눈을 깜빡였다.

"할아버님 성함이 혹시?"

"잠시만요. 환자분 성함이… 정길복 님이오."

리어카 할아버지! 퍼뜩 승호의 얼굴이 스쳐 갔다. 휴대폰이 없고, 은섭과 해원의 폰번호도 모르니 호두하우스를 기억하고 말한 모양이었다.

"알겠습니다, 지금 바로 갈게요."

명여가 컴퓨터에서 고개를 들고 쳐다보았다.

"왜 그래?"

"다녀와서 얘기해줄게. 은섭이하고 잠깐 갈 데가 있어."

서둘러 옷을 걸쳐 입고 해원은 가방을 챙겨 오솔길을 가로질렀다. 텃밭에 낯익은 은회색 SUV와 처음 보는 검은색 차량이 나란히 세워져 있었다. 옆집으로 들어가려다 그녀는 멈칫했다. 처음 보는 꼬마들이 마당을 뛰어다니고 아이들 아빠인 듯한 남자가 지켜보며 통화를 하는 중이었다. 아랫집

보일러 때문에 친척들이 은섭의 집에서 머무른다는 걸 깨달
았다. 그의 방 창문 아래서 해원은 폰 버튼을 눌렀다.

"…나야."

응급실은 명절과 아무 관련 없는 또 하나의 공간이었다.
아픈 사람들과 갑작스런 사고는 때를 가리지 않았고, 혜천의
료원도 예외가 아니어서 응급실은 환자들과 의료진들로 은
근히 소란스러웠다. 침상 커튼 아래로 승호의 작고 낡은 운
동화가 보였다.

"저체온증으로 쓰러지신 걸 마을 주민이 발견해 구급차를
부르셨나봐요. 지금 의식은 돌아오셨지만 폐렴 증상이 보여
서 입원하셔야 합니다."

힘없이 누운 노인 곁에서 링거의 조절기를 확인하며 간호
사가 말했다. 눈물 자국이 어린 승호가 보조 의자에 앉아 띄
엄띄엄 중얼거렸다.

"오늘 같은 날 폐지가 많이 나온다고… 과일 상자랑 선물
박스랑 그런 거 주우러 가셨다가 쓰러지셨어요."

노인이 어렵사리 손을 움직이며 입을 달싹이자 은섭은 가
까이 얼굴을 가져다 댔다.

"…리어카는 제가 찾아오겠습니다. 염려 마세요."

그가 안심시켰지만 노인은 계속 무어라고 호소하는 것 같
았다. 한참 귀 기울여 듣더니 은섭은 고개를 저으며 달래듯

대답했다.

"그건 안 돼요, 당장 집에는 못 갑니다. 입원하셔야 한대요."

노인은 집에 가겠다는 뜻을 맥없이 피력했지만 의료진은 그러면 책임질 수 없다고 했다. 은섭이 보호자 동의서에 사인하고 입원 수속을 밟으러 간 사이 해원은 당분간 아이와 노인을 어떡해야 하나 고민하는데, 누군가 커튼을 젖히며 기기를 들고 들어왔다.

"네가 승호니?"

승호는 어리둥절한 눈길로 중년 간호사를 올려다보았다. 통통한 체구에 볼이 발그스름한 여인이 환자복을 입은 노인의 팔에 혈압계를 두르며 말했다.

"나 효진이 엄마야. 이름 들으니까 너인 것 같아서. 지금 효진이 휴게실에서 놀고 있는데 너도 힘들면 나가서 같이 있으렴."

간호사는 해원과 눈길이 마주치자 푸근하게 웃어 보이더니, 혈압을 잰 다음 노인의 팔뚝에 고무밴드를 두르고 주사기를 꽂았다.

"피검사 나갑니다. 따끔하실 거예요."

승호가 고개를 돌려 외면했다. 채혈을 마친 간호사가 피가 담긴 작은 유리병을 거치대에 꽂으며 해원에게 물었다.

"책방 선생님이시죠?"

"네…."

"우리 딸이 서점에 간다니까 괜히 좋더라구요. 책이라도 한 권 읽겠지 싶고. 방해되는 건 아닌지 모르겠지만요."

"아니에요, 애들이 착해서요. 고맙습니다."

해원이 대답했다. 간호사는 노인을 향해 상냥하지만 단호한 말투로 타일렀다.

"할아버지, 더 심하게 아프시면 손자는 누가 키워요. 치료를 잘 받고 나으셔야 손자를 돌보시는 겁니다."

노인은 눈가가 충혈되더니 굳게 입을 다물었다. 이윽고 은섭이 돌아왔다. 몇 가지 검사를 끝내고 병실로 옮겨가면 오늘 밤은 노인 곁에서 머물 생각인 듯했다.

"어차피 집에 사촌 형 가족들이 와 있으니까 괜찮아."

온전히 집을 비워주게 돼 더 마음 편한 것처럼 그는 말했다.

옆 침상에 교통사고 환자가 실려 와 해원은 승호를 데리고 로비 휴게실로 향했다. 맨 앞줄 의자에 효진이가 다리를 까딱까딱 흔들며 티브이를 보고 있다가 팔짝 뛰어오르며 반가워했다. 그러고는 할아버지가 입원한다는 말을 듣고 또 몹시 안타까워했다. 매사에 반응이 큰 소녀에게 해원은 미소를 띠며 말했다.

"효진이 어머니가 간호사 선생님이셨구나."

"네. 오늘 당직인데 제가 같이 와줬어요. 아빠는 친척집에 가셨고요. 너무 멀고 가기 복잡한 곳이라 저는 안 따라갔거든요. 울릉도예요!"

효진은 냉큼 승호의 옆으로 가 나란히 앉았지만 소년은 돌아보지도 않았다. 분위기가 왠지 어색해져서 해원은 가방을 열고 드로잉북과 색연필을 꺼냈다.

"너희들, 노래 부르는 동안 완성하는 그림 보여줄까?"

효진이 호기심으로 끄덕거렸다. 드로잉북을 무릎에 펼치고 색연필을 움직이며 해원은 작은 소리로 노래를 불렀다. 어릴 때 엄마가 그림을 그리며 불러주던 멜로디였다.

눈동자 눈동자 사탕 눈동자
고깔모자 쓰고서 걸어갑니다…

단순한 동요에 맞춰 작은 동그라미 두 개를 그리고, 빙 둘러서 큰 동그라미를 그렸다.

옆으로 옆으로 주먹을 쥐고
주름치마 입고서 걸어갑니다
모두들 이리 와 요것 보셔요
기러기 삼형제 웃고 있잖아요….

노래가 끝나는 것과 동시에 고깔모자를 쓴 곱슬머리 소녀가 주름치마를 입고 걸어가는 모습이 완성됐다.

"이상한 노래예요."

승호가 중얼거렸지만 효진은 마음에 드는지 그림을 들여다보며 흐뭇해했다.

"저도 이거 배울래요."

해원의 휴대폰에서 알림음이 울렸다. 책방 회원들 단체 톡방에서 수정이 보낸 메시지였다.

'아들들이 왔다가 내일 간다는군요. 괜찮은 책을 몇 권 같이 보내고 싶은데 지금 들르면 책방 문이 열려 있을까요? 대형서점에서 살 수 있는 책들 말고 새로운 책을 선물하고 싶네요.'

해원은 답톡을 보냈다.

'지금 저희 둘 다 혜천의료원에 와 있어요. 당장은 문을 열 사람이 없지만 오늘 밤엔 가능해요.'

아니나 다를까. 연두색 소형 승용차가 의료원 주차장에 들어온 건 그로부터 삼십 분도 채 되지 않아서였다. 번개 같은 기동력. 어디선가 누군가에게 무슨 일이 생기면 나타난다는 슈퍼히어로… 아니, 슈퍼히로인처럼 수정이 로비를 걸어왔다.

티브이에서 한복 입은 출연진들이 설날 특집 노래자랑을 하고 있었지만 아무도 보고 있지 않았다. 아이들은 드로잉북을 한 장씩 차지하고 낙서를 하고, 해원과 수정은 뒷줄 의자에 앉아 나지막하게 이야기를 나누었다.

"병원비는?"

수정은 대뜸 현실적인 부분을 짚었다.

"일단은 입원 수속을 했어요."

"어르신이 가진 돈이 있으시려나."

"캄보디아에 아드님이 있다고 들었는데… 연락은 통 안되나요?"

수정은 회의적인 표정이었다.

"여행 가이드 한다는 얘기? 아이는 그렇게 알고 있는 거 같지만, 실제로 그런지는 나도 모르겠어. 한 번도 부모를 본 적도 없고."

그러고는 머플러를 벗고 자리에서 일어났다.

"어르신 얼굴이라도 보고 올게."

수정은 로비를 가로질러 응급실로 향하고, 해원은 휴게실 한쪽에 놓인 자판기에 지폐를 넣었다. 아이들 음료수라도 뽑을 생각이었다.

"너네 뭐 마실래. 오렌지 주스?"

"나는 콜라요!"

별안간 현지가 해원의 팔을 덥석 움켜잡아 그녀는 소스라치게 놀랐다.

"깜짝이야. 넌 웬일이야?"

"단톡방에서 봤죠."

현지가 재빨리 콜라 버튼을 누르자 자판기 아래로 캔이 둔탁한 소리를 내며 떨어졌다.

"굳이 너까지 안 와도 되는데. 고맙긴 하지만, 명절인데 집에 있어야지."

현지는 콜라를 벌컥벌컥 마시고 속이 뻥 뚫린다는 투로 과장되게 트림을 했다.

"사실은 친척들이 또 싸우고 있거든요. 듣기 싫어 죽을 뻔했는데 톡 읽고 여기로 와버렸어요. 진짜 명절 같은 거 없어졌으면 좋겠어요. 연락들도 안 하고 살다가 꼭 설날 추석날 우리 집에만 오면 싸운다니까요? 뭣 하러 만나, 안 그래요?"

캔을 쥔 손에 저절로 힘이 들어가는지 얼굴을 붉히며 부르르 흥분했다.

"짜증 나, 우리 엄마가 동네북인 줄 아나!"

평소 그렇게 싸워도 이럴 때는 엄마 편이구나 싶어 해원은 쓴웃음을 지었다. 현지는 승호에게 다가가 머리를 과격하게 쓰다듬었다.

"많이 놀랐지. 누나가 아이스크림 사줄게. 효진아, 너도 매점에 가자."

승호는 고개를 저었다.

"안 먹을래."

"진짜?"

대답이 없자 효진은 나도 안 먹어도 돼요, 하고 슬그머니 도로 앉았다. 현지는 어깨를 으쓱하더니 해원에게 물었다.

"그럼 당분간 승호는 혼자 집에서 지내나요?"

"아니, 나하고 함께 가야지."

하지만 승호는 불안한 기색이었다.

"할아버지 옆에 있을래요. 병원 침대에서 같이 자면 돼요."

"그렇게는 안 돼. 의사 선생님들이 허락하지 않아. 할아버지 곁에는 은섭 삼촌이 있을 거야."

"우리 집에 가자! 이따가 엄마 퇴근할 때 따라가면 돼."

효진이 아무 문제 없다는 듯이 친절하게 말했다.

"우리 아빠 게임기 있어. 배드민턴도 치고 레이싱도 할 수 있어."

"그거 재밌겠네."

현지가 맞장구를 쳤지만 아이는 반응이 없었다. 효진은 조금 답답해하며 나름 위로하려고 승호의 소맷자락을 붙잡았다.

"괜찮아. 짝꿍이라고 얘기하면 아빠도 우리 집에 있으라고 하실 거야."

갑자기 승호가 팔을 확 빼버렸다. 그러고는 드로잉 종이에 색연필로 뭐라고 쓰더니 옆으로 밀어버렸다. 깜짝 놀란 그들의 눈에 파란 글씨가 들어왔다.

내 짝꿍은 비눗방울보다 필요 없다.

효진의 얼굴이 하얗게 변했다. 한숨을 감추고 해원이 엄하게 나무랐다.

"승호야. 효진이한테 그러면 안 되지. 널 걱정해서 그런 건데."

외면하는 아이도 숨이 안 쉬어지는 것처럼 뻣뻣하게 긴장한 채였다. 어린 소녀는 괜찮은 척 웃으려 했지만, 기어이 눈물이 차오르더니 툭 떨어졌다. 현지가 어이없어하며 눈동자를 굴리더니 그 작은 손을 잡았다.

"나 참. 언니랑 매점 가자. 우리끼리 아이스크림 먹자."

두 사람이 나간 뒤에야 승호는 비로소 후— 숨을 쉬더니 떨리는 목소리로 물었다.

"…할아버지도 고라니처럼 되면 어떡해요?"

"아니야, 그렇지 않아. 절대 안 그래."

아이가 약간 패닉 상태인 것 같아 해원은 짠해졌다. 고라니가 죽었을 때 모두들 놀랐지만, 같은 장면을 목격해도 효진이는 이튿날 다시 명랑해졌고 승호는 그날 이후로 어쩐지 우울해 보였다. 아이들도 기질이 다르니까… 그렇게 그 모습으로 다들 어른이 되는 걸까. 승호의 어깨를 토닥여주며 해원은 쓸쓸해졌다.

그날 밤. 저녁 식탁을 정리하고 해원은 마루 소파에서 승호와 나란히 책을 펼쳤다. 의료원에서 돌아오는 길에 책방에 들러 수정은 책을 몇 권 사 가고, 승호는 가장 좋아하는 책을 키핑 책장에서 꺼내 왔다. 맞은편의 명여는 코끝에 안경을 걸친 채 여전히 키보드를 두드렸다.

"다리 부러진 의자들, 부를 수 없는 노래들, 난로 뒤에 떨어져 그 뒤로 다시는 못 본 숟가락들, 읽을 수 없는 책들, 멈춘 시계들….".*

해원이 소리 내어 《집에 있는 부엉이》의 한 장면을 읽어 주었다. 승호는 무릎담요를 덮고 군밤이에게 비스듬히 기대앉아 듣고 있었다. 아이가 여러 번 읽은 책을 또 골라 온 걸 보면, 어른이나 아이나 마음이 힘들 때 반복해서 읽고 싶은 책이 진짜 '인생 책'이 아닐까 싶었다. 지금 읽는 대목은 〈눈물차〉라는 짧은 이야기였다. 주인공 부엉이는 슬픈 생각을 떠올리며 흘린 눈물을 찻주전자에 모아 따뜻한 눈물차를 끓여 마시곤 했는데, 그러고 나면 슬픔이 조금 사라진다는 이야기였다. 해원이 책을 덮으며 말했다.

"우리도 눈물차를 끓여 마실까?"

우울하던 아이의 눈동자에 잠시 빛이 돌아오는 것 같았다.

"눈물차를요?"

"응. 꼭 울지 않아도 괜찮아. 슬픈 생각을 주전자에 담는 척하면 돼. 어때?"

"…좋아요."

해원은 주방에서 찻주전자에 물을 담아 소파로 돌아왔다. 주전자 뚜껑을 열고 탁자에 올려놓고는 고민에 잠긴 표정을 지었다.

"나부터 떠올려볼게. …망쳐버린 그림들."

손으로 머릿속에서 슬픈 생각을 뽑아내 주전자에 담는 시늉을 했다.

"네 차례야."

"…망가진 자전거."

"옛날에 살던 집."

"캄보디아."

"상한 줄 모르고 마신 우유."

"급식 반찬에서 나온 벌레."

"으!"

해원이 눈살을 찌푸리자 승호는 비로소 조금 웃었다. 듣고 있던 명여가 낡은 컴퓨터 너머로 시무룩하게 끼어들었다.

"그거 재밌네. 내 슬픔도 같이 넣어서 끓여주렴."

"그래요, 말해봐요."

명여는 타이핑을 멈추고는 단숨에 나열했다.

"무뎌진 손가락. 죽어버린 뇌세포. 한쪽만 남아 노안까지 온 내 눈깔."

눈깔이란 말에 승호는 또다시 푸훗 웃었다. 해원은 곤란하다는 투로 손가락을 흔들었다.

"마지막 재료는 넣고 싶지 않아. 이건 눈물차예요, 눈깔차가 아니라."

"저는 눈깔차도 좋아요."

승호가 괜찮다는 듯이 말했다.

"정말?"

아이가 끄덕이자 해원은 그렇다면 좋아, 하고는 찻주전자를 들고 주방으로 가 가스레인지에 올려놓고 끓이기 시작했다. 선반에 놓인 유리병에서 각설탕 세 조각을 꺼내 주전자에 살짝 빠뜨렸다.

무색투명한 뜨거운 차가 담긴 잔을 들고 그들은 후후 불어가며 조금씩 마셨다. 달콤한 맛이 났고, 승호는 빙그레 웃으며 말했다.

"최고로 맛있는 차예요."

"그러게 말이다."

명여가 웃으며 대답했다. 해원의 입가에도 미소가 스쳤다. 어느 날 밤 부엉이한테서 배운 레시피로 끓여 마신 눈깔차… 아니 눈물차였다.

그림 속의 마을

✳

2월 17일 기록

\#

승호 할아버님이 쓰러지셨다. 병원비 때문에 입원을 마다하셔서 설득하느라 애먹었다. 하지만 실질적으로 도움을 줄수 없다면 '치료를 제대로 받으셔야 합니다'라는 말이 무슨의미가 있는가. 몰라서 치료를 거부하는 게 아닌데.

\#

H에게 비공개 일지를 들켰다, 이런. 로그인 상태에서 화면보호기가 떠다닌 모양. 책방 일지 카테고리를 본 것 같은데 어디까지 읽었는지 모르겠다. 마시멜로의 꽃말로 나를 놀린 걸 보면 그녀가 북현리에 내려왔던 무렵이다. 그 이후로

어디까지…? 다 읽었다고 해도 뭐가 어떻게 되는 건 아니지만 왠지 음, 부끄러워서 정신을 잃을 뻔했음.

#

나뭇잎 소설 구상을 끝내고 헐거운 초고를 쓰고 있다. 그림이 벽에 걸린 도입부에서 어떻게 흘러갈지 여러 갈래로 상상해본다.

…그의 마을에는 늘 비가 내렸다. 날씨가 좋아지면 강을 건너 그녀를 만나러 가겠다고 몇 년째 생각한다. 마을을 고립시킨 강물에 다리가 놓이면, 부서진 나룻배를 고칠 수 있다면, 그러기 위해 오두막 밖으로 나갈 수 있다면, 그럴 수 있다면.

그러나 그는 마을을 떠나지 못한다. 비는 그치지 않고 강물은 늘 그곳에, 나룻배는 홀로 물결에 흔들리며 삭아간다. 그리고 그녀는 그를 잊었다.

…사흘 정도면 다 쓸 수 있을지도.

굿나잇책방 블로그 비공개글
posted by 葉

두 개의 이야기

배틀 디데이가 밝아 오전 내내 은섭과 해원은 책방을 구석 구석 청소했다. 외벽 칠판에는 새로운 글귀가 적혀 있었다.

나는 500마일을 걷고 500마일을 더 걸어

1000마일을 걷고

당신 문 앞에 쓰러지는 사람이 되겠어요.

─프로클레이머스(The Proclaimers)

칠판지우개와 분필을 가지런히 정리해놓으며 해원이 말했다.

"작가 이름이 아닌 것 같은데?"

"쌍둥이 형제가 하는 록밴드야."

"아하. 서점 칠판에 록밴드 노랫말을 적으셨군요."

"그러게요, 밥 딜런이 노벨문학상을 받는 시대니까?"

은섭은 장난스레 웃더니 기와집 옆으로 돌아가 쓰레기봉
투를 내놓고, 스케이트장에 다녀오겠다며 갔다. 그는 전날
완성된 나뭇잎 소설을 회원들에게 메일로 미리 발송해놓았
고, 명여는 이따 저녁 모임 때 책방으로 가지고 오겠다고 한
터였다.

해원은 은섭의 글을 회원 수만큼 프린트해둔 뒤 차근히
다시 읽기 시작했다. 남자가 사는 그림 속 마을엔 늘 비가 내
린다고 했다. A4 한 장 반에 담긴 짧은 글. 약간은 허망하다
고 할까. 애틋한 여운이 남았다.

저녁이 되자 책방에는 노란 백열등이 켜졌다. 해원은 커
피와 차를 준비하고 쿠키도 내놓았다. 제일 먼저 도착한 수
정은 만물상 같은 커다란 가방에서 짜잔— 와인 두 병과 치
즈를 꺼내 감동을 자아냈다. 현지와 인문학 남학생이 엇비슷
하게 도착하고, 근상이 나타날 무렵 해가 저물며 들판에 어
둠이 깃들었다.

"인물에 이름이 없어서 전부 환상인 것 같았어요. 남자, 그
리고 여자라고만 불러서."

현지는 털썩 의자에 주저앉으며 대뜸 소감부터 말했다.
근상은 동감한다는 뜻으로 끄덕거렸다.

"그렇지. 일장춘몽 같더구만."

"짧은 소설에는 이름이 상관없을 수도 있다는 걸 깨달았
어요. 저도 판타지 잠깐 연재한 적 있었는데 뭐, 완결은 못

했지만. 고심해서 캐릭터 이름 짓고 나면 방전되더라고요. 거기다 왕국이랑 도시 이름까지 지으면! 지쳐서 뒷부분을 못 썼다니까요?"

현지가 진지하게 말하는데 인문학 소년이 끼어들었다.

"장편소설에서도 등장인물 이름이 없는 경우는 많아. 알파벳 이니셜로 대체되기도 하고."

현지는 못 들은 척 딴청을 부리고, 수정은 학창 시절을 추억하며 가슴에 손을 얹고 말했다.

"예전엔 나도 문학소녀였으니까. 내가 만약 소설을 쓴다면 악역에 싫어하는 사람 이름을 붙일 거라고 마음먹은 적이 있었지. 근데 나중에 생각해보니 아니더라구. 인쇄돼서 남을 텐데 뭣 하러 싫은 사람 흔적을 굳이 넣겠나 싶은 거야. 어쨌든 인생은 아끼고 사랑하는 이들을 곁에 남겨가는 거지 싶어서."

해원은 새삼 공감해버렸다. 결국은 친절한 이들이 좋았고, 다정한 사람들과 더불어 잘 지내고 싶었다. 그 말대로 아끼고 사랑하는 존재들을 곁에 남겨가면서.

드르륵 미닫이문이 열려 돌아보니 어두워진 격자 유리를 배경으로 뜻밖의 방문자가 서 있었다. 현지한테서 헉 숨소리가 새어 나왔다. 강도 높은 컬을 자랑하는 긴 파마머리, 완벽한 메이크업, 귓불에서 빛나는 보석. 하님약국 약사 선생이 퍼가 풍성한 코트와 롱부츠 차림으로 나타났다.

"안녕하세요. 처음 뵙겠네요. 아, 낯이 익은 분들도 계시고."

"약국은 어쩌고…."

"일찍 셔터 내렸다."

더듬거리며 묻는 딸에게 대꾸하며 약사는 또각또각 부츠굽 소리를 내며 걸어왔다.

"책방이 정말 있군요. 독서실도 안 가는 딸이라, 통 믿기질 않아서 오늘은 미행을 했죠."

"나 미행했어?"

"아니. 내비 찍고 왔다. 말이 그렇다는 거지."

"앉으세요."

해원이 의자를 권하자 약사는 딸의 맞은편에 자리를 잡았다. 은은한 향수 냄새가 주변에 번지고, 약사는 기왕 말 나온 김에 다 털어보자는 듯이 입을 열었다.

"그래, 책방에 오는 애가 어째서 약상자를 들고 갔는지 이유나 들어보자. 몸 약한 남친이라도 있는 거니?"

"아니거든! 말을 해도…."

현지가 인상을 팍 구기자 곁에서 수정이 어리둥절해하며 물었다.

"약상자?"

"아주 비싼 종합영양제 석 달 치죠. 시시티비에 찍혔으니까 발뺌하지 말고 꺼내봐."

약사는 눈썹 하나 까딱하지 않고 말했다. 현지는 마지못해 가방을 열고 고급스러운 약상자를 꺼내 탁자에 놓았다.

"나중에 살짝 드리려고 했는데… 승호 할아버지 영양제 하나 챙겨 온 것뿐이에요. 같은 약 잔뜩 쌓여 있더만, 뭘."

저편에서 근상이 어이쿠, 난감하게 헛기침을 했다. 해원은 그만 당황해버렸다.

"아… 죄송해요. 마을에 편찮으신 할아버님이 계신데, 현지가 나름 마음 쓰느라고 그랬나봐요."

"오, 아니에요. 여기 분들이 미안해하실 일이 아니죠. 내 딸이 그런 건데. 제가 오히려 민망합니다."

그러더니 약사는 딸을 보고 다시 말했다.

"다음부터는 자세하게 말을 하고 갖고 가. 왜 필요한지, 누구한테 선물하고 싶은지. 안 된다고 안 할 테니까. 엄연히 내 재산이야."

"네… 미안."

현지는 웬일로 고분고분 대답했다. 말은 그렇게 해도 약사는 언짢은 기색은 아니었고 오히려 호기심으로 책방을 둘러보기 시작했다. 고교생이 눈에 띄자 슬쩍 아래위로 살펴보고는 딸의 남자 친구는 아닌 것 같다는 판단이 들었는지 관심을 꺼버렸다. 수정이 분위기를 바꾸며 약사에게 프린트물을 건네주었다.

"마침 재미있는 날 오셨네요. 오늘 오신 분들은 자동으로 투표단이거든요. 한번 읽어보세요."

"이게 뭔가요?"

현지가 말했다.

"사랑 이야기라고나 할까. 엄마 감성에는 안 맞겠지만."

"왜 안 맞는다는 거야, 내가 얼마나 뜨거운 사랑을 하고 너를 낳았는데."

약사는 파마머리를 귓가로 넘기고는 A4지를 들여다보더니 금세 읽어버리고 의아한 표정을 지었다.

"이렇게 끝나는 건가요? 꽤 짧네요."

"나뭇잎 소설이란 장르입니다. 영미권에서는 쇼트쇼트 스토리라고도 부르죠."

인문학 소년이 검은 안경테를 손끝으로 올리며 말했지만, 약사는 사랑 이야기라더니 결말이 이상하네, 하고 중얼거렸다.

"일종의 사랑이긴 하죠. 서로 다른 세계에서 만나지 못하지만, 남자는 여자를 사랑하고 있잖아요."

수정이 말했고 약사는 인정할 수 없다는 듯이 고개를 저었다.

"쳐다보지도 않는 사람을 백날 사랑해본들요. 제가 보기엔 이건 서글픈 결말이랄까… 약간 잔인하기도 하고요."

수정은 새로운 게스트의 말을 곰곰 생각해보는 눈치였다.

"어쩌면 그럴 수도 있겠네요. 지나간 사랑들을 떠올려보면… 사랑하는 내 모습을 사랑했던 시절이 있었어요. 그래요, 인정하자면 저는 짝사랑을 하고 있을 때가 참 좋았고, 그래서 이 이야기가 와닿았거든요."

천생 로맨티시스트인 수정은 수줍어하면서도 솔직하게 말했다. 약사는 또 한 번 고개를 저었다.

"나는 싫어요. 내가 왜 혼자 짝사랑이나 하고 있어야겠어요. 차라리 다른 라이벌과 경쟁을 하라면 하겠지만. 말이 안 되는 거지."

그러자 수정이 탁자 건너편 근상을 향해 상냥하게 물었다.

"배 선생님은 어떻게 생각하시나요?"

무념무상으로 팔짱을 낀 채 앉아 있던 근상은 움찔 당황해버렸다.

"예? 저는 뭐… 오래 얼굴 못 봐도 서로 사랑하겠거니 믿고 지내면 되는 거 아닌가… 싶기도 하고. 제가 기러기 아빠라 그런지. 글쎄, 잘 모르겠네요."

하고는 얼굴이 빨개지며 허허 웃었다.

출입문이 열리고 은섭과 장우가 같이 들어왔다. 좌중을 훑어보던 은섭은 약사와 짧게 목례를 나누고는 말했다.

"작가님은 아직 안 오셨네요."

"그러게, 메일도 안 왔고."

해원도 슬슬 걱정되기 시작했다. 호두하우스에 프린트기가 없어서 여기서 인쇄할 생각이었는데 이모는 여태 원고를 보내지 않고 있었다. 장우가 미심쩍게 갸웃거렸다.

"중요한 내기인데. 임은섭이 이겨서 심 작가님이 우리와 프로젝트를 함께 한다, 그런 계획인데 말야. 설마 기권패이신가."

"그럴 리는 없을 거야. 아직 십 분 남았으니까 기다려보죠."

해원은 쾌활하게 난로의 찻주전자를 가져왔다. 서로 커피와 차를 따라주고 쿠키를 먹으며 오늘의 초대작가를 기다리기 시작했다.

명여는 마치 밖에서 기다리기라도 한 것처럼 정각 7시에 기와집 미닫이문을 열고 나타났다. 발목까지 오는 긴 스커트와 모직 터틀넥 스웨터를 입고 코트에 숄을 두르고 있었다. 머리도 드라이기로 매만진 듯 부드럽게 정돈돼 우아해 보였다.

은섭과 명여는 긴 탁자의 양쪽 끄트머리에 마주 앉았다. 치즈를 접시에 담아 내놓고 수정이 와인을 땄다. 헝겊에 돌돌 말아 온 와인글라스가 네 개였기 때문에 연장자들에게 양보하고, 나머지는 머그잔에 따라서 돌렸다. 현지와 인문학소년도 언감생심 기대하는 눈치였으나 아쉽게도 포도 주스와 커피로 만족해야 했다.

"임은섭 씨의 소설은 다들 읽으셨을 테지요. 우선, 미안하다는 말씀부터 드리게 되네요. 저는 미처 글을 완성하지 못했는데 대신 이야기로 들려드리려고 왔습니다."

"이야기로… 들려주신다고요?"

인사를 나눈 뒤 명여가 먼저 입을 뗐고, 사람들은 어리둥절한 얼굴들이 되었다.

"안타깝게도 장편 체질인가봐요. 손바닥만 한 짧은 이야기를 쓰려고 했지만 나도 모르게 자꾸만 길어지고 길어져서, 도저히 시간 내에 끝낼 수가 없었지 뭐예요. 미안합니다."

해원은 그런 명여의 얼굴을 모호하게 바라보았다. 그렇게나 열심히 붙잡고 쓰고 있었는데? 조금 길어졌다 해도 충분히 완성했을 줄 알았는데. 뭔가 이상했다. 그런 와중에 근상이 조심스럽게 힘을 실어주었다.

"예, 뭐. 사정이 그렇다고 하시니 일단, 들어보시죠."

"감사합니다."

명여는 가볍게 목례하고는 와인을 한 모금 마시고 심호흡을 했다. 그러고는 이야기를 시작했다.

…세 가지 키워드는 날씨, 그림, 남자와 여자였어요.

여자는 몇 해 전 안개 때문에 어린 딸을 잃었습니다. 안개에 무엇이 섞여 있었는지는 아무도 몰랐어요. 어느 날 갑자기 그 도시에 스며들었고 그걸 오래 호흡한 사람들은 하나둘 목숨을 잃었으니까요. 안개는 예고 없이 들이닥쳤다가 사라지곤 했습니다. 멀리서

희끄무레한 대기가 밀려오면 여자는 미친 듯이, 집의 창문 틈새 하나까지 헝겊으로 틀어막고 은둔에 들어갔어요. 그러던 어느 밤, 누군가 집 문을 쿵쿵 두드렸죠.

모두들 조용히 듣고 있었다. 해원의 마음에도 안개가 끼는 것 같았다.

처음엔 열어주지 않았습니다. 낯선 이의 방문이 꺼려졌고 깊은 밤이었거든요. 하지만 쿵— 쓰러지는 소리가 들리자 문을 열 수밖에 없었죠. 처음 보는 남자였어요. 고열에 들뜨고 정신을 잃은 몹시 아픈 사람이었습니다. 죽게 내버려둘 수는 없어 그를 끌고 와 카펫에 눕혔죠. 의식을 찾을 때까지 사흘을 간호했습니다. 그리고 두 사람은 사랑에 빠졌어요. 안개가 걷힐 때까지 사랑을 나누었지만 그는 돌아가야 했죠. 여자는 가을이 오면 다시 와달라고 했고, 그 후로 가을을 기다렸습니다. 여기까지가 소설의 절반이에요.

"벌써 절반이라고?"

"쉿—."

누군가가 말했고 옆에서 다른 누군가가 속삭였다. 명여는 고개를 끄덕이며 다시 입을 열었다.

이번에는 남자의 시점이에요.

그는 일러스트레이터였고, 아내와 아파트에서 살고 있습니다. 복층 다락방이 있는 꼭대기 층이었죠. 그들은 행복했고 예쁜 딸아기도 태어났어요. 하지만 딸이 유치원을 다닐 무렵부터 숨 쉬는 걸 어려워했어요. 밤마다 피어오른 안개 때문이었습니다. …딸을 잃고 아내는 죄책감으로 다락방에 틀어박혔어요. 남편을 알아보지 못했고, 안개를 피해야 한다고만 했습니다. 남자는 아내를 위해 그림을 그립니다. 그녀가 가을을 기다리면 벽지 가득 가을을 그렸죠. 그가 아내를 만나는 방법이었습니다. …그게 끝이에요.

인문학 소년이 손을 들더니 질문을 했다.

"그 안개를 구체적으로 밝히진 않으셨는데… 스티븐 킹의 소설 《미스트》를 보면 이유를 알 수 없는 안개 속에서 괴물이 등장해 마을 주민들을 공격하거든요. 안개의 정체는 일부러 생략하신 겁니까?"

명여의 입가에 슬픈 미소가 스쳤다.

"글쎄요. 그 작품을 나는 읽지 못했지만 어떤 상징이었나 보군요. 내 이야기도 마찬가지입니다. 그 안개가 무엇이었는지 저와 같은 생각을 하신 분들도 있고, 아닌 분들도 있겠죠."

"나는 알 것 같아…."

수정이 약간 글썽한 채 중얼거렸다. 탁자 저편에서 근상도 묵묵히 끄덕거렸다. 장우가 쿨럭 기침을 하더니 신중하게 말했다.

"그래서… 진짜 원고는 언제쯤 주십니까? 며칠 더 기다리면 될지."

"완성은 안 할 것 같아요. 방금 그 이야기로 끝내려고요."

순간 모두들 황당한 얼굴이었다가 곧이어 그런 게 어딨어요, 반칙이에요, 하는 불만이 쏟아졌다. 현지가 입바르게 말했다.

"배틀이라고 하셨잖아요. 실제 원고를 주지 않는다면 지는 거예요, 작가님!"

"인정합니다. 제가 졌어요."

명여는 순순히 수긍했다. 은섭과 해원은 가만히 그런 명여를 바라보았고, 장우는 사뭇 곤란해하며 미간을 찌푸렸다. 수정은 안타깝게도 상처받은 표정이었다.

"구슬이 서 말이라도 꿰어야 보배라잖아? 심 작가가 아무리 프로라 하더라도 써 온 게 없으면 아무것도 아닌 거야. 왜 마무리를 하지 않는다는 거지요?"

오랜 친구의 말에 명여는 씁쓸히 대답했다.

"글쎄요. 이젠 늙었나봐요, 진짜 나이가 문제가 아니라 내 마음이. 언제든 다시 시작하면 될 줄 알았는데 그렇지 않더군요. 양심적으로 기권하는 이유예요."

수정은 가슴 아프게 중얼거렸다.

"변명으로밖에 안 들리는데."

"맞습니다. 하지만 아무것도 쓰지 못하는 시간이 길었어요. 계속 글을 쓰고 있어야 작가인 건데. 이제 미련 없이, 내 한계를 인정하고 홀가분해지고 싶네요. 굿나잇책방 분들이 조촐한 은퇴를 축하해주신다면 기쁘겠습니다만…."

침묵이 흐르는 동안 명여의 손에 들린 글라스가 불빛에 눈물처럼 반짝였다. 마침내 깔끔하게 손질한 진줏빛 손톱을 내보이며 약사가 자기 와인글라스를 높이 치켜들었다.

"그래요, 본인 마음인 건데. 마음껏 자유로워지세요. 은퇴를 축하합니다!"

저편에서 근상도 글라스를 들었다.

"거참, 배틀이든 은퇴식이든 무슨 상관이겠습니까. 즐거운 마음으로 건배하시지요. 축하합니다."

"고맙습니다. 거기 젊은이들은 너무 조용한 거 아닌가요?"

명여가 웃으며 건너다보자 누군가 흔들어 깨우기라도 한 듯 젊은 세 사람의 어깨에서 긴장이 빠져나갔다. 은섭과 해원, 장우는 이심전심으로 남은 와인 한 병을 마저 따고 서로의 머그잔에 넘칠 만큼 가득 따랐다. 셋 다 원샷을 하고 싶은 표정들이었다. 근상의 선창으로 건배한 뒤 명여가 말했다.

"마지막으로… 꼭 하고 싶은 고백이 있어요. 저의 사십 년 친구 최수정 님."

모두 수정을 돌아보았다.

"네가 있어서 나는 아무것도 쓰지 못했을 때도 작가일 수 있었어. 너만이 나를, 잘 나갈 때나 못 나갈 때나 온전히 믿어준 사람이었던 것 같아. 늘 고마웠어요. 사랑해."

"어머, 무슨 그런…."

수정은 당치 않다는 듯이 손사래를 치면서도 그만 눈시울이 붉어져버렸다. 이번엔 다들 수정을 향해 잔을 들어 보이고 마셨다. 해원은 달콤쌉싸름한 와인을 목으로 넘겼다. 그래, 이렇게 해서 이모가 편안하다면. 괜스레 눈앞이 흐려졌다.

사람들이 돌아간 뒤 의자를 정리하다 해원이 불쑥 입을 열었다.

"그래도, 그 모든 것에도 불구하고 다시 재기할 줄 알았는데. 작품 활동 시작하면서."

은섭은 잠자코 밀대로 바닥을 닦았다. 노트북에서 알림 소리가 울리자 메일함을 열어보던 그가 의아해했다.

"심명여 작가님, 이제야 원고를 보내셨는데? 끝난 마당에 무슨 의도지?"

"애걔, 정말?"

글을 훑어보던 그의 표정이 묘해지더니, 그녀가 들여다보려 하자 노트북 덮개를 슬쩍 아래로 내렸다.

"왜 그래?"

"아… 오늘은 먼저 들어갈래? 난 좀 더 있어야겠어."

"무슨 메일인데 그래. 기다려도 괜찮은데."

"먼저 가는 게 좋겠다. 오래 걸릴 것 같아."

해원은 조금 이상했지만 선선히 끄덕였다.

"그래, 그럼. 내일 봐."

두 사람은 책상 너머 고개를 기울여 살짝 입맞춤했다.

그녀가 가고 나자 은섭은 책상 근처 조명만 남기고 나머지는 꺼버렸다. 의자에 앉아 한동안 생각에 잠겼다가 아까 받은 메일을 다시 읽고는 또 한참을 고민했다. 이윽고 그는 답장 버튼을 누르고 한 글자씩 자판을 두드리기 시작했다. 벽시계는 자정을 가리키고 밤이 깊어갔다.

답장을 드립니다

심명여 작가님. 아니, 이모님께

외람되지 않다면, 이모님이라고 부르겠습니다. 솔직히 많이 놀랐습니다. 오늘 여러 번 놀라게 하시는군요. 메일로 보내신… 고백록이라 해야 할까요. 해원에게 이모님의 글을 건네줄지 말지를 저더러 판단하라고 하셨습니다. 하지만 이 밤에 곰곰 생각해 내린 결론은, 이미 이모님은 판단을 끝내셨다는 것입니다. 제게 이렇게 글을 보내신 것 자체가 실은 조카에게 진실을 알리고 싶기 때문이 아닌지요.

…가족을 자기 손으로 해쳤다는 죄책감에 관해 말씀하셨습니다. 말씀대로 명백한 범죄입니다만 그 상황에 대해 저는 자세히 알지 못하니까요. 제가 판단할 영역은 아니라 여기고, 그냥 듣겠습니다. 자책과 죄의식은 평생을 따라다니

며 사라지지 않을 테고, 제도적으로 받는 벌 외에 스스로에게 내리는 벌이 있다면 그쪽이 더 길고 끈질길지도 모르겠습니다.

우연히도 해원의 인생에서 자의 반 타의 반, 저는 두 번의 접점을 갖게 됐나봅니다. 낙동강 근처에서 전화를 드렸을 때 이모님이 오시는 것을 먼발치에서 보았습니다. 말씀대로 지금이 두 번째 타이밍인지 모르나, 저 또한 그녀에게 말로 전할 수는 없을 것 같습니다. 힘들어도 이모님이 직접 고백하시는 편이 옳겠지만, 차마 얼굴을 맞대기 어렵다면 오늘 주신 글을 해원에게 전달하는 것까지만 관여하겠습니다….

…제게 비밀을 말하셨으니, 저도 한 가지 비밀을 알려드리는 게 공평할까요. 저 또한 가족 이야기를 드릴게요. 제게도 친어머니가 있었습니다. 몇 해 전 북현리를 떠나 삼 년쯤 그분 곁에 가 있었습니다. 다행인지 불행인지 세상과 이별하시는 모습까지 지켜보고 돌아왔습니다. 키워주신 부모님들은 그 일을 모르십니다.

어떤 형태든 한 지붕 아래 같이 사는 사람들은 가족이거나 유사가족일 테지만, 그렇다고 꼭 서로를 사랑할 의무가 있다고는 생각하지 않습니다. 서로에게 미안하거나 감사하거나 이해하는 마음이 있다면, 그걸로 충분하지 않을까요. 해원과 이모님도 이미 오래전부터 가족이었고 그 사이 비밀과 불신, 어쩌면 배신이 있었다 해도 이모님은 해원을 아끼시니까요. 그 사실 하나로 눈앞에 놓인 문제를 풀어나가시리라 생각합니다.

마음 무거운 이야기를 해서 미안하다고 하셨지만, 저는 괜찮습니다. 타인의 한계일지 몰라도 그저 객관적으로 보려 애쓰고 있습니다.

…책방이 편안해서 좋았다고 하신 말씀 고맙습니다. 예상하셨겠지만 운영이 원활하지는 못합니다. 아직은 젊으니까 고생해도 괜찮다는 각오만 하고 열었던 거라 현실적인 수익 계산을 꼼꼼히 해본 적이 없었습니다. 적자가 나거나 현상 유지가 되거나. 가끔 흑자로 계산되는 달이 있어도 여전히 제 인건비는 빼야 할 때가 많습니다.

그래도 크게 걱정하지 않았던 건, 하는 데까지 하다 정말 안 되면 그만하면 된다고 생각했기 때문입니다. 좋아하는 책 수십 권만 남겨 혜천호수 낚시터 좌대 한 칸에다 물 위의 책방을 만들어도 상관없었습니다. 낚시꾼들이 낚시를 하는 동안 저는 랜턴을 켜놓고 책을 읽겠다 생각하면 그다지 두려울 게 없었습니다. …하지만 최근 들어 가끔 막막하고, 미래를 예측하며 처음으로 불안정한 삶을 깨닫기도 합니다. 그럴 땐 세기서림 박흰돌 대표님과 만나 얘기를 나눕니다. 좋은 선배님이 계셔서 다행일까요.

그러고 보니 〈물 위의 책방〉이란 제목으로 단편소설을 쓰다가 내버려둔 적이 있군요. 왜 번번이 완결하지 못하나 새삼 돌아보니, 쓰다가 도중에 덧없어지기 때문인가 봅니다. 제 글이 세상에 나왔으면 좋겠다고 생각하다가도, 어느 날은 굳이 저까지 보태지 않아도 이미 훌륭한 글이 차고 넘친다는 걸 떠올립니다. 세상 모든 책들 가운데 0.1퍼센트도 채 읽지 못하고 다들 떠나겠지만, 그렇게 읽어낸 글 속에서 얻은 건 많았습니다. 제게 계속 써보라고 격려해주신 점, 고맙습니다.

…침묵 속에서 많이 고통스러웠으리라 생각합니다. 건강하세요. 어떤 일이 있어도 해원을 사랑하시는 마음은 믿고 있습니다.

葉 드림

어떤 고백

이튿날 해 질 무렵 해원은 은섭이 건네준 갈색 서류 봉투를 들고 호두하우스로 올라왔다. 평소 책방 문을 닫을 때까지 그와 함께 웃고 얘기하는 시간을 얼마나 좋아하는지 알면서, 왜 오늘따라 일찍 들어가 이모의 원고를 읽어보라고 했을까.

"퇴근하고 호두하우스로 갈게. 그리고 같이 얘기하자."

은섭은 그렇게 말하고는 해원을 한 번 껴안고 팔에 힘을 주었다. 언제나처럼 다정했지만 어딘가 걱정스러운 그의 표정 때문인지 느낌이 이상했었다.

"다녀왔어요."

현관으로 달려 나와야 할 군밤이 보이지 않았다. 집 안은 비어 있었다. 오후까지 이모가 보일러를 틀어놓은 모양인지 훈훈한 온기가 돌았다. 다 늦게 어딜 간 걸까. 해원은 봉투를 식탁에 내려놓고는 실내복으로 갈아입었다. 책방에서 그가 한 말이 자꾸 마음에 걸렸다. 마치 어떤 예감처럼, 봉투를 열기가 싫었다. 식탁 의자에 쪼그려 앉듯 두 발을 올린 채 한참을 내려다보다 마침내 입구를 열고 하얀 프린트지를 꺼냈다.

비 오는 초여름 날이었다. 언니와 형부 집 마당엔 등나무가 있었다.

쿵, 해원은 심장이 크게 한 박자 뛰었다. 순식간에 옛집 마당 풍경이 불안하게 되살아났다.

오랜만의 방문이었다. 언제부턴가 형부는 알코올 문제가 생겼고 바깥일이 잘 안 풀릴 때마다 언니와 다투는 날이 늘어갔다. 언니에게 크고 작은 상처와 멍이 생기기 시작한 뒤로 나는 그 집을 의식적으로 피했다. 눈에 보이면 괴로우니까, 내 자매의 인생에서 한발 물러나 있기를 택했다. 하지만 그날은 그럴 수가 없었다. 그래서 이것은, 너무 늦은 내 고백. 사랑하는 조카 해원에게 전하는 처음이자 마지막 고백이고, 내가 남은 인생에서 써야 할 의무가 있는 유일한 글이다.

이게 뭐지? 어깨가 긴장으로 딱딱해졌다. 타이핑된 글이었으니 이모가 쓴 것이 아닐 수도 있었다. 그럴 리 없다는 걸 알면서도, 그렇게 생각하고 싶었다. 이모는 왜 이런 소설을 쓴 걸까.

다시 그날로 돌아가자. 여름날의 비가 내렸고, 언니네 집으로 이어지던 길목 담장에 장미가 피어 있던 모습도 기억난다. 초인종을 누를 필요가 없었다. 대문은 활짝 열려 있었고 차는 시동이 켜진 채 마당에서 불안하게 웅웅거렸다. 빗속에서 언니는 차를 몰고 달아나려 했고, 그런 아내를 끌어내리던 그 남자는 이미 이성을 잃고 있었다. 언니가 끌려 나온 순간 내가 운전석에 올라 핸들을 움켜쥐었다. 어서 타라고 소리쳤다. 그가 없는 곳으로 함께 멀리 달아날 생각이었다.

해원의 뺨에서 핏기가 사라졌다. 그날 이모가 왔었다고? 집으로 돌아왔을 때는 분명….

그는 두 팔을 벌려 앞을 가로막았다. 나는 액셀을 밟았다. 그가 피할 거라고, 피해야만 한다고 생각했다. 그를 아슬아슬하게 비껴 대문으로 나가려고 했다. 그는 마치 보닛 위로 뛰어오를 것처럼 몸을 앞으로 기울였고 다음 순간 차는 그를 매단 채 담장을 들이박고 멈췄다. 차바퀴에 휘감긴 등나무 덩굴이 부서진 벽돌 틈으로 나뒹굴었다. 눈앞에 벌어진 일을 믿을 수 없는데 언니가 소리쳤다. 가! 어서 가! 무슨 말을 하는지 알 수가 없었다. 이대로 다시 차를 출발하라고? 저 벽 사이에 낀 남자를 두고? 언니는 내 뺨을 때렸다. 가라고, 사라지라고! 그제야 나는 무슨 말인지 깨달았다. 비척비척 차에서 내려 나는 정말로 그들의 인생에서 사라지기 시작했다.

비가 오지 않았다면 누군가 목격자가 있었을 것이다. 하지만 그곳엔 우리뿐이었다. 대로로 나와 온몸을 떨며 정신없이 걷는데 비가 그쳤다. 그리고 나는 그 아이를 보았다. 버스정류장에서 친구들과 손을 흔들며 작별하는 조카를. 순간 나는… 가로수 그늘 아래 젖은 몸을 숨겼다. 난 그날 그 집에 간 적이 없는 사람이어야 했다. 연두색 우산을 접어 들고 해원은 무심한 발걸음으로 집 쪽으로 걸어갔다. 그 아이가 보게 될 광경을 나는 너무 잘 알고 있었다….

더 이상 읽지 못하고 프린트지를 툭 떨어뜨렸다. 사방이 적막해서 자신의 숨소리까지 들릴 것 같았다. 해원은 그렇게 정물처럼 앉아 주변 사물들이 어스름 속에 색을 잃어가는 모습을 지켜보았다.

늦은 밤 은섭은 책방을 닫고 오솔길을 올라왔다. 호두하우스 데크에 나와 앉은 해원을 보고는 묵묵히 비닐 천막을 젖히고 들어가 난롯불부터 켰다. 해원은 실내복에 긴 패딩을 걸친 모습으로 얼음 조각처럼 움직이지 않았다. 난로 온기가 데크에 서서히 번질 때쯤 그녀는 입을 열었다.

"내가 서울로 돌아가면 네 생활은 변할까?"

시선은 어두운 마당을 향한 채였다. 은섭은 테이블을 사이에 두고 곁에 앉아 듣고 있었다.

"네 인생이… 아니, 인생까진 아니더라도 적어도 네 일상에 변화가 있을까? 아닐 거야."

"…지금은 모르겠다. 네가 가고 나면 알게 되겠지."

은섭은 한숨처럼 대답하고는 걱정스럽게 덧붙였다.

"내가 도울 수 있는 일이 있다면 얘기해줘."

"그래? 오늘 밤 여기 앉아서 내가 뭘 생각한 줄 알아?"

그녀의 입가에 허무하고도 씁쓸한 미소가 어렸다.

"늑대 눈썹."

은섭은 멈칫했다.

"네가 전에 말했던 그 늑대 눈썹이 필요한데. 나도 그걸로 너를 보고, 너도 그걸로 나를 봐야 해. 우리는 우리를 몰라. 난 네가 어릴 때부터 좋아했던 이웃집 여자애가 아닐지도 모르고. 언제든 네 뒤통수를 치고 가버릴 살쾡이일지 어떻게 알겠어. 안 그래?"

그는 말이 없었다. 해원은 서글프게 웃었다.

"모두가 그럴 거야. 서로가 알고 있는 사람들이 아니야. 그러고 보면 살면서 눈치챌 만한 순간도 있었을 텐데. 난 어째서 전혀 짐작하지 못했을까. 지금 생각하면 바보 같아. 너무 바보 같아서… 토할 거 같아."

그러고는 갑자기 데크 아래로 뛰어 내려가더니 마당 눈밭에 진짜 토했다.

슥슥. 드로잉북에 복잡한 선이 뻗어나갔다. 한 번도 겹치지 않으면서 쉽사리 출구를 찾을 수 없는 가시울타리들. 해원은 아까부터 말없이 미로만 그리고 있었다.

"으아, 해체라니 말도 안 돼!"

탁자 맞은편에서 별안간 현지가 소리쳤다. 한창 스마트폰으로 게임을 하던 중이었다.

"한마디 언급도 없더니 갑자기 해체한대요. 처음부터 리그를 둘로 나눈 것 자체가 말도 안 되는 발상이었는데. 기껏 프로들 팀 짜고 팬들 끌어와서 기초 잡아놨더니 이제 공식 리그가 출범합니다? 잘하는 선수들 다 팔려나갔는데 이 리그에 뭐가 남았겠냐고요."

해원은 머리가 아팠다. 뭐라고 하는지 귀에 들어오지 않고 무슨 얘기인지 알고 싶지도 않았다.

"이래서 이 회사가 마음에 안 든다니까요? 핵은 잡지도 못하고 리그 만들어서 돈 벌 생각만…."

"현지야, 미안한데… 볼륨 좀 낮추면 안 될까? 정신이 하나도 없어."

현지는 약간 당황해, 기분이 좋지 않은 그녀를 물끄러미 보다가 이어폰을 귀에 꽂았다.

"네. 조용히 하죠, 뭐."

현지는 시큰둥하게 입을 다물고 게임에 몰두했고, 곁에서 책을 읽던 수정이 그런 해원을 쳐다보았다. 굳이 고개를 들지 않아도 시선이 느껴져 마음이 불편했다.

"해원이 괜찮니?"

펜을 든 손길을 멈추지 않고 해원은 무심한 투로 대꾸했다.

"수정 이모는 알고 계셨죠. 그쵸?"

머뭇거리던 수정은 나지막이 한숨을 쉬었다.

"비밀은 말하지 않는 채로 두는 게 나을 때가 있지."

해원은 쓴웃음을 띠었다.

"왜들 이렇게 관대한지 모르겠어요. 진짜 친구는 허물까지 덮어주는 사람이니까? 하지만 단순한 허물이 아니었잖아요, 그렇게 큰일이었는데."

수정은 살짝 돌아보며 현지가 이어폰을 꽂고 있는 걸 확인하고는 목소리를 낮추었다.

"나는 깊은 내막은 몰라. 얘기를 듣긴 했지만 더 캐묻지는 않았어. 모르는 부분까지 임의로 재판할 수는 없었을 뿐이야. 그래도 굳이 변명하자면… 학창 시절 내가 가장 좋아했던 책이 뭔지 아니?"

그녀는 잠시 말을 멈추었고, 해원은 묵묵히 기다렸다.

"…《바람과 함께 사라지다》였어. 애틀랜타를 탈출해 타라로 돌아왔을 때, 저택에 침입한 북부군을 스칼렛이 쏘아 죽였던 날이 있었지. 총소리를 듣고는 출산으로 허약해진 멜라니가 계단을 내려왔고, 둘은 북군의 시체를 같이 치웠어. 나는… 네 이모와 엄마의 심정도 그런 게 아니었을까 생각했던 것 같아."

해원이 펜을 툭 내려놓자 펜은 저 혼자 탁자를 굴러갔다.

"그러니까… 친구한테 멜라니가 돼주고 싶었던 건가요?"

그녀의 눈길을 수정은 피하지 않고 조금 슬프게 마주 보았다. 해원은 믿기 어려워하며 고개를 저었다. 작은 분노가 명치를 꽉 메워 견디기가 어려웠다.

"거봐요. 다… 책이 문제야. 모두들 자기 환상만 키워대고. 생각해보니 내가 여기서 뭐 하고 있는지 모르겠네요."

펼쳐놓았던 그림 도구들을 탁자 한쪽으로 치워버리고 해원은 자리에서 일어났다.

"죄송한데 오늘은 먼저 들어갈게요. 책방지기 올 때까지만 부탁드립니다."

현지가 놀라서 고개를 들었고 수정의 얼굴도 어두워졌다.

이튿날 아침 해원은 침대에서 일어나지 못했다. 몸이 물 먹은 솜처럼 무거웠고 새가 부리로 관자놀이를 쪼는 것처럼 편두통이 찾아왔다. 더듬더듬 휴대폰을 찾아 은섭에게 톡을 보냈다.

'몸이 안 좋아서 책방에 못 나가겠어. 미안해.'

'괜찮아. 푹 쉬어. 이따 밤에 들를게.'

곧바로 날아온 그의 문자를 해원은 표정 없이 내려다보았다. 그가 보고 싶지만, 한편으로는 피하고 싶기도 했다. 은섭에게 한 번도 들키지 않았던 그녀의 모습— 혼자만의 착각일지 몰라도 적어도 지금까진 들킨 적 없다고 느끼는 자신의 어떤 면을, 이제 와서 엿보이고 싶지 않았다. 날카롭고 때로는 이기적이고 황량하고… 그래, 내 못된 모습. 때때로 한없이 비뚤게 변할지도 모르는 그 순간을 바닥까지 들킬 것이 두려웠다. 해원은 천천히 자판을 입력했다.

'아니, 괜찮아. 당분간 혼자 좀 있을게.'

폰을 바닥에 툭 떨어뜨리고 베개에 얼굴을 묻었다.

온종일 비몽사몽 잠이 들었다가 악몽을 꾸고, 식은땀 흘리며 눈을 떴다가는 다시 꺼지듯 잠으로 도피했다. 저녁때 명여가 방문을 열고 들여다봤지만 해원은 고개를 들지 않았다. 분명 이모와 마주쳐야 하는데, 서로가 뭐든 부딪쳐야 하는데 지금은 두려웠다.

그러나 끝까지 피할 수는 없었다. 해원은 한밤중에 터덜터덜 아래층으로 내려가 몽유병자처럼 냉장고를 열었다. 우유팩을 꺼내 입을 대고 벌컥벌컥 마시고는, 식탁에 놓인 식빵을 토스터에 굽지도 않고 그냥 씹기 시작했다. 차갑고 오래된 종잇장 맛이었다. 안방 문이 열리더니 명여가 주방으로 들어왔고, 해원은 돌아보지 않았다.

"종일 굶었으면서 밤에 왜 그런 걸…."

"왜 수정 이모 집에서 벌써 왔어?"

마른 식빵을 씹으며 해원은 입을 열었다.

"보일러 터졌을 땐 냉큼 떠나서 오래도 가 있더니. 지금은 더 괴롭고 불편해서라도 도망쳐야 하는 거 아냐? 아, 여기 이모 집이지, 참. 피해야 하는 사람은 나였구나. 짐 싸야 하나봐."

명여는 마음이 추운 사람처럼 카디건을 여미며 조용히 대꾸했다.

"지금도 너무나 도망가고 싶다, 수정이 집이든 여관방이든…. 근데, 매를 맞아야 할 거 아니니."

"누가 매를 드는데."

해원의 입가가 비웃음으로 일그러졌다.

"누가? 왜 나를 그런 역할로 만들려고 해? 그렇게 비난받고 이모 마음 편해지려고? 내가 한바탕 쏟아부으면, 그러면 편해지나?"

해원은 하나 남은 식빵을 입안에 구겨 넣고 우유팩을 들어 끝까지 다 마셨다. 입가에 묻은 우유를 손등으로 스윽 닦았다.

"나 이모 비난 안 할 거야. 왜냐하면 그건 세 사람 잘못이 었으니까. 잘못 살았던 아빠, 일을 저지른 이모, 그걸 나한테 감춘 엄마. 세 인물의 합작품이잖아. 무대에 셋이 다 모이지 않는데 한 사람한테만 화내서 뭐 하게? 근데 어떡해, 하나는 세상에 없는데. 주인공들이 다 모일 수가 없네?"

"…어떻게 고백해야 할지 지난 십오 년 내내 생각했다. 네 엄마는 그러지 말자고 했지만, 나는 언젠가는 네게 말해야 한다고 생각했어."

"와— 정의롭기도 하시지. 그래서 그런 고백록을 쓰셨구 나. 누가 작가 아니랄까봐 상세히 잘도 썼더라. 아, 이젠 은 퇴해서 작가도 아니지. 근래 작품 활동하지도 않다가 뜬금없 이 남의 책방 모임을 자기 은퇴식으로 만들고. 언제나 제멋 대로지."

봇물 터지듯 차가운 말들이 쏟아져 나와 해원은 겉으로는 태연한 척했지만 실은 몸이 떨리는 걸 숨겼다. 명여의 얼굴 이 창백해졌다. 주방 전등 아래 서 있는 여인은 순식간에 십 년은 늙어 보였다.

"무슨 말을 해도 좋아. 내 잘못이고, 내 죄였어. 다 들으마."

"그냥 내가 하고 싶은 말은 하나뿐이야. 그런 고백록이 뭐 가 필요해. 정말로 마음에 걸리고 평생 죄책감에 시달렸다 면, 이제라도 자수하면 되잖아. 그렇게 간단한 방법이 있는

데. 과실치사는 공소 시효가 어떻게 되는지 내가 알아봐줘
요?"

이 밤 처음으로 해원이 명여를 정면으로 쳐다보았다. 명
여는 두 팔로 자신의 몸을 감싼 채 왜소한 느낌으로 굳은 듯
서 있었다. 폭풍 전 고요 같은 침묵 속으로 군밤이 주춤거리
며 다가왔다. 무언가 심상치 않은 기류를 감지한 동물의 본
능으로 군밤은 해원의 허벅지에 앞발을 올리고는 조심스레
꼬리를 저었다. 해원은 한 걸음 옆으로 물러나 군밤이 떨어
져 나가게 했다. 명여의 목소리가 미세하게 흔들렸다.

"그건… 네 엄마가 원하지 않았다. 진짜야. 언니는, 네 엄
마는 칠 년이란 시간을 나 대신 교도소에서 보냈고, 나온 지
몇 년이 흘렀어. 이제 와서… 처음부터 다시 시작되는 걸 원
치 않았어."

익히 알고 있다는 듯이 해원은 무정하게 미소 지었다.

"완벽하네. 정말 감동적인 우애네요. 그래서, 그렇게 언니
뒤에 숨어버렸어? 우리 엄마를 거기에 보내고? 자매의 들판
에 피가 흐르지."

핏기가 가신 이모를 내버려두고, 해원은 빈 우유팩과 부
스러기만 남은 식빵 봉지를 아무렇게나 구겨 식탁에 내던졌
다. 주워 담기엔 늦어버린, 자신도 제어할 수 없고 그러고 싶
지도 않은 말들도 함께 내뱉었다.

"어째서 잘하지도 못하는 펜션 일을 하면서 틀어박혀 살

았는지 이제 알겠어. 여기가 이모 유배지였던 거야. 안전하게 스스로를 가둔 귀양지."

노여움 어린 해원의 눈동자를 바라보며 명여는 쓸쓸히 대답했다.

"그래, 네 말이 맞아. 여기 틀어박혀서 어서 자연사하길 바랐다. 병에 걸려도 병원 따위 안 가고 자연스럽게 죽어버려야지 하고. 근데, 사람 마음 참 간사하지. 눈 하나가 안 보이니까 마음이 손톱만큼은 편해지더라. 이걸로 내 죄와 교환해버리고 싶다는 생각까지 들었으니까."

"고작 눈 한쪽으로? 사람 목숨을 뺏고, 대가도 다른 이가 치르게 했으면서."

"그러니까 말야. 내가, 그렇더라고. 혐오스럽지."

명여의 눈가에 자조적인 눈물이 스몄고, 해원은 핏 웃었다.

"당신들 셋, 죄다 환멸이야. 거기에 내 배역은 뭐였을까. 아역 엑스트라? 누구든 돌봐줄 사람 하나만 곁에 남으면 되는 존재였겠지. 정말 다… 환멸이야."

"부인하지 않으마. 하지만 너만은 환멸을 넘어서라. 그래야 살아갈 수 있어."

"아니, 그렇게 못 해. 차라리 당신들에 대한 환멸은 넘어설 수 있어. 근데 나 자신에 대한 환멸을 넘을 수가 없어. 감쪽같이 모르고 살아온 거. 그걸 견디지 못하겠다고!"

해원은 그대로 계단을 올라 방으로 들어가 문을 쾅 닫았다. 머리가 깨질 것처럼 아팠고 몸은 으슬으슬 떨렸다. 진통제 두 알을 삼키고 침대로 파고들었다. 마음은 마치 폭풍우처럼, 가지에서 떨어진 나뭇잎이 마구 허공에 휘날리듯 어지러웠다.

약 기운에 설핏 잠이 들었던 걸까. 얼마나 지났는지 오솔길을 올라오는 차 소리가 들리더니 붉고 푸른빛이 창문에 어른거렸다. 이상한 느낌에 해원은 몸을 일으켜 창을 내다보았다. 어두운 오솔길에 경광등을 밝힌 경찰차가 서 있었다. 그리고 사람들의 그림자. 쇳덩이처럼 가라앉던 느낌이 순간 확 달아나고 그녀는 쭈뼛 등줄기가 서는 것 같았다. 이모다. 기어이 불렀구나, 경찰을!

어떻게 그렇게 빠르게 달려 내려갈 수 있었는지 나중에 생각해도 이해가 안 됐다. 점퍼를 껴입을 새도 없이 해원은 맨발에 서둘러 슬리퍼만 찾아 신고 호두하우스 마당을 가로질렀다.

"잠깐만요! 기다려주세요."

다급하게 뛰어오는 그녀를 오솔길의 남자들이 조금 놀라며 돌아보았다.

"무슨 일이십니까?"

제복을 입은 경찰이 의아하게 물었고 해원은 떨리는 목소리로 다시 말했다.

"제가 설명할게요, 그게 아니에요!"

"뭐가 말입니까?"

차 지붕에서 번쩍이는 경광등이 한밤에 실내복 차림으로 내려온 그녀를 무심히 비췄다. 비로소 해원은 미묘한 분위기를 파악하고 그 자리에 멈춰 섰다. 오솔길의 남자들은 경찰 한 사람과 은섭, 장우, 그리고 아랫집 이장 어른의 아들이었다. 은섭의 얼굴에 당혹감이 스쳤다.

남자들은 크게 한판 싸운 뒤였다. 그들의 점퍼에 묻은 피 얼룩과 뜯어진 소맷자락이 눈에 들어왔다. 은섭의 입가는 찢어져 상처가 났고, 장우는 눈가에 피멍이 든 채 머리엔 붕대까지 감고 있었다. 사촌 형이라는 남자는 뺨에 할퀸 자국이 길고 솜으로 코피를 틀어막은 채였다. 한바탕 붙었다가 지구대에 끌려갔다 나온 풍경이 한눈에 그려졌다. 잠시 멍하던 해원은 그만 긴장이 풀려 오솔길에 주저앉을 뻔했다. 은섭은 무엇인가 눈치채고 깊어진 눈길로 그녀를 응시했다.

"시내에서 다툼이 있었습니다만. 이분들과 무슨 관계이십니까?"

경찰이 사무적으로 다시 물었다. 해원은 굳은 얼굴로 재빨리 고개를 저었다.

"아뇨… 아닙니다. 아무것도 아니에요. 제가 착각했나봐요."

비틀대며 돌아서는데 데크에서 명여가 복잡한 표정으로 이쪽을 보고 있었다. 여태 그곳에 있었던 모양이었다. 해원이 가까워지자 비닐 천막 안에서 명여가 말했다.

"내가 경찰을 부른 줄 알았니?"

"그러게. 나 되게 멍청해 보였겠다."

테이블에 켜놓은 엘이디 촛불이 인위적으로 흔들렸다. 안락의자에 기댄 이모의 표정은 어둠 속에 가려져 있었다.

"자수하는 광경이 아니어서 실망했겠구나. 나 지금 저기로 걸어 나가야 하나?"

해원의 속에서 무엇인가 울컥했다. 그녀는 움츠렸던 어깨를 펴고 씁쓸히 웃었다.

"그걸 왜 나한테 묻는데. 걱정 마요, 이모가 못 하겠으면 내가 알아서 해줄 테니까."

해원은 다시 오솔길로 돌아가 차에 타려는 경찰에게 말했다.

"이 사람들 보내고 시내로 들어가실 거죠?"

"그렇습니다만."

"저 좀 태워주세요. 가는 동안 할 말이 있어요."

아랫집 담장에 기대섰던 장우가 어리둥절, 붕대 아래 부어오른 눈두덩을 찡그렸다.

"쟤 왜 저러냐?"

은섭은 그런 해원을 걱정스럽게 지켜볼 뿐 말이 없었다. 아랫집 사내는 굳은 입을 꽉 다물고 집 안으로 사라져버렸다.

"그러시죠, 그럼."

경찰의 말이 떨어지자 해원은 조수석 문을 열고 올라탔다. 경찰차는 텃밭 앞에서 유턴해 오솔길을 내려가기 시작했다. 호두하우스 앞을 지날 때 해원은 마당 쪽을 돌아보지 않았고, 은섭의 모습 또한 쳐다보지 않았다. 차가 국도로 접어들자 빗방울이 하나둘 떨어져 앞 유리에 부딪쳤다. 침묵을 깨고 경찰이 입을 열었다.

"근데 너, 목해원 아니냐?"

해원은 그제야 정신이 돌아온 듯 경찰을 보았다.

"나 기억 못 하는구나. 혜천고 삼 학년 때 장우랑 너랑 같은 반이었는데."

"아….'

그래서 저 남자들을 태우고 들어왔던 건가. 새삼 좁은 지역임을 깨닫고 해원은 알 수 없는 짧은 소리를 냈다. 옆모습이 낯익은 듯도 했지만 제복 탓인지 제대로 기억나지 않았다. 그가 누구든 알 게 뭔가 싶기도 했다. 대답이 없자 경찰은 그저 어깨를 으쓱했다.

"됐다. 할 말은 뭔데."

"…미안. 잊어버렸어."

차창 밖 어두운 들판을 내다보며 해원은 조용히 대답했다. 경찰은 그녀를 흘끔 살피더니 더는 말을 걸지 않았고 그들은 시내 쪽으로 빠르게 달려갔다.

경찰차는 부슬부슬 밤비가 내리는 혜천로터리에 해원을 내려주고 갔다. 충동적으로 뛰쳐나와 점퍼도 걸치지 못했고 실내복 바지 주머니를 뒤져보니 지폐 두 장뿐이었다. 불을 밝힌 편의점에 들어가 맥주 두 캔을 사고 바에 걸터앉았다. 밖은 어둡고 편의점 안은 밝아서 바깥 풍경 대신 유리에 비친 그녀 모습이 더 선명했다. 자기 자신과 마주 앉은 것 같아 해원은 시선을 떨구었다.

호두하우스에서 멀리 떨어져 혼자가 되자 비로소 눈물이 툭 떨어졌다. 이모가 자수했다고 여겼을 때 가슴이 철렁 내려앉았던 것. 경찰이 그 때문에 온 게 아니라는 걸 깨닫고는 저도 모르게 마음이 놓였음을 부인할 수 없었다. 그래 놓고는 금세 또 이모가 미워졌던 자신이 싫었다. 속을 들킨 것 같아서.

후드득 빗줄기가 강해졌다. 카운터 벽에 걸린 티브이에서 마감 뉴스가 나오고 있었다. 이른 봄옷을 차려입은 기상 캐스터가 미소로 날씨를 전했다.

―2월도 저물어가는 오늘 밤 전국에 세찬 비가 내리고 있습니다. 이번 비는 이틀 동안 이어지다 모레 그치면서, 기온이 다소 올라갈 것으로 예상됩니다. 이른 봄의 기운일까요, 남쪽 제주에는 동백 꽃망울이 맺혔다는 소식도 전해지죠….

봄의 기운. 해원은 어느새 비어버린 캔을 응시하며 생각했다. 남쪽에는 꽃망울이 맺혔다고? 하지만 여긴 여전히 춥고, 맥주 두 캔으로는 부족했다.

한 시간 뒤. 해원은 바에 엎드렸던 몸을 일으켜 더듬거리며 휴대폰 연락처를 뒤졌다. 빈속에 맥주와 소주를 연이어 마셨더니 어지럽고 토할 것 같았다. 빗소리는 더 거세지고 그녀는 우산도 없었다.

"…나야. 나 좀 데려가라."

정신을 놓지 않으려고 해원은 스르르 눈꺼풀이 감기는 걸 애써 참았다. 더는 힘들구나, 이대로 바닥에 누워버릴까 중얼거릴 무렵 보영의 모습이 희미하게 눈에 들어왔다. 빙긋이 웃으려던 순간 의식은 뚝 끊어져버렸다.

스노우볼

꿈을 꾸었다. 낯선 골목을 끝도 없이 걷는 동안 아일랜드 엽서 속의 대문들이 허공에 차례차례 나타났다. 빨리 선택하지 않으면 금세 사라지고 말아, 어떤 색 문을 열어야 할지 목이 타는 느낌이었다. 붉은 손잡이를 돌리자 옛 서울 집 마당이 나왔다. 또 틀리고 말았어, 다른 대문을 선택했어야 했는데….

따뜻한 손길이 해원을 흔들어 눈을 뜨니, 보영이 걱정스런 얼굴로 내려다보고 있었다. 어떻게 이 집에 왔는지 해원은 기억나지 않았다. 편의점에서 맥주와 소주를 연이어 마셨고… 필름이 끊겼던 것 같다.

보영이 끓여준 콩나물국에 밥을 조금 먹고 온종일 뒤척이며 방 안에 틀어박혀 있었다. 바라보면 괴롭기만 한 현실을 회피하듯이. 이틀째 그치지 않고 내리는 겨울비가 연립빌라 마당에 개울처럼 흘렀다.

"일어나봐. 장우가 왔어."

비몽사몽 눈을 떴을 때는 보영이 회사에서 돌아오고 밖이 캄캄해진 뒤였다. 눈앞을 가린 헝클어진 머리를 쓸어 넘기며 해원은 화장대 거울 속 자신과 눈이 마주쳤다. 며칠 새 다소 여윈 퀭하고 표정 없는 여자가 비쳤다.

작고 깔끔한 빌라 거실. 탁자 아래 깔린 토끼털처럼 복슬복슬한 러그에 그들은 마주 앉았다. 퇴근길에 들렀다는 장우는 눈가에 피멍 흔적이 남았고 머리에는 붕대 대신 거즈가 파스처럼 붙어 있었다.

"너 사라졌다고 은섭이가 걱정하길래 혹시나 동창들한테 사발통문을 띄워봤지. 설마 여기 와 있을 줄은 몰랐다. 핸드폰은 왜 안 받냐?"

해원은 그저 피곤하게 눈가를 문질렀다.

"…배터리가 나갔나봐."

커피를 내온 보영이 그의 몰골을 턱끝으로 가리켰다.

"내 눈엔 해원이보다 네가 더 문제다. 나이가 몇 살인데 싸우고 돌아다니니?"

"제대로 싸우기나 했으면 억울하지도 않지. 일방적으로 당했거든? 그 자식, 예전에 혜천고 일진이었다고. 주먹 여전하더라."

장우가 시큰둥하게 대꾸하자 해원에게 의아함이 스쳤다.

"일진? 그 사촌 형이?"

"아니. 그 사람이 술자리에 같이 데려온 놈. 동업자라고 소개하는데, 안됐지만 내가 정체를 아는 놈이었거든. 하마터면 홍보팀이 사기당할 뻔했지 뭐냐."

"주먹이 여전하더라는 건, 전에 맞아봤다는 거잖아."

보영이 노골적으로 짚으니 커피를 마시던 장우는 움찔하며 머그잔을 떨떠름하게 내려놓았다.

"쳇, 알아서 좀 걸러 듣지."

해원은 두 팔로 무릎을 웅크리듯 껴안고 듣고 있었다. 북현리에서 나올 때 은섭과 눈도 마주치지 않았던 것이 마음에 걸렸다.

"은섭이는… 많이 안 다쳤어?"

"걱정 마라, 입가만 좀 찢어진 정도니까. 우리보다는 박휜돌 대표님이 나름 중상을 입으셔서 문제지. 팔이 부러지셨어."

해원은 이맛살을 찌푸렸다. 듣고 보니 그날 혜천시장 술집에서 두 팀의 술자리가 있었는데, 이쪽 테이블에서 시비가 일고 장우가 얻어맞기 시작하자 저편에서 은섭이 날아와 끼어들었다는 것. 그리고 젊은 놈들의 싸움을 뜯어말리던 박휜돌은 뒤집어지는 테이블과 함께 넘어져 팔이 부러졌다는 사연이었다.

"해묵은 원수들이 외나무다리에서 딱 마주친 셈이었달까. 피차 운이 안 좋았던 거지."

장우는 머리를 긁적이다 다친 곳을 건드리고는 아 — 하고 찡그렸다. 해원은 생각에 잠겨 혼잣말처럼 중얼거렸다.

"그 형이라는 사람은 왜 은섭이를 미워하는 걸까."

잠시 머뭇거리더니 장우는 낮게 한숨을 쉬었다.

"뭐, 그런 타입의 인간은 늘 있는 거니까. 자기 집안에서 키워준 은혜를 갚아라, 그런 거겠지. 어릴 때 처음 만난 날부터 괴롭혔대."

멈추지 않는 적의는 언젠가는 뒤틀리기 마련인 걸까. 좀처럼 행복할 수 없는 인간들이 가장 손쉽게 자기 인생을 합리화하는 방법. 가까이 있는 누군가를 집요히 미워하고 질투하고 원망하는 것…. 어쩌면 자신도 그렇게 변해가는 게 아닐까 해원은 두려워졌다. 애써 그런 생각을 떨쳐내며 그녀는 쓸쓸하게 말했다.

"은섭이는 나한테 깊은 얘기를 잘 안 해. 그다지 말하고 싶지 않나봐."

"너는 그 녀석한테 다 말하고?"

해원은 비로소 시선을 들었다.

"별로 알리고 싶지 않은, 누구한테나 숨기고 싶은 약점은 있다는 거 너도 알 텐데."

그런 장우를 가만히 응시하다 그녀는 피식 헛웃음을 지었다.

"그러네."

보영이 약간 어색한 얼굴이 되더니 과일을 깎아 오겠다고 중얼거리며 주방으로 가버렸다. 잠시 침묵하던 장우가 입을 열었다.

"내가 은섭이 어떻게 만났는지 모르지."

당연히 알 리 없다. 비슷하지도 않고 접점도 없는 것 같던 그들이 어떻게 친구가 됐는지. 학창 시절엔 둘이 함께 있는 모습을 본 기억도 없었다.

"알겠지만 나는 꽤 이미지 관리를 하던 녀석이었거든. 압도적인 득표수로 학생회장이 된 이장우 — 그게 나였잖아?"

장우는 보랏빛 멍이 든 와중에도 엄지손가락을 올려 자신을 척 가리켰지만 금세 시무룩해졌다.

"내 입으로 차마 말하고 싶지는 않다만 숨은 흑역사를 은섭은 알고 있었지. 난 그때 일진들한테 삥 뜯기고 있었거든."

조금 놀라서 해원의 입이 벌어졌다.

"겉으로는 대인관계 좋고, 거친 애들조차 잘 다루는 회장이었지만 말야. 사실은 그렇게 보이고 싶어서 엄청나게 상납해야 했어. 돈을 주면 녀석들이 내 말을 잘 듣는 것처럼 연기해줬지. 그러다 한 번은 해도 너무한다 싶어서 반항했었는데…."

오래전 일을 회상하는 장우에게 쓴 약을 넘기는 표정이 떠올랐다.

"젠장, 산으로 끌고 가더라구. 얼굴은 티가 나니까 옷 입으면 안 보이는 곳만 골라서 때리는데, 실컷 패고는 나를 밧줄로 나무에 묶어놨었어. 꼼짝없이 밤이 되고 멧돼지라도 올까봐 벌벌 떨면서 울었지. 갑자기 바스락 소리가 들리더니 멧돼지가 아니라 임은섭이 나타나더라."

그 밤의 숲속 풍경이 해원은 상상되었다. 두들겨 맞고 나무에 묶인 소년과, 익숙한 숲길을 여느 때처럼 지나가던 또 한 소년. 밧줄을 잘라주고 어색하게 마주 보았을 둘의 만남.

"그대로 집에 갈 수도 없어서 녀석을 따라 웬 오두막에 들어가서 쓰러져 잤지."

장우는 고백을 마쳤다. 웃을 일이 아닌데도 왠지 웃기기도 하고 안됐기도 해서 해원은 위로하듯 미소 지었다.

"이장우 인생도 쉽지는 않았구나."

"말도 마라. 혜천고 프린스 이미지는 그냥 유지되는 게 아니었다."

보영이 사과를 깎은 접시를 탁자에 내려놓으며 말했다.

"어떡하지? 주방까지 들렸어."

"지지배. 수돗물 좀 틀어놓고 깎지."

장우는 투덜댔지만, 보영은 포크로 사과를 쿡 찍어 하나씩 나눠주고 자신도 한 조각을 베어 물었다. 한동안 사과를 먹으며 조용하다 문득 보영이 중얼거렸다.

"비 한번 잘 온다…."

거실 발코니 창에 빗방울들이 줄을 이루며 흘러내리고 있었다. 연립빌라 마당에 쏟아지는 빗소리. 지금쯤 산 아래 호두하우스는 춥고 고적하고 비바람 소리가 더 잘 들리겠지⋯. 해원은 그 모습이 너무나 보고 싶기도 하고, 멀리멀리 도망쳐 영영 안 보고 싶기도 했다.

이튿날 저녁 해원은 북현리 버스정류장에 내렸다. 비 그친 시골 들판의 차가운 공기가 폐부에 스며들었다. 기와집 문에 걸린 맹꽁이자물쇠를 따고 들어가 전등을 켰다. 책방을 둘러보는 동안 코끝이 찡해왔다. 겨우 한 계절 머물렀을 뿐인데도 구석구석 그녀의 흔적이 묻어나왔다.

열쇠를 돌려줘야 한다고 생각하며 짐을 챙기는데, 미닫이문이 열리고 은섭이 들어왔다. 평소와 다를 바 없는 모습이었지만, 해원은 그에게서 다른 먼 곳을 헤매고 온 듯한 느낌을 받았다. 그의 표정도 가라앉아 있어 더 그랬다.

"⋯내 물감이랑 짐 가지러 왔어."

눈이 마주치자 그녀는 말했다.

"내일 서울로 돌아가야 할 것 같아. 호두하우스에 더 있을 수가 없어. 너 스케이트장 때문에 곤란한 줄 아는데 미안해."

"방금 스케이트장 철거하고 오는 길이야. 이제 3월이니까 올겨울 영업은 끝났어. 마음 쓰지 않아도 돼."

은섭이 대답했다. 어느새 3월이었나. 날짜가 그렇게 된 줄 미처 몰랐다. 학교가 개학을 했으니 논두렁 스케이트장에 놀러올 아이들도 이젠 없는 것이다.

"…다행이다, 맘에 걸렸는데."

그러고는 침묵이 흘렀다. 그동안 키핑해두었던 책들, 물감과 드로잉북을 하나둘 쇼핑백에 담으며 해원은 담담히 말했다.

"올겨울 책방에서 일하게 해줘서 고마웠어. 여기가 나한테 어떤 느낌이었는지 알아? 크리스마스 선물로 받은 스노우볼 같았거든. 흔들면 눈이 내리는… 아늑한 공간. 좋은 사람들도 많이 만났고."

은섭은 말이 없었다.

"즐거운 일들도 많았는데. 아, 너와 산에 갔던 날도 참 좋았어. 그 오두막은 또 어떤 느낌이었게?"

그녀는 소리 내어 다정하게 웃었다. 마치 사랑하는 사람의 좋은 점을 칭찬해주려는 듯이.

"숲속에 숨은 또 하나의 스노우볼 같았어. 아무도 못 들어가는… 아, 아니다. 그건 아니고, 좀처럼 찾을 수 없는… 비밀 장소 같아서. 자주 생각날 거야."

은섭이 여전히 조용해서 그녀는 어쩐지 조금 힘들어졌다. 그가 이쯤에서 아무 말이라도 해주었으면 싶었다. 그저 안아주거나, 뭐가 됐든. 아까의 웃음이 부자연스럽고 공허하게 느껴졌다.

"뭐라고… 대답해봐."

은섭은 탁자의 의자를 천천히 끌어당겨 앉았다. 장갑을 벗고 푸른 점퍼의 지퍼를 내리고는 피로한 얼굴로 말했다.

"어차피 올라가야 했고, 조금 빨라진 것뿐이니까. 그렇게 불편해할 필요 없어."

"불편하지 않아. 내가 언제 불편하다고 했어."

해원이 방어하듯 대꾸했다.

"내가 언제…."

그녀에게서 남아 있던 미소가 사라졌다. 짐을 챙기던 손끝에서도 힘이 빠졌다. 입술을 깨물다가 그녀는 마침내 다시 말했다.

"그래, 실은 그런지도 모르겠네. 무슨 마법 같은 게 풀린 기분이거든. 모든 게 너무나 편안하고 좋았는데… 갑자기 적나라한 현실만 남았어. 맞아, 네 오두막도 솔직히 낯설고 조심스러웠어. 넌 내게 굳이 말하지 않는 부분들이 있지만… 장우가 그러더라, 그러는 너는 다 말하면서 사느냐고."

백열등 아래 은섭의 눈빛은 머리카락 그림자에 가려져 잘 보이지 않았다. 봇물이 터져버려 해원의 안에서 넘실거리던 것들이 한꺼번에 흘러나왔다.

"내게도 비밀이 있긴 했지. 근데 내가 좋아하는 사람은 이미 그걸 알아. 그날 낙동강까지 이모가 어떻게 찾아왔는지 내내 궁금했는데, 최근에야 의문이 풀렸어."

은섭은 막막하게 헝클어진 머리를 쓸었다. 해원은 그가

괴로워한다는 걸 느끼고 마음 한구석이 저려 왔지만 멈춰지지 않았다.

"그날 밤 그 일지, 다 읽었어. 오해 마. 기분 나빴다는 뜻은 아니야. 넌 나를 결과적으로 도운 셈이고 이모는 오랫동안 고마워했겠지. 왜 두 사람이 내 인생에 번번이 같이 엮이는지 모르겠지만 아무튼…."

해원은 잠시 눈을 감았다 뜨며 혼란스럽게 말을 골랐다.

"아무튼 지금은 에너지가 사라졌어. 이젠 화도 안 나. 그 남자를 엄마가 죽였든 이모가 죽였든 무슨 상관이겠어. 두 자매가 함께 일을 처리해버렸는데. 화내고 소리치기엔 너무나 내 일이 아닌 것 같아. 그 속에 내가 낄 자리가 있었는 줄 알아?"

눈물이 핑 돌아 그녀는 목이 메어왔다.

"열다섯 살, 난 어렸어. 그렇다고 해서 그렇게 완벽히 소외돼야 했을까? 나는 아빠의 잘못을 알기 때문에 그 죽음을 애도하지도 못했고, 그렇다고 남은 엄마를 위로하지도 못했어. 그래서 나는… 나를 사랑할 수가 없었어. 내 역할을 찾을 수가 없었다고."

건너편에 앉은 은섭의 윤곽이 흐려졌다.

"그런 줄도 모르고… 이모한테 해마다 오려고 애쓰고 고마워하고. 결국 이 마을은, 처음부터 내가 여기서 살면 안 됐던 거야. 괜히 내려왔나봐, 오는 게 아니었는데."

은섭은 숨을 한 번 몰아쉰 것 같았다. 잘못 들었나 싶은 순간 해원은 방금 자신이 뭐라고 말했는지 한 박자 늦게 깨달았다. 은섭은 그녀를 보지 않았지만 그 옆모습에서 상처받은 기색이 묻어났다.

"아… 그런 뜻은 아닌데. 미안, 요즘 정신이 없어서. 그냥… 네가 잠자코 있으니까 혼자 얘기하다 보니."

"알아, 그만 말해도 돼. 다 괜찮아."

그가 마침내 입을 열었을 때 그 느낌은 감춰지고 없었다. 실수해버렸구나. 해원은 후회했지만 주워 담기엔 늦었다. 비로소 다리에 힘이 풀려 그녀는 털썩 의자에 앉았다. 은섭을 정면으로 응시하기가 힘들었고 후드득 몸이 떨려왔다. 처음으로 굿나잇책방이 춥게 느껴졌다. 화제를 바꾸고 싶었다. 다른 이야기를, 그에게 해줄 수 있는 다정한 이야기를 찾고 싶었다.

"책방… 잘 되길 바라. 진심이야. 혜천에도 입소문이 퍼지고, 강원도 바깥에서도 사람들이 찾아오는 가게가 될 거야."

"상관없어."

해원은 멈칫했다.

"잘 돼도 잘 안 돼도. 책방일 뿐이니까."

은섭은 담담하게 말했다.

"애초에 대박이 나는 성격의 일이 아니야. 책방을 열어서 성공하겠다, 그런 생각은 해본 적 없어. 현실적으로 굿나잇

책방의 기적 같은 일은 일어나지 않아. 언제든 잘 안 되면 사라져도 어쩔 수 없어."

"하지만… 그다음에 너는?"

"뭐든 다른 걸 하겠지. 살아 있는 동안은 뭔가를 하게 될 테니까. 그게 꼭 여기여야 할 필요도 없는 거고. 북현리가 아닌 다른 곳으로 가도 돼. 너도 그렇듯이."

은섭의 얼굴은 그늘이 져 있었지만 목소리만은 여느 때처럼 부드러웠다.

"내가 가장 두려운 건, 하는 일이 잘 되지 않거나 실패하는 게 아니야. 농담할 수 없는 상황이 오는 게 제일 두려워. 왜 말을 하지 않느냐고? 농담이 안 나와서 그래. 너를 웃겨 줄 말이 생각이 안 나서."

그러고는 낮은 한숨과 함께 고백하듯 말했다.

"널 사랑해. 앞으로도 늘 그럴 거야."

해원에게 말갛게 눈물이 맺혔다. 다가가 그를 안아주고 싶지만 몸이 움직이지 않았다. 은섭은 점퍼를 집어 들고는 의자에서 일어났다.

"내일 조심해서 올라가라. 지금은, 내가 먼저 들어갈게. 잘 챙겨서 가."

그가 돌아설 때 해원은 그의 아픈 눈빛을 보고 말았다. 은섭은 미닫이문을 열고 바깥 어둠 속으로 스며들어갔다.

책방에 우두커니 앉아 있던 해원은 마침내 짐을 챙겨 어두운 오솔길을 걸어왔다. 겨우내 녹았다 얼었다를 반복하며 쌓였던 눈은 이틀간 내린 비에 다 씻겨가버렸다. 호두하우스는 고요했고, 은섭의 창은 어두웠다.

해원은 가만히 이 층 계단을 올라 트렁크를 꺼내 옷가지와 짐을 꾸리고 침대에 걸터앉았다. 그러고는 아까 일을 돌아보았다. 그와 이렇게 마지막 시간을 보내고 서울로 가고 싶진 않았다. 쓸쓸함과 어색한 슬픔을 남겨놓고, 서로가 떨어져 있게 된다 생각하니 견디기가 어려웠다. 그가 너무나 보고 싶었고 오늘 밤 함께 있고만 싶었다.

커튼을 걷고 내다보니 옆집 창은 여전히 불이 꺼져 있었다. 분명 먼저 올라왔는데 은섭은 집에 없는 걸까. 뭔가 이상해서 해원은 폰을 들어 책방 홈페이지를 눌러보았다. 혹시 업데이트된 흔적이 있을까 했는데 첫 화면에 안내문 팝업창이 뜨자 가슴이 툭 내려앉았다. 며칠 책방 문을 닫는다는 공지였다.

염려가 됐지만 별일 아닐 거라 여기려고 애썼다. 일단 은섭을 만나서 얘기해야 했다. 아마 집에 있을 거야. 잠을 청하거나 쉬고 있을 거야. 그의 얼굴을 보고 확인하면 된다고 그녀의 마음이 초조하게 속삭였다.

옆집은 어둠 속에 잠겨 있었다. 마당을 지나 그의 집 유리문을 두드리려는데 문틈 사이에 끼워둔 쪽지 하나가 하얗게 눈에 띄었다. 조심스레 꺼내어 펼치고는 폰 불빛을 비추자 낯익은 은섭의 필체가 드러났다.

큰아버지께.
며칠 산의 집에 가 있겠습니다.
돌아와서 연락드릴게요.

쪽지를 원래대로 접어서 문틈에 도로 끼워놓았다. 해원은 호두하우스 방으로 돌아와 멍하니 침대에 걸터앉았다. 그는 오두막으로 갔다. 옆집에, 오솔길 건너에 없다. 그는 가버렸다.

산에서 쓰다

3월 2일 책방 일지

오늘의 입고 서적: 《A 씨의 포토 자서전》 노철진 지음

가상의 인물 A 씨가 살아온 백 년 동안의 인생을 담백한 필체로 술회하는 자서전 형식의 사진 소설. 저자는 빈티지 중고숍을 드나들며 주인을 잃은 앨범들을 수집했고, 그렇게 모은 옛날 사진을 선별해 유년부터 노년에 이르기까지 한 인간의 일대기를 구성했다. 시대별로 변화하는 인물들 초상이 섬세하게 나열돼 주인공의 진짜 모습인 것처럼 착각에 빠지게 한다. 3·1운동 당시 종로 뒷골목에서 태어난 A 씨가 파란만장하게 살아온 한 세기. 주인을 알 수 없는 옛 사진 수십 장이 그 인생에 녹아들어, 새로운 사연과 생명을 얻는 과정이 흥미로움.

…그리고 며칠 책방 문을 닫는다는 공지를 띄웠다. 신경이 팽팽히 당겨진 활시위 같다. 잠시 내려놓고 쉬어가기로.

\#

텐트와 배낭을 메고 산에 올라왔다. 텅 빈 옛집에 들어와 텐트를 치고 아궁이 불을 지폈다. 굴뚝으로 연기가 한참 빠져나간다. 침낭 안에 엎드려 폰으로 일지를 쓴다. 그래도 3월 초의 밤은 춥고, 새벽쯤에나 온기가 돌 듯. 이 오두막이 언제까지 존재할 수 있을지 모르겠다. 얼마 전 밀렵꾼들의 근거지가 된다고 없애자는 말이 나왔다고 들었다. 그리 오래가진 못하겠지.

…이달 기와집 노부부께 월세를 보내드리려 했는데 적자가 났다. 승호 할아버님 병원비에 일부 보탰고, 책방 회원분들도 도와주심. 그리고 스쿠터를 팔았다. 할아버님이 미안해하셨지만 다른 방법이 없었으니까.

무덤에 묻힌 그가 남겼던 약간의 재산을, 내가 갖고 있었어야 했을까 새삼 돌이켜보았다. 나는 성을 바꾸지 않았고 서류상으로는 끝까지 부모님의 동거인으로 남겠지만, 그때는 그분들이 집을 잃을 상황이었으니 이제 와서 후회하진 않는다. 솔직히 내가 가진 걸 내주고 마음이 편해졌던 것도 사실. 나는 어쩌면 빚을 갚았다는 마음이었을까.

오늘의 부피

오랫동안 기록을 계속하다 보면 오늘 날짜의 부피가 생긴다. 6년 전 오늘. 3년 전 오늘. 작년과 올해의 오늘. 겹겹이 층이 쌓이는 페이스트리 빵처럼 그 속에 기억과 장면들이 깃든다. 언젠가부터 겨울이 오면 H가 내려왔고, 그녀를 모른 척 바라보고, 가끔 서로 말을 나누고, 나는 겨울마다 어떤 날짜들의 부피를 쌓을 수 있었다. 그렇게 포개지는 일상들은 딱히 달라질 것이 없어 아무렇지 않았다.

그러다 올겨울 그녀가 내게 다가왔을 때, 우리가 사랑을 나누었을 때, 그 날짜들은 더 이상 균일한 평안함으로 쌓이지 않고, 오늘의 부피는 이전과는 달라졌다. 내년부터는 겨울이 와도 지금까지와 다를 것이다. 내가 알지 못하는 다가올 겨울의 부피.

\#

술자리에서 한바탕 뒤집어진 다음 날, 둘째 형이 떠났다. 차라리 누군가 미워할 사람이 있으면 좋겠다. 하지만 여러 번 생각해봐도, 누구를 미워하면 되는지 잘 모르겠다. 굳이 그럴 대상을 만들고 싶지도 않고. 미움을 키운다는 건 내 발목을 잡는 일이라는 생각에 변함이 없다. 아직은.

한때는 살아가는 일이 자리를 찾는 과정이라고 여긴 적이 있었다. 평화롭게 안착할 세상의 어느 한 지점. 내가 단추라면 딸깍 하고 끼워질 제자리를 찾고 싶었다. 내가 존재해도 괜찮은, 누구도 방해하지 않고 방해도 받지 않는, 어쩌면 거부당하지 않을 곳. 그걸 찾아가는 과정이라고.

하지만 지금은 달라졌다. 어디든 내가 머무는 곳이 내 자리라는 것. 내가 나 자신으로 살아간다면 스스로가 하나의 공간과 위치가 된다는 것. 내가 존재하는 곳이 바로 제자리라고 여기게 되었다. 가끔은, 그 마음이 흔들리곤 하지만.

…여기까지만 생각하자. 안 그러면 다 그만두고 싶어질지도.

굿나잇책방 블로그 비공개 글
posted by 葉

덧. 방금 H에게서 메시지가 날아왔다. 침낭에 엎드려 물끄러미 읽었다. 이 깊은 산에도 그녀의 목소리가 날아온다는 게 기묘해서.

오두막으로 가는 길

'산에 간 거 알아. 춥지 않아?'

톡을 보내고 해원은 기다렸다. 좀처럼 답이 오지 않았지만 인내심을 가지고 화면을 지켜보았다. 한참 후에 답이 떴다.

'오두막에 있으니 괜찮아.'
'네 얼굴 보고 싶어. 가기 전에 한 번만 더.'

그리고 또 기다렸다. 보이지 않아도 화면 저편에서 그의 망설임이 건너왔다.

'곧 다시 만나게 되겠지. 늦었다, 자라.'

더 말을 걸 수가 없어 해원은 폰을 내려놓고 그대로 앉아 있었다. 마음은 혼자 뒷산으로 날아 그의 곁으로 가버린 것 같았다. 그렇게 작별 인사해서는 안 되는 거였는데. 마치 영영 헤어지기라도 한 것처럼 패닉이 몰려와 괴로웠고, 이 밤 은섭의 웃는 얼굴을 보지 않으면 버틸 수 없을 것 같았다.

열에 들뜬 것처럼 해원은 벌떡 일어나 트렁크에서 도로 옷을 꺼냈다. 내의를 더 찾아 입고 두툼한 스웨터와 패딩점 퍼를 걸치고는 지퍼를 맨 위까지 단단히 채웠다. 휴대폰 배터리와 손전등을 확인하고 마스크와 장갑, 털모자를 챙겼다. 주방으로 뛰어 내려가 보온병에 뜨거운 물을 담고 손에 집히는 대로 귤 몇 개를 작은 백팩에 넣었다.

두근두근 심장이 요동쳐 숲의 입구에서 해원은 심호흡했다. 오솔길은 숲속으로 이어지며 산길로 변했고, 마치 동굴 속으로 들어가는 것처럼 눈앞은 어둡기만 했다. 손전등을 위아래로 비추며 한 걸음 한 걸음 차가운 공기를 헤치며 나아갔다. 그가 늘 다니는 길이고 얼마 전 같이 간 적도 있었으니까 신중하게 길에서 벗어나지만 않으면 되리라.

울창한 나무에 가려 바람은 예상보다 매섭지 않았지만 깊은 적막과 어둠이 두려웠다. 지금이라도 돌아가는 게 나을지도 몰랐지만 해원은 약해지는 마음을 다잡았다. 이대로 은섭을 만나지 못하고 돌아간다면 후회할 거라고.

얼마나 갔을까.

"아…."

눈앞에서 시야가 트여 해원은 저도 모르게 작은 탄성을 올렸다. 저만치 발아래 북현리 야경이 펼쳐졌다. 검은 도화지 같은 들판 사이로 점점이 모여 앉은 집집마다 불빛들이 새어 나왔다. 시내로 나가는 도로를 따라 가로등들이 줄을 잇다가 멀리 소실점으로 사라져, 손에 잡히지 않는 반딧불처럼 아스라해 보였다.

고개 들어 밤하늘을 보니 별들이 마을에서보다 더 뚜렷하게 반짝이고, 나뭇가지 사이로 하얀 반달이 걸려 있었다. 두 달 전 그와 함께 왔던 폭설이 내린 산도 아름다웠지만, 줄곧 긴장과 두려움을 참으며 올라온 밤의 산이 보여주는 모습도 잊지 못할 것 같았다. 발걸음을 옮기며 해원은 생각했다. 어쩌면 세상의 모든 장소가 그럴지도 모르겠다고. 낯선 장소에 낮에 도착하는 것과 밤에 도착하는 건 너무나 다른 여행의 시작이라는 걸.

손전등 불빛에 갈림길이 나타나자 잠시 기억을 더듬었다. 지난번 은섭은 오른쪽으로 꺾었고, 조금 더 가면 무덤이 나왔던 것 같다. 겨우내 쌓인 삭정이와 가랑잎을 밟을 때마다 발밑에서 바스락거렸다. 한밤중 산에서 무덤을 찾아 헤매려니 복잡한 기분이었지만, 아는 이의 무덤이라고 은연중 속삭였다. 은섭과 함께 살았던 사람. 이젠 그녀도 그 존재를 알게 된 사람. 그러자 슬픔이 밀려왔다. 그녀의 가족들도 한때는 서로에게 다정했던 시절이 있었다. 따뜻했던 기억이 와르르 무너지는 건 얼마나 한순간인가. 그래서 그들 모두를 미워했는데 이젠 미워했던 지난 시간들조차 혼란스럽기만 했다.

문득 해원은 그 자리에 멈췄다. 기억이 정확한지 의심스러웠기 때문이었다. 무덤을 지나쳐서 오두막에 들렀던가. 오두막이 먼저였고 나중에 무덤이 있었던가.

"오두막이 먼저였어. 그렇지?"

해원은 들을 사람도 없는 허공에 대고 혼자 중얼거렸다. 스스로에게 말하고 나니까 좀 더 확신이 들었다. 길을 잘못 든 것 같아 되돌아서는 순간, 어제 내린 비에 젖은 풀섶에 미끄러지고 말았다. 넘어지면서 그녀는 본능적으로 낮은 관목 가지를 붙잡았다. 비탈은 아니라 굴러떨어지지 않았지만 장갑이 찢어지고 발목이 시큰거렸다.

"이런…."

당황하니까 더 불안해졌다. 산길에 주저앉아 발목을 조심스레 돌려보니 단순히 접질린 것 같아 그나마 마음이 놓였다. 휘휘 주위를 훑는 손전등 불빛 끝에 언뜻 무덤이 비쳤다. 절뚝이면서 다가갔지만 곧 그곳이 아니라는 걸 깨달았다. 나무 묘비가 있어야 하는데 아무 표시도 없는 방치된 무덤이었다. 등골이 오싹해 그녀는 뒷걸음질 쳐서 아까 자리로 돌아왔다.

여태 지나온 길을 비춰보았지만 오히려 더 헷갈렸다. 머릿속에 지도가 있다고 생각했는데 지금은 뒤죽박죽이었고 사방은 칠흑같이 어둡기만 했다. 바람 소리가 윙윙 귓가를 스쳐 가고, 3월이라지만 아직 겨울이나 마찬가지였다.

숨죽이고 서 있던 해원은 이윽고 현실을 받아들였다. 어엿하고 대범한 태도로 은섭의 오두막 문을 두드리고 싶었는데. 예상치 못한 방문을 받고 그가 깜짝 놀라는 모습을 보고 싶었는데. 아아, 하지만 밤의 숲을 헤매다 얼어 죽는 것보다는 좀 창피한 편이 백번 나은 것이다. 그녀는 패딩점퍼 주머니에서 휴대폰을 꺼냈다. 신호가 안 가면 어쩌나 했지만 다행히 연결음이 울렸다.

"…나야. 지금 산에 와 있어."

말문이 막혔는지 폰 너머는 조용했다. 이윽고 그의 목소리가 들려왔다.

"어디 와 있다고?"

"산에. 너를 정말 꼭 보고 싶었어. 근데 길을 잘못 든 것 같아."

"세상에…."

그가 신음처럼 중얼거렸다. 해원은 약간 무안해서 헛기침을 했다.

"다시 되짚어서 가보려고 하는데…."

"거기 있어. 헤매는 게 더 위험해. 주변에 표지판이나 큰

바위 같은 게 보여?"

"다행인지 아닌지 무덤이 있어. 네 아버지 무덤은 아니지만. 사실 좀 으스스하긴 해."

"다른 무덤… 알 것 같다. 거기서 기다려, 제자리걸음 뛰면서."

"응."

씩씩하게 대답은 했지만 발목이 시큰거려 제자리걸음을 뛰지는 못하겠고, 대신 백팩에서 보온병을 꺼내 뜨거운 물을 마셨다. 그러고는 씁쓸히 생각했다. 뒷산에서도 조난당할 수 있구나. 운이 없으면 얼마든지 얼어 죽을 수 있겠다 하고. 해원은 털모자를 더 깊이 눌러쓰고 몸이 굳지 않게 서성였다.

시간은 더디게 흘렀다. 조마조마한 마음으로 손에 쥔 폰을 확인해보면 겨우 이삼 분 정도 지났을 뿐이었다. 몇 번째 확인했는지 그녀 자신도 모르겠는 때 드디어 벨 소리가 울렸다.

"지금쯤 네가 보여야 할 것 같은데."

그의 목소리에 와락 마음이 놓였다.

"난 그 자리에 그대로 있어."

대답하는 순간 저쪽에서 숲을 가로지르는 밝은 불빛이 보였다.

"아, 불빛이다. 너 가까이 온 것 같아."

해원은 손전등을 허공에 흔들어 보였다.

"그래, 보인다. 찾았어."

바스락, 삭정이를 밟는 인기척이 느껴지더니 헤드랜턴을 쓴 은섭이 모습을 드러냈다. 그가 가까이 다가오자 해원은 마스크를 내렸다. 그녀를 보고 은섭은 겨우 안심이 된 듯 긴 한숨을 내쉬었다.

"너 도대체…."

뭐라 말을 못 잇는 그를 지켜보며 해원은 눈물이 날 것 같았지만 꾹 참고 웃어 보였다.

"생각해보니까 내가 아까 책방에서… 네 말에 대답을 못 했어. 네 얼굴 보고 꼭 그 말을 해야 될 것 같아서."

은섭은 듣고 있었다.

"나도 널 사랑해. 그 말을 하려고."

은섭은 팔을 뻗어 해원을 품에 안았다. 그의 목소리가 어렴풋 떨려 나왔다.

"어휴. 바보다, 진짜."

눈물이 고여 해원의 시야가 뿌옇게 흐려졌다. 은섭은 고개를 숙여 그녀의 입술에 키스했다. 숲은 추위도 서로의 입술은 따뜻했다. 그의 입술 아래서 그녀는 안타깝게 속삭였다.

"오늘 밤 너랑 같이 있을래. 나도 오두막으로 데려가."

"안 돼. 같이 내려가자."

"싫어, 오두막에 갈래. 기껏 여기까지 올라왔는데."

"추워. 침낭은 좁고… 텐트가 있어도 냉기가 많아. 난 상관없지만 넌 불편한 곳이야."

해원은 한 걸음 뒤로 물러나 그의 품에서 빠져나왔다. 불현듯 서러움이 솟아났다.

"내가 거기 가는 게 싫어서 그래?"

은섭은 조금 놀란 듯이 그녀를 바라보았다. 해원은 어쩐지 막막하고 그의 감정에도 자신이 없어지는 것만 같았다. 함께 있겠다고 하면 기뻐할 줄 알았는데.

"내가 그 오두막이 낯설고 이상했다고 말해서… 데려가기 싫은 거구나. 네 공간에 나를 들여놓지 않으려는 거지?"

"이봐요, 목해원 씨."

은섭이 그녀의 팔을 붙잡고 가볍게 흔들었다. 그가 사랑하는 여자는 지금 어떤 일에도 미리 상처받을 준비가 된 것처럼 스산한 표정을 하고 서 있었다.

"내 말 들어봐. 아궁이 불을 껐어, 완전히 끄고 나왔다고. 너와 같이 내려간다고 생각하고. 지금 다시 가서 또 피울 수가 없어."

참을성 있게 그는 차근히 말했다.

"지금 오두막 상태는 추워. 그게 유일한 이유야. 내 공간? 그게 뭔데. 그게 뭐라고 널 못 오게 막는다는 거야. 단순히 춥고 불편하기 때문이고, 그 말에 숨은 다른 뜻은 없어. 그 말 그대로라고."

은섭은 두 손으로 해원의 뺨을 감싸고, 자신의 이마를 그녀의 이마에 달래듯 갖다 댔다. 그러고는 부드럽게 반복해서 말했다.

"그 말 그대로야. 항상 너한테는."

해원의 뺨으로 눈물이 툭 떨어져 그가 손가락으로 닦아주었다. 그녀는 천천히 고개를 끄덕이며 간신히 속삭였다.

"…그래. 알았어."

"그럼 내려가자."

"응."

시간이 멈춘 듯한 숲속에서 두 사람만이 움직이는 것 같았다. 비로소 해원은 그가 이곳에 자주 오는 이유를 알 것만 같았다. 어서 따뜻한 곳으로 돌아가 쉬고 싶으면서도 세상에서 떨어져 나와 그와 단둘이 여기 오래오래 머물고 싶기도 했다. 그토록 추웠고, 동시에 따뜻했던 겨울. 마을에 쌓이던 함박눈과 해가 저물면 등이 켜지던 기와집에 관해 도란도란 그와 이야기하고 싶었다.

은섭은 해원이 조금 절뚝거리는 걸 눈치챘다.

"다쳤어?"

"아니. 그냥 삐끗한 거. 괜찮아."

"나한테 업히는 게 좋겠다."

"아니야, 그럴 필요 없어."

하지만 은섭은 그녀를 멈추게 하고 등을 내밀었다.

"가장 큰 배낭을 메고 있다고 생각하면 돼. 담요와 텐트까지 엾은 배낭을."

해원은 그만 풋 웃어버렸다. 눈앞에 그의 낯익은 푸른 점 퍼가 따뜻하게 유혹하는 것 같았다. 은섭은 그녀를 업은 채 헤드랜턴 빛이 밝히는 산길을 내려가기 시작했다. 점퍼 옷 깃에서 익숙한 체취가 느껴져 해원은 그의 어깨에 뺨을 기 댔다.

"…내 멋대로여서 나한테 실망했지."

"아니."

"한심하지 않았어?"

"아니. 언제나 예뻐. 늘 그랬어. 처음 만났을 때부터 계속 예뻤어."

"…그럼 나 서울 가지 말까?"

"아니, 그래도 가."

해원은 또 한 번 풋 웃어버리고는 그의 등에 얼굴을 묻고 조금 울었다. 가슴속에 박혔던 가시가 스르르 빠져나오는 것 같았다. 그들은 묵묵히 불빛을 따라 산을 내려오고 있었다. 길고도 짧은 밤의 산길을.

다시 만날 때까지

명여 이모에게—

얼굴 보지 못하고 떠나요. 이모가 미워서 가는 거 아니야. 내가 내 바닥을 여러 사람한테 들킬 것 같아서 그래요. 내가 사랑하게 된 남자한테도, 책방 사람들한테도, 그리고 이모한테도. 지난 며칠 동안 알게 된 일들 다 잊고 싶지만 그럴 수 없겠죠. 아직도 모자란 점 많은 내 모습을 후회하기 전에 지금은 그냥 숨어야겠다는 생각 뿐이지만, 이 마음이 가라앉고 나면 또 마주할 수 있을 거야.

오솔길에 끌리는 트렁크 바퀴가 새벽 공기의 정적을 깼다. 뒷산 하늘이 어슴푸레 밝아올 무렵 해원은 호두하우스를 나와 터벅터벅 걸어 내려오고 있었다. 에코백을 메고 트렁크를 끌고, 보자기로 싼 작은 화분을 안고 있었다. 작별 인사는 하고 싶지 않았다.

늘 이모가 강하다고 생각해왔어. 하지만 속으로는 어렴풋이 느끼고 있었던 것 같아. 순간순간 흔들리고 불안정해 보이던 모습. 할머니가 돌아가신 뒤로는 불현듯 이모가 나를 떠나면 어쩌나, 이세상에 혼자가 되는 느낌은 어떤 걸까⋯ 막연히 불안했던 시절도 있었고. 결국은 내가 다 자랄 때까지 곁에 있어줬지만, 지금은 고맙다는 말은 안 할게요.

새벽하늘 아래 기와집은 엎드린 채 잠들어 있었다. 해원은 그 벽에 걸린 작은 칠판의 글자를 알아보았다.

H에게―
책을 읽어서 고통이 사라진다면, 진짜 고통이 아닙니다.
책으로 위안을 주겠다는 건
인생의 고통을 얕잡아 본 것입니다. ―샤를 단치

그녀의 입가에 희미한 미소가 어렸다. 가장 먼저 오솔길을 내려왔다고 생각했는데 그가 더 일찍 왔다 갔음을 알았다. 정류장에서 버스를 기다리며 칠판에 적힌 구절을 생각했다. 그 말이 맞을지도 모른다. 인생의 고통이 책을 읽는다고, 누군가에게 위로받는다고 사라지는 것은 아니다. 그럼에도, 그것들이 다 소용없는 건 아닐 거라고⋯. 고통을 낮게 하려는 것이 아니었다. 고통은 늘 거기 있고, 다만 거기 있음을 같이 안다고 말해주기 위해 사람들은 책을 읽고 위로를 전하는지도 몰랐다. 헤드라이트를 밝힌 버스가 삼거리 정류장에 멈춰 섰다.

…타인의 인생에 개입하는 일에 대해 생각했어. 엄마와 이모는 연년생이지만, 늘 쌍둥이 같았지. 두 사람은 나를 돌보고 키웠어도 내가 둘 사이에 낄 수 없게 이상한 소외감을 느꼈던 건, 둘이 나를 보호하려던 마음들이 너무 컸기 때문이었다는 걸 이젠 알겠어. 그럴 필요 없었는데. 내게도 함께 아파할 권리를 주었더라면 좋았을걸. 다 지난 일이지만.

버스 뒷좌석에 기점에서 타고 온 손님 하나가 졸고 있었다. 해원은 창가에 앉아 트렁크를 옆에 놓고 화분을 무릎에 올렸다. 차창 밖으로 멀리 오솔길 위를 더듬어보았지만 푸르스름한 새벽빛 속에선 낯익은 윤곽들이 보이지 않았다.

…전에 이모가 했던 말을 생각해봤어. 날씨가 좋으면 만나자는 건 너무나 기약이 없다는 거. 그러게. 좀 더 때가 되면, 상황이 좋아지면… 차일피일 미루게 되는 일들이 내게도 있었어. 이젠 조금 다르게 살 수 있을까? 언젠가 엄마와 이모와 나, 셋이 한자리에서 만나 웃게 되길 바라요. 내가 눈물차를 끓일게. 그리고 날씨 좋은 날 같이 빨래를 해요. 우리가 테이블 아래 숨겨놓고 얇은 레이스

커튼으로 덮어뒀던 해묵은 빨랫감들을, 남김없이 빨아 푸른 하늘 아래 널기로 해요. 하얗고 보송하게 잘 마른 옷들을 입고 길을 나서요. 긴 유배를 끝내고, 이모도 다시 인생을 찾길 바라.

버스는 정류장을 떠났다. 호두하우스도 은섭의 집도 보이지 않지만, 오솔길 위에 그들이 있다는 걸 안다. 식탁에 남기고 온 그녀의 편지도. 해원은 젖은 눈을 깜빡거렸다. 새벽빛에 젖어가는 북현리 하늘과 들판이 아지랑이처럼 번졌다.

긴 겨울이 지나고

　서울의 봄은 아파트 단지 미술교습소에서 시작되었다. 이전 학원 동료 강사 세 사람이 뭉쳐 변두리 상가 2층 공간을 얻었고, 해원은 원룸 보증금을 빼 화실을 여는 비용의 N분의 1을 냈다. 공간 한쪽에 칸막이로 작은 방을 만들어 침대를 들여놓고는 해원이 당분간 거기서 생활하기로 했다. 수강생들이 돌아가고 동료들도 퇴근해 혼자 남으면, 물감과 테레핀유 냄새를 맡으며 작업을 했다. 조금씩 개인적으로 일러스트 일도 맡아서 그렇게 몰두하는 시간들이 좋았다. 봄이 오고, 거짓말처럼 가로수에 새순이 돋았다. 날아오는 미세먼지와 황사 바람 속에서 힘들게 꽃들이 피어나고, 유난히 고집 센 꽃샘추위가 찾아오더니 다시 따뜻해지며 뿌연 하늘이 되기도 했다. 어느 해보다도 정신없는 날씨가 이어졌다.

　가끔은 굿나잇책방 홈페이지에 들어가보았다. 그의 블로그에서 신간 소식을 읽고, 아무것도 안 보이는 줄 알면서 괜히 비공개 카테고리를 눌러보기도 했다. 보이지 않아도 그곳에 그의 글이 있다는 걸 아니까. 그러는 동안 독립출판 굿나잇북스의 첫 책이 나왔다. 기념으로 만든 책방 홍보용 비매품 그림책으로, 해원은 홈피에 올라온 표지를 클릭해 파일 형태의 페이지를 차례차례 넘겨보았다.

《잘 자요 책방》정승호 글 / 권현지 그림

어떤 나라에 '잘 자요 책방'이 있었습니다.
산에는 고라니가 사는 마을입니다.
이 책방의 불빛은 달님처럼 노랗습니다….

들판의 기와집 그림을 바라보며 해원은 조금 웃었다. 지난번 톡 메시지에서 현지는 미술대에 가기로 결정했다고 전했다. 분명 잘할 거라고 그녀는 생각했다.

책방 사람들과는 간간이 톡을 주고받았다. 단체 톡방에 끼기도 하고, 일대일로 서로 말을 걸기도 했다. 어느 날 수정은 이렇게 말했다.

'우리 매니저님, 잘 지내지? 좋은 일들만 있기를 기원해. 살면서 교훈 같은 거 안 얻어도 되니까. 좀 슬프잖아. 교훈이 슬픈 게 아니라 그걸 얻게 되는 과정이. 슬픔만 한 거름이 없다고들 하지만 그건 기왕 슬펐으니 거름 삼자고 위안하는 거고… 처음부터 그냥 슬프지 않은 게 좋아. 물론 바라는 대로 되면야 얼마나 좋을까만. 고마웠다고 말하고 싶네. 늘 그리워요.'

그리고 현지는 이런 폭탄 같은 톡을 보내온 적도 있었다.

'근데요, 은섭 삼촌하고 혹시 헤어진 거 아니죠? 프라이버시를 침해하려는 건 아니지만 딱 한 번만 말할게요. 두 사람은 헤어지면 안 될 것 같다는 생각을 했어요. 뭐, 제 경우는 달라요. 솔직히 나는 연애가 인생에 없어도 하고 싶은 거 하면서 잘 살 것 같은데요. 두 사람은 헤어지면… 왠지 둘 다 평생 다른 사람하고 연애도 못하고 구질구질 버벅거리면서 살 것 같아요.'

뭐, 구질구질? 어이가 없어 해원은 열여덟 살 소녀의 메시지를 내려다보았다.

'하긴 본인들의 자유이긴 하죠. 어린 것이 건방진 소리 해서 죄송해요. 기분 나쁘시면 그냥 삭제하고 절 차단시켜버려도 괜찮아요. 어쨌든 저는 두 분 다 좋아하니까요. peace—.'

어깨를 으쓱하는 현지의 모습이 보이는 것 같아 해원은 웃어버렸다. 책방 갤러리에는 사다리를 놓고 등을 엘이디 전구로 교체하는 근상의 뒷모습 사진이 올라왔다. 백열등 빛에 가까운 따뜻한 색, 그러면서도 전력 효율이 좋은 조명으로 바꾸었다는 소식이 사진 아래 짧게 달려 있었다.

보영의 화분엔 싹이 돋아나 여리여리한 연두색 잎이 피었다. 쑥쑥 자라 얼마 후엔 줄기가 늘어나더니, 손끝으로 잎을 살짝 문질렀다 코끝에 대자 새큼한 향이 났다. 허브 같은데 이름을 알 수 없어 상가 일 층 꽃집에 화분을 들고 가 물어보았다. 친절한 꽃집 주인이 '레몬밤'이라고 알려주었다. 화실 창가 햇볕 잘 드는 곳에 올려놓고 해원은 잎이 무성해진 허브 사진을 찍어 보영에게 보냈다.

'레몬밤 잎이 많이도 났어.'

잠시 후 답톡이 날아왔다.

'후후. 잘 알아봤네? 꽃은 늦여름에나 필 거야, 흰 꽃이나 노란 꽃으로.'
'꽃 필 때까지 기다려야겠네. 참고로, 레몬밤 꽃말은 안 찾아봤어.'
'잘했어. 별 의미 없으니까.'

보영이 괜한 소리를 해서 해원은 빙그레 미소 지었다. 실은 이미 찾아봤지만 굳이 말하지 않았던 레몬밤의 꽃말은

'애정과 위로'였다. 날씨는 이상해도 남쪽에서부터 차례로 벚꽃이 피어 올라오고, 한 차례 비가 내리니 며칠 새 져버렸다.

봄이 늦은 강원도에도 4월이 되자 들판에 꽃들이 무더기로 피기 시작했다. 책방 갤러리에는 기와집 미닫이문 앞에 나란히 쭈그리고 앉아 활짝 웃는 은섭과 아이들의 모습이 올라왔다. 그는 낯익은 바지와 하늘색 스웨터를 입었고, 햇살이 부서 가늘게 눈을 뜬 승호 곁에서 효진은 들꽃 몇 송이를 들고 있었다. 해원은 그 아래 '꽃을 드니까 더 예뻐 보여요'라고 댓글을 남겼다. 이튿날 답글이 달려 있었다.

'고맙습니다! 근데 꽃을 꺾어서 꽃한테 미안했어요.
다시는 안 꺾겠다고 생각했어요.
그렇지만 내 마음속으로는 또 꺾을지도 모른다고 생각했어요!'

왠지 뭉클해져서 해원은 가만히 책방 홈피를 닫았다. 알고 보면 사람들은 참 이상하고도 신기한 존재였다. 꽃은 타고난 대로 피어나고 질 뿐인데 그걸 몹시 사랑하고 예뻐하고… 꽃말까지 지어 붙인다. 의미를 담아 주고받으며, 말하지 않아도 마음이 전해지길 바라기도 한다. 꽃들은 무심하고, 의미는 그들이 알 바가 아니었다. 그저 계절 따라 피었다 지고 사람들만 울고 웃는다. 어느새 봄기운이 완연했다.

봄날의 북현리

4월 끝 무렵 한 장의 초대장이 톡으로 날아왔다. 혜천시 스토리 공모전에서 우수상에 선정된 수정의 시상식 초대장이었다. 까맣게 잊고 있던 공모전을 떠올리며 해원은 기쁘고 놀라웠다.

"정말 축하드려요!"

"글쎄 이게 무슨 일인지. 여고 졸업한 뒤로 상이란 걸 처음 받게 됐지 뭐야."

인사를 전하려고 통화했을 때, 수정은 아무도 모르게 열심히 쓴 작품이 뽑혀 기뻐하면서도 몸 둘 바 몰라 했다. 다음 주 금요일 혜천시청 대강당에서 시상식이 열리고, 그날 저녁 책방 사람들이 모여 축하 뒤풀이를 가진다고 했다.

"해원이도 오면 좋겠는데…. 물론 시간이 괜찮다면 말이지만."

조심스럽게 기대하는 수정의 목소리가 건너와 해원은 망

설이다 다정하게 대답했다.

"당연히 가야죠. 다들 보고 싶고요."

전화를 끊고 해원은 화실 창가에 걸터앉아 아파트 단지 마당을 내려다보았다. 놀이터에 유모차를 끌고 나온 할머니와 아장아장 걷는 아기가 햇볕을 쬐고 있었다. 지난겨울 그 길고 길었던 추위가 지금은 믿기지 않았다. 화실에는 서너 명의 수강생들이 이젤 앞에서 그림을 그리고, 시간대별로 업무를 나눈 동료 강사가 오가며 봐주고 있었다. 눈앞의 풍경이 이대로도 평화로워 해원은 고마운 마음이었다.

북현리 버스정류장에 내렸을 때는 뒤풀이가 막 시작된 참이었다. 오전까지 일하고 오느라 시상식엔 참석하지 못했지만 책방 식구들을 만날 생각을 하니 살짝 설렜다. 해원이 미닫이문을 열고 들어서자 한창 건배 중이던 사람들이 돌아보고는 반가운 탄성을 질렀다.

"이게 누구야, 어서 와요!"

"어머, 헤어스타일이 달라졌어!"

해원은 겨자색 봄 재킷 위로 목덜미를 드러내며 시원하게 올라간 커트 머리를 하고 있었다. 어릴 때 이후로 처음으로 그렇게 짧게 잘랐다. 현지가 엄지손가락을 척 들어 올리며 환하게 말했다.

"멋져요! 완전 맘에 들어요."

은섭은 약간 멍해져서 그런 해원을 바라보았다. 눈이 마주치자 그녀는 맑게 웃었다.

"오랜만이야."

"아… 응."

은섭은 비로소 정신을 차리고 헛기침을 했다. 그의 얼굴이 조금 붉어졌다. 탁자 저편 의자에 기대앉은 장우가 보란 듯 찡긋 윙크하자 그녀는 코웃음 치며 혀를 내밀어주었다. 근상은 떠들썩하게 해원의 잔에 맥주를 따르고, 모두들 수정을 위해 다시 건배했다. 평소보다 신경 써서 화장하고 고운 투피스를 입은 수정은 가슴에 시상식 꽃을 여전히 달고 있었다. 회원들이 선물한 여러 개의 꽃다발도 한아름 쌓여 향기를 뿜어댔다.

"어떤 이야기를 쓰신 거예요? 오는 내내 궁금했어요."

해원의 물음에 수정은 수줍게 웃으며 입을 열었다.

"도서관에서 계속 자료를 찾았었어. 그러다 옛날 혜천 지도를 봤는데 그때는 호수가 지금처럼 크지 않았고, 내려오는 물길 위에 폭포가 존재했다는 기록이 보이더라구. 지금은 그런 흔적이 없잖아? 분명 위치가 남아 있는데 왜 폭포는 사라졌을까… 상상해봤지."

"그래서 폭포 뒤에 숨겨진 연꽃마을의 사연을 쓰셨대요. 진짜 제대로 판타지죠. 애니메이션으로 만들면 좋겠다니까요?"

현지가 자기 일처럼 들떠서 끼어들었다. 해원은 진심으로 감탄했다.

"굉장해요, 언제 그렇게 자료를 찾고 쓰셨는지. 저도 읽고 싶어져요."

"지금 돌아가며 보고 있지요, 안 그래도."

근상은 탁자 저편을 가리켰다. 과연 그 자리에 인문학 고교생이 프린트한 수정의 작품을 집중해 읽고 있었다. 해원이 반갑게 웃었다.

"저 친구 꾸준히 나오는구나."

"뭐, 그러더라고요."

곁에 앉은 현지가 관심 없다는 듯이 으쓱했다. 아까부터 누가 빠진 것 같아서 해원은 찬찬히 둘러보았다. 사진 속에서 웃던 귀여운 꼬마 하나가 보이지 않아 서운한 참인데, 마침 문이 열리고 효진이가 엄마와 함께 들어왔다. 혜천의료원 응급실에서 만났던 푸근한 간호사가 오늘은 평상복 차림으로, 손에는 케이크 상자를 들고 밝게 인사했다.

"안녕하세요. 애가 서점에 드나드는데 인사 한번 못 해서요. 파티가 있다길래 따라왔어요. 궁금한 점도 있고 해서…."

그러고는 입을 가리며 호호 의미심장하게 웃었다. 반가운 환영 인사말이 오가고 책방지기가 친절하게 물었다.

"어떤 점이 궁금하셨나요?"

"다른 게 아니라… 우리 효진이가 나중에 사귀고 싶은 사람이 여기 있다던가 어쨌다던가."

효진 엄마는 장난꾸러기 같은 웃음으로 농담 반 진담 반 말했다. 건너편에서 승호가 움찔 긴장하는 기색이 느껴졌다. 다들 놀라워하며 어쩌면 좋으냐고 웃음이 번지는데, 효진은 얼굴이 빨개지면서도 싫지 않게 웃었다. 그러고는 엄마 팔을 잡아당겨 자세를 낮추게 하더니 귀에다 작게 속삭였다. 그래? 하고 스윽 훑어보던 간호사의 눈길이 누군가에게 가서 멎었다.

인문학 고교생은 무슨 일이 일어났는지 모르고 수정의 작품을 골똘히 읽고 있었다. 모두의 시선이 자신에게 쏠리자 고교생은 비로소 고개를 들고 의아해했다.

"왜들… 그러세요?"

"응? 아, 아니야. 아무것도. 마저 읽어."

근상은 묘한 얼굴로 두툼한 손을 내저었고 주변에서도 한 마디씩 거들었다.

"못 들었으면 됐어."

"그래, 너무 빨리 알면 재미없지."

어리둥절하던 고교생이 다시 프린트물로 시선을 돌리자, 멀찌감치 떨어져 앉은 현지가 혀를 차며 중얼거렸다.

"효진이 취향이 독특하네요."

그러더니 문득 해원의 옆구리를 쿡 찌르며 눈짓을 했다. 건너편에서 승호가 어쩐지 울 것 같은 얼굴을 하고 있었다.

순간 웃음이 터질 뻔했지만, 어린 소년이 안돼 보이기도 해서 해원은 애써 입술을 깨물었다. 꽃다발과 술잔 사이에 생크림 케이크가 놓이고 떠들썩 즐거운 시간이 흘러갔다.

밤이 깊어 하나둘 돌아가고 책방엔 어느새 세 사람만이 남았다. 회원들이 주는 대로 잔을 받다 보니 은섭도 장우도 꽤 마셨지만 정신들을 잘 차리고 있었다. 은섭이 컵과 접시를 씻는 동안 장우는 크게 하품을 하고는 해원에게 물었다.

"화실 열었다며. 잘돼?"

"그런대로. 혼자 하는 거 아니고 동료 선생님들이 있어."

고개를 끄덕이는 장우에게 해원은 생각난 듯 말했다.

"너, 어슬렁길은 어떻게 됐어?"

장우는 손가락을 호기롭게 딱 튀기더니 잘난 척 대답했다.

"홍보팀 브레인들이 다시 원점으로 돌아가서 개발하기로 최종 결정했지. 사이버는 그만두고, 두 다리로 꾹꾹 밟아서 걷는 어슬렁길로."

은섭이 탁자로 다가오더니 손을 닦은 수건을 툭 내려놓고는 의자들을 이어붙이기 시작했다. 눈꺼풀은 반쯤 감긴 채였다. 최근 그는 두 번째 출간작을 준비하느라 며칠 밤을 거의 새우다시피 했고, 이제는 불면증보다 일이 많아서 잠이 모자라는 터에 축하주까지 제법 마셔버렸다.

"저 녀석 여기서 잘 건가?"

책방지기의 본능처럼 의자로 간이침대를 만드는 익숙한 손길을 보며, 장우가 미심쩍게 중얼거렸다. 은섭은 그렇게 만든 자리에 올라가 드러눕더니 팔짱을 끼고 곧 잠을 청했다. 장우는 짐짓 딱하다는 투로 그런 친구를 턱짓으로 가리켰다.

　"하여간 목해원 올라가고 난 뒤로 임은섭이 넋이 나가서 내가 괴롭다. 관광객이 늘어야 할 텐데 하면, 늘어나거나 말거나… 하질 않나. 어슬렁길 많이 걸으러 와야 할 텐데 하면, 걷거나 말거나… 대답하고 말야. 결국 개구리 왕자 가슴이 터지고 만 거지. 내 예언을 조심했어야 하는 건데."

　해원이 뭐라 대꾸하기 전에 의자에서 나른한 목소리가 건너왔다.

　"이장우도 조심해야 할 텐데."

　눈 감은 채 잠결에 하는 말처럼 평온했다. 장우는 부루퉁하게 물었다.

　"내가 뭘 조심해야 하는데."

　"글쎄… 밧줄이라거나."

　은섭은 싱긋 웃더니 스르르 잠들어버렸다. 장우의 얼굴이 하얗게 질리더니 입을 딱 벌리고 뭐라 말을 못 하다가, 폭풍처럼 내뱉었다.

　"하! 방금 들었어? 밧줄 얘기하는 거? 역시 무서운 놈이었어. 남의 흑역사를 잊지 않고 있다니. 어떻게 처치해버리지?"

평화롭게 잠든 은섭을 보며 해원은 새삼 가슴이 두근거렸다. 마음 한쪽이 짠하게 아려오기도 했다. 오지랖 넓은 이장우, 눈치가 있으면 가주면 좋겠는데. 잠든 은섭에게 입맞춤이라도 해주고 싶었건만. 해원은 씁쓸히 웃으며 가방을 어깨에 멨다.

"난 이만 들어가야겠다. 너는 어떡할 거야?"

"나? 이대로 못 가지. 문제를 해결해야지."

장우는 의자를 가져와 옆에 놓고 앉더니 손바닥을 펴 은섭의 얼굴 위 허공에서 천천히 원을 그렸다. 해원은 미간을 찌푸렸다.

"뭐 하는 거니?"

"자는 동안 최면을 걸 거야."

장우는 염력을 발휘하는 것처럼 손가락 끝까지 쫙 펴 빙글빙글 돌렸다.

"지금부터 영원히… 그날 밤 숲에서 있었던 일을… 이장우가 나무에 묶였던 일을 잊어버린다… 잊어버린다…."

"저런. 밤새 애쓰렴. 난 간다."

해원은 절레절레 고개를 저으며 돌아섰다. 장우는 대꾸하지 않고 '잊어버린다…'를 반복하고 있었다. 아무래도 저것도 주정의 한 종류지 싶어 해원은 미닫이문을 닫고 책방을 뒤로했다. 밤바람이 살랑 불어와 뺨을 스쳐 갔다.

호두하우스로 올라가는 밤길은 호젓하고 어디선가 꽃 냄새가 풍겨왔다. 마당에 들어서자 비닐 천막이 사라진 데크 난간을 따라 자그마한 꽃 화분이 여러 개 놓여 있었다. 묵직한 현관문이 열릴 때 끼익 끌리는 소리는 여전했다.

"저 왔어요."

그녀의 목소리에 집 안에서 군밤이 달려 나왔다. 끌어안고 털을 만져주는데 주방 쪽에서 인기척이 다가왔다.

"해원이 왔니?"

"네, 엄마."

두 모녀는 마주 보고 웃었다.

지난달 엄마는 몇 년간 일했던 도시의 식당을 그만두고 호두하우스 펜션을 다시 시작하려고 내려왔다. 그리고 마치 바통 터치를 하듯, 명여 이모는 한동안 세상 여러 곳을 다니고 싶다며 떠났다. 그 사이 서울과 북현리로 명여의 엽서가 한 통씩 날아왔었다. 모두 자기 자리를 찾으려 애쓰고 있었고, 그것만으로도 해원은 충분했다. 호두하우스에 돌아오니 또 다른 여인이 있다는 것도.

이튿날 아침 침대에서 눈을 떴을 때, 해원은 무언가 이상하면서도 낯익은 느낌에 창문 커튼을 젖혔다. 몸이 습득해버린 지난겨울의 기억. 창밖 풍경이 의심스러웠지만 분명 잘못 본 게 아니었다. 일기예보에도 없던 눈이 내려 북현리는 하얗게 변해 있었다. 곧 5월인데!

드디어 한반도의 날씨가 미쳤다고 생각했다. 데크 아래 마당에 핀 민들레에도 솜털 대신 눈꽃이 내리고, 반짝반짝 흰 결정들이 봄 햇살에 반짝였다. 봄과 겨울이 동시에 펼쳐진 기묘한 느낌에 해원은 눈이 부셨다. 저만치 오솔길을 따라 걸어오는 은섭이 시야에 들어왔다. 간밤 책방에서 자고 지금 오는 것이었다. 그의 헝클어진 머리는 까치집을 지어 부스스했지만 그녀 눈에는 빛나 보이기만 했다.

은섭은 우뚝 멈춰 섰다. 해원이 싸리 빗자루를 들고 오솔길에 나와 있었다. 마치 폭설이라도 내렸다는 것처럼. 싹싹 치우려는 사람처럼. 은섭은 천천히 걸어와 그녀 앞에서 입을 열었다.

"한나절이면 녹을 눈인데….."

"으흠."

뜻 모를 대답이 들려오더니, 해원은 싸리 빗자루로 스윽 눈을 쓸어… 은섭을 향해 확 흩뿌렸다. 그가 얼떨결에 물러서는데 그녀는 싱긋 웃음기가 번지더니 빗자루를 좌우로 휙휙 쓸어대며 눈보라를 일으켰다. 그의 얼굴과 몸에 삼시간에 눈가루가 흩날렸다.

"으앗, 뭐 하는 거야!"

은섭은 껑충 뛰어 집 마당으로 달아나고, 해원은 쫓아 들어가며 마당에 쌓인 눈도 휙휙 쓸어 뿌려댔다. 갑자기 그가 뒤돌더니 그녀를 붙잡아 싸리 빗자루를 뺏으려 했다. 해원은 웃음이 터져 나왔다. 안 뺏기려고 몸싸움을 하다 결국 빗자루는 허공으로 날아가고 두 사람은 보기 좋게 마당 눈밭에 나뒹굴었다. 짧은 머리카락 때문에 눈밭에 닿은 목덜미가 차가웠지만, 그 차가운 감촉마저 해원은 좋았다.

"그만할 거지?"

은섭은 숨을 몰아쉬며 그녀를 내려다보았다. 해원의 가슴도 숨이 차서 오르락내리락하고 있었다. 그녀는 항복한다는 듯 두 손을 어깨 위로 들어 보였다.

"알았어, 안 할게."

은섭이 일어나려는데 해원이 좀 더 빨랐다. 그의 목 뒤로 팔을 뻗어 순식간에 손깍지를 끼고는 그의 눈동자를 올려다보았다. 두 사람은 그대로 조용히 키스했다. 이윽고 은섭이 고개를 들자 해원은 속삭였다.

"…웃어봐."

하지만 은섭은 쉽게 웃지 못했다. 두 달 남짓 그리 긴 시간도 아니었지만, 그에겐 어느 때보다도 길고 멀미가 나던 환절기였으니까. 해원은 그의 흔들리는 눈빛을 보고 은섭이 그녀의 생각보다 더 혼자 마음 아팠다는 것을 깨달았다.

"웃었으면 좋겠어. 너 웃는 얼굴 보고 싶어서 온 건데."

마침내 은섭은 낮은 한숨을 쉬었다.

"그래, 웃으라면 웃을게. 그럼 너는, 내가 웃으면 넌 어떡할 건데."

"너에게 마지막 키스를 해줄게."

그는 혼란스러운 듯이 그녀를 내려다보고 있었다. 해원의 입가에 따스한 웃음이 스쳤다.

"백 년쯤 뒤에. 그때 마지막 키스를 해줄게. 그때까진 내내 같이 있자."

잠시 멍하다가 은섭은 비로소 웃었다. 그 모습이 시릴 만큼 설레어서 해원은 잠시 눈을 감았다 떴다. 그의 어깨 너머로 하늘이 보였다. 마당의 푸른 나뭇잎이 하늘 가장자리에 한들한들 바람에 흔들리며 떠 있었다. 겨울과 봄… 은섭과 함께 그 두 계절을 동시에 머문 이 순간을 영원히 잊지 못할 거라고 해원은 생각했다. 봄의 눈밭에서 오래오래 키스한 이 순간을.

시스터필드의 미로

✳

5월 26일 책방 일지

굿나잇북스 출간 서적 : 《시스터필드의 미로》 목해원 저

독립출판사 굿나잇북스가 펴낸 두 번째 도서 《시스터필드의 미로》가 오늘 입고되었다. (첫 번째 도서는 비매품 그림책이니 사실상 판매되는 첫 작품이기도.) 그림을 그리는 저자가 일러스트레이터로 출발하며 선택한 소재는 '미로'. 담쟁이덩굴, 고사리, 매듭, 가시울타리, 돌담과 꽃길 등 다양한 일러스트로 구성된 미로들이 페이지마다 컬러와 흑백으로 번갈아 등장한다.

쉽게 출구를 찾을 수 있는 미로부터 복잡하게 얽힌 미로까지, 찬찬히 짚어가며 그림 속 길을 따라가다 보면 숨어 있는 두 소녀의 캐릭터와 만날 수 있다. 책 속의 일러스트가 인쇄된 굿즈 엽서가 랜덤 부록으로 나간다. 부디 사랑받는 책이 되기를.

#

…그렇습니다. 기어이 독립출판을 시작한 책방지기입니다. 며칠 전《혜천소식》담당자가 찾아오셔서 인터뷰를 했습니다. 여전히 서글서글하고 우호적인 기자분, 늘 감사하게 생각합니다. 여러 가지 포즈로 제 사진도 찍으셨는데 (서가에 기대어 팔짱 낀 모습, 출간된 미로 책을 펼친 모습, 기와집 미닫이문 앞에서 민망하게도 전신사진까지!) 이번에도 실물보다 잘 나올 것 같진 않습니다. (진실이 궁금하시다면 강원도 혜천 북현리 굿나잇책방을 찾아주시길.)

이러다 우리 책방이 지역사회의 메카가 될까봐 두렵군요. 다크호스로 떠오르는 포토 촬영지가 되면 그 밀려드는 유명세를 어떻게 감당하죠? 질서는 누가 유지하고. 커피와 쿠키를 유료로 전환해야 할까요? 굿나잇클럽 여러분 의견은 어떠신지.

…알겠습니다. 언제까지나 그저 시골 기와집일 뿐. 미리 청기와집을 짓는 백일몽은 넣어두도록 하겠습니다.

\#

《시스터필드의 미로》저자가 내려왔다는 얘기는 했나요? 한 달 만에 다시 그녀를 만났습니다. 야심한 시각, 그녀는 지금 내 옆구리에 이마를 대고 잠들었습니다. 이 일지를 마치면 팔베개를 해주어야 하는데 솔직히 조금 두렵군요. 밤새 사랑하는 사람의 팔을 베고 깊은 잠을 잤다는 연인들의 이야기를 읽으면 과연 그 자세가 밤의 연인들의 정석이겠구나, 생각했던 날들이 있었습니다. 지금은 그들에게 감탄과 존경의 마음을 보냅니다. 그들도 팔이 저렸을 터인데. 그리고 누군가의 팔을 베고 잔다는 건 생각보다 그렇게 편안하지 않습니다. 솜털 베개가 훨씬 낫지 않겠습니까….

그리하여,

다시 한번 목동의 어깨에 내려앉은 베가별을 상상합니다. 내 집에 줄곧 있었던 파랑새의 푸른 깃털 하나. 그녀의 잠자리를 지켜줄 가볍고 따스한 좋은 것들을 말입니다. 지난겨울 책방을 밝힌 크리스마스트리의 전구 불빛, 뒷산 나무에 돋아난 새순들, 북현리 들판 작은 들꽃들이 내 팔을 베고 있는지도 모릅니다. 그녀는 가볍고… 봄바람이 실어오는 풀냄새처럼 좋은 향기가 납니다. 그녀가 곤히 잘 수만 있다면, 손끝에 감각이 없긴 하지만, 정말 별일이 아닐 것입니다.

…어느덧 5월도 저물어갑니다. 날씨는 여전히 정신을 못 차리고 있습니다. 한 가지 좋은 소식은 논두렁 스케이트장 자리에 모내기가 한창이라는 거죠. 겨울에도 부디 이모작을 해야 할 텐데.

책방은 여전히 일이 많습니다. 그러니 한동안은 저도 그 자리에 있을 것입니다. 굿나잇, 여러분. 여기는 다시 아카시아 향기가 만발합니다. 로저.

굿나잇책방 블로그 비공개글
posted by 葉

덧. 그녀가 잠결에 눈을 떠 코에 키스해주고는, 내 가슴에 얼굴을 묻고 다시 잠들었습니다. 덕분에 팔이 잠시 쉬어갑니다. 키스는 좋은 거로군요.

출처

118쪽: 가와바타 야스나리,《설국》(민음사, 2002)

120, 346쪽: 아놀드 로벨,《집에 있는 부엉이》(비룡소, 1998)

굿나잇 책방에 오신 것을 환영합니다

6월 7일 소설 일지

구월산의 소년

어릴 때 살던 동네 뒷산 이름은 구월산이었다. 어느 일요일 아침 아버지와 동생들과 함께 약수터를 지나 봉우리까지 올라가는데, 도중에 숲길 근처에서 작은 집을 보았다. 말 그대로 작고 초라한 오두막이라 아마 폐가나 빈집이겠지 생각하는데, 문이 열리고 누가 쑥 나와서 깜짝 놀랐다. 옆 반 남자아이였다. 초등학교 4학년(어쩌면 5학년) 때였고, 한 번도 같은 반이 된 적이 없어 말 한마디 나눠보지 않았지만 서로 얼굴은 알고 있었다.

내가 소년을 기억하는 데는 그 아이의 새치가 결정적이었다. 유전인지 어쩌다 보니 그런 것인지 어린 나이에 검은 머리칼 사이 꽤 눈에 띌 만큼 흰 머리칼이 섞여 있었기 때문이었다. 모르긴 해도 친구들한테 놀림받기도 했을 것이다.

그 후로 학교 복도에서 우연히 스칠 때마다 '구월산 오두막집이 너네 집이야?' 하고 몇 번이나 묻고 싶었으나, 결국 묻지 못했다. 나도 낯가림이 심한 아이였고 어쩌면 소년도 부끄러워할지 모르겠다 싶어 그랬을 것이다. 어느 가족이 산에서, 숲속에서 살 이유가 있을까? 오래전 산골이라면 당연히 그럴 수 있겠지만, 거긴 부산이었고 변두리이긴 했어도 평지 동네였으니까.

세월이 흘러 문득 생각나 졸업앨범을 넘겨보았는데 소년의 사진이 없었다. 아마 마지막 학년에 전학을 갔거나 해서 같이 졸업하지 않았던 모양이다. 짧지만 인상적인 추억 하나를 남기고 어떻게 사는지 영영 모르게 된 한 아이의 이미지가, 사는 동안 내 마음속에서 사라지지 않았던 것 같다.

세기서림

내 인생 첫 단골 서점은 부산 금정구 부곡동의 '세기서림'이었다. 두세 사람이 들어오면 공간이 차버리는 좁은 통로 같던 책방이었고, 구석 단칸방에 주인 부부와 아기가 살았다. 열 살 무렵이었나, 동전을 쥐고 '클로버 문고'를 사러 동생과 처음 갔던 날. 서로 갖고 싶은 만화책을 사려고 티격태격하며 한 시간 넘게 서가 앞에서 그 책들을 뺐다 꽂았다 넘겨보고 또 보고 했다. 그러는 동안 주인아저씨는 허허, 보고 싶은 게 둘이 다르구나 하면서, 빨리 고르라 하지 않고 그냥 기다리셨다.

몇 해 뒤 골목 건너편 더 넓은 가게 터로 옮겼고, 나는 대학에 가려고 집을 떠나온 스무 살이 될 때까지 거의 모든 책을 거기서 샀었다. 재작년 무척 오랜만에 옛 동네를 찾아가게 되어 세기서림이 아직 있는지부터 살펴봤지만, 사라지고 없었다. 주인아저씨 얼굴이 기억나는데, 떠올려보니 삼십 대의 모습 같다. 서른 몇 살 책방 주인으로 남은 한 얼굴. 이 소설에서 나는 세기서림이란 간판을 왠지 새겨 넣고 싶었다.

굿나잇클럽

트위터와 페이스북으로 나도 SNS를 하고 있지만, 그리 많은 이웃을 갖고 있진 않고 비공개로 지내는 편이다. 그동안 지인들에게 '굿나잇클럽' 이야기를 종종 꺼내곤 했는데, 비슷한 일들을 하다 보니 이웃들 중엔 야행성인 사람이 많았다. 한밤중 책을 읽거나 영화를 보거나 그저 몽상에 잠겨 있다가도, 그들이 밤 3시, 4시 때로는 새벽이 밝아올 때까지 안 자고 있는 증거가 멘션으로 올라올 때 작은 위안이 되곤 했다. 깨어 있는 사람들이 저편 어딘가 있어, 하는 기분. 그런 이들과 굿나잇클럽을 만들고 싶었다.

북클럽이나 카페 소사이어티 같은 클럽 판타지가 내게도 있지만, 늘 그렇듯 실천에 옮기는 일은 쉽지 않다. 세상을 바꿀 만큼 대단한 목적이 있는 것도 아니고, 막상 엄청나게 깊은 친분으로 묶인 것도 아닌데, 소소하고 즐거우려고 한 시절 어울릴 클럽을 만든다는 건 역시 나부터가 말뿐일 때가 많았다. 흔히들 '다음에 날씨 좋을 때 만나요', '언제 한번 맛있는 식사해요' 하는 것처럼. 그래도 그 무해무익한, 공허할지도 모를 안부 인사들이 싫지는 않았다.

법환바다 길목, 시스터필드

작년 늦봄부터 가을이 올 때까지 제주도에서 6개월을 지냈었다. 너무나 더웠고 자주 폭우가 쏟아지던 그곳에서 세 군데 밭을 만났다. 잘 알려진 메밀밭과 청보리밭, 그리고… 시스터필드였다. 서귀포 법환바다로 내려가는 길목에 시스터필드라는 아담한 빵집이 있었는데 거기 무화과 피칸 파이를 점심으로 사 먹곤 했다. 간판 아래를 오갈 때마다 입속으로 '시스터필드'라고 중얼거렸다. 자매의 들판… 어떤 이야기가 아지랑이처럼 들판 너머 떠오를 것 같았다. 미로 같던 여름날이었다. 초고를 써놓고도 답이 희미했던 날들.

서귀포 언덕 동네 '경혜야, 너무 사랑해. 그런데 너 세상 그렇게 살지 마'라는 찻집 낙서로 《사서함 110호의 우편물》에 등장했었던 친구, 경혜 씨의 이웃에서 살았다. 해녀가 되려고 내려갔다가 해녀는 못 되고 독립출판의 꿈을 키우며 지내는 그녀와, 서귀포 한 책방에서 일주일에 한 번씩 다른 이들과 모여 제주 신화와 전설을 읽었다. 내 책방 판타지를 더욱 모락모락 키웠던 좋은 시간이었다.

이런 삶의 조각 같은 장면들이 모여 이번 소설이 되었다. 친구, 지인, 가족, 지난날 스쳐 간 수많은 사람들…. 그 인연과 풍경들이 이 소설에도 사금파리처럼 박혀 있다. 그 사연들이 그런대로 괜찮았다면 다 그들이 아름다웠기 때문. 그다지 멋지지 않았다면 온전히 내가 잘못 쓴 탓이다. (정말입니다, 굿나잇클럽 여러분. 웃음.)

여러 군데 독립서점들을 들러 잠시 머물며 받았던 느낌을 잃지 않으려고 애썼다. 관련 도서들도 찾아 읽고(특히 북노마드의 《우리 독립출판》, 프로파간다의 《탐방서점》) 나도 굿나잇 책방을 열고 싶은 대책 없는 워너비로서 많이 배웠고 도움을 받았다.

《버드나무에 부는 바람》,《집에 있는 부엉이》 등 여기 소환된 책들과 작가들에게도 애정과 감사를 전하고 싶다. (아 — 아놀드 로벨! 그의 개구리와 두꺼비, 메뚜기, 부엉이 시리즈를 놓치지 마시길.)

전사 법사 힐러도 등장하지 않고 호빗과 요정, 중간계가 등장하지도 않지만, 이 작은 굿나잇책방 이야기는 내게 판타지였다. 은섭이 쓰는 책방 일지에 등장하는 입고 서적들은 그런 책이 있다면 재미있게 읽을 텐데… 하고 상상해본 책들이다. 은섭과 해원과 책방 식구들과 더불어 나도 한동안 시골 들판의 서점을 운영하는 마음이었다. 부디 독자분들도 하룻밤 그 불빛 아래서 키핑해두었던 책을 꺼내 읽는 기분으로 즐길 수 있다면 바랄 게 없겠다.

제주도 생활을 정리하고 집으로 돌아오니 파주는 이미 겨울 날씨였다. 소설을 마무리하는 동안 한파가 길게도 이어졌다. 그러니까 지난 한 해를 돌아보면 내겐 봄과 가을이 없었다. 줄곧 긴 여름이다가, 뭍으로 올라오니 며칠 뒤 첫눈이 내렸으니까. 내내 날씨가 좋아지기를 바랐던 한 해를 잊지 못할 것 같다.

무언가를 쓰고 있을 때만 작가이고, 소설을 쓰고 있을 때

만 소설가라고 한다면, 나는 지금까지 불과 4~5년만 소설
가였고, 나머지 인생은 그저 멍한 사람이었다. 하지만 또 쓰
고 싶고, 아마 다음 작품의 제목은 《책집사》가 될 거라고도
생각한다. 멋진 책을 읽으면 늘 그 책의 일부가 되고 싶었고,
근사한 영화를 보면 그 영화의 일부가 되고 싶었다. 다음 소
설의 제목을 써놓는 건, 차마 부끄러워서라도 허언이 되지
않으려고 미리 묶어두는 마음이겠지.

　…은섭의 말처럼, 세상에는 너무나 많은 훌륭한 책들이
존재한다는 것을 안다. 내가 몇 권 더 보태려고 애쓰지 않아
도 이미 차고 넘치게 충분하다. 그럼에도 불구하고 오랫동안
원고를 기다려준 고마운 이들의 얼굴을 떠올려본다. 편집자
P 님, 격려해주고 기다려주고 언제나 믿어주셨다. 믿어주는
이들이 있어 결국은 또 이렇게 쓰게 된다. 항상 똑같은 소리
묵묵히 들어주는 지인들도 스쳐 간다. 어떻게 말해도 고마
움을 다 전하지 못할 사랑하는 가족들. 그 배려와 도움, 무
엇보다 내 곁에서 같이 웃어주고 존재해주어서 진심으로 감
사한다.

　그리고… 독자분들. 읽히지 않는 책은 비치지 않는 거울
같다는 생각을 가끔 한다. 거울은 그 자체로도 의미를 지니
고 거기 있겠지만, 대상이 비치지 않을 때 어쩔 수 없이 고독
하겠지. 창밖으로 손바닥에 올린 거울 한 조각을 내밀어, 초

여름의 햇빛과 밤의 달빛을 그 안에 담고 싶다. 무언가를 비추고 싶다.

감사한 마음으로,

2018년 6월

#5년 뒤, 은섭 씨에게 배운 것

《날씨가 좋으면 찾아가겠어요》가 세상에 나온 지 어느새 5년이 흘러 '수박설탕'에서 새 옷을 입고 다시 독자분들을 찾아간다. 그동안 북현리 마을의 굿나잇책방 이야기는 TV 드라마로 만들어져 인물들의 모습과 목소리, 배경이 실제 풍경 속에 살아 움직이기도 했고, 책은 여러 나라 언어로 번역돼 프랑스와 일본, 러시아, 태국, 인도네시아 등에서 출간되는 감사한 순간들도 있었다. 모든 것이 다 강원도 어느 마을의 겨울 풍경과, 나지막한 지붕 아래 불빛이 켜지는 작은 책방을 사랑해준 분들 덕분이었다.

소설을 쓰는 동안 나도 모르게 책방지기 은섭 씨를 롤 모델로 삼았거나, 굿나잇책방의 단란한 모임을 진심으로 부러워했나보다. 나 역시 독립출판을 시작해 평생 사랑했던 영국 작가 엘리너 파전의 책 두 권을 번역했고, 올겨울 아름다운

일러스트와 함께 책으로 엮어 출간하게 되었다. 아마도《날씨가 좋으면 찾아가겠어요》가 내게 희망의 싹을 안겨다 준 까닭이 아니었을까. 마치 보영이 해원에게 건네준 화분이 그랬듯, 처음엔 흙 속에 묻힌 씨앗이었다가 물을 주고 돌보고 시간이 흐르니 레몬밤이 피어난 것처럼….

아직 갈 길이 멀지만, 차근차근 나의 속도와 방향을 잃지 않고 잘해나가고 싶다. 쉽게 기뻐하거나 쉽게 좌절하지 않으면서. 담담한 웃음과 가끔씩 찡하게 떨려오는 마음. 그거면 충분하다고 믿는다. 이 책을 아껴주시는 독자분들께 마음 깊이 감사드린다.

2023년 11월
파주에서, 이도우

따스하고 사랑스러운 이야기

✳

 *

  책을 프랑스어로 번역하는 동안 어느 고요하고 아늑한 고장으로 초대받은 기분이었습니다. 그 설레는 여정을 남프랑스에 계신 크리스텔 팽소나 교수님과 함께했습니다. 보름마다 보내드리는 번역 원고를 마르세유에서 매번 손꼽아 기다리셨습니다. 늦은 봄부터 초가을까지 작업하며 프랑스와 한국의 번역가 두 사람은 포근하면서도 가슴 시린 북현리 겨울 풍경 속에 있었습니다. 다정하고도 쓸쓸한 해원과 은섭, 공역자 선생님 말씀대로 '자꾸만 정이 가는' 소설 속 여러 인물과 더불어 울고 웃던 시간이었습니다.

  올가을 《날씨가 좋으면 찾아가겠어요》가 프랑스 서점에 《L'odeur des clémentines grillées》라는 제목으로 첫선을 보입니다. 이 책이 어느 프랑스 소녀의 배낭에 들어 있는 모습을 그려봅니다. 그리고 한국이라는 먼 나라를 찾은 이국의 소녀가 눈 내리는 날 환하게 불 밝힌 '굿나잇책방'에 들르는 행복한 상상을 해봅니다. 불어권 여러 나라 독자들의 마음에 반짝이는 윤슬처럼 기억되는 작품으로 남기를 진심으로 바랍니다.

이소영 역자

*

이 책의 일본어판《天氣が良ければ訪ねて行きます》가 출간된 날은 그해의 크리스마스이브였습니다. 번역가인 저는 이 소설의 다양한 인물들에 매료되었습니다. 상냥하면서 내성적인 면을 가진 은섭과 해원에게 공감했고, 담대한 성격에 반해버릴 것 같은 소설가 이모와 자신감 넘치면서 선한 마음을 지닌 동창생, 함께 모이면 분위기가 밝아지는 서점 식구 등 개성 넘치는 조연들까지 생생하게 그려져서 몇 번이나 웃음을 주었습니다.

은섭이 독립서점 '굿나잇책방'을 운영하는 이야기가 일본 독립서점 스태프들의 눈에 띄어 SNS에서 추천이 이어졌고, 많은 독자들을 만나는 계기가 되었습니다. 저는 서울 홍대 앞에서 작은 카페를 운영하며 틈틈이 번역을 하고, 카페에서 인디밴드의 공연이나 전시도 진행하니 '굿나잇책방' 같은 독립책방에 동감하는 부분이 많았습니다. 책방을 운영하는 은섭이 손님이 없어도 늦게까지 깨어 있으면서 문을 열어두는 모습. 그런 조용한 시간이 나중엔 아름답게 느껴지곤 하는 법이니까요. 구석구석 면밀하게 퍼져나간 사람들의 삶의 리얼리티가 깊이를 더해주는 이 소설이 새 옷을 입고 다시 찾아와 무척 기쁩니다.

시미즈 히로유키 역자

*

《날씨가 좋으면 찾아가겠어요》인도네시아어판《I'll Go To You When the Weather is Nice》를 번역한 데위입니다. 밤에 자주 깨어있는 사람으로서 저는 이 소설의 임은섭에게 아주 깊게 빠졌어요. 굿나잇클럽에 가입하고 싶고, 굿나잇책방에서 은섭과 다른 멤버들과 책 이야기를 나누며 밤을 지새우고 싶어요. 저는 이 책방의 '키핑' 시스템과 북 스테이 이벤트를 너무 좋아합니다. 이 소설을 읽으며 사랑과 우정, 가족과 인간관계, 만남과 이별, 용서의 문제를 생각해볼 수 있었고, 인물들이 어른답게 그 어려운 일을 해결해가는 모습이 너무 좋았어요. 저를 울고 웃게 해줘서 감사한다는 말도 하고 싶고요. 제 마음의 상처도 치유되는 것 같았거든요. 이야기의 배경은 추운 겨울이지만 다 읽고 나면 봄의 따뜻함을 느낄 수 있었습니다. 제겐 읽고 또 읽어도 질리지 않은 책입니다.

'날씨가 좋으면 만나자'라는 말은 너무나 기약이 없지만 요즘 저는 믿고 싶어졌어요. 언젠가 어떤 사람이 제게 그런 말을 하면 그건 진심이고, 정말 날씨가 좋을 때 좋은 마음으로 그 사람이 절 찾아올 거라는 믿음으로요. 이 책을 모든 사람들, 특히 밤에 잠 못 들고 따뜻함이 필요한 사람들에게 추천합니다. 부디 굿나잇.

데위 아유 암바르 라니 역자

날씨가 좋으면 찾아가겠어요

초판 1쇄 발행 2023년 11월 22일
4쇄 발행 2024년 11월 9일

지은이 이도우
펴낸이 김도민
편집인 이말리
디자인 studio OH!

펴낸곳 ㈜수박설탕
등록 2020년 7월 6일(제2020-000143호)
주소 경기도 고양시 일산동구 백마로 213번길 36, 1019호
전화번호 031-8070-3736
메일 mallilee@soobakpub.com
인스타그램 @bookbutler

ISBN 979-11-976717-3-9 03810